Les Tommyknockers
1

STEPHEN KING

Carrie	J'ai lu 835/3
Shining	J'ai lu 1197/5
Danse macabre	J'ai lu 1355/4
Cujo	J'ai lu 1590/4
Christine	J'ai lu 1866/4
L'année du loup-garou	
Salem	
Creepshow	
Peur bleue	J'ai lu 1999/3
Charlie	J'ai lu 2089/5
Simetierre	J'ai lu 2266/6
La peau sur les os	J'ai lu 2435/4
Différentes saisons	J'ai lu 2434/7
Brume – Paranoïa	J'ai lu 2578/4
Brume – La Faucheuse	J'ai lu 2579/4
Running man	J'ai lu 2694/4
Ça-1	J'ai lu 2892/6
Ça-2	J'ai lu 2893/6
Ça-3	J'ai lu 2894/6
Chantier	J'ai lu 2974/6
Misery	J'ai lu 3112/6
Marche ou crève	J'ai lu 3203/5
La tour sombre-1	J'ai lu 2950/3
La tour sombre-2	J'ai lu 3037/7
La tour sombre-3	J'ai lu 3243/7
Le Fléau-1	J'ai lu 3311/6
Le Fléau-2	J'ai lu 3312/6
Le Fléau-3	J'ai lu 3313/6
Les Tommyknockers-1	J'ai lu 3384/4
Les Tommyknockers-2	J'ai lu 3385/4
Les Tommyknockers-3	J'ai lu 3386/4
La part des ténèbres	
Minuit 2	
Minuit 4	
Bazaar	
Rage	J'ai lu 3436/3

STEPHEN KING

Les Tommyknockers

1

TRADUIT DE L'ANGLAIS
PAR DOMINIQUE DILL

éditions J'AI LU

Je tiens à exprimer ma gratitude pour l'autorisation qui m'a été donnée de reproduire des extraits des œuvres suivantes :
Thank the Lord for the Night Time de Neil Diamond, © 1967 Tallyrand Music, Inc. Tous droits réservés. Autorisation d'utilisation.
Run Throught the Jungle de John Fogerty, © 1970 Jondora Music. Avec la permission de Fantasy, Inc.
Downstream (Bob Walkenhorst) ; © 1986 par Screen Gems — EMI Music, Inc., et Bob Walkenhorst Music. Tous droits administratifs contrôlés par Screen Gems — EMI Music, Inc.
Drinkin' on the Job (Bob Walkenhorst), © 1986 par Screen Gems — EMI Music, Inc., et Bob Walkenhorst Music. Tous droits administratifs contrôlés par Screen Gems — EMI Music, Inc.
Undercover of the Night (Mick Jagger/Keith Richards), © 1983 par EMI Music Publishing Ltd. Tous droits administratifs pour les États-Unis et le Canada contrôlés par Colgems — EMI Music, Inc.
Hammer to fall (Brian May), © 1984 par Queen Music Ltd. Tous droits administratifs pour les États-Unis et le Canada contrôlés par Beechwood Music Corporation.

Titre original :

THE TOMMYKNOCKERS

© Stephen King, Tabitha King et
Arthur B. Greene, Trustee, 1987
Pour la traduction française :
© Éditions Albin Michel S.A., 1989

Pour Tabitha King

« ... promesses à tenir. »

Comme beaucoup de comptines et berceuses populaires, les vers sur les Tommyknockers sont d'une simplicité trompeuse. Par ailleurs, il est difficile d'établir l'origine du mot. Selon le dictionnaire *Webster's Unabridged*, les Tommyknockers sont soit des ogres vivant sous terre, soit des fantômes qui hantent les grottes ou les mines désaffectées. Dans la mesure où « tommy » est un ancien mot d'argot anglais désignant les rations de l'armée (d'où le sobriquet de « Tommies » attribué en France même aux soldats anglais pendant la Première Guerre mondiale, comme dans Kipling : « c'est Tommy par-ci et Tommy par-là... »), l'*Oxford Unabridged Dictionary*, sans expliquer le terme lui-même, suggère du moins que les Tommyknockers sont des fantômes de mineurs, morts de faim au fond de la mine, qui continuent à frapper aux portes pour qu'on les nourrisse et les secoure.

Les premiers vers (« Tard, la nuit dernière et celle d'avant », etc.) sont suffisamment connus pour qu'aussi bien ma femme que moi les ayons entendus étant enfants, bien que nous ayons été élevés dans des villes et des religions différentes, et que nous ayons également des origines nationales différentes — ses ancêtres étant pour la plupart français, les miens écossais et irlandais.

Tous les autres vers sont le produit de l'imagination de l'auteur.

Cet auteur — en d'autres termes, moi — souhaite remercier son épouse, Tabitha, critique inestimable bien que parfois exaspérante (quand quelqu'un vous exaspère par ses critiques, c'est presque toujours qu'il a raison, n'en doutez pas), son éditeur, Alan Williams, pour la gentillesse et le soin avec lesquels il a prêté attention à ce texte, Phyllis Grann pour sa patience (j'ai moins écrit ce livre que je ne l'ai tiré de mes tripes), et tout particulièrement George Everett McCutcheon, qui a lu chacun de mes romans et les a méticuleusement revus et corrigés — en s'attachant notamment aux questions d'armement et de balistique — et en a aussi vérifié la cohésion. Mac est mort pendant la relecture de ce livre. En fait, j'étais en train de reporter sagement les corrections qu'il m'avait suggérées quand j'ai appris qu'il avait finalement succombé à la leucémie contre laquelle il se battait depuis presque deux ans. Il me manque terriblement, moins pour l'aide qu'il m'apportait en remettant les choses en place que parce qu'il était proche de mon cœur.

Je dois des remerciements à beaucoup plus de gens que je ne puis en nommer : à des pilotes, dentistes, géologues et collègues écrivains, même à mes enfants qui ont écouté la lecture à haute voix de ce livre. Toute ma reconnaissance va également à Stephen Jay Gould. Bien qu'il soit un fan de l'équipe des Yankees, ce qui jette un doute sur le degré de confiance qu'on peut lui accorder, ses remarques sur la possibilité de ce que j'appellerai l'« évolution muette » (par exemple dans *Le Sourire du flamant rose*) m'ont aidé pour mettre en forme ce roman.

Haven n'existe pas. Les personnages n'existent pas. Il s'agit d'un ouvrage de fiction, à une exception près :

Les *Tommyknockers* existent.

Si vous croyez que je plaisante, c'est que vous avez raté le dernier journal télévisé de la soirée.

Stephen KING.

Tard, la nuit dernière et celle d'avant,
Toc, toc à la porte — les Tommyknockers,
    Les Tommyknockers, les esprits frappeurs...
Je voudrais sortir, mais je n'ose pas,
    Parce que j'ai trop peur
    Du Tommyknocker.

                    Berceuse traditionnelle.

LIVRE I

Le Vaisseau enterré

Alors on a repêché Harry Truman, qui dérivait depuis Independance,
On a dit : « Et la guerre ? »
Il a dit : « Bon débarras ! »
On a dit : « Et la bombe ? Vous avez des remords ? »
Il a dit : « Bazez-boi zette boudeille et bêlez-vous de ze gui vous regarde. »

THE RAINMAKERS, « Downstream »

1

Roberta Anderson
trébuche

1

A cause d'un clou qui manquait, le royaume fut perdu — résumée à l'extrême, c'est à cet enseignement que pourrait se réduire toute la philosophie de l'histoire. En dernière analyse, on peut *tout* ramener à ce genre de formule. C'est du moins ce que pensa, beaucoup plus tard, Roberta Anderson, Bobbi pour les intimes. Ou bien tout n'est qu'accident... ou bien tout n'est que destin. Le 21 juin 1988, Bobbi Anderson trébucha littéralement sur son destin près du village de Haven, dans l'État du Maine. Tout découla de ce faux pas ; le reste ne fut que péripéties.

2

Cet après-midi-là, Roberta était sortie avec Peter, son vieux beagle borgne. Jim Gardener le lui avait offert en 1976. Elle avait quitté l'université l'année précédente, à deux mois de son diplôme, pour emménager à Haven (havre de paix bien nommé) dans la propriété que venait de lui léguer son oncle. Avant que Gard n'apporte le chien, elle ne s'était pas rendu compte de la profonde solitude dans laquelle elle vivait. Peter n'était qu'un chiot, à l'époque, et Roberta avait parfois du mal à croire qu'il était vieux maintenant — quatre-vingt-quatre ans en années de chien. C'était aussi une façon de mesurer son âge à elle. 1976 était loin. Oh, oui. A vingt-cinq ans, on peut toujours se payer le luxe de penser que — dans son cas au moins — le vieillissement n'est qu'une erreur administrative susceptible d'être finalement rectifiée. Quand on se réveille un matin et qu'on découvre que son chiot a quatre-vingt-quatre ans et qu'on en a trente-sept, il est temps de réexaminer cette théorie. Et comment !

Roberta cherchait où couper du bois. Elle en avait un stère et demi de côté, mais il lui en fallait au moins trois de plus pour passer l'hiver. Elle en avait coupé beaucoup depuis ces jours anciens où Peter était un chiot et se faisait les dents sur une vieille pantoufle (à cette époque aussi, il ne s'oubliait que trop souvent sur le tapis de la salle à manger), mais la forêt n'en manquait pas. La propriété, que les gens du village, treize ans après la mort de l'oncle de Roberta, appelaient encore le plus souvent « Chez le vieux Garrick », n'avait que soixante mètres de façade sur la Route n° 9, mais les murs de pierre qui la délimitaient au nord et au sud s'écartaient selon un angle obtus. Un autre mur — si vieux qu'il avait dégénéré en amas de pierres isolés et recouverts de mousse — en marquait la fin à près de cinq kilomètres de la route, à travers une forêt touffue mêlant futaie et taillis. La superficie de ce domaine en forme de part de tarte était énorme. Au-delà du vieux mur, à l'extrémité ouest des terres de Bobbi Anderson, s'étendaient des kilomètres de forêt sauvage, propriété des Papeteries de Nouvelle-Angleterre. Sur la carte, on lisait : Bois Brûlants.

En réalité, Bobbi n'avait pas vraiment besoin de chercher un endroit particulier où couper son bois. Les terres qu'elle avait héritées du frère de sa mère devaient leur valeur au fait que presque tous les arbres étaient de bon bois dense, que le zigzag n'avait pratiquement pas infesté. Mais il faisait une chaleur agréable après un printemps pluvieux, les semailles dormaient sous la terre du jardin (où elles pourriraient presque totalement à cause des pluies), et le moment n'était pas encore venu de commencer le nouveau livre. Elle avait donc couvert sa machine à écrire, et elle se promenait avec son fidèle vieux Peter qui n'y voyait plus que d'un œil.

Il y avait derrière la ferme un ancien chemin forestier. Elle le suivit pendant un kilomètre et demi avant de tourner à gauche. Elle portait une gourde et un sac (contenant un sandwich et un livre pour elle, les biscuits pour chiens de Peter, et plein de rubans orange à nouer autour des troncs des arbres qu'elle abattrait quand la chaleur de septembre céderait aux assauts du mois d'octobre). Elle avait aussi une boussole Silva dans sa poche. Elle ne s'était perdue qu'une fois dans la forêt, mais cette fois lui suffirait pour toute sa vie. Elle avait passé une nuit horrible dans les bois, aussi incapable de croire qu'elle s'était effectivement perdue (sur ses propres terres, nom de Dieu !) que certaine d'y mourir — ce qui ne paraissait pas impossible à l'époque, puisque seul Jim aurait pu remarquer son absence, et Jim ne venait que lorsqu'on ne l'attendait pas. Au matin, Peter l'avait conduite vers un ruisseau, et le ruisseau l'avait ramenée sur la Route n° 9, où il disparaissait sous le bitume en murmurant joyeusement dans une canalisation qui traversait la chaussée, à trois kilomètres à peine de chez elle. Maintenant, elle connaissait probablement assez bien la forêt pour trouver son chemin jusqu'à l'un des murs de pierre qui entouraient ses terres ou jusqu'à la route, mais le mot clé était *probablement*, si bien qu'elle emportait toujours une boussole.

Vers trois heures, elle trouva un beau bouquet d'érables. A vrai dire, elle en avait déjà trouvé plusieurs autres satisfaisants, mais celui-ci était tout près d'un chemin qu'elle connaissait bien, un chemin assez large pour qu'y passe son petit tracteur Tomcat. Vers le 20 septembre — si personne ne faisait sauter la planète entre-temps —, elle attellerait son traîneau au Tomcat et roulerait jusqu'ici pour abattre les arbres. Elle avait assez marché pour aujourd'hui.

« Ça te semble bien, Pete ? »

Pete aboya faiblement, et Bobbi regarda le beagle avec une tristesse si profonde qu'elle en fut surprise et inquiète. Peter était épuisé. Il ne lui arrivait plus que rarement de poursuivre les oiseaux, les écureuils et les quelques tamias ; l'idée qu'il pût rabattre un cerf faisait sourire. Il faudrait qu'elle s'arrête souvent pour qu'il se repose sur le chemin du retour... Il fut un temps, un temps pas si lointain (à moins que ce ne fût seulement ce que son esprit s'obstinait à soutenir), où Peter courait toujours à quatre cents mètres devant elle, faisant résonner les bois de ses aboiements. Elle se dit qu'un jour viendrait peut-être où elle déciderait que ça suffisait ; elle tapoterait pour la dernière fois le siège du passager de son pick-up Chevrolet, et conduirait Peter chez le vétérinaire, à Augusta. Mais pas cet été, à Dieu ne plaise. Ni cet automne, ni cet hiver, à Dieu ne plaise. Ni jamais, à Dieu ne plaise.

Parce que sans Peter, elle serait seule. Il y avait bien Jim, mais Jim Gardener s'était montré passablement cinglé, ces huit dernières années. Il restait un ami, mais un ami... cinglé.

« Contente que tu sois d'accord, mon vieux Pete », dit Bobbi en nouant un ruban ou deux autour des érables, tout en sachant qu'elle pourrait aussi bien décider d'abattre un autre bouquet d'arbres et qu'alors les rubans pourriraient sur place. « Seule ton allure surpasse ton bon goût. »

Peter, qui savait ce qu'on attendait de lui (il était vieux, mais pas stupide), agita son ridicule petit bout de queue et aboya.

« Fais le Viêt-cong ! » ordonna Bobbi.

Peter s'effondra complaisamment sur le côté — non sans laisser échapper un petit gémissement — et roula sur le dos, les pattes écartées. Bobbi ne s'en lassait pas (Peter faisait aussi le mort quand on lui disait « Aoutch » ou « My-Lai »), mais ce jour-là, la vue de son chien jouant au Viêt-cong évoquait de façon trop précise les pensées qu'elle venait d'avoir.

« Debout, Pete. »

Pete se leva lentement, haletant dans ses moustaches. Ses moustaches blanches.

« Rentrons. »

Elle lui lança un biscuit pour chiens. Pete claqua des mâchoires mais le rata. Il renifla le sol et mit un moment à le trouver. Il le mangea lentement, sans grand plaisir.

« Bon, dit Roberta. Allons-y. »

3

A cause d'une chaussure, le royaume fut perdu... A cause du choix d'un sentier, le vaisseau fut trouvé.

Roberta était déjà passée par là au cours de ces treize années qui n'avaient pas suffi pour que « Chez Garrick » devienne « Chez Anderson » ; elle reconnaissait la pente du terrain, l'amas d'arbres coupés abandonnés par des papetiers probablement morts avant la guerre de Corée, un grand pin à la cime fendue. Elle avait déjà parcouru cette partie de la propriété et n'aurait aucun mal à trouver le chemin qu'elle emprunterait avec le Tomcat. Elle était sans doute passée une fois ou deux, ou peut-être même une douzaine de fois, à quelques mètres, quelques dizaines de centimètres, quelques millimètres de l'endroit où elle trébucha.

Cette fois, le sentier en vue, elle suivit le chien qui obliqua légèrement sur la gauche, et l'une de ses vieilles chaussures de marche heurta quelque chose... Le choc fut violent.

« Aïe ! » s'écria-t-elle.

Trop tard. Elle battit l'air de ses bras tournoyants, mais tomba tout de même. La branche d'un buisson lui gifla la joue et l'écorcha jusqu'au sang.

« Merde ! » jura-t-elle — ce qu'un geai lui reprocha immédiatement.

Peter revint sur ses pas, lui renifla le nez, puis la lécha.

« Bon Dieu, ne fais pas ça ! Ton haleine pue. »

Peter agita sa queue. Bobbi s'assit par terre. Elle passa la main sur sa joue gauche et vit du sang sur sa paume et ses doigts. Elle grogna.

« Me voilà bien », dit-elle en se retournant pour voir sur quoi elle avait trébuché : une branche d'arbre tombée, probablement, ou un rocher affleurant. Il y a beaucoup de rochers dans le Maine.

Mais elle aperçut un reflet métallique.

Elle toucha l'objet, en suivit le contour des doigts, souffla pour le débarrasser de la terre noire de la forêt.

« Qu'est-ce que c'est que ça ? » demanda-t-elle à Peter.

Peter approcha, renifla, puis il eut un comportement curieux. Il recula de deux pas de chien, s'assit et émit un unique hurlement sourd.

« Qu'est-ce qui t'arrive ? » demanda Bobbi.

Le beagle ne bougea pas. Roberta Anderson s'approcha, toujours assise, glissant sur le fond de ses jeans, et examina le bout de métal qui émergeait de l'humus. Il en sortait environ dix centimètres de la terre meuble, juste assez pour que l'on trébuche.

Le sol était légèrement surélevé à cet endroit, et il était possible que les fortes pluies de printemps aient dégagé un objet enfoui là. Bobbi pensa d'abord que les bûcherons qui avaient exploité cette forêt dans les années vingt ou trente avaient enterré ici leurs ordures — les détritus de trois jours d'abattage, ce qu'on appelait à l'époque un « week-end de bûcheron ».

Une boîte de conserve, se dit-elle — de la bière, des haricots B & M ou de la soupe Campbell. Elle saisit le métal et le secoua comme on le ferait pour extraire une boîte de la terre. Puis elle se dit que seul un enfant qui commence tout juste à marcher pourrait trébucher sur un obstacle aussi peu résistant que le bord d'une boîte de conserve. De fait, ce métal enfoncé dans la terre ne bougeait pas. Il était aussi solide que le socle rocheux. Un vieil outil de bûcheron, peut-être ?

Intriguée, Bobbi l'examina de plus près ; elle ne s'aperçut pas que Peter s'était mis sur ses pattes et avait reculé de quatre pas de plus avant de se rasseoir.

Le métal était d'un gris terne — il n'avait pas le lustre de l'aluminium ou de l'acier. Et il était plus épais que celui d'une boîte de conserve : pas loin d'un centimètre au sommet. Bobbi posa la pulpe de son index droit sur le rebord et sentit un instant un curieux chatouillement, comme une vibration.

Elle retira le doigt et regarda l'objet avec étonnement.

Elle reposa son doigt.

Rien. Pas de bourdonnement.

Elle pinça l'objet entre le pouce et l'index et tenta de le tirer du sol comme une dent de lait de sa gencive. Il ne céda pas. Elle le saisit par le milieu. Il s'enfonçait dans la terre — du moins ce fut son impression — de chaque côté sur une largeur de quelques centimètres, cinq tout au plus. Elle dirait plus tard à Jim Gardener qu'elle aurait pu passer à côté trois fois par jour pendant quarante ans sans jamais trébucher dessus.

Elle écarta un peu la terre, dégageant un peu plus l'objet. Elle creusa avec ses doigts une rigole de cinq centimètres tout le long du métal — la terre s'émiettait facilement, comme toujours en forêt... du moins tant que l'on n'atteint pas un réseau de racines. Le métal s'enfonçait plus loin encore. Bobbi se dressa sur ses genoux et creusa de part et d'autre de l'objet qu'elle tenta à nouveau de secouer. Il ne cédait toujours pas.

Elle gratta encore la terre avec ses doigts et dégagea rapidement une plus grande surface de métal gris : quinze centimètres, puis vingt, puis trente.

C'est une voiture, ou un camion, ou un traîneau, songea-t-elle soudain. *Enterré ici loin de tout. Ou peut-être un réchaud Hooverville. Mais pourquoi ici ?*

Elle ne trouvait aucune explication, pas la moindre raison. Il lui arrivait de temps à autre de découvrir toutes sortes de choses dans le bois : douilles d'obus, boîtes de bière (pas celles qui s'ouvrent d'un coup de pouce, mais le vieux modèle avec un trou en triangle qu'on dégageait à l'aide d'un anneau appelé « clé d'église » en ces jours lointains et oubliés des années soixante), papiers argentés de bonbons, etc. Haven ne se trouve sur aucune des deux grandes voies touristiques du Maine, dont l'une traverse la région des lacs et des montagnes à l'ouest de l'État, tandis que l'autre longe la côte à l'extrême est ; mais il y avait longtemps, bien longtemps que cette forêt n'était plus vierge. Une fois (alors qu'elle avait escaladé le mur écroulé marquant la limite de ses terres et s'était aventurée sur celles des Papeteries de Nouvelle-Angleterre), elle avait trouvé la carcasse rouillée d'une Hudson Hornet de la fin des années cinquante dans un ancien chemin forestier qui, vingt ans après que l'exploitation eut cessé, se trouvait envahi de taillis enchevêtrés — ce que les gens du cru appelaient du bois de merde. Rien ne justifiait non plus la présence de cette épave de voiture... mais elle s'expliquait plus facilement que celle du truc enterré là, fourneau, réfrigérateur ou n'importe quel foutu tas de ferraille.

Après avoir creusé des tranchées jumelles d'une trentaine de centimètres de long de chaque côté de l'objet sans en trouver le bout, elle s'enfonça de presque trente centimètres avant de s'écorcher les doigts sur le roc. Elle aurait peut-être réussi à extraire le bloc de rocher — qui *lui*, au moins, semblait remuer un peu sous la pression — mais cela ne présentait guère d'intérêt. L'objet enterré continuait en dessous.

Peter geignit.

Boobi Anderson regarda le chien, puis se leva. Ses deux genoux craquèrent. Mille aiguilles lui picotaient le pied gauche. Elle pêcha dans sa poche de pantalon sa montre de gousset, une vieille montre Simon ternie, elle aussi héritée de l'oncle Frank, et fut stupéfaite de constater qu'elle était restée là un long moment : une heure et quart au moins. Il était plus de quatre heures.

« Viens, Pete, dit-elle, fichons le camp. »

Peter geignit à nouveau mais ne bougea pas. Bobbi s'inquiéta vraiment quand elle vit que le vieux beagle frissonnait de la tête aux pattes, comme pris d'une crise de fièvre des marais. Elle ne savait pas si les chiens attrapaient la fièvre des marais, mais elle se dit que cela pouvait sans doute arriver aux très vieux beagles. Elle se souvint que la seule fois où elle avait vu Peter frissonner ainsi, c'était à l'automne 1977 (ou bien 1978). Il y avait un puma dans les parages. Plusieurs nuits de suite, neuf, pensait-elle, ce qui était probablement une femelle en chaleur avait rugi et hurlé. Chaque nuit, Peter s'était posté près de la fenêtre du salon, perché sur le banc d'église que Bobbi avait installé là, près de sa bibliothèque. Il n'aboyait jamais. Il se contentait de scruter l'obscurité, dehors, tendu vers ce gémissement sinistre de la femelle, les narines dilatées, les oreilles dressées. Et il frissonnait.

Bobbi enjamba l'objet et s'approcha de Peter. Elle s'agenouilla et lissa de ses mains les deux côtés de la tête du chien ; les frissons se transmirent à ses paumes.

« Qu'est-ce qui ne va pas, mon vieux ? » murmura-t-elle.

Mais elle savait ce qui n'allait pas. L'œil valide de Peter avait glissé sur elle pour regarder cette chose dans la terre, puis s'était reporté sur Bobbi. La prière qu'elle avait perçue dans l'œil que l'horrible cataracte laiteuse n'avait pas voilé était aussi claire que si Peter avait pu parler : *Partons d'ici, Bobbi, j'aime presque autant cette chose que ta sœur.*

« D'accord », dit Bobbi, un peu mal à l'aise.

Soudain, elle se rendit compte qu'elle ne se souvenait pas d'avoir jamais perdu la notion du temps comme elle l'avait fait en ce lieu, ce jour-là.

Peter n'aime pas ça. Et moi non plus.

« Viens ! »

Elle s'engagea sur la pente qui montait vers le sentier. Peter ne se fit pas prier pour la suivre.

Ils avaient presque atteint le sentier quand Bobbi, comme la femme de Loth, regarda en arrière. Si elle s'était abstenue de jeter ce dernier regard, il est possible qu'elle eût laissé tomber toute l'affaire. Depuis qu'elle avait quitté l'université avant d'obtenir son diplôme — en dépit des supplications larmoyantes de sa mère et des diatribes furieuses agrémentées d'ultimatums menaçants de sa sœur —, Bobbi s'était perfectionnée dans l'art de laisser tomber.

Ce regard en arrière, permettant un certain recul, lui révéla deux choses. Premièrement, l'objet ne s'enfonçait pas dans la terre comme elle l'avait pensé au début. La langue de métal affleurait au milieu d'une déclivité assez marquée, peu large, mais profonde, dont l'origine remontait certainement à la fonte des neiges et aux fortes pluies de printemps qui avaient suivi. Si bien que le sol remontait de chaque côté de la saillie de métal, et que le reste de l'objet était simplement caché sous une couche de terre qui allait s'épaississant. L'impression qu'elle avait eue tout d'abord que le bout de métal émergeant du sol était le bord de quelque objet se révélait finalement fausse — en tout cas, elle ne s'imposait plus comme vraie. Deuxièmement, cela ressemblait à une assiette — non pas une assiette dans laquelle on mange, mais un vulgaire plateau de métal, comme un plat ou...

Peter aboya.

« D'accord, dit Roberta. J'ai compris. On s'en va. »

On s'en va... et on s'en fiche.

Elle marchait au milieu du chemin, laissant Peter les conduire vers la route en clopinant à son rythme, profitant de la luxuriante végétation verte de l'été... Mais oui, *c'était* le premier jour de l'été, n'est-ce pas ? Le solstice d'été. Le plus long jour de l'année. Elle claqua les mains sur un moustique et sourit. L'été, Haven était agréable. La meilleure saison. Et si Haven ne soutenait pas la comparaison avec les célèbres lieux de villégiature de la côte, relégué comme il l'était au-dessus d'Augusta, dans cette région centrale de l'Etat que la plupart des touristes ignoraient, ce n'en était pas moins un endroit propice au repos, comme son nom le promettait. Tout d'abord, Bobbi avait honnêtement cru qu'elle n'y resterait que quelques années, juste le temps de se remettre des traumatismes de l'adolescence, de sa sœur, de son abandon abrupt et déconcertant de l'université (de sa capitulation, disait Anne) ; mais les quelques années avaient atteint le nombre de cinq, puis de dix, puis de treize et, voyez-vous ça, Peter était vieux et elle avait une belle touffe de gris qui gagnait du terrain sur des cheveux jadis noirs comme le Styx (elle avait essayé de les couper très court deux ans plus tôt, presque à la punk, et elle avait été horrifiée de découvrir que cela rendait le gris encore plus apparent ; depuis, elle les avait laissés repousser).

Elle se disait maintenant qu'elle pourrait bien passer le reste de sa vie à Haven, à la seule exception du voyage obligatoire qu'elle entreprenait presque chaque année pour aller voir son éditeur à New York. Le village l'avait envoûtée, la région, la *terre*. Et ce n'était pas si mal. Aussi bien que n'importe quoi d'autre, probablement.

Comme un plateau, un plateau de métal.

Elle cassa une petite branche tout emplumée de jeunes feuilles vertes et l'agita en moulinets au-dessus de sa tête. Les moustiques l'avaient trouvée et semblaient décidés à s'offrir un festin. Des moustiques tourbillonnaient autour de sa tête... et ses pensées tourbillonnaient comme des moustiques dans sa tête. Et ces pensées, elle ne pouvait les chasser d'un coup de brindille.

Ça a vibré sous mon doigt pendant une seconde. Je l'ai senti. Comme un diapason. Mais quand je l'ai touché de nouveau, ça s'est arrêté. Est-il possible qu'une chose vibre ainsi dans la terre ? Sûrement pas. Peut-être...

Peut-être n'était-ce qu'une vibration *psychique*. Elle ne refusait pas absolument de croire à de tels phénomènes. Peut-être que son esprit avait senti quelque chose dans cet objet enterré et le lui avait dit de la seule façon possible : en lui donnant une impression tactile — l'impression d'une vibration. Peter avait certainement senti quelque chose ; le vieux beagle n'avait pas voulu s'approcher de l'objet.

Oublie ça. C'est ce qu'elle fit.

Pour un temps.

4

Cette nuit-là, un violent vent tiède se leva, et Bobbi sortit sur le porche pour fumer et écouter le vent cheminer et parler. Il n'y avait pas si longtemps, moins d'un an plus tôt, Peter serait sorti avec elle, mais maintenant il restait dans le salon, lové devant le poêle sur son petit tapis au crochet, le nez sur la queue.

Roberta surprit son cerveau en train de se reporter à cet instant où elle s'était retournée pour jeter un dernier regard au plateau émergeant de la terre. Plus tard, elle en vint à penser qu'à un moment donné — peut-être quand elle avait lancé sa cigarette sur l'allée de gravier — elle avait décidé qu'il fallait qu'elle creuse pour voir ce que c'était... même si elle n'avait pas eu conscience, en cet instant, de la décision qu'elle prenait.

Incapable de trouver le repos, son cerveau se perdait en hypothèses sur ce que cela pouvait être, et cette fois elle lui laissa libre cours — elle avait appris que lorsque le cerveau insiste pour revenir sur un sujet quoi que l'on fasse pour l'en distraire, il vaut mieux lui céder. Seuls les obsédés s'inquiètent de leurs obsessions.

Un élément d'une construction, hasarda son cerveau, un préfabriqué. Mais qui assemblerait un abri Quonset dans les bois ? Qui traînerait tout ce métal quand trois hommes pouvaient abattre assez de bois et construire une cabane de bûcheron en six heures avec des haches, des scies et un passe-partout ? Ce n'était pas non plus une voiture, car le métal aurait été piqué de rouille. Un bloc moteur semblait un peu plus vraisemblable, mais pourquoi l'aurait-on enterré là ?

A présent, dans l'obscurité qui tombait, le souvenir de la vibration lui revint avec une certitude indubitable. C'était *obligatoirement* une vibration psychique, si elle avait vraiment senti quelque chose. Ça...

Une certitude froide et terrible s'imposa soudain à elle : quelqu'un était enterré là. Peut-être avait-elle dégagé le coin d'une voiture ou d'un vieux réfrigérateur, ou même d'un quelconque coffre d'acier, mais quoi qu'ait pu être ce machin avant qu'on ne l'enfouisse, c'était maintenant un cercueil. La victime d'un meurtre ? Qui d'autre aurait-on enterré de cette façon, dans une telle boîte ? Les gars qui s'aventuraient dans les bois à la saison de la chasse, qui s'y perdaient et y mouraient, ne se promenaient pas avec un cercueil de métal pour s'y glisser juste avant de trépasser... et même si l'on envisageait une idée aussi totalement idiote, qui aurait recouvert le cercueil de terre ? Laissez tomber, les gars ! comme nous disions au temps glorieux de notre jeunesse.

La vibration. C'était l'appel d'ossements humains.

Allez, Bobbi — ne sois pas si foutrement stupide.

Pourtant, elle ne put se retenir de frissonner. Dans son étrangeté, cette idée possédait un curieux pouvoir de persuasion, comme une histoire de fantôme de l'époque victorienne qui ne pouvait plus intéresser personne maintenant que le monde fonçait sur l'Avenue des Puces informatiques, vers les merveilles et les horreurs inconnues du XXIe siècle, mais qui n'en donnait pas moins la chair de poule. Elle entendait le rire d'Anne qui lui disait : *Tu deviens aussi folle qu'oncle Frank, Bobbi, et c'est tout ce que tu mérites à vivre seule là-bas avec ce chien puant.* D'accord. La fièvre de la cabane. Le complexe de l'ermite. Appelez un docteur, appelez une infirmière, Bobbi va mal... et ça empire.

Cela dit, elle eut soudain envie de parler à Jim Gardener — elle eut *besoin* de lui parler. Elle rentra pour l'appeler chez lui, plus loin sur la route, à Unity. Elle avait déjà composé quatre chiffres quand elle se souvint qu'il était parti pour une tournée de lectures publiques, puisque c'était grâce à ce genre de manifestations, à des conférences et des séminaires de poésie, qu'il gagnait sa vie. Pour les artistes itinérants, l'été constituait une période d'activité privilégiée. *Toutes ces matrones ménopausées doivent bien faire quelque chose de leurs étés*, disait Jim avec ironie, *et je dois manger en hiver. En somme, c'est un échange de bons procédés. Tu devrais rendre grâce à Dieu de pouvoir échapper à ce genre de tournées, Bobbi.*

Oui, cela lui était épargné — bien qu'elle pensât que Jim y trouvait plus de plaisir qu'il ne voulait bien le dire. En tout cas, il devait y trouver l'occasion de nombreuses aventures.

Roberta raccrocha et regarda sa bibliothèque, à gauche du poêle. Ce n'était pas un beau meuble — elle ne serait jamais menuisier — mais il était utile. Les deux étagères du bas étaient occupées par la série de volumes de *Time-Life* sur la conquête de l'Ouest. Les deux suivantes croulaient sous un mélange d'ouvrages de fiction et de reportages tournant autour du même sujet ; les premiers « westerns » de Brian Garfield se serraient contre le gros volume de Hubert Hampton sur les territoires de l'Ouest. La saga de Sackett de Louis L'Amour cohabitait tant bien que mal avec *La Venue de la pluie* et *En route vers la Terre promise*, les deux merveilleux romans de Richard Marius. *Lettres de sang et mauvais hommes* de Jay R. Nash, et *L'Expansion vers l'Ouest* de F.K. Mudgett entouraient une foule de livres de poche sur le Far-West de Ray Hogan, Archie Joceylen, Max Brand, Ernest Haycox et, naturellement, Zane Grey, dont Bobbi avait tant relu *Les Cavaliers de la sauge pourpre* que le volume était presque en lambeaux.

Sur l'étagère supérieure, elle avait disposé ses propres livres, onze en tout. Dix sur le Far-West, à commencer par *Le Village des pendus*, publié en 1975, pour finir par *La Longue Chevauchée du retour*, publiée en 1986. *Le Canyon du massacre*, le nouveau, paraîtrait en septembre, comme tous ses livres précédents sur l'Ouest. Elle se souvint qu'elle était ici, à Haven, quand elle avait reçu son premier exemplaire du *Village des pendus*, pourtant commencé dans un appartement miteux de Cleaves Mills, et tapé sur une Underwood des années trente en train de mourir de sa belle mort. Mais elle l'avait terminé ici, et c'était ici qu'elle avait tenu entre ses mains le premier exemplaire imprimé de son roman.

Ici, à Haven. Toute sa carrière d'auteur s'était déroulée ici... à l'exception de son premier livre.

Elle le saisit et le regarda avec curiosité, se rendant compte que cela faisait peut-être cinq ans qu'elle n'avait pas tenu le mince volume entre ses mains. Ce n'était pas seulement la pensée de la vitesse à laquelle le temps passait qui la déprimait, mais surtout le nombre de fois où cette pensée lui était venue dernièrement.

Ce volume n'avait rien à voir avec les autres, rien de commun avec leurs couvertures montrant des mesas et des pitons rocheux, des cavaliers, des vaches et des villages poussiéreux le long des pistes. La couverture de celui-ci était illustrée d'une gravure du XIXe siècle représentant un clipper gagnant le port. Le contraste entre les noirs et les blancs, qui ne laissait place à aucun compromis, était frappant, presque choquant. *En récitant la rose des vents*, lisait-on au-dessus de la gravure. Et en dessous : *Poèmes de Roberta Anderson*.

Elle ouvrit le livre, tourna la page de titre, s'attarda un moment sur la date de publication, 1974, puis s'arrêta à la dédicace. Elle était aussi nette que la gravure : *Pour James Gardener*. L'homme qu'elle avait essayé d'appeler. Le second des trois hommes avec qui elle ait jamais eu de relations sexuelles, et le seul qui ait été capable de l'amener à l'orgasme. Non qu'elle attachât quelque importance particulière à *ça*. Pas une grande importance en tout cas. Du moins, c'est ce qu'elle croyait. Ou *croyait* qu'elle croyait. Ou quelque chose d'approchant. Et de toute façon, ça n'avait plus d'importance ; leur aventure, c'était du passé.

Elle soupira et remit le livre en place sans regarder les poèmes. Un seul était bon. Elle l'avait écrit en mars 1972, un mois après que son grand-père fut mort du cancer. Les autres ne valaient rien ; le lecteur distrait pouvait se laisser prendre parce qu'elle était *vraiment* un écrivain de talent, mais le cœur de son talent résidait ailleurs. Quand elle avait publié *Le Village des pendus*, les membres du cercle d'écrivains qu'elle connaissait alors la renièrent tous. Tous sauf Jim, qui avait édité *En récitant la rose des vents*.

Peu après son arrivée à Haven, elle avait envoyé une longue lettre bavarde à Sherry Fenderson, et elle avait reçu en retour une carte postale brutale : *Je te prie de ne plus m'écrire. Je ne te connais pas.* Signée d'un simple S en forme de coup de fouet, aussi brutal que le message. Elle était assise sous le porche, pleurant sur cette carte, quand Jim était arrivé. *Pourquoi pleures-tu à cause de ce que pense cette idiote ?* lui avait-il demandé. *Tu veux vraiment te fier au jugement d'une femme qui défile en criant « Le pouvoir au peuple ! » et se parfume au n° 5 de Chanel ?*

Mais il se trouve qu'elle est un très bon poète, avait-elle dit entre deux reniflements.

Jim s'était impatienté. *Ça ne la rend pas plus mûre pour autant, et ça ne la rend pas plus capable de remettre en cause les interdits qu'on lui a inculqués et qu'elle s'est inculqué. Réfléchis un peu, Bobbi. Si tu veux continuer à faire ce que tu aimes, reprends tes esprits et arrête de pleurer connement. Ces nom de Dieu de larmes me rendent malade. Ces nom de Dieu de larmes me donnent envie de dégueuler. Tu n'es pas faible. Je sais reconnaître les faibles quand j'en vois. Pourquoi veux-tu être ce que tu n'es pas ? A cause de ta sœur ? C'est pour ça ? Elle n'est pas ici, et elle n'est pas toi, et rien ne te force à la laisser venir si tu ne le veux pas. Arrête de pleurer dans mon giron au sujet de ta sœur. Grandis un peu. Arrête de geindre.*

Elle l'avait regardé avec stupéfaction, elle s'en souvenait, maintenant.

Il y a une grande différence entre bien faire ce que tu FAIS *et montrer habilement ce que tu* SAIS, lui avait-il dit. *Laisse à Sherry le temps de grandir. Donne-toi le temps de grandir. Et arrête de te juger. C'est chiant. Je ne veux pas te voir pleurnicher. Ce sont les cons qui pleurnichent. Arrête d'être conne.*

Elle avait senti qu'elle le haïssait, qu'elle l'aimait, qu'elle voulait tout de lui et rien de lui. Est-ce qu'il n'avait pas dit qu'il reconnaissait les faibles quand il en voyait ? Cela valait mieux pour lui. Il était bien placé pour ça. Même à cette époque, elle le savait déjà.

Bon, avait-il ajouté, *est-ce que tu veux baiser avec un ancien éditeur, ou est-ce que tu préfères continuer à chialer sur cette foutue carte ?*

Elle avait baisé avec lui. Maintenant, elle ne savait pas si elle l'avait *voulu*, et elle ne l'avait pas su sur le moment non plus, mais elle l'avait fait. Et elle avait crié de plaisir.

C'était près de la fin.

Elle s'en souvenait aussi — combien c'était près de la fin. Il s'était marié peu après, mais n'importe comment, ç'aurait été près de la fin. Il était faible, et il le savait.

De toute façon, ça n'a pas d'importance, se dit-elle, et elle se donna le bon vieux conseil : *laisse tomber.*

Conseil plus facile à donner qu'à suivre. Cette nuit-là, Bobbi mit longtemps à s'endormir. De vieux fantômes s'étaient réveillés quand elle avait pris son livre, ses poèmes d'étudiant... Ou peut-être était-ce ce vent ample et doux, bruissant dans les feuilles, sifflant dans les arbres ?

Elle était presque endormie quand Peter l'éveilla. Peter hurlait dans son sommeil.

Bobbi se leva d'un bond, effrayée. Il était déjà arrivé à Peter de faire toutes sortes de bruits en dormant (sans parler des pets de chien incroyablement nauséabonds), mais jamais il n'avait hurlé. C'était comme se réveiller aux cris d'un enfant en proie à un cauchemar.

Elle gagna le salon, vêtue de ses seules chaussettes, et s'agenouilla près de Peter, toujours couché sur son tapis près du poêle.

« Pete, murmura-t-elle. Hé, Pete, calme-toi ! »

Elle caressa le chien. Peter tremblait, et quand Bobbi le toucha, il sursauta, découvrant les restes érodés de ses dents. Puis ses yeux s'ouvrirent — le bon et le mauvais — et il sembla reprendre ses esprits. Il gémit faiblement et battit de la queue contre le plancher.

« Ça va ? » demanda-t-elle.

Peter lui lécha la main.

« Alors, recouche-toi. Arrête de geindre. C'est chiant. Arrête de faire le con. »

Peter s'allongea et ferma les yeux. Bobbi resta à genoux près de lui à le regarder, inquiète.

Il rêve à ce machin.

Sa raison repoussa cette idée, mais la nuit imposait ses propres impératifs — c'était vrai, et Bobbi le savait.

Elle se coucha enfin, et le sommeil la gagna peu après deux heures du matin. Elle fit un rêve curieux. Elle se voyait tâtonnant dans l'obscurité... elle ne tentait pas de trouver quelque chose, mais d'échapper à quelque chose. Elle était dans les bois. Des branches lui fouettaient le visage et lui griffaient les bras. Elle trébuchait parfois sur des racines ou des arbres abattus. Et alors, devant elle, une terrifiante lumière verte se mettait à luire en un rayon unique, étroit comme un crayon. Dans son rêve, elle songeait au « Cœur révélateur » de Poe, à la lanterne du narrateur fou, dont l'éclat ne luisait que par un petit trou qui lui servait à diriger un rayon de lumière sur le mauvais œil qu'il soupçonnait son vieux bienfaiteur d'avoir jeté sur lui.

Bobbi Anderson sentait ses dents tomber.

Elles se déchaussaient sans douleur, toutes. Celles du bas tombaient en désordre, certaines à l'extérieur, d'autres dans la bouche, et elles restaient sur sa langue ou bien en dessous, comme de petits grumeaux durs. Celles du haut atterrissaient sur le devant de son chemisier. Elle en sentait une glisser dans son soutien-gorge, où elle restait coincée, lui meurtrissant la peau.

La lumière. La lumière verte. Il y avait dans cette lumière...

5

... quelque chose qui n'allait pas.

Ce n'était pas simplement parce qu'elle était grise et nacrée, cette lumière : on pouvait s'attendre à ce qu'un vent comme celui qui avait soufflé la nuit précédente amène un changement de temps. Bobbi sut qu'autre chose n'allait pas avant même de regarder le réveil sur sa table de nuit. Elle le prit à deux mains et l'approcha de son visage, bien que sa vue fût de 10/10. Il était trois heures et quart de l'après-midi. Elle avait pris l'habitude de se lever tard, d'accord. Mais même si elle dormait tard, l'habitude ou l'envie d'uriner la réveillait toujours vers neuf heures, dix tout au plus. Cette fois, elle avait fait un tour de cadran complet... Et elle aurait dévoré un bœuf.

Elle glissa jusqu'au salon sur ses chaussettes, et vit que Peter gisait inerte sur le côté, la tête rejetée en arrière, ses babines découvrant ses chicots jaunes, les pattes écartées.

Mort, pensa-t-elle avec une certitude froide et absolue. *Peter est mort. Il est mort pendant la nuit.*

Elle s'approcha de son chien, anticipant déjà la sensation de chair froide et de fourrure sans vie. C'est alors que Peter émit un son confus, un claquement de babines — un ronflement chaotique de chien. Bobbi sentit un immense soulagement la parcourir. Elle prononça le nom du chien et Peter entreprit de se lever, l'air presque coupable, comme s'il avait conscience d'avoir trop dormi. Bobbi se dit que c'était sûrement le cas : les chiens semblent avoir un sens de la durée extrêmement développé.

« On a fait la grasse matinée, mon vieux », dit-elle.

Peter se leva et étira d'abord une patte arrière, puis l'autre. Il regarda autour de lui, avec une perplexité presque comique, et s'approcha de la porte. Bobbi l'ouvrit. Peter resta planté là un moment : il n'aimait pas la pluie. Puis il sortit pour sa petite affaire.

Bobbi resta quelques instants encore dans le salon, s'étonnant de la certitude qu'elle avait eue de la mort de Peter. Bon sang ! Qu'est-ce qui n'allait pas chez elle ces derniers temps ? Tout était funeste et sinistre. Puis elle alla à la cuisine se préparer à manger... sans bien savoir quel nom donner à un petit déjeuner pris à quinze heures.

En chemin, elle fit un détour par la salle de bains pour

se soulager elle aussi. Elle s'arrêta devant son reflet dans le miroir crépi de projections de dentifrice. Une femme qui va sur la quarantaine. Cheveux grisonnants, mais sinon pas si mal — elle ne buvait pas beaucoup, ne fumait pas beaucoup, passait presque tout son temps dehors quand elle n'écrivait pas. Cheveux noirs irlandais — aucune romanesque flamme rousse pour elle — un peu trop longs. Yeux gris-bleu. Elle découvrit brusquement ses dents, s'attendant tout à coup à ne trouver que des gencives roses.

Mais ses dents étaient là, toutes. Rendons grâce à l'eau fluorée d'Utica, État de New York. Elle les toucha, afin que ses doigts convainquent son cerveau de cette existence osseuse.

Mais il y avait quelque chose qui n'allait pas.

Une humidité.

Elle était humide entre les cuisses.

Oh, non! Oh, merde! Presque une semaine trop tôt, et j'ai justement changé mes draps hier...

Cependant, après s'être douchée, avoir doublé son slip propre d'une serviette et s'être habillée douillettement, elle alla voir l'état de ses draps et constata qu'ils n'étaient pas tachés. Si ses règles étaient en avance, elles avaient eu la politesse d'attendre qu'elle soit réveillée pour se déclarer. Aucune raison non plus de s'inquiéter : elle était plutôt bien réglée, mais il lui était arrivé d'avoir un peu de retard ou un peu d'avance de temps à autre ; une question de régime, peut-être, ou d'anxiété inconsciente, à moins que son horloge intérieure n'ait perdu une ou deux dents de ses engrenages. Elle n'avait pas envie de vieillir vite, pourtant elle se disait souvent qu'être débarrassée de tous les inconvénients de la menstruation serait un grand soulagement.

Les traces de son cauchemar effacées, Bobbi Anderson entreprit de se préparer un petit déjeuner tardif.

2

Roberta Anderson
creuse

1

Il plut sans interruption pendant les trois jours suivants. Bobbi arpentait nerveusement la maison. Elle emmena Peter dans son pick-up jusqu'à Augusta pour des courses dont elle n'avait pas vraiment besoin, but de la bière, écouta les vieilles chansons des Beach Boys en s'acquittant de menues réparations dans la maison. L'ennui, c'était qu'en réalité, il n'y avait pas tellement de réparations à faire. Au troisième jour, elle se mit à tourner autour de la machine à écrire, se disant qu'elle allait peut-être commencer son nouveau livre. Elle savait de quoi il devait parler : d'une jeune maîtresse d'école et d'un chasseur de bisons, mêlés à une guerre pour le partage des pâturages dans le Kansas au début des années 1850 — période où tous, dans le centre des Grandes Plaines, semblaient se préparer pour la guerre de Sécession, qu'ils en aient conscience ou non. Ce serait un bon livre, se dit-elle, mais elle ne le sentait pas encore tout à fait « mûr », bien qu'elle ne sût pas vraiment ce que cela signifiait (le visage et la voix sardoniques d'Orson Welles lui vinrent à l'esprit : *Nous n'en écrirons point d'autre avant que le temps ne soit venu*). Mais son agitation la minait, et tous les signes étaient apparus : impatience envers les livres, envers la musique, envers elle-même. Une tendance à partir à la dérive... et puis à regarder la machine à écrire en souhaitant la tirer de son sommeil pour la projeter dans quelque rêve.

Peter aussi semblait nerveux : il grattait à la porte pour sortir, puis grattait pour rentrer cinq minutes plus tard, déambulant dans la maison, se couchant, se relevant.

Basses pressions, se disait Roberta. *C'est tout. Ça nous énerve tous les deux, ça nous rend irritables.*

Et ces fichues règles. D'ordinaire, elles se déclenchaient soudain, abondantes, puis s'arrêtaient. Comme lorsqu'on ferme un robinet. Cette fois, elles continuaient à couler. *Il faut remplacer le joint, ha ! ha !* se dit-elle sans le moindre humour. Le second jour de pluie, elle se retrouva assise devant sa machine à écrire juste après la tombée de la nuit, une feuille blanche engagée sous le rouleau. Elle se mit à taper et il en résulta une série de X et de O, comme au jeu de morpion, et puis quelque chose qui ressemblait à une équation mathématique... ce qui était stupide, puisqu'elle n'avait plus jamais refait de maths depuis le cours d'algèbre — niveau II — au collège. Maintenant, les X ne lui servaient qu'à barrer les mots erronés, c'était tout. Elle retira la feuille et la jeta.

Le troisième jour de pluie, après le déjeuner, elle téléphona au département d'anglais de l'université. Jim n'y enseignait plus depuis huit ans, mais il y avait toujours des amis et gardait le contact avec eux. Muriel, au secrétariat, savait en général où il se trouvait.

Elle le savait effectivement. Jim Gardener, dit-elle à Roberta, faisait une lecture de ses poèmes à Fall River ce soir-là, le 24 juin, puis il en donnerait deux autres à Boston dans les trois jours qui venaient, avant de se rendre à Providence et New Haven — le tout dans le cadre de la Caravane de la Poésie de Nouvelle-Angleterre. Encore un coup de Patricia McCardle, se dit Roberta en esquissant un sourire.

« Alors il sera de retour... quand ? Pour la fête nationale, le 4 Juillet ?

— Oh, je ne sais pas quand il reviendra, Bobbi,

répondit Muriel. Tu connais Jim. Sa dernière conférence est le 30 juin. C'est tout ce que je peux dire avec certitude. »

Bobbi la remercia et raccrocha. Elle regarda le téléphone d'un air songeur, cherchant à faire surgir dans son esprit une image complète de Muriel — encore une jeune Irlandaise (mais Muriel avait les cheveux roux traditionnels) qui entrait dans la maturité, le visage rond, les yeux verts, une belle poitrine. Est-ce qu'elle avait couché avec Jim ? Probablement. Bobbi ressentit un petit pincement de jalousie, mais pas très fort. La jeune secrétaire était une fille bien. Bobbi se sentait mieux du seul fait d'avoir parlé à Muriel, à quelqu'un qui savait qui elle était, qui pouvait penser à elle comme à une personne réelle, et non pas juste comme à une cliente de l'autre côté du comptoir dans une quincaillerie d'Augusta, ou comme à une vague connaissance que l'on salue de la main depuis la boîte aux lettres. Bobbi était d'un naturel solitaire, mais peu portée sur la vie monastique... et parfois un simple contact humain pouvait la combler alors même qu'elle ignorait ce besoin d'être comblée.

Elle estima qu'elle savait maintenant pourquoi elle voulait joindre Jim : parler avec Muriel avait assouvi ce manque, c'était toujours ça. La chose dans le bois n'avait pas quitté son esprit, et l'idée que ce pût être une sorte de cercueil clandestin s'imposait maintenant comme une certitude. Si elle était énervée, ce n'était pas parce qu'elle avait besoin d'*écrire :* elle avait besoin de *creuser*. Et elle n'avait pas envie de le faire seule.

« Il semble pourtant qu'il va falloir que je le fasse, Pete », dit-elle en s'asseyant dans son fauteuil à bascule près de la fenêtre donnant sur l'est — le fauteuil où elle lisait.

Peter lui jeta un coup d'œil, comme pour dire : *Tout ce que tu veux, minette.* Bobbi se redressa, regardant soudain Peter — le *regardant* vraiment. Peter lui rendit son regard avec un certain plaisir, la queue battant le sol. Un instant elle eut l'impression que Peter était différent... de façon si évidente qu'elle aurait dû en découvrir immédiatement la cause.

Mais elle ne voyait rien.

Elle s'adossa de nouveau, ouvrant un livre — une thèse de l'université du Nebraska qui n'avait probablement d'excitant que son titre : *Guerre des pâturages et guerre de Sécession*. Elle se souvint d'avoir pensé quelques nuits plus tôt à ce que sa sœur Anne aurait dit : *Tu deviens aussi folle que l'oncle Frank, Bobbi*. Oui... peut-être.

Elle ne tarda pas à s'immerger dans sa lecture, prenant parfois des notes sur le bloc de papier qu'elle gardait à portée de la main. Dehors, la pluie continuait à tomber.

2

L'aube du quatrième jour se leva, claire, lumineuse et sans pluie : une journée d'été de carte postale, avec juste ce qu'il fallait de brise pour que les insectes se tiennent à distance. Bobbi traîna dans la maison presque jusqu'à dix heures, consciente de la pression croissante que son esprit exerçait sur elle pour qu'elle aille creuser, déjà. Elle eut conscience de lutter contre cette pression (Orson Welles à nouveau — *Nous ne déterrerons personne avant*... oh, ferme-la, Orson !). L'époque où elle se contentait d'obéir à l'envie du moment, conformément à un style de vie que résumait alors le mot d'ordre : « Si ça te chante, fais-le », était révolue. Cette philosophie ne lui avait d'ailleurs jamais convenu ; en fait, presque tout ce qui lui était arrivé de mauvais, elle le devait à quelque action impulsive. Mais elle ne portait pas de jugement moral sur les gens qui vivaient selon leurs impulsions ; peut-être que, tout simplement, ses propres intuitions n'étaient pas très bonnes.

Elle prit un solide petit déjeuner, ajouta un œuf brouillé à la pâtée Gravy Train de Peter (il avait plus d'appétit que d'ordinaire, et Bobbi attribua cela à la fin de la pluie), puis elle fit la vaisselle.

Si seulement elle arrêtait de saigner, tout serait

parfait. Passons : ça ne s'arrête jamais avant que le temps ne soit venu. N'est-ce pas, Orson ? Tu as foutrement raison.

Bobbi sortit, enfonça sur sa tête un vieux chapeau de paille, un chapeau de cow-boy, et passa l'heure suivante dans le jardin. Étant donné la pluie qui était tombée, les choses se présentaient plutôt mieux qu'elles ne l'auraient dû. Les petits pois gonflaient et le maïs montait bien, comme aurait dit oncle Frank.

Elle s'arrêta de jardiner à onze heures. Et merde. Elle contourna la maison pour se rendre au hangar, prit une bêche et une pelle, réfléchit, ajouta un pied-de-biche. Elle se dirigea vers la porte, revint sur ses pas et sortit de la boîte à outils un tournevis et une clé à molette.

Peter lui emboîta le pas, comme toujours, mais cette fois Roberta dit : « Non, Peter », et lui montra la maison du doigt.

Peter s'arrêta, prit un air offensé, gémit et esquissa un pas timide vers Bobbi.

« *Non*, Peter. »

Peter obtempéra et fit demi-tour, la tête basse, la queue pendante de découragement. Bobbi était triste de le voir partir ainsi, mais l'autre fois, Peter avait trop mal réagi face à cette masse métallique enfoncée dans le sol. Elle resta quelques instants encore sur le sentier qui devait la mener à la route forestière, la bêche dans une main, la pelle et le pied-de-biche dans l'autre, regardant Peter monter les marches du perron, ouvrir la porte de derrière avec son museau et entrer dans la maison.

Elle se dit : *Il avait quelque chose de différent*... *il est différent. En quoi ?* Elle ne le savait pas. Mais en un éclair, presque comme une image subliminale, son rêve lui revint — cette flèche de lumière verte empoisonnée... et toutes ses dents qui tombaient sans douleur de ses gencives.

L'image disparut, et Bobbi, écoutant les criquets émettre leur cri-cri-cri continu derrière la maison, dans le petit champ où elle pourrait bientôt moissonner, se mit en chemin vers l'endroit où elle avait trouvé cette curieuse chose dans le sol.

3

Cet après-midi-là, à trois heures, ce fut Peter qui la sortit de l'hébétude dans laquelle elle avait travaillé, lui faisant prendre conscience qu'elle avait frôlé deux limites vitales : celle de la faim et celle de l'épuisement.

Peter hurlait.

A ce cri, Bobbi eut la chair de poule dans le dos et sur les bras. Elle laissa tomber la pelle dont elle se servait et s'écarta de la chose enfoncée dans la terre — la chose qui n'était ni un plateau, ni une boîte, ni rien qu'elle pût déterminer. Tout ce dont Bobbi était sûre, c'est qu'elle était tombée dans un étrange état de semi-inconscience qu'elle n'aimait pas du tout. Cette fois, elle n'avait pas seulement perdu la notion du temps ; elle avait l'impression d'avoir perdu la notion d'*elle-même*. C'était comme si quelqu'un d'autre était entré dans sa tête, se contentant d'y mettre le moteur en marche et de manœuvrer les bonnes manettes, comme on conduirait un bulldozer ou une pelleteuse.

Peter hurlait, le nez pointé vers le ciel — en une modulation prolongée, terrifiante, funèbre.

« *Arrête, Peter !* » s'exclama Bobbi. Il obéit, et elle lui en fut reconnaissante. Encore un hurlement, et elle aurait tout simplement fait demi-tour et se serait mise à courir.

Au contraire, elle lutta pour recouvrer le contrôle d'elle-même, et elle y parvint. Elle recula d'un pas de plus, et poussa un cri quand quelque chose de mou s'abattit sur son dos. A son cri, Peter émit un son bref et plaintif avant de se taire à nouveau.

Bobbi tendit la main pour attraper ce qui l'avait touchée, pensant que ce pouvait être... Non, en fait, elle ne savait pas ce qu'elle pensait que ça pouvait être, mais avant même que ses doigts ne se referment dessus, elle sut ce que c'était. Elle se rappelait vaguement s'être arrêtée juste le temps d'accrocher son chemisier à un buisson ; et c'était cela.

Elle le prit et l'enfila, décalant tout d'abord les boutons, si bien qu'un pan descendait plus bas que l'autre. Elle le reboutonna comme il convenait en regardant les fouilles qu'elle avait entamées, et à présent, ce terme archéologique semblait s'appliquer exactement à ce qu'elle avait entrepris. Les souvenirs des quatre heures et demie pendant lesquelles elle avait creusé ressemblaient au souvenir de son chemisier accroché à un buisson : brumeux et hachés. Ce n'étaient pas des souvenirs, seulement des fragments.

Mais en considérant ce qu'elle avait accompli, elle ressentit une admiration mêlée d'effroi... et une excitation grandissante.

Quoi que ce fût, c'était gigantesque. Pas seulement grand, *gigantesque*.

La bêche, la pelle et le pied-de-biche reposaient le long d'une tranchée de cinq mètres creusée dans le sol de la forêt. Bobbi avait constitué à intervalles réguliers de jolis tas de terre noire et de morceaux de roche. Sortant de cette tranchée profonde d'un mètre vingt environ, à l'endroit où Bobbi avait trébuché à l'origine sur dix centimètres de métal gris, on voyait le bord de quelque objet titanesque. *Du métal gris... un objet*.

En temps ordinaire, se dit-elle en essuyant de sa manche la sueur qui coulait sur son front, on s'estime en droit d'obtenir, de la part d'un écrivain, une meilleure définition, quelque chose de plus précis, mais elle n'était même plus certaine que le métal était de l'acier. Elle se disait maintenant que ce pouvait être un alliage plus rare, à base peut-être de béryllium ou de magnésium — et quelle que fût la composition de cet objet, elle n'avait de toute façon aucune idée de ce que *c'était*.

Elle commença à déboutonner son jean pour pouvoir y rentrer son chemisier, puis s'arrêta.

L'entrejambe de son Levi's délavé était imbibé de sang.

Doux Jésus ! Seigneur ! Ce ne sont plus des règles, mais les chutes du Niagara.

Elle eut peur, vraiment peur, puis elle s'intima l'ordre de cesser d'être aussi froussarde. Dans un état de semi-abrutissement, elle avait abattu un travail dont une équipe de quatre robustes bonshommes auraient pû être fiers... Elle, une femme qui pesait cinquante-sept, cinquante-huit kilos au maximum. *Oui*, elle saignait abondamment. Mais elle allait bien ; en fait, elle pouvait même se féliciter de ne pas avoir de douleurs en plus des saignements.

Mon Dieu, quel poète tu fais, aujourd'hui, Bobbi ! songea-t-elle en émettant un petit rire sec.

Il fallait seulement qu'elle se lave : une douche et des vêtements propres suffiraient. De toute façon, son jean était bon pour les ordures ou le sac à chiffons. Ça faisait une interrogation de moins dans ce monde perturbé et inquiétant, non ? Exactement. Pas la peine d'en faire un drame.

Elle reboutonna son pantalon sans y rentrer son chemisier — inutile de le bousiller aussi, même s'il n'avait rien d'un article de chez Dior. La sensation d'humidité poisseuse la fit grimacer quand elle se remit en mouvement. Oh, comme une bonne douche lui ferait du bien ! Et vite.

Mais au lieu de commencer à remonter la pente vers le sentier, elle revint vers la chose enfoncée dans la terre, cette chose qui l'attirait. Peter hurla, et elle en eut de nouveau la chair de poule.

« *Peter, est-ce que tu vas te* TAIRE, *pour l'amour de Dieu !* »

Elle ne criait presque jamais après Peter, ce qu'on appelle *crier*. Mais ce foutu crétin commençait à lui donner l'impression qu'elle servait de cobaye à un psychologue pavlovien. Chair de poule quand le chien hurlait au lieu de salive au son de la cloche, mais c'était le même principe du réflexe conditionné.

Debout près de sa trouvaille, elle oublia Peter et se plongea dans sa contemplation. Au bout d'un moment, elle tendit la main et saisit le métal. Elle ressentit à nouveau cette curieuse sensation de vibration, une vibration qui pénétra dans sa main et disparut. Cette fois, elle eut l'impression de toucher la coque d'un navire où la salle des machines aurait fonctionné à plein régime. Le métal lui-même était tellement lisse que sa surface paraissait graisseuse, au point qu'on s'attendait à se tacher les mains.

Elle replia les doigts et frappa la chose de ses articulations, produisant un son assourdi, comme un poing frappant un billot d'acajou. Elle resta encore un moment sans bouger puis sortit le tournevis de sa poche arrière et le tint un moment entre ses mains, ne parvenant pas à se décider, se sentant curieusement coupable, comme si elle s'apprêtait à commettre une sorte d'acte de vandalisme. Elle en frotta le métal. Aucune éraflure n'apparut.

Ses yeux lui suggéraient deux autres remarques, mais l'une ou l'autre, ou l'une et l'autre, auraient pu n'être que des illusions d'optique. La première était que le métal semblait s'épaissir à partir du bord exposé jusqu'à la partie qui disparaissait dans la terre. La seconde, que le bord était légèrement incurvé. Ces deux remarques — si elles étaient exactes — évoquaient une idée à la fois excitante, absurde, effrayante, impossible... et recelaient une certaine logique, une logique un peu folle.

Elle passa la paume sur le métal lisse et doux, et recula. Que diable faisait-elle là, à caresser ce fichu machin alors que le sang lui dégoulinait le long des jambes ? Si ce qu'elle commençait à penser devait se confirmer, ses règles seraient vraiment le dernier de ses soucis.

Tu ferais mieux d'appeler quelqu'un, Bobbi. Et tout de suite.

Je vais appeler Jim. Dès que je serai rentrée.

Ben voyons ! Appelle un poète. Brillante idée. Après ça, tu peux appeler le révérend Moon. Et peut-être Edward Gorey et Gahan Wilson pour faire des photos. Ensuite loue quelques groupes de rock et organise Woodstock 1988 ici. Sois sérieuse, Bobbi. Appelle la police.

Non. Je veux d'abord parler à Jim. Je veux qu'il voie ça. Je veux lui en parler. En attendant, je vais creuser un peu plus.

Ça pourrait être dangereux.

Oui. Non seulement ça pouvait l'être, mais ça l'était probablement, est-ce qu'elle ne l'avait pas senti ? Est-ce que Peter ne l'avait pas senti ? Il y avait encore autre chose. En descendant la pente depuis le sentier, le matin, elle avait trouvé une marmotte (elle avait même failli marcher dessus). Bien que l'odeur qu'elle avait perçue en se penchant sur l'animal lui apprît qu'il était mort depuis au moins deux jours, aucune mouche ne l'avait alertée. Il n'y avait pas de mouches autour de Marmotte-la-pauvre-marmotte, et Bobbi ne se souvenait pas d'avoir jamais vu ça. Aucun signe apparent n'indiquait non plus ce qui l'avait tuée, mais croire que la chose dans le sol ait pu jouer un rôle quelconque dans cette mort n'était que foutaises. Marmotte, cette bonne vieille marmotte, avait probablement mangé quelques boulettes empoisonnées préparées à son intention par un fermier, et elle était venue mourir ici.

Rentre à la maison. Change de pantalon. Tu es pleine de sang et tu pues.

Elle s'écarta de la chose, puis tourna les talons et grimpa la pente pour rejoindre le sentier, où Peter sauta maladroitement autour d'elle et commença à lui lécher la main avec un empressement un peu pathétique. Un an auparavant, il aurait encore tenté de renifler son pantalon, attiré par l'odeur qui s'en dégageait, mais plus maintenant. Maintenant, il ne savait plus que frissonner.

« C'est entièrement ta faute, dit Roberta. Je t'avais bien *ordonné* de rester à la maison. »

Elle n'en était pas moins contente que Peter soit venu. S'il ne l'avait pas fait, elle aurait tout aussi bien pu travailler jusqu'à la tombée de la nuit, et l'idée qu'elle aurait repris ses esprits dans l'obscurité à côté de ce machin énorme ne l'enchantait pas.

Elle se retourna avant de s'engager dans le sentier. De

là-haut, elle avait une vision plus complète de l'objet. Elle constata qu'il n'émergeait pas tout droit du sol. Et elle eut de nouveau l'impression que le bord en était légèrement recourbé.

Un plateau, c'est ce que j'ai pensé quand j'ai creusé autour avec mes doigts. Je me suis dit : un plateau d'acier, et pas une assiette. Mais peut-être que même à ce moment, alors qu'il n'en sortait qu'un petit bout du sol, je pensais en fait que c'était une assiette. Ou une soucoupe.

Une soucoupe volante, nom de Dieu.

4

De retour à la maison, elle se doucha, se changea et se garnit d'une maxi-serviette, même si le plus gros semblait passé. Puis elle se prépara un énorme dîner de haricots en conserve et de saucisses. Mais il s'avéra qu'elle était trop fatiguée pour faire plus que de grappiller dans son assiette. Elle posa les restes par terre pour Peter — plus de la moitié du plat — et gagna son fauteuil à bascule près de la fenêtre. La thèse qu'elle lisait la veille était toujours sur le sol à côté du fauteuil, la page marquée par le rabat d'une pochette d'allumettes déchirée, le bloc de papier posé à côté. Elle le ramassa, chercha une page vierge et se mit à dessiner la chose enterrée dans le bois telle qu'elle l'avait vue quand elle s'était retournée en haut du monticule.

Sans être très brillante avec un crayon, si ce n'est pour aligner des mots, elle avait tout de même un petit talent de dessinatrice. Son esquisse ne progressait pourtant que très lentement, non seulement parce qu'elle la voulait aussi exacte que possible, mais parce qu'elle était très fatiguée. Pour tout arranger, Peter vint vers elle et lui poussa la main pour qu'elle le caresse.

Elle lui flatta la tête sans trop y penser, effaçant un

trait de crayon dont le nez du chien lui avait fait barrer la ligne d'horizon de son dessin.

« Oui, tu es un bon chien, un merveilleux chien, va donc voir s'il y a du courrier, tu veux bien ? »

Peter traversa le salon et ouvrit la porte-moustiquaire avec son museau. Bobbi reprit son croquis, ne levant qu'une fois les yeux pour voir Peter exécuter son numéro mondialement connu de chien ramasseur de courrier. Il posa sa patte avant gauche sur le piquet soutenant la boîte et frappa sur l'abattant à petits coups répétés. Joe Paulson, le postier, connaissait les talents de Peter et laissait toujours la boîte entrouverte. Pete parvint à faire basculer l'abattant, mais perdit l'équilibre avant d'avoir pu agripper le courrier de son autre patte. Bobbi grimaça. C'était seulement depuis cette année que Peter perdait l'équilibre. Avant, cela ne lui arrivait *jamais*. Aller chercher le courrier était son morceau de bravoure, plus spectaculaire encore que de jouer au Viêtcong mort, et *beaucoup* plus original que de faire le beau ou de « parler » pour demander un biscuit pour chiens. Le voir faire emballait toujours les gens, et Peter le savait. Mais ces derniers temps, c'était un numéro pénible à observer. Bobbi se disait qu'elle aurait été aussi mal à l'aise si elle avait vu Fred Astaire et Ginger Rogers tenter de danser à quatre-vingt-quatre ans — en années d'homme —, comme ils le faisaient dans leur verte jeunesse.

Le chien parvint à se dresser à nouveau contre le piquet, et cette fois il attrapa le courrier du premier coup de patte — un catalogue et une lettre (ou une facture — oui, avec la fin du mois qui approchait, c'était plus probablement une facture). L'enveloppe tomba en tourbillonnant sur la route, et quand il l'eut ramassée, Bobbi reporta les yeux sur son dessin, s'intimant l'ordre d'arrêter de sonner pour Peter ce fichu glas toutes les deux minutes. Effectivement, le chien avait l'air à demi vivant, ce soir-là ; il y *avait* eu des soirs, récemment, où il avait dû s'y reprendre à trois ou quatre fois pour attraper le courrier, courrier qui souvent se réduisait à un échantillon de Procter & Gamble ou à un prospectus publicitaire du supermarché.

Tout en grisant machinalement le tronc du grand pin à la cime fendue, Bobbi regarda attentivement son dessin. Il n'était pas rigoureusement exact, mais à peu près quand même. En tout cas, elle avait bien restitué l'angle sous lequel la chose s'enfonçait dans le sol.

Elle traça un cadre autour de son croquis, puis transforma le cadre en cube, comme pour isoler la chose. Sur son dessin, la courbure était évidente, mais existait-elle vraiment ?

Oui. Et ce qu'elle appelait un plateau de métal était en fait bombé, c'était une coque, n'est-ce pas ? Une coque lisse comme du verre, et sans rivets.

Tu perds la tête, Bobbi... Tu le sais, non ?

Peter gratta la moustiquaire pour qu'elle le laisse entrer. Bobbi s'approcha de la porte sans quitter son dessin des yeux. Peter entra et laissa tomber le courrier sur une chaise de l'entrée. Puis il se dirigea lentement vers la cuisine, sans doute pour voir s'il n'avait rien oublié dans l'assiette de Bobbi.

Elle prit les deux enveloppes et les essuya sur la jambe de son jean avec une petite grimace de dégoût. C'était un bel exploit, d'accord, mais la bave de chien sur le courrier ne l'enchanterait jamais. Le catalogue venait de chez Radio Shack : ils voulaient lui vendre un traitement de texte. La facture, c'était sa note d'électricité ; elle émanait de Central Maine Power. Cela lui fit brièvement repenser à Jim Gardener. Elle jeta les deux missives sur la table de l'entrée, retourna à son fauteuil, se rassit, prit une nouvelle page et recopia rapidement son dessin.

Elle fronça les sourcils à la vue de la courbure qui n'était peut-être d'ailleurs qu'une extrapolation de sa part, comme si elle avait creusé jusqu'à quatre ou cinq mètres de profondeur au lieu de s'arrêter juste au-delà d'un mètre. Et alors ? Un peu d'extrapolation ne la gênait pas ; après tout, cela faisait partie du travail d'un romancier, et les gens qui pensaient que cela ne relevait que de la science-fiction ou du fantastique n'avaient jamais regardé par le bon bout de la lorgnette, n'avaient jamais été confrontés au problème des espaces vides qu'aucun livre d'histoire ne pouvait combler : par exemple, qu'est-ce qui avait bien pu arriver aux colons de l'île Roanoke, au large des côtes de Caroline du Nord, alors qu'ils avaient tout bonnement disparu, ne laissant comme trace de leur passage que le mot inexplicable de CROATOAN gravé sur un tronc d'arbre ? Qui avait érigé les statues monolithiques de l'île de Pâques ? Pourquoi les citoyens d'une petite ville de l'Utah du nom de Blessing (une vraie bénédiction !) étaient-ils tous soudain devenus fous — à ce qu'il semblait — le même jour, pendant l'été de 1884 ? Si l'on ne pouvait avoir de certitude, on avait le droit d'imaginer — à moins qu'on ne puisse prouver que les faits mêmes étaient différents.

Il existait une formule permettant de calculer la circonférence à partir d'un arc de cercle, elle en était sûre. Le problème, c'était qu'elle l'avait oubliée, cette fichue formule. Mais elle pourrait peut-être se faire une idée grossière — toujours en admettant que l'impression qu'elle avait de la courbure de l'objet était exacte — en situant le centre...

Bobbi retourna vers la table de l'entrée et ouvrit le tiroir central, sorte de fourre-tout. Elle écarta des paquets mal ficelés de relevés de banque, de vieilles piles électriques de 1,5 ; 4,5 et 9 volts (elle ignorait pourquoi elle n'avait jamais été capable de jeter les piles usagées, et elle les gardait ici plutôt que de les balancer aux ordures, si bien que le tiroir était un cimetière de piles, pâle imitation de celui qui est censé accueillir les éléphants), des élastiques, de gros caoutchoucs pour conserves maison, des lettres admiratives de lecteurs auxquelles elle n'avait jamais répondu (et qu'elle ne pouvait pas plus se résoudre à jeter que les vieilles piles), des recettes de cuisine notées sur des fiches. Tout au fond du tiroir reposait une couche de petits outils, parmi lesquels elle trouva ce qu'elle cherchait : un compas avec un bout de crayon jaune fixé à son armature.

Bobbi s'assit à nouveau dans son fauteuil à bascule. Elle prit une page vierge et traça pour la troisième fois le bord de la chose enfoncée dans la terre. Elle tenta de garder la même échelle, mais le fit un peu plus grand cette fois, ne s'occupant plus des arbres environnants et n'esquissant la tranchée que pour fixer la perspective.

« Bon, jouons aux devinettes », dit-elle.

Avant d'enfoncer la pointe sèche dans le bloc de papier, elle tâtonna afin d'ajuster l'écartement du compas pour que la mine du crayon suive d'aussi près que possible le bord incurvé de la chose, mais elle n'essaya même pas de tracer un cercle complet : c'était impossible. Elle regarda sa feuille, puis s'essuya la bouche avec son poignet. Elle sentit soudain que ses lèvres pendaient et qu'elles étaient trop humides.

« Quelle connerie ! » murmura-t-elle.

Mais ce n'était pas une connerie. A moins que son estimation de la courbure du bord et celle de l'emplacement du centre ne soient toutes deux totalement erronées, elle n'avait déterré qu'un tout petit bout d'un objet mesurant au moins trois cents mètres de circonférence.

Bobbi laissa tomber par terre le compas et le bloc de papier et regarda par la fenêtre. Son cœur battait trop fort.

5

A la tombée du jour, Bobbi s'assit sous son porche à l'arrière de la maison, les yeux tournés vers les bois au-delà de son jardin, et écouta les voix dans sa tête.

En troisième année, à l'université, elle avait participé à un séminaire de psychologie sur la créativité et avait été stupéfaite — et un peu soulagée — de constater qu'elle ne dissimulait pas une névrose toute personnelle : presque tous les gens possédant un talent créateur entendaient des voix. Pas seulement des pensées, mais de vraies *voix* dans leur tête, des personnes différentes, chacune aussi clairement définie que les voix des anciens feuilletons radiophoniques. Elles venaient de l'hémisphère droit du cerveau, expliquait le professeur, hémisphère le plus souvent associé aux visions, à la télépathie et à cette étonnante capacité qu'ont les hommes de créer des images en établissant des comparaisons et en élaborant des métaphores.

Les soucoupes volantes n'existent pas.

Ah oui ? Et qui a dit ça ?

L'armée de l'air, pour commencer. Elle a refermé le dossier des soucoupes volantes il y a vingt ans, car elle avait été en mesure d'expliquer 97 % des apparitions vérifiées. Quant aux 3 % restantes, elles avaient très certainement été causées par des conditions atmosphériques éphémères — des trucs comme des parhélies, ou faux soleils, des turbulences atmosphériques, des poches d'électricité dans l'air. Bon sang, les Lumières de Lubbock faisaient la une des journaux, et elles n'étaient rien d'autre que... rien que des nuées de phalènes en déplacement, tu vois ? Et l'éclairage urbain de Lubbock illuminait leurs ailes, et les grandes formes mouvantes de couleur claire se réfléchissaient dans les masses de nuages bas qu'une conjoncture atmosphérique stagnante maintenait au-dessus de la ville depuis une semaine. Presque tout le monde avait passé des jours entiers à imaginer qu'un être habillé comme Michael Rennie dans Le Jour où la Terre s'arrêta *allait remonter la rue principale de Lubbock avec Gort, son robot favori, clopinant à ses côtés, pour exiger d'être conduit à notre chef. Et c'étaient des phalènes. Ça te va ?*

Est-ce que tu as le choix ?

Cette voix était tellement claire que c'en était amusant : c'était celle du Dr Klingerman, qui avait dirigé le séminaire. La voix faisait la leçon à Bobbi avec l'enthousiasme sans faille, bien qu'un peu criard, de Klingy. Bobbi Anderson sourit et alluma une cigarette. Elle fumait un peu trop, ce soir, mais de toute façon, tout allait mal.

En 1947, un capitaine de l'armée de l'air du nom de

Mantell prit trop d'altitude en pourchassant une soucoupe volante — ce qu'il croyait être une soucoupe volante. Il s'évanouit et l'avion s'écrasa. Mantell fut tué. Il mourut pour avoir pourchassé un reflet de Vénus sur des nuages d'altitude — un faux soleil, en quelque sorte. Il y a des reflets de phalènes, des reflets de Vénus, et probablement des reflets dans un œil d'or aussi, Bobbi, mais il n'y a pas de soucoupes volantes.

Alors, qu'est-ce que c'est que ce machin qu'il y a dans le sol ?

La voix du professeur se tut. Elle ne savait pas. Mais la voix d'Anne prit le relais, disant pour la troisième fois que Bobbi devenait aussi folle qu'oncle Frank, disant qu'on avait confectionné sur mesure pour elle une de ces solides chemises de toile qu'on met devant derrière, et que bientôt on allait la conduire à l'asile de Bangor ou de Juniper Hill, et qu'elle pourrait délirer tranquillement sur les soucoupes volantes plantées dans les bois, tout en tressant des paniers. C'était bien la voix de Sœurette ; Bobbi pourrait lui téléphoner, lui dire ce qui était arrivé, et Anne lui administrerait ce sermon au mot près. Elle le savait.

Mais était-ce juste ?

Non. Ça ne l'était pas. Anne assimilait la vie solitaire de sa sœur à de la folie, quoi que Bobbi fasse ou dise. Eh oui, l'idée que la chose enfoncée dans la terre était une sorte de vaisseau spatial *était* effectivement folle... mais était-il fou d'envisager cette possibilité, du moins tant qu'on ne l'avait pas réfutée ? Anne le penserait, mais ce n'était pas le cas de Bobbi. Rien de mal à ne pas avoir d'idées préconçues.

Et pourtant, la vitesse à laquelle cette possibilité lui était apparue...

Elle se leva et rentra. La dernière fois qu'elle avait fait l'idiote avec cette chose dans les bois, elle avait dormi douze heures. Elle se demanda si elle devait s'attendre à un semblable marathon du sommeil cette fois-ci. En tout cas, elle se sentait presque assez fatiguée pour dormir douze heures.

Laisse tomber, Bobbi. C'est dangereux.

Mais elle ne laisserait pas tomber, se dit-elle en enlevant son T-shirt OPUS FOR PRESIDENT. Elle n'abandonnerait pas. Pas encore.

L'ennui, quand on vit seul, avait-elle découvert — et c'était la raison pour laquelle la plupart des gens qu'elle connaissait n'aimaient pas rester seuls, même pour un bref moment —, c'est que plus la solitude se prolonge, plus ces voix de l'hémisphère droit du cerveau parlent fort. Au fur et à mesure que les jalons de la raison s'étiolent dans le silence, ces voix ne se contentent plus de solliciter votre attention ; elles l'*exigent*. On pouvait facilement s'en effrayer, penser que peut-être, finalement, elles représentaient la folie.

Anne penserait que c'était le cas, songea Bobbi en se mettant au lit. La lampe projetait un cercle de lumière limpide et réconfortant sur la courtepointe, mais Bobbi laissa sur le sol la thèse qu'elle lisait. Elle s'attendait toujours à ressentir les fortes douleurs qui accompagnaient généralement ses règles quand elles venaient trop tôt ou se montraient particulièrement abondantes, mais jusqu'à présent, elle n'en avait pas éprouvé. Non qu'elle fût impatiente de les voir se manifester, vous comprenez bien.

Elle se croisa les mains derrière la tête et regarda le plafond.

Non, tu n'es pas du tout folle, Bobbi, se dit-elle. *Pourtant, si tu penses que Gard est un peu cinglé, mais que toi, tu vas parfaitement bien, n'est-ce pas aussi le signe que c'est toi qui ne tournes pas rond ? Il y a même un nom pour ça : dénégation et substitution. « Moi, ça va, c'est le monde qui est tordu. »*

C'était vrai. Mais elle n'en sentait pas moins qu'elle se contrôlait parfaitement. Elle était certaine d'une chose : elle était plus saine d'esprit à Haven qu'à Cleaves Mills, et *beaucoup* plus qu'à Utica. Quelques années de plus à Utica, quelques années de plus avec Sœurette, et elle aurait été aussi folle que le chapelier d'*Alice au pays des merveilles*. Bobbi était convaincue qu'Anne considérait que rendre ses proches parents complètement cintrés faisait partie de... son travail ? Non, rien d'aussi trivial. Cela faisait partie de sa mission sacrée sur terre.

Bobbi savait ce qui la troublait réellement, et ce n'était pas la vitesse à laquelle l'idée d'une soucoupe volante s'était imposée à elle. C'était ce sentiment de *certitude*. Elle garderait l'esprit ouvert, mais le plus difficile serait de le garder ouvert en faveur de ce qu'Anne appellerait la « raison ». Parce qu'elle *savait* ce qu'elle avait trouvé, parce que cela l'emplissait d'un effroi mêlé d'une excitation fébrile.

Tu vois, Anne, ta vieille Bobbi n'a pas emménagé à Sticksville pour y devenir folle ; ta vieille Bobbi est venue s'installer ici et elle y est devenue saine d'esprit. La folie, c'est ce qui limite *les possibilités, Anne, tu piges ? La folie, c'est refuser d'emprunter certains chemins de la spéculation alors même que la logique t'y conduit... comme un jeton pour passer le tourniquet. Tu vois ce que je veux dire ? Non ? Bien sûr, que tu ne vois pas. Tu ne vois pas et tu n'as jamais rien vu. Alors va-t'en, Anne. Reste à Utica et grince des dents dans ton sommeil, érode-les jusqu'à ce qu'il n'en reste rien, rends fous tous ceux qui le sont déjà assez pour rester à portée de ta voix, fais comme tu veux, mais reste hors de ma tête.*

La chose enfoncée dans la terre était un vaisseau venu de l'espace.

Là. Elle l'avait dit. Plus de foutaises. Au diable Anne, au diable les Lumières de Lubbock, au diable l'armée de l'air qui avait classé le dossier sur les soucoupes volantes. Au diable les chars des dieux, le triangle des Bermudes et le prophète Élie emporté au ciel dans une roue de feu. Qu'ils aillent tous au diable — son cœur savait ce qu'il savait. C'était un vaisseau, et il s'était posé, ou écrasé, il y avait très longtemps — des millions d'années peut-être.

Seigneur !

Elle était dans son lit, les mains derrière la tête. Elle était assez calme, mais son cœur battait vite, vite, vite.

Puis une autre voix, et c'était la voix de son grand-père mort, répéta ce que la voix d'Anne avait dit plus tôt :

Laisse tomber, Bobbi. C'est dangereux.

Cette vibration momentanée. Sa première prémonition, suffocante et impérieuse, d'avoir trouvé le bord de quelque étrange cercueil d'acier. La réaction de Peter. Ses règles en avance, modérées quand elle était ici à la ferme, mais qui la saignaient comme un porc quand elle était près de la chose. Sa façon de perdre la notion du temps, de dormir douze heures de suite. Et n'oublions pas Marmotte, cette bonne vieille marmotte. Elle sentait les gaz de décomposition, mais il n'y avait pas de mouches. Pas de mouches sur Marmotte !

On ne cire pas ses chaussures avec de la merde. Admettons la possibilité d'un vaisseau enfoncé dans la terre, même si cela semble une idée folle au premier abord, c'est tout à fait logique. Mais aucune logique ne sous-tend le reste ; ce sont des perles échappées d'un collier qui s'éparpillent sur une table. Reconstitue le collier, trouve le fil rouge, et peut-être que j'y croirai — du moins j'y réfléchirai. D'accord ?

Encore la voix de son grand-père, sa voix lente et autoritaire, la seule de la maison qui ait jamais été capable d'imposer silence à Anne quand elle était enfant.

Tout cela est arrivé après *que tu as eu trouvé la chose, Bobbi. Voilà ton fil rouge.*

Non. Ça ne suffit pas.

Maintenant, il était facile de répondre à son grand-père : cela faisait seize ans qu'il était dans sa tombe. Mais c'est pourtant la voix de son grand-père qui la suivit dans son sommeil !

Laisse tomber, Bobbi. C'est dangereux...

... et tu le sais.

3

Peter voit
la lumière

1

Elle avait cru remarquer quelque chose de différent chez Peter, mais sans pouvoir préciser quoi. Quand Bobbi se réveilla le lendemain matin (à neuf heures — parfaitement normal), elle vit presque immédiatement ce que c'était.

Debout devant le plan de travail, à la cuisine, elle versait du Gravy Train dans la vieille écuelle rouge de Peter. Comme toujours, en l'entendant faire, Peter s'approcha. Le Gravy Train était une nouveauté ; jusqu'à cette année, Peter avait toujours eu des croquettes Gaines Meal le matin, une demi-boîte de pâtée pour chiens Rival le soir, et tout ce qu'il pouvait se procurer dans les bois entre ces deux repas. Et puis Peter avait cessé de manger son Gaines Meal et il avait fallu presque un mois pour que Bobbi comprenne : ce n'était pas que Peter en avait marre, mais il ne lui restait tout simplement plus assez de dents pour mâcher les croquettes. Alors maintenant, elle lui donnait du Gravy Train pour son petit déjeuner... L'équivalent, supposait-elle, de l'œuf poché des vieillards.

Elle fit couler de l'eau chaude sur les boulettes Gravy Train et les remua avec la vieille cuiller bosselée qu'elle conservait à cet effet. Bientôt les boulettes ramollies flottèrent dans un liquide bourbeux qui ressemblait effectivement, comme le promettait le fabricant, à une sauce... *enfin, à une sauce, ou au contenu d'une fosse septique*, se dit Roberta.

« Et voilà pour toi ! » annonça-t-elle en se détournant de l'évier.

Peter avait pris position à sa place habituelle sur le linoléum — à une distance polie pour que Bobbi ne trébuche pas sur lui en se retournant — et il frappait le sol de sa queue.

« J'espère que ça te plaira. Pour ma part, je crois que... »

Elle s'arrêta net, se pencha avec l'écuelle rouge de Peter dans la main droite, les cheveux retombant sur son visage. Elle les écarta.

« Pete ! » s'entendit-elle dire.

Peter la regarda d'un air étonné avant de venir manger son repas du matin. Un instant plus tard, il l'engloutissait avec enthousiasme.

Bobbi se redressa, regardant son chien, plutôt contente de ne plus le voir de face. Dans sa tête, la voix de son grand-père lui redit de laisser tomber, que c'était dangereux, et puis... avait-elle encore besoin d'un fil rouge pour rattacher ses perles ?

Dans ce seul pays, il y a environ un million de gens qui arriveraient en courant s'ils avaient vent de ce genre de danger, se dit Roberta. *Et Dieu sait combien il y en aurait dans le reste du monde ! C'est tout ce que ça fait ? Quel effet est-ce que ça peut bien avoir sur le cancer, d'après toi ?*

Soudain, elle n'eut plus aucune force dans les jambes. Elle tâtonna à reculons jusqu'à ce qu'elle trouve une des chaises de la cuisine. Elle s'assit et regarda Peter manger.

La cataracte laiteuse qui couvrait l'œil gauche du beagle était à demi partie.

2

« Je n'y comprends vraiment rien », dit le vétérinaire cet après-midi-là.

Bobbi avait pris place sur la seule chaise de la salle de consultation et Peter, bien obéissant, était monté sur la table d'examen. Bobbi se rappela combien elle avait craint d'avoir à conduire Peter chez le vétérinaire cet été même... mais finalement, il ne semblait pas qu'elle dût bientôt faire piquer le vieux chien.

« Mais je n'ai pas rêvé ? » demanda Bobbi.

Elle se dit qu'elle voulait surtout entendre le Dr Etheridge confirmer ou réfuter ce que disait la voix d'Anne dans sa tête : *C'est tout ce que tu mérites, à vivre seule là-bas avec ce chien puant...*

« Non, dit Etheridge, mais je comprends que vous soyez étonnée. Je le suis un peu, moi aussi. Sa cataracte est en rémission active. Tu peux descendre, Peter. »

Peter descendit de la table, passant d'abord par le tabouret d'Etheridge avant d'atteindre le sol et de se diriger vers Bobbi.

Elle lui posa la main sur la tête et regarda Etheridge en pensant : *Est-ce que vous avez vu ça ?* Elle n'osait pas le dire à haute voix. Etheridge croisa son regard, mais détourna les yeux. *Je l'ai vu mais je ne suis pas prêt à l'admettre.* Certes, Peter était descendu avec prudence, et sa descente était à cent lieues des bonds téméraires du chiot qu'il avait été, mais elle n'avait rien à voir non plus avec les tremblements, les mille précautions et les déséquilibres des dernières fois où il était venu, quand il lui fallait pencher ridiculement la tête vers la droite pour voir ce qu'il faisait, si peu sûr de lui que le cœur de Bobbi cessait de battre jusqu'à ce que le chien soit arrivé par terre sans s'être rompu les os. Peter était descendu avec la circonspection, mais aussi avec la confiance indéfectible du vieil homme d'État auquel il ressemblait deux ans plus tôt. Bobbi attribua une part de cette assurance au fait qu'il y voyait de nouveau de l'œil gauche, ce qu'Etheridge avait confirmé par quelques simples tests de perception. Mais l'œil n'expliquait pas tout. La coordination motrice s'était améliorée, elle aussi. C'était aussi simple que ça. Tout à fait dément, mais parfaitement simple.

Et si le museau de Peter était redevenu poivre et sel alors qu'il était du blanc le plus pur, ce n'était pas grâce à la régression de la cataracte, n'est-ce pas ? Bobbi l'avait remarqué dans le pick-up Chevrolet alors qu'elle roulait vers Augusta. Elle en avait presque quitté la route.

Qu'est-ce qu'Etheridge avait remarqué de tout cela, sans être prêt à l'admettre ? Une bonne part, évalua Bobbi, mais Etheridge n'était pas le Dr Daggett.

Daggett avait vu Peter au moins deux fois par an au cours des dix premières années de sa vie, sans compter les accidents, comme la fois où Peter avait rencontré un porc-épic, par exemple, et où Daggett avait enlevé les piquants un à un en sifflant la musique du *Pont de la rivière Kwaï*, apaisant de sa grande main amicale le chiot d'un an tout tremblant. Une autre fois, Peter était rentré à la maison en boitant, l'arrière-train criblé de plombs, cadeaux cruels d'un chasseur trop stupide pour regarder avant de tirer, ou peut-être assez sadique pour infliger cette douleur à un chien parce qu'il n'arrivait pas à trouver une perdrix ou un faisan à tuer. Le Dr Daggett aurait remarqué *tous* les changements chez Peter, et il n'aurait pu les nier, même s'il l'avait voulu. Le Dr Daggett aurait enlevé ses lunettes à monture rose, les aurait nettoyées avec sa blouse, et il aurait dit quelque chose comme : *Il faut que nous trouvions où il est allé et dans quoi il s'est fourré, Roberta. C'est important. Les chiens ne rajeunissent pas, et c'est ce que Peter semble faire*. Et alors, Bobbi aurait été forcée de répondre : *Je sais où il est allé, et j'ai une idée assez précise de ce qui lui fait ça*. Et cette simple phrase l'aurait beaucoup soulagée, non ? Mais le vieux Dr Daggett avait vendu son cabinet à Etheridge, qui avait l'air assez gentil mais qui restait encore un étranger, et il avait pris sa retraite en

Floride. Etheridge voyait plus fréquemment Peter que Daggett — quatre fois l'année passée, en fait —, parce que Peter se faisait vieux et qu'il était de plus en plus infirme. Mais il ne le connaissait pas comme son prédécesseur, et Bobbi soupçonnait en plus qu'il n'avait ni son œil acéré ni son courage.

Depuis le chenil, un berger allemand explosa soudain en une série d'aboiements qui sonnèrent comme autant de jurons canins. D'autres chiens se joignirent à lui. Les oreilles de Peter se dressèrent et il se mit à trembler sous la main de Bobbi. Apparemment, la sérénité du beagle est quelque peu ébranlée, songea Bobbi. Aussitôt après avoir dépassé les orages de la jeunesse, Peter s'était montré tellement réservé qu'il en était devenu presque paralytique. Ce tremblement intense était tout nouveau.

Etheridge fronça les sourcils en entendant les chiens. Presque tous aboyaient, maintenant.

« Merci de m'avoir reçue si vite ! » cria Bobbi pour se faire entendre.

Un chien de la salle d'attente se mit aussi à aboyer ; c'était le jappement bref et nerveux d'un très petit animal, un loulou de Poméranie ou un caniche, probablement.

« C'était très... »

Sa voix cassa. Elle sentit une vibration sous ses doigts et sa première pensée

(le vaisseau)

fut pour la chose enfouie dans les bois. Mais elle savait ce qu'était cette vibration. Bien qu'elle ne l'eût sentie que très, très rarement, elle ne comportait pas de mystère.

Cette vibration venait de Peter, c'était un son très grave, issu du fond de sa gorge. Peter grondait.

« ... gentil de votre part, mais je crois que je dois vous quitter. On dirait que vous avez une mutinerie sur les bras. »

Elle voulait plaisanter, mais apparemment, il n'y avait plus guère matière à plaisanterie. Soudain, toute la petite clinique vétérinaire — la section de la salle d'attente et de traitement, mais aussi les sections annexes de gardiennage et de chirurgie — semblait en révolution. Tous les chiens aboyaient, et dans la salle d'attente, le loulou avait donné le ton à deux autres chiens, et un cri ondulant et féminin, indubitablement félin, s'était joint aux leurs.

Mme Alden arriva en panique.

« Docteur Etheridge...

— Oui, oui, j'arrive ! dit-il sur un ton irrité. Excusez-moi, mademoiselle Anderson. »

Il fonça vers le chenil. Quand il ouvrit la porte, le vacarme des chiens parut redoubler. *Ils deviennent enragés*, se dit Roberta, mais ce fut tout ce qu'elle eut le temps de penser, parce que Peter bondit littéralement sous sa main. Le profond râle dans la gorge du beagle se durcit soudain en un grognement. Etheridge ne l'entendit pas : il courait déjà dans l'allée centrale du chenil, les chiens aboyant tout autour de lui tandis que la porte se refermait lentement dans son dos sur ses gonds pneumatiques ; mais Bobbi l'entendit, et si elle n'avait pu attraper le collier de Peter à temps, le beagle aurait traversé la pièce comme un boulet de canon et aurait suivi le vétérinaire dans le chenil. Le tremblement et le grondement profond n'étaient pas des signes de peur, elle le comprit. C'était de la rage. C'était inexplicable, totalement étranger à Peter, mais c'était bien de la rage.

Le grognement de Peter s'étrangla — *yark !* — quand Bobbi le tira en arrière par son collier. Il tourna la tête, et dans l'œil droit bordé de rouge que roulait Peter, Bobbi perçut ce que plus tard elle ne pourrait caractériser que comme la fureur de se voir empêché de faire ce qu'il avait décidé. Elle pouvait admettre la possibilité d'une soucoupe volante de trois cents mètres de circonférence enterrée sur sa propriété, la possibilité de quelque émanation ou vibration provenant du vaisseau qui aurait tué une marmotte assez malchanceuse pour s'approcher trop près, qui l'aurait tuée si totalement, et de façon si déplaisante, que même les mouches, à ce qu'il semblait, n'en avaient pas voulu ; elle pouvait admettre des règles anormales, une cataracte en rémission chez un chien, et même la quasi-certitude que Peter rajeunissait.

Tout ça, oui.

Mais l'idée qu'elle avait perçu dans les yeux du bon vieux chien Peter une folle haine pour elle, Bobbi Anderson... Non.

3

Ce moment fut heureusement bref. La porte du chenil se referma, étouffant la cacophonie. Peter sembla se détendre un peu. Il tremblait toujours, mais du moins s'assit-il à nouveau.

« Viens, Pete, sortons d'ici », dit Roberta. Elle était sérieusement éprouvée, beaucoup plus qu'elle ne l'avoua ultérieurement à Jim Gardener. Car l'admettre l'aurait peut-être ramenée à cette furieuse lueur de rage dans l'œil sain de Peter.

Bobbi chercha fébrilement la laisse qu'elle avait empruntée à Mme Alden et qu'elle avait retirée à Peter dès qu'ils étaient entrés dans la salle d'examen (que l'on dût obligatoirement tenir les chiens en laisse en attendant la consultation lui avait toujours paru désagréable — jusqu'à maintenant), et faillit la laisser tomber. Elle parvint finalement à l'attacher au collier de Peter.

Elle se dirigea vers la porte de la salle d'attente, qu'elle ouvrit avec le pied. Le vacarme était plus violent que jamais. C'était bien un loulou de Poméranie qui avait donné le signal, et il appartenait à une grosse femme portant un pantalon d'un jaune criard et un haut de même couleur. Bouboule tentait de tenir le loulou et lui disait : « Sois gentil, Éric, sois un gentil petit garçon à ta Maman. » Bien peu de chose, hormis les yeux de rat brillants du chien, émergeait des gros bras flasques de Maman.

« Mademoiselle Anderson... », essaya de dire Mme Alden.

Elle semblait perdue et un peu effrayée, cette pauvre femme qui s'efforçait de continuer son travail habituel dans ce qui était devenu un asile d'aliénés. Bobbi comprenait ce qu'elle ressentait.

Le loulou repéra Peter — Bobbi jurerait plus tard que c'est ce qui avait mis le feu aux poudres — et devint comme fou. Il n'hésita pas longtemps à choisir sa cible. Il enfonça ses crocs aigus dans l'un des bras de Maman.

« Putain de merde ! » hurla Maman en laissant tomber le loulou par terre.

Le sang commença à couler sur son bras.

Au même moment, Peter bondit en avant, aboyant et grondant, tirant sur la courte laisse assez brutalement pour entraîner Bobbi à sa suite. Son bras droit se tendit et son œil averti d'écrivain lui montra très exactement ce qui allait arriver : dans une seconde, Peter le beagle et Éric le loulou se rencontreraient au milieu de la pièce comme David et Goliath. Mais le loulou était un écervelé pas même sournois, et Peter lui arracherait la tête d'une seule grosse bouchée.

C'est grâce à une gamine d'environ onze ans que le carnage fut évité. Assise à la gauche de Maman, la petite avait une boîte à chat sur les genoux. A l'intérieur se trouvait un gros serpent noir dont les écailles luisaient de bonne santé. Par un étonnant réflexe d'enfant, la petite fille lança en avant une de ses jambes habillées d'un jean et écrasa son pied sur le bout de la laisse d'Éric. Éric fit un tour complet en l'air avant de retomber. La petite fille tira le loulou en arrière. Elle était de loin la plus calme de la salle d'attente.

« *Et s'il m'a donné la rage, ce petit salaud ?* » hurlait Maman en se ruant sur Mme Alden. Le sang luisait entre ses doigts, qui pressaient son bras. Peter se tourna vers elle quand elle passa et Bobbi le tira en arrière, puis l'entraîna vers la porte. Au diable la petite pancarte posée sur le bureau de Mme Alden et qui signalait : SAUF ACCORD PRÉALABLE, IL EST D'USAGE QUE LES CLIENTS RÈGLENT LES SOINS LE JOUR DE LA CONSULTATION. Elle voulait sortir d'ici, ignorer toutes les limitations de vitesse, rentrer chez elle et boire un verre. Un Cutty Sark. Un double. Disons même un triple, après tout.

Bobbi entendit un long feulement virulent sur sa gauche. Elle se retourna et vit un chat qu'on aurait mieux imaginé sur l'épaule d'une sorcière. Tout noir à l'exception d'une pointe de blanc au bout de sa queue, il avait reculé au fond de sa cage. Il faisait le gros dos et sa fourrure se hérissait, toute droite comme des piquants ; ses yeux verts, qui fixaient Peter, luisaient d'une lueur irréelle. Sa gueule rouge grande ouverte découvrait deux rangées de dents pointues.

« Sortez ce chien ! dit à Bobbi la dame au chat d'une voix aussi froide qu'un pistolet qu'on arme. Noiraud l'aime pas. »

Bobbi aurait voulu répliquer que Noiraud pouvait aller se faire voir chez les Martiens, mais elle ne pensa à cette expression grossière mais délicieusement de circonstance que plus tard — elle avait l'esprit de l'escalier. Ses personnages avaient le chic pour toujours dire exactement ce qu'il fallait, et elle avait rarement besoin de se creuser la cervelle pour trouver leurs répliques, qui lui venaient facilement, naturellement. Mais ce n'était presque jamais le cas dans la vie.

« La ferme ! » fut tout ce qu'elle trouva, et ce ne fut qu'un murmure d'une telle lâcheté qu'elle douta que la propriétaire de Noiraud eût la moindre idée de ce qu'elle avait dit, ou même imaginât qu'elle eût dit quoi que ce soit. Elle tirait vraiment Peter maintenant, utilisant la laisse pour contraindre le chien d'une façon qu'elle trouvait détestable à chaque fois qu'elle en était témoin dans la rue. La gorge de Peter émettait une sorte de toux et sa langue n'était qu'une gouttière dégoulinante de salive pendant de côté. Il regarda un boxer dont la patte avant droite était plâtrée. Le boxer était retenu à deux mains par un grand gaillard en bleu de travail ; en fait, l'homme avait même enroulé deux fois la laisse autour d'un de ses gros poings tachés de cambouis, et il avait beaucoup de mal à contrôler son chien, qui aurait tué Peter aussi vite et aussi proprement que Peter aurait massacré le loulou de Poméranie. La puissance du boxer ne semblait pas affectée par sa patte cassée, et Bobbi avait davantage confiance dans la poigne du mécanicien qu'en cette laisse de chanvre qui paraissait donner des signes de faiblesse.

Bobbi eut l'impression de mettre cent ans à trouver et actionner la poignée de la porte donnant sur la rue. C'était comme dans un cauchemar où l'on a les mains prises et où l'on sent que son pantalon, lentement mais inexorablement, commence à descendre.

C'est Peter qui a tout déclenché. Je ne sais pas comment.

Elle tourna enfin la poignée de la porte et jeta un dernier coup d'œil à la salle d'attente. Une véritable scène d'apocalypse. Maman demandait à Mme Alden de la soigner, et il semblait bien qu'elle en eût besoin, car le sang dégoulinait maintenant en rigoles le long de son bras, tachant son pantalon jaune et ses chaussures blanches ; Noiraud le chat feulait toujours ; même les gerbilles du Dr Etheridge devenaient folles dans l'enchevêtrement de tours et de tubes en plastique de l'étagère où elles vivaient ; Éric le Fou de Poméranie se dressait au bout de sa laisse et aboyait d'une voix étranglée en direction de Peter. Peter lui répondait par un grondement féroce.

Le regard de Bobbi tomba sur le serpent noir de la petite fille et vit qu'il s'était dressé dans sa boîte comme un cobra et regardait Peter lui aussi, sa gueule sans crochets grande ouverte, son étroite langue rose fouettant l'air de petits coups fulgurants.

Les couleuvres ne font pas ça. Je n'ai jamais vu de couleuvres faire ça de toute ma vie.

Dans un état proche de l'horreur, Bobbi s'enfuit, traînant Peter derrière elle.

4

Peter se calma presque dès que la porte se referma derrière eux avec un soupir pneumatique. Il cessa de tousser et de tirer sur la laisse et se mit à marcher à côté de Bobbi, lui jetant à l'occasion un regard qui disait : *Je n'aime pas cette laisse, et je ne l'aimerai jamais. Mais d'accord, ça va, si c'est ce que tu veux.* A leur arrivée dans la cabine du pick-up, Peter était redevenu lui-même.

Mais pas Bobbi.

Ses mains tremblaient tellement qu'elle s'y reprit à trois fois pour insérer la clé de contact. Puis elle se trompa de vitesse et cala. Le pick-up eut une violente secousse et Peter tomba du siège. Du sol, il lança à Bobbi un de ces regards de reproche propres aux beagles (bien que tous les chiens soient capables de lancer des regards de reproche, seuls les beagles paraissent avoir la maîtrise totale de cette déclaration d'incommensurables souffrances). *Où est-ce que tu as trouvé ton permis de conduire, Bobbi ? Dans une pochette-surprise ou au supermarché ?* avait-il l'air de demander. Il remonta sur le siège. Bobbi avait déjà du mal à croire que, cinq minutes plus tôt, Peter ne cessait de gronder et d'aboyer, transformé en un chien méchant qu'elle ne connaissait pas, prêt, semblait-il, à mordre tout ce qui bougeait, *et cette expression, cette...* mais son cerveau ferma la parenthèse avant d'achever ce propos.

Elle lança de nouveau le moteur et sortit du parking. En passant devant le bâtiment portant une jolie pancarte — CLINIQUE VÉTÉRINAIRE D'AUGUSTA —, elle baissa la vitre. Quelques aboiements et autres jappements. Rien d'extraordinaire.

C'était fini.

Et ce n'était pas tout, se dit-elle. Bien qu'elle n'en fût pas certaine, elle pensait que ses règles aussi étaient finies. Dans ce cas, bon débarras.

Comme dirait l'autre.

5

Bobbi ne voulut — ou ne put — pas attendre d'être rentrée pour boire le verre qu'elle s'était promis. Juste à la sortie de la ville d'Augusta se trouvait un routier qui portait le nom charmant de « Bar et grill du Grand week-end perdu » (spécialité de côtes de porc ; cette semaine, vend. et sam., les Kitty-Cats de Nashville !).

Bobbi se gara entre un vieux break et un tracteur John Deere dont la herse sale dressait ses pointes vers le ciel. Un peu plus loin, elle avait vu une vieille Buick tirant un van, et elle s'était délibérément éloignée de l'éventuel cheval.

« Reste là », ordonna-t-elle à Peter qui s'était enroulé sur le siège. Il lui lança un regard qui voulait dire : *Pourquoi est-ce que j'aurais envie d'aller où que ce soit avec toi ? Pour que tu m'étrangles encore avec cette stupide laisse ?*

Le Grand week-end perdu était sombre et presque désert en ce mercredi après-midi, et la piste de danse luisait faiblement comme un lac dans une grotte. L'endroit sentait la bière. Le barman et serveur s'approcha.

« Bien le bonjour, jolie petite dame. Y a aussi du chili au menu du jour. Et...

— Je voudrais un Cutty Sark, dit Roberta. Un double. Sans eau.

— Vous buvez toujours comme un homme ?

— Oui : d'habitude, dans un verre », dit Roberta.

Ce mot d'esprit n'avait aucun sens, mais elle se sentait si fatiguée... et à cran. Elle se rendit aux toilettes pour changer sa serviette et, par précaution, la remplaça par un simple protège-slip ; ce n'était effectivement qu'une précaution, et un grand soulagement la gagna. Il semblait que l'hémorragie fût terminée jusqu'au mois prochain. Elle revint à son tabouret de bar de bien meilleure humeur, et se sentit encore mieux quand elle eut avalé la moitié de son verre.

« Dites, je ne voulais pas vous vexer, dit le barman, mais on est un peu seul, ici, l'après-midi, et quand un étranger vient, je ne sais plus ce que je dis.

— C'est ma faute. Je n'ai pas passé une très bonne journée, répondit Roberta avant de finir son verre et de soupirer.
— Vous en voulez un autre, mademoiselle ? »
Je crois que je préférais encore « jolie petite dame », se dit Roberta en hochant la tête.
« Je vais plutôt prendre un verre de lait, sinon j'aurai mal à l'estomac tout l'après-midi. »
Le barman lui apporta son lait. Bobbi le but en se demandant ce qui s'était passé chez le vétérinaire. Mais elle ne le savait tout simplement pas.
Je vais te dire ce qui est arrivé, quand tu l'as amené. Rien du tout.
Son cerveau s'accrocha à cette idée. La salle d'attente était aussi pleine de monde à son arrivée que lorsqu'elle était repartie, mais rien de cataclysmique ne s'était produit la première fois. La salle n'était pas calme — des animaux d'espèces différentes, dont beaucoup étaient des ennemis héréditaires par instinct, ne se côtoient pas dans un silence de bibliothèque quand on les rassemble — mais il ne s'était rien passé d'anormal. Maintenant, l'alcool aidant, elle se souvenait de l'entrée du mécanicien avec son boxer. Le chien avait regardé Peter. Peter l'avait regardé. Rien. Alors ?

Alors, bois ton lait, rentre et oublie ça.

D'accord. Et cette chose enfouie dans les bois ? Il faut que je l'oublie aussi ?

Au lieu d'une réponse, c'est la voix de son grand-père qu'elle entendit : *A propos, Bobbi, qu'est-ce qu'elle te fait, à toi, cette chose ? Y as-tu réfléchi ?*

Non. Elle n'y avait pas réfléchi.

Maintenant qu'elle y réfléchissait, elle avait envie de commander un autre verre... sauf qu'avec un autre, un seul autre, elle serait ivre... et elle n'avait pas vraiment envie de rester tout l'après-midi à se soûler seule, dans cette espèce d'immense grange, attendant l'inévitable homme d'esprit (peut-être le barman lui-même) qui viendrait lui demander ce qu'un endroit aussi joli faisait autour d'une fille comme elle !

Elle laissa un billet de cinq dollars sur le comptoir et le barman la salua. En sortant, elle vit une cabine téléphonique. L'annuaire était sale et corné, et il sentait le vieux bourbon, mais du moins avait-il l'avantage d'exister. Bobbi glissa une pièce dans la fente et coinça le combiné entre sa joue et son épaule pour pouvoir consulter la liste des vétérinaires. Elle appela la clinique d'Etheridge. La voix de Mme Alden lui parut tout à fait sereine. A l'arrière-plan, seul un chien aboyait.

« Je ne voulais pas que vous pensiez que j'étais partie à la cloche de bois, dit Roberta. Je vous renverrai votre laisse avec le chèque dès demain.

— Mais je vous en prie, mademoiselle Anderson ! répondit Mme Alden. Au bout de tant d'années, vous êtes la dernière personne que j'aurais pu soupçonner d'une chose pareille. Quant à la laisse, nous en avons un plein placard !

— Il m'a semblé que tous les animaux devenaient fous.

— Mon Dieu, complètement fous ! J'ai dû appeler un médecin en urgence pour Mme Perkins. Je ne pensais pas que c'était grave à ce point — il a fallu lui poser des points de suture, naturellement, mais en pareil cas, la plupart des gens se rendent chez le médecin par leurs propres moyens, dit-elle en baissant la voix pour une confidence qu'elle n'aurait sans doute pas faite à un homme. Heureusement que c'est son chien qui l'a mordue. C'est le genre de femme à faire un procès pour un rien.

— Avez-vous une idée de la cause de ce tumulte ?

— Non... et le Dr Etheridge non plus. La chaleur après la pluie, peut-être. Le Dr Etheridge dit qu'il a entendu parler d'un incident de ce type lors d'un congrès. Une vétérinaire de Californie a raconté que tous les animaux de sa clinique s'étaient déchaînés, « comme ensorcelés », selon ses propres termes, juste avant le dernier grand tremblement de terre.

— C'est vrai ?

— Ici dans le Maine, nous avons eu un tremblement

de terre, l'an passé, dit Mme Alden. J'espère qu'il n'y en aura pas d'autre. Cette usine nucléaire de Wiscasset est trop proche pour qu'on soit rassuré. »

Demande à Gard, se dit Roberta.

Elle remercia et raccrocha.

Bobbi revint à son véhicule. Peter dormait. Il ouvrit les yeux quand elle entra, puis les referma. Son museau reposait sur ses pattes. Le gris du museau disparaissait. Cela ne faisait aucun doute.

A propos, Bobbi, qu'est-ce qu'elle te fait, à toi, *cette chose?*

Tais-toi, grand-père.

Elle roula jusqu'à chez elle. Après s'être remontée avec un second whisky — moins raide —, elle gagna la salle de bains et s'approcha du miroir, examinant d'abord son visage, puis passant ses doigts dans ses cheveux, les soulevant et les laissant retomber.

Le gris était toujours là, tout le gris qui avait poussé jusqu'à maintenant ; du moins à ce qu'elle croyait.

Elle n'aurait jamais pensé qu'elle serait heureuse de se voir des cheveux gris, mais elle l'était. En quelque sorte.

6

Au début de la soirée, de sombres nuages s'étaient amoncelés à l'ouest, et à la nuit tombée, le tonnerre retentit. Les pluies allaient revenir, semblait-il, du moins pour la nuit. Bobbi savait que ce soir-là, elle ne ferait sortir Peter que pour le plus pressant des besoins ; depuis qu'il était tout petit, le beagle avait toujours été terrifié par les orages.

Bobbi s'installa dans son fauteuil à bascule près de la fenêtre, et si quelqu'un était passé par là, il aurait pu penser qu'elle lisait, mais en fait elle travaillait, elle travaillait sans enthousiasme sur la thèse *Guerre des pâturages et guerre de Sécession*, thèse aussi aride que le désert, mais Bobbi se disait qu'elle lui serait extrêmement utile quand elle se mettrait à écrire... ce qui ne devrait plus tarder.

A chaque grondement de tonnerre, Peter se rapprochait un peu du fauteuil de Bobbi, un petit sourire honteux semblant se dessiner sous ses yeux attendrissants. *Ouais, je sais que ça ne me fera pas de mal, je sais, mais je vais seulement me rapprocher un peu de toi, d'accord? Et si ça tonne vraiment fort, je viendrai te rejoindre sur ce foutu fauteuil à bascule, tu veux bien, Bobbi? Ça ne t'ennuie pas, hein, Bobbi?*

L'orage se contint jusque vers neuf heures, et Bobbi acquit la certitude que lorsqu'il se déciderait à éclater vraiment, c'en serait un bon, un de ceux que les habitants d'Haven appellent « un vrai geyser ». Elle alla dans la cuisine, fouilla dans le cagibi qui lui servait de buanderie et trouva sa lanterne à gaz Coleman sur le haut d'une étagère. Peter était sur ses talons, la queue entre les jambes, toujours avec son sourire honteux. En sortant du cagibi avec sa lanterne, Bobbi faillit trébucher sur lui.

« Si ça ne te gênait pas, Peter... »

Il s'éloigna un peu... puis revint se lover contre ses chevilles quand le tonnerre éclata assez fort pour ébranler les fenêtres. Quand Bobbi regagna son fauteuil, un éclair d'un blanc bleuté illumina la pièce et le téléphone tinta. Le vent se leva. Les arbres s'agitèrent en bruissant.

Peter se colla contre le fauteuil, levant vers Bobbi un regard suppliant.

« D'accord, céda-t-elle en soupirant, monte, crétin. »

Elle n'eut pas à le lui dire deux fois. Il bondit sur ses genoux, lui meurtrissant l'entrejambe d'une de ses pattes avant. Il atterrissait toujours là ou sur un de ses seins. Il ne visait pas. C'était simplement l'une de ces lois mystérieuses, comme celle qui veut que les ascenseurs s'arrêtent à chaque étage quand on est pressé. Bobbi n'avait pas encore trouvé de parade.

La foudre déchira le ciel. Peter se pelotonna contre elle. Son odeur — *Eau de Beagle* — emplit le nez de Bobbi.

« Pourquoi est-ce que tu ne me sautes pas à la gorge, qu'on en finisse, Pete? »

Peter sourit de son sourire honteux, comme pour dire : *Je sais, je sais, ne retourne pas le couteau dans la plaie.*

Le vent se leva. Les lumières se mirent à clignoter, signe indubitable que Roberta Anderson et Central Maine Power allaient bientôt se faire des adieux touchants... du moins jusqu'à trois ou quatre heures du matin. Bobbi posa la thèse à côté d'elle et entoura son chien de ses bras. Les orages d'été ne la dérangeaient pas vraiment, ni les blizzards d'hiver, d'ailleurs. Elle aimait leur puissance. Elle aimait voir et entendre cette puissance brutale et aveugle s'appliquer à la terre. Elle éprouvait une sympathie irraisonnée pour les agissements de ces orages. Elle sentait celui-ci agir en elle — les poils de ses bras et de sa nuque se hérissaient, et un éclair particulièrement proche lui donna l'impression d'être presque galvanisée par son énergie.

Elle se souvint d'une curieuse conversation qu'elle avait eue avec Jim Gardener. Il avait une plaque métallique dans le crâne, souvenir d'un accident de ski qui avait failli le tuer à l'âge de dix-sept ans. Gard lui avait dit qu'une fois, en changeant une ampoule électrique, il avait reçu un choc horrible en introduisant par inadvertance son doigt dans la douille. Ce sont des choses qui arrivent. Mais dans son cas, ce fut plus curieux, puisque pendant une semaine, il capta des émissions de musique et d'informations dans sa tête. Il avait vraiment cru un moment qu'il devenait fou. Le quatrième jour, Gard avait même identifié la station qu'il recevait : WZON, une des trois radios en modulation d'amplitude de Bangor. Il avait noté le nom de trois chansons à la suite et avait appelé la station de radio pour savoir si elle avait effectivement diffusé ces chansons, plus des publicités pour le restaurant polynésien Sing, la Subaru « Village » et le musée ornithologique de Bar Harbor. C'était le cas.

Le cinquième jour, l'intensité avait commencé de diminuer, et deux jours plus tard il n'entendait plus rien.

« C'était cette fichue plaque dans ma tête, lui avait-il

expliqué en tapant doucement la cicatrice de sa tempe avec son poing. Aucun doute. Je suis sûr que des milliers de gens riraient, mais moi, je suis absolument sûr que c'est ça. »

Si quelqu'un d'autre lui avait raconté cette histoire, Bobbi aurait cru qu'on essayait de la faire marcher, mais Jim ne plaisantait pas. Il suffisait de le regarder dans les yeux pour savoir qu'il ne mentait pas.

Les gros orages avaient une puissance énorme.

Un éclair jeta une lumière bleue sur ce que Bobbi — ainsi que ses voisins — considérait comme son jardin, devant la porte. Elle vit l'espace d'un instant sa camionnette avec les premières gouttes qui s'étaient écrasées sur le pare-brise, la petite allée sablée, la boîte aux lettres avec son drapeau baissé et frileusement collé à l'aluminium du côté, les arbres agités. Le tonnerre explosa quelques secondes plus tard et Peter sursauta en gémissant dans les bras de Bobbi. Les lumières s'éteignirent. Elles ne prirent même pas la peine de baisser ou de clignoter. Elles s'éteignirent d'un seul coup, complètement. Elles s'éteignirent avec *autorité*.

Bobbi voulut prendre la lanterne, mais elle interrompit son geste.

Il y avait une tache verte sur le mur d'en face, juste à droite du buffet gallois d'oncle Frank. Elle monta de cinq centimètres, s'écarta vers la gauche, puis vers la droite, disparut un instant, puis reparut. Le rêve de Bobbi lui revint avec toute la puissance inquiétante du déjà vu. Elle repensa à la lanterne, dans l'histoire d'Edgar Poe, mais cette fois un autre souvenir s'y associait : *La Guerre des mondes*. Le rayon de chaleur martien qui faisait pleuvoir une mort verte sur Hammersmith.

Elle se tourna vers Peter et entendit les tendons de son cou grincer comme des gonds rouillés, certaine de ce qu'elle allait voir. La lumière venait de l'œil de Peter. De son œil gauche. Il luisait de cette diabolique lueur verte des feux follets parcourant un étang après une journée calme et humide.

Non... pas l'œil. C'était la *cataracte* qui luisait... du moins ce qui restait de la cataracte. Elle avait encore beaucoup réduit, même depuis le matin, au cabinet du vétérinaire. Tout le côté gauche de la tête de Peter était illuminé par cette lumière verte surnaturelle, et il ressemblait à un monstre de bande dessinée.

Elle fut tout d'abord tentée de se débarrasser de Peter, de bondir du fauteuil et de s'enfuir.

Mais c'était *Peter*, après tout. Et il était déjà mort de peur. Si elle l'abandonnait, il serait tout à fait terrorisé.

Le tonnerre éclata dans la nuit. Cette fois, tous deux sursautèrent. Puis la pluie se mit à tomber en grands pans d'eau, comme un rideau. Bobbi tourna à nouveau les yeux vers le mur où la tache verte se déplaçait toujours par à-coups. Elle se souvint des nuits où, encore enfant, dans son lit, elle utilisait le verre de sa montre-bracelet pour projeter une tache semblable sur le mur en bougeant son poignet.

A propos, qu'est-ce que cela te fait, à toi, Bobbi ?

Un feu vert au fond de l'œil de Peter, qui lui enlève sa cataracte. Qui la ronge. Elle regarda de nouveau et dut se contrôler pour ne pas avoir un mouvement de recul quand Peter lui lécha la main.

Cette nuit-là, Bobbi Anderson ne dormit quasiment pas.

4

Les fouilles,
suite

1

Quand Bobbi se réveilla, il était presque dix heures et la plupart des lampes étaient allumées : apparemment, Central Maine Power avait réparé. Elle fit le tour de la maison en chaussettes, éteignant les lumières, puis déverrouilla la fenêtre du devant. Peter était sur le porche. Bobbi le fit entrer et regarda son œil. Elle se souvenait de sa terreur la nuit précédente, mais dans la clarté de ce lumineux matin d'été, la terreur faisait place à la fascination. *N'importe qui* songea-t-elle, aurait été effrayé, en voyant quelque chose comme ça dans le noir, en pleine panne d'électricité, tandis que dehors un orage déchirait le ciel et la terre.

Pourquoi diable Etheridge n'avait-il pas vu ça ?

C'était cependant facile à comprendre. Les chiffres fluorescents des réveils luisent aussi bien le jour que la nuit, pourtant, on ne voit pas leur lueur à la lumière du jour. Certes, elle était un peu surprise de ne pas avoir remarqué la lueur verte dans l'œil de Peter les nuits précédentes, mais pas vraiment déroutée. Après tout, il lui avait fallu deux jours pour remarquer que la cataracte régressait. Et pourtant... Etheridge y avait regardé de *près*, non ? Etheridge avait regardé *dans* l'œil de Peter avec son ophtalmoscope, il était *entré* dans l'œil de Peter.

Il avait été d'accord avec Bobbi. La cataracte régressait... Mais il n'avait mentionné aucune lueur, ni verte ni de quelque couleur que ce soit.

Peut-être l'a-t-il vue et a-t-il décidé de ne pas la signaler. Comme il a vu que Peter rajeunissait tout en décidant de ne pas le remarquer. Parce qu'il ne voulait *pas voir ça.*

Au fond, elle n'aimait guère le nouveau vétérinaire. Elle se dit que c'était parce qu'elle avait tant aimé le vieux Doc Daggett et qu'elle avait stupidement (mais, semble-t-il, inévitablement) supposé qu'il serait toujours là tant que Peter et elle auraient besoin de lui. Mais c'était une bien piètre raison pour ressentir de l'hostilité envers le successeur du vieil homme, et même si Etheridge n'avait pas vu (ou avait refusé de voir) l'apparent rajeunissement de Peter, il n'en restait pas moins un vétérinaire parfaitement compétent.

Une cataracte émettant une lueur verte... elle ne pensait pas qu'il aurait pu ne pas remarquer un tel phénomène.

Ce qui l'amena à la conclusion que la lueur verte n'était pas là quand Etheridge avait examiné Peter.

Du moins, pas au début.

Il n'y avait pas eu de grand chambardement tout de suite non plus. Pas quand ils étaient entrés. Pas au cours de l'examen. Seulement quand ils s'étaient préparés à partir.

Est-ce que c'était à ce moment-là que l'œil de Peter s'était mis à luire ?

Bobbi versa du Gravy Train dans l'écuelle de Peter et tâta l'eau du robinet de sa main gauche, attendant qu'elle devienne assez chaude pour en arroser les boulettes. Il fallait attendre de plus en plus longtemps. Le chauffe-eau était lent, capricieux et tristement démodé. Bobbi voulait le faire remplacer — et devrait certainement s'y résoudre avant les froids de l'hiver — mais le seul plombier de Haven, et des villages au nord ou au sud immédiat de Haven, était un garçon plutôt désagréable appelé Delbert Chiles qui la regardait toujours comme s'il savait *exactement* à quoi elle devait ressembler sans ses vêtements (*pas grand-chose*, disaient ses yeux, *mais j' pense que ça f'rait, au besoin*) et voulait toujours savoir si Bobbi écrivait « un nouveau livre ces derniers temps ». Chiles aimait à lui dire qu'il aurait été un sacrément bon écrivain, lui aussi, mais qu'il avait trop d'énergie et pas assez de colle sur le fond de son pantalon, « si vous voyez ce que je veux dire ». La dernière fois qu'elle avait été obligée de l'appeler, c'était quand les tuyaux avaient éclaté, l'avant-dernier hiver, l'année où le thermomètre était descendu en dessous de moins trente. Après avoir tout réparé, il avait demandé à Bobbi si elle voudrait « aller danser » un jour. Elle avait poliment décliné l'invitation, et Chiles lui avait lancé un clin d'œil qui se voulait détenteur de sagesse universelle mais qui n'exprimait qu'une totale vacuité. « Vous ne savez pas ce que vous perdez, minette », avait-il dit. *Je crois bien que si, et c'est pourquoi j'ai dit non*, avait-elle failli répondre, mais elle n'avait rien dit : même si elle ne l'aimait pas, elle savait qu'elle pourrait avoir à nouveau besoin de lui. Pourquoi dans la vie, les bonnes répliques ne venaient-elles immédiatement à l'esprit que lorsqu'on n'osait pas les utiliser ?

Tu devrais faire quelque chose pour ce chauffe-eau, Bobbi, dit une voix dans son cerveau, une voix qu'elle ne put identifier. La voix d'un *étranger* dans sa tête ? Oh, flûte ! Est-ce qu'elle devait appeler la police ? *Tu pourrais*, insista la voix, *tu n'aurais qu'à...*

Mais l'eau commençait à se réchauffer, à tiédir en tout cas, et elle oublia le chauffe-eau. Elle remua le Gravy Train, le posa par terre, et regarda Peter manger. Il avait bien meilleur appétit, ces jours-ci.

Tu devrais vérifier l'état de ses dents, se dit-elle. *Tu pourrais peut-être lui redonner du Gaines Meal. Un sou économisé, c'est un sou gagné, et les lecteurs américains ne se pressent pas vraiment à ta porte, ma vieille. Et...*

A quel moment *exactement* le tumulte avait-il commencé à la clinique ?

Bobbi y réfléchit attentivement. Elle n'en était pas vraiment certaine, pourtant, plus elle y pensait, plus il lui semblait que cela aurait pu être — pas sûr, mais peut-être — juste après que le Dr Etheridge eut fini d'examiner la cataracte de Peter et posé son ophtalmoscope.

Attendez, Watson, dit soudain la voix de Sherlock Holmes avec le débit rapide, presque pressé, de son interprète à l'écran, Basil Rathbone. *L'œil luit. Non... pas l'œil ; la cataracte luit. Bobbi ne l'observe pas, mais elle devrait le faire. Etheridge ne l'a pas observée, et il aurait indubitablement dû le faire. Pouvons-nous dire que les animaux de la clinique vétérinaire n'ont pas été troublés avant que la cataracte de Peter se soit mise à luire... avant, pourrions-nous avancer, que le processus de guérison ne se soit remis en marche ? C'est possible. La lueur ne serait-elle visible que lorsqu'il n'est pas dangereux qu'on la voie ? Ah, Watson, il s'agit là d'une hypothèse aussi effrayante qu'injustifiée. Parce que cela indiquerait une sorte de...*
une sorte d'intelligence.

Bobbi n'aimait pas la direction où l'entraînaient les propos de Sherlock Holmes et elle essaya d'interrompre le travail de son cerveau grâce au bon vieux conseil : laisse tomber.

Cette fois, elle y réussit.

Pour un temps.

2

Bobbi voulait aller creuser davantage.
Son cerveau n'aimait pas du tout cette idée.
Son cerveau pensait que c'était une idée idiote.
Laisse tomber, Bobbi. C'est dangereux.
Oui.
A propos, qu'est-ce que ça te fait, à toi ?
Rien de *visible*. Mais on ne peut voir non plus ce que la fumée de cigarette fait aux poumons ; c'est pourquoi les gens continuent de fumer. Il était possible que son foie soit en train de pourrir, que les parois de son cœur s'enlisent dans le cholestérol, ou qu'elle soit devenue

stérile. Elle ne pouvait pas savoir si sa moelle ne s'était pas mise à produire des globules blancs de façon anarcho-frénétique. Pourquoi se contenter de règles en avance quand on peut avoir quelque chose de *vraiment* intéressant, comme une leucémie, Roberta ?

Mais elle voulait quand même creuser.

Ce besoin, simple et élémentaire, n'avait rien à voir avec son cerveau. Il émergeait d'un lieu plus profond. Il présentait toutes les caractéristiques d'un besoin physique impérieux — besoin d'eau, de sel, de cocaïne, d'héroïne, de cigarette, de café. Son cerveau fonctionnait selon la logique ; cette autre partie d'elle fonctionnait selon des impératifs presque incohérents : *Creuse, Bobbi, tout va bien, creuse, fouille, nom de Dieu ! Pourquoi ne pas creuser un peu plus, tu sais que tu veux savoir ce que c'est, alors creuse jusqu'à ce que tu* voies *ce que c'est, creuse, creuse, creuse...*

Par un effort conscient, elle parvint à faire taire la voix, mais elle se rendit compte quinze minutes plus tard qu'elle l'écoutait à nouveau, comme un oracle de Delphes.

Il faut que tu dises à quelqu'un ce que tu as trouvé.

A qui ? A la police ? Hum. Pas moyen. Ou...

Ou à qui ?

Elle était dans son jardin, arrachant les mauvaises herbes comme une forcenée... une droguée en état de manque.

... ou à n'importe quelle autorité, termina son cerveau.

L'hémisphère droit de son cerveau la gratifia du rire sarcastique d'Anne, comme elle s'y attendait... Mais le rire n'avait pas autant de force qu'elle l'avait craint. Comme bon nombre de gens de sa génération, Bobbi n'accordait pas une grande confiance aux « autorités ». Elle avait commencé à se méfier des autorités à l'âge de treize ans, à Utica. Elle était assise sur le canapé du salon entre Anne et sa mère. Elle mangeait un hamburger et regardait à la télévision la police de Dallas escorter Lee Harvey Oswald dans un parking souterrain. Il y avait beaucoup de policiers de Dallas. Tellement, en fait, que le commentateur annonça au pays que quelqu'un avait tué Oswald avant même que ces policiers — toutes ces personnes détenant une autorité — ne semblent avoir eu la moindre idée que quelque chose n'allait pas, sans parler de ce qui se passait vraiment.

A son avis, on avait trouvé que la police de Dallas avait fait du si bon boulot en protégeant tellement bien John F. Kennedy et Lee Harvey Oswald que c'était à elle qu'on avait confié le soin de s'occuper des émeutes raciales deux ans plus tard, puis de la guerre au Viêtnam. D'autres tâches lui incombèrent : le règlement de l'embargo sur le pétrole dix ans après l'assassinat de Kennedy, les négociations pour faire libérer les otages américains de l'ambassade de Téhéran, et, quand il fut évident que ces têtes enturbannées n'écouteraient ni la voix de la raison ni celle de l'autorité, c'est la police de Dallas que Jimmy Carter avait envoyée pour sauver ces « pov' gens » — après tout, on pouvait compter sur ces autorités, qui avaient su régler leur compte aux étudiants de Kent State University avec un sang-froid et un aplomb aussi extraordinaires, pour réussir le même genre de travail que l'équipe de *Mission impossible* réalisait chaque semaine à la télévision. D'accord, cette bonne vieille police de Dallas n'avait vraiment pas eu de chance ce coup-là, mais en gros, elle tenait les choses bien en main. Il n'y avait qu'à voir combien la situation mondiale était foutument *ordonnée* depuis qu'un homme au T-shirt trop serré et aux cheveux clairsemés, avec de la graisse de poulet sous les ongles, avait fait sauter la cervelle du Président assis à l'arrière d'une Lincoln qui descendait la rue principale d'une ville de cow-boys texans.

Je vais le dire à Jim Gardener. Quand il rentrera. Gard saura quoi faire, comment régler le problème. En tout cas, il aura une idée.

Voix d'Anne : *Tu vas demander conseil à un cinglé certifié. Formidable.*

Ce n'est pas un cinglé. Il est juste un peu bizarre.

Ouais, arrêté à la dernière manifestation de Seabrook

avec un 45 chargé dans son sac à dos. C'est effectivement un peu bizarre.

Anne, tais-toi.

Elle arracha d'autres mauvaises herbes. Pendant toute la matinée, elle arracha des mauvaises herbes sous le soleil brûlant, le dos de son T-shirt trempé de sueur. En outre c'est l'épouvantail qui portait à présent le chapeau qu'elle mettait généralement pour se protéger des rayons.

Après le déjeuner, elle s'allongea pour une petite sieste et ne put dormir. Tout ça continuait à tourner dans sa tête, et la voix étrangère ne cessait de parler : *Creuse, Bobbi, tout va bien, va fouiller...*

Jusqu'à ce que finalement elle se lève, prenne la pince, la bêche et la pelle, et se dirige vers les bois. Tout au bout de son champ, elle s'arrêta, le front plissé par ses pensées, et revint chercher aussi son piolet. Peter était sur le porche. Il leva brièvement les yeux mais ne manifesta aucune intention de l'accompagner.

Bobbi n'en fut pas vraiment surprise.

3

C'est ainsi qu'environ vingt minutes plus tard, elle était plantée en haut de la butte, regardant en contrebas la tranchée qu'elle avait entamée dans le sol et qui avait mis au jour une très petite fraction de ce qu'elle croyait maintenant être un vaisseau spatial extraterrestre. Sa coque grise était aussi solide qu'une clé ou un tournevis, elle n'était pas le produit d'un rêve, d'idées folles ou de suppositions délirantes : elle était là. La terre que Bobbi avait rejetée de chaque côté, humide et noire, et secrète comme la forêt même, était maintenant d'un brun sombre, détrempée par la pluie de la nuit.

Tandis qu'elle descendait la pente, son pied fit craquer ce qu'elle crut être un journal. Ce n'était pas un journal : c'était un moineau crevé. Sept mètres plus loin, il y avait un corbeau crevé, les pattes ridiculement pointées vers le ciel comme un oiseau mort dans un dessin animé. Bobbi s'arrêta, regarda autour d'elle, et vit les corps de trois autres oiseaux — encore un corbeau, un geai et un tangara écarlate. Aucune trace de blessure. Morts, tout simplement. Et pas de mouches autour d'aucun d'eux.

Elle gagna la tranchée et laissa tomber ses outils. La tranchée était boueuse. Elle y entra tout de suite, et ses chaussures émirent le bruit ragoûtant attendu. Se penchant, elle vit du métal gris bien lisse s'enfoncer dans la terre, une flaque d'eau bordant l'un des côtés.

Qu'es-tu donc ?

Elle posa sa main dessus. La vibration pénétra dans sa peau, sembla un instant la parcourir tout entière, puis s'arrêta.

Bobbi se retourna et posa la main sur sa pelle, tâtant le bois doux du manche chauffé par le soleil. Elle ne prit que vaguement conscience du fait qu'elle n'entendait aucun bruit dans la forêt, aucun : pas un chant d'oiseau, pas un bruit d'animal fuyant, dans les buissons, l'odeur de l'homme. Elle avait une conscience plus nette des odeurs : tourbe, aiguilles de pin, écorce, sève.

Une voix à l'intérieur d'elle — tout au fond d'elle, qui ne venait pas de l'hémisphère droit de son cerveau mais peut-être des racines mêmes de son esprit — hurla de terreur.

Il se passe quelque chose, Bobbi, quelque chose est en train d'arriver en ce moment même. *Sors d'ici marmotte morte oiseaux morts Bobbi s'il te plaît s'il te plaît S'IL TE PLAÎT...*

Sa main serra plus fort le manche de la pelle et elle vit à nouveau, tel qu'elle l'avait dessiné, le bord gris d'une chose de taille titanesque enfouie dans le sol.

Ses règles avaient repris, mais elle ne s'en souciait pas. Elle avait remis une protection dans son slip avant même d'aller arracher les mauvaises herbes de son jardin. Une maxi. Et elle en avait une demi-douzaine dans son sac... ou une douzaine complète ?

Elle ne savait pas, et cela n'avait pas d'importance.

Même le fait de découvrir qu'une partie d'elle-même avait toujours su qu'elle finirait par revenir, en dépit de toutes ses idées folles sur le libre arbitre, ne la dérangeait pas. Une sorte de paix lumineuse l'emplissait. Des animaux crèvent... tes règles s'arrêtent et recommencent... tu arrives en ayant tout préparé alors même que tu avais affirmé que tu n'avais encore rien décidé... ce ne sont que de petites choses, plus petites que petites, des foutaises. Elle allait fouiller un moment, creuser autour de ce nom de Dieu d'objet, découvrir s'il y avait autre chose à voir qu'une douce peau de métal. Parce que tout...

« Tout va bien », dit Bobbi Anderson dans un silence irréel, et elle se mit à creuser.

5

Gardener fait une chute

1

Tandis qu'avec son compas Bobbi Anderson suivait le contour d'une forme titanesque tout en pensant l'impensable avec son cerveau plus engourdi par l'épuisement qu'elle n'en avait conscience, Jim Gardener faisait le seul travail dont il fût capable ces temps-ci. Cette fois, c'était à Boston. Sa lecture de poèmes du 25 juin eut lieu à l'université. Et *ça* se passa bien. Le 26 était une journée de repos. Et c'est précisément ce jour-là que Gardener trébucha à son tour — à cela près que, malheureusement, « trébucher » ne décrit pas vraiment ce qui arriva. Il ne s'agissait pas d'un incident mineur comme de se prendre le pied sous une racine en marchant dans les bois. Ce fut une *chute*, une satanément longue *chute*, du genre de celle qui vous fait dégringoler cul par-dessus tête un long escalier. *Escalier ?* Mais non, merde, il était pratiquement tombé de la surface de la terre.

La chute commença dans sa chambre d'hôtel ; elle se termina sur Arcadia Beach, dans le New Hampshire, huit jours plus tard.

Bobbi avait envie de creuser ; quand Gard s'éveilla, ce matin du 26, il avait envie de boire.

Il savait qu'un alcoolique qui aurait « presque » arrêté de boire, cela n'existait pas. On buvait ou on ne buvait pas. Il ne buvait pas en ce moment, et c'était bien, mais il y avait toujours eu de longues périodes où il ne *pensait* même pas à boire. Des mois, parfois. Il faisait un saut à une réunion de temps à autre, se levait et disait : « Bonjour, je m'appelle Jim et je suis alcoolique. » (Si deux semaines s'écoulaient sans qu'il assiste à une réunion des Alcooliques Anonymes, Gard ne se sentait pas bien — comme si, ayant renversé du sel, il avait négligé d'en lancer une pincée par-dessus son épaule, ainsi que l'exige la superstition.) Toutefois, quand le besoin impérieux de boire ne se manifestait pas, cela ne lui semblait pas exact. Pendant ces périodes, il ne s'abstenait pas vraiment ; il pouvait boire, et il buvait — il *buvait*, mais il ne se soûlait pas. Un ou deux cocktails vers cinq heures, s'il participait à une réunion ou à un dîner entre collègues. Pas plus. Ou alors il lui arrivait d'appeler Bobbi Anderson et de lui demander si elle ne voulait pas venir avec lui se rafraîchir le gosier, et c'était bien. Pas de crainte.

Et puis arrivait un matin comme celui-là, et il se réveillait avec le désir d'écluser tout l'alcool du monde. Cela ressemblait à une vraie soif, à un besoin physiologique et lui rappelait les dessins humoristiques de Virgil Partch dans le *Saturday Evening Post* où un vieux fou de prospecteur rampait à travers le désert, tirant la langue comme un chien, à la recherche d'une flaque d'eau.

Quand ce besoin lui tombait dessus, il ne lui restait qu'à le combattre, à garder ses distances. Il valait parfois mieux que cela arrive dans un lieu comme Boston, parce qu'il pouvait aller à une réunion des AA chaque soir, et même toutes les quatre heures, s'il fallait. Au bout de trois ou quatre jours, ça passait.

En général.

Il se dit qu'il n'avait qu'à attendre que ça passe. Qu'il n'avait qu'à rester dans sa chambre, à regarder des films à la télévision par câble et à faire porter la dépense sur sa note d'hôtel. Depuis huit ans qu'il avait divorcé et mis fin à sa carrière d'enseignant à l'université, il était Poète à Plein Temps... ce qui signifiait qu'il en était venu à vivre dans une curieuse petite sous-société où le troc importait souvent plus que l'argent.

Il avait échangé des poèmes contre de la nourriture : une fois, ç'avait été un sonnet d'anniversaire pour la femme d'un fermier en échange de trois sacs de pommes de terre nouvelles. « Vous avez intérêt à ce qu'il rime, votre truc, lui avait dit le fermier en posant un œil de pierre sur Gardener. Je veux des *vraies* rimes de poème. »

Gardener, qui était capable de suivre un conseil (surtout quand son estomac était en jeu), avait composé un sonnet tellement plein de rimes masculines exubérantes qu'il avait piqué des fous rires en relisant son second jet. Il avait téléphoné à Bobbi et lui avait lu son œuvre. Ils avaient tous deux hurlé de rire. C'était meilleur encore à haute voix. A haute voix, ça ressemblait à une lettre d'amour du Dr Seuss. Pourtant, Jim n'avait pas eu besoin de Bobbi pour savoir que son canular restait un poème honnête, des vers ronflants, mais pas le travail d'un vendu.

Une autre fois, une petite maison de West Minot accepta de publier une de ses plaquettes (c'était au début de 1983 et, en fait, ce fut le dernier recueil que Gardener publia), et proposa un demi-stère de bois comme avance. Gardener accepta.

« Tu aurais dû exiger trois quarts de stère, lui avait dit Bobbi cette nuit-là devant son poêle, les pieds sur le garde-feu, fumant des cigarettes tandis qu'un vent glacé déposait de la neige fraîche dans les champs et sur les arbres. Ce sont de bons poèmes. Et il y en a beaucoup.

— Je sais, mais j'avais froid. Un demi-stère me mènera au printemps, avait dit Gardener en lui faisant un clin d'œil. En plus, le type est du Connecticut. Je ne crois pas qu'il savait que l'essentiel était du frêne.

— Tu veux rire ? avait-elle demandé en reposant ses pieds par terre et en le regardant droit dans les yeux.

— Eh non ! »

Elle avait pouffé et il lui avait donné un baiser sonore. Plus tard, il l'avait emmenée au lit et ils avaient dormi ensemble, enchâssés comme des petites cuillers. Il se souvenait qu'il s'était réveillé une fois, qu'il avait écouté le vent, qu'il avait pensé à l'obscurité et au froid insidieux dehors, et à la chaleur du lit, leur chaleur paisible sous deux couettes ; il avait alors souhaité rester éternellement ainsi — sauf que rien ne durait jamais éternellement. On lui avait appris que Dieu était amour, mais il se demandait quel genre d'amour Il dispense quand Il fait l'homme et la femme assez intelligents pour aller sur la lune, mais assez stupides pour devoir apprendre, et réapprendre sans cesse, que l'éternité n'existe pas.

Le lendemain, Bobbi lui avait à nouveau proposé de l'argent et Gardener avait à nouveau refusé. Il ne roulait pas sur l'or, mais il s'en sortait. Et malgré le ton très neutre de Bobbi, il n'avait pu empêcher qu'une petite étincelle de colère craque dans son cœur.

« Est-ce que tu ne sais pas qui est censé recevoir de l'argent après une nuit au lit ? avait-il demandé.

— Tu me traites de putain, avait-elle répliqué en levant le menton.

— T'as besoin d'un mac ? Il paraît que ça gagne bien, avait-il dit en souriant.

— Tu veux ton petit déjeuner, Gard, ou tu veux me foutre en rogne ?

— Disons les deux ?

— Non. »

Elle était vraiment en colère. Bon sang, il était de pire en pire ! Alors que jadis tout était si *facile*. Il l'avait serrée contre lui. *Je plaisantais, elle ne voyait pas ?* songea-t-il. *Elle savait* toujours *quand je plaisantais*. Mais naturellement, elle ne pouvait savoir qu'il plaisantait puisqu'il ne plaisantait pas. S'il avait pensé autre chose, le seul qu'il aurait trompé aurait été lui-même. Il avait essayé de la blesser parce qu'elle l'avait mis dans l'embarras. Et ce n'était pas l'offre de Bobbi qui était stupide, mais la façon dont lui s'était senti embarrassé. Il avait plus ou moins choisi la vie qu'il menait, non ?

Il ne voulait pas faire de mal à Bobbi, il ne voulait pas

la repousser. Au lit, c'était bien, mais l'essentiel ne se situe pas là. Le plus important était que Bobbi Anderson restait une amie, et quelque chose d'effrayant semblait se produire ces derniers temps. Ses amis se clairsemaient à une vitesse étonnante. C'était très effrayant.

Tu perds tes amis ? Ou tu les écartes ? Que se passe-t-il, Gard ?

Au début, il avait eu l'impression de serrer contre lui une planche à repasser, et il eut peur qu'elle n'essaie de s'écarter. Dans ce cas, il aurait fait la bêtise de tenter de la retenir, mais elle finit par s'adoucir.

« Je veux prendre mon petit déjeuner, dit-il, et je veux te dire que je suis désolé.

— Ce n'est rien », répondit-elle avant de se retourner pour qu'il ne voie pas son visage.

Mais sa voix avait cette brusque sécheresse qui signifiait qu'elle pleurait, ou qu'elle allait pleurer.

« J'oublie toujours qu'on ne propose pas d'argent aux Yankees. »

Il ne savait pas si ça se faisait ou non, mais il n'accepterait pas d'argent de Bobbi. Il ne l'avait jamais fait, et il ne le ferait jamais.

Mais la Caravane de la Poésie de Nouvelle-Angleterre, c'était tout autre chose.

Attrape ce poulet, mon gars, aurait dit Ron Cummings, qui avait presque autant besoin d'argent que le pape d'un nouveau chapeau. *La salope est trop lente pour s'enfuir, et trop grasse pour que tu laisses passer ta chance.*

La Caravane de la Poésie de Nouvelle-Angleterre payait rubis sur l'ongle. Des espèces sonnantes et trébuchantes pour la poésie : deux cents dollars d'avance et deux cents à la fin de la tournée. Le mot engraissait, pourrait-on dire. Mais il était sous-entendu que l'argent ne représentait qu'une partie du marché.

Le reste, c'étaient les NOTES DE FRAIS.

Pendant la tournée, on saisissait toutes les occasions : on se faisait apporter ses repas dans sa chambre, couper les cheveux par le coiffeur de l'hôtel (s'il y en avait un), on apportait sa paire de chaussures de rechange (si on en avait une) et on la laissait devant sa porte, pour qu'elle aussi soit cirée pendant la nuit, et tout se trouvait réglé avec la note d'hôtel par la Caravane de la Poésie.

Et il y avait les films dans les chambres à la télévision par câble, ces films qu'on ne voyait jamais au cinéma parce que les salles de cinéma veulent toujours gagner de l'argent ; et toujours pour gagner de l'argent, on fait croire aux poètes, même aux très bons, qu'ils sont censés travailler pour rien, ou presque rien — trois sacs de patates = un (1) sonnet, par exemple. Il fallait payer pour les films, naturellement, mais quelle importance ? On n'avait même pas à les porter sur LA NOTE, un ordinateur le faisait automatiquement, et tout ce que Gardener avait à dire à ce sujet était : Que Dieu bénisse et garde LA NOTE, et en avant les conneries ! Il regardait *tout*, depuis *Emmanuelle à New York* (trouvant particulièrement artistique et remontant le moment où la fille s'occupe de la bite du type sous une table du restaurant Windows on the World — la scène l'avait en tout cas bien remonté, lui) jusqu'à *Indiana Jones et le Temple maudit* ou *Rainbow Brite et le voleur d'étoiles*.

Et c'est ce que je vais faire maintenant, se dit-il en se frottant la gorge et en pensant au goût d'un bon whisky de douze ans d'âge. EXACTEMENT *ce que je vais faire. Je vais m'asseoir et les revoir tous, même* Rainbow Brite. *Et pour le déjeuner, je vais demander trois cheeseburgers au bacon et en manger un froid à trois heures. Peut-être que je raterai* Rainbow Brite *pour faire la sieste. Je resterai ici ce soir. Je me coucherai tôt. Et je tiendrai le coup.*

Bobbi Anderson trébucha sur une langue de métal dont dix centimètres sortaient de terre.

Jim Gardener trébucha sur Ron Cummings.

Objets différents, résultat similaire.

A cause d'un clou...

Ron se pointa presque à l'heure où, à quelque trois cent quarante kilomètres de là, Bobbi et Peter revenaient enfin de leur voyage tout à fait hors du commun chez le vétérinaire. Cummings suggéra qu'ils descendent au bar de l'hôtel et prennent un verre ou dix.

« Ou bien, proposa Ron d'un ton jovial, on pourrait sauter les préliminaires et se soûler la gueule. »

S'il avait présenté les choses plus délicatement, Gard aurait pu s'en sortir. Mais il se retrouva au bar avec Ron Cummings, levant un bon Jack Daniel's à ses lèvres et se persuadant qu'il pouvait arrêter quand il voulait — cette vieille blague.

Ron Cummings était un bon poète, sérieux, qui avait tout bonnement le cul cousu d'or. Comme il le disait souvent : « Je suis mon propre Médicis ; l'argent me sort pratiquement par le trou du cul. » Sa famille, dans l'industrie textile depuis environ neuf cents ans, possédait presque tout le sud du New Hampshire. Elle pensait que Ron était fou, mais comme il était le second fils, et que le premier n'était *pas* fou (il s'intéressait au textile), elle laissait Ron faire ce qu'il voulait, c'est-à-dire écrire des poèmes, lire des poèmes et boire presque sans arrêt. C'était un jeune homme mince au visage de tuberculeux. Gardener ne l'avait jamais vu manger autre chose que les cacahuètes et les crackers Goldfish qu'on lui apportait avec ses verres. Pour sa défense, il faut dire qu'il ignorait tout à fait que l'alcool était un problème pour Gardener... et que celui-ci avait presque tué sa femme un jour où il était ivre.

« D'accord, dit Gardener. Je suis prêt. Allons nous noircir. »

Après quelques verres au bar de l'hôtel, Ron suggéra que deux gentils garçons comme eux pourraient trouver un endroit où l'on s'amusait un peu plus qu'ici, où la muzak dégoulinait des haut-parleurs.

« Je crois que mon cœur tiendrait le coup, dit Ron. C'est-à-dire que je n'en suis pas sûr, mais...

— ... Dieu exècre les lâches », termina Gardener.

Ron gloussa, donna à Gard une grande claque dans le dos et demanda LA NOTE. Il signa d'un paraphe et ajouta un généreux pourboire de sa poche.

« Et que ça saute, mesdames ! »

Et ils partirent.

Le soleil du soir frappa les yeux de Gardener comme

des flèches de verre, et il se dit soudain que c'était peut-être une mauvaise idée.

« Écoute, Ron, dit-il. Je crois que je vais juste... »

Cummings le frappa sur l'épaule, les joues pâles rougirent, les yeux bleus délavés lancèrent des éclairs (pour Gard, Cummings ressemblait maintenant plutôt au roi des Gogos après l'acquisition de sa voiture) et il le supplia :

« Ne me fais pas faux bond maintenant, Jim! Boston est à nous, dans toute sa splendeur et sa diversité, scintillant comme la première éjaculation d'un jeune garçon... »

Gardener ne put arrêter un fou rire.

« Je retrouve déjà mieux le Gardener que nous connaissons et aimons tous, claironna Ron en gloussant encore.

— Dieu exècre les lâches, dit Gard. Appelle un taxi, Ronnie. »

C'est alors qu'il le vit, l'entonnoir tourbillonnant dans le ciel. Grand et noir, et se rapprochant. Bientôt, il atteindrait le sol et les emporterait.

Mais pas à Oz.

Un taxi se rangea le long du trottoir. Ils y montèrent. Le chauffeur leur demanda où ils voulaient aller.

« A Oz », murmura Gardener.

Ron ricanait toujours.

« Il veut dire quelque part où elles boivent vite et dansent encore plus vite. Vous croyez que vous pouvez nous arranger ça ?

— Oh, je crois », dit le chauffeur en démarrant.

Gardener passa un bras autour des épaules de Ron et s'écria :

« *Que la fête commence!*

— Je lèverai mon verre à cette bonne parole », dit Ron.

2

Gardener se réveilla le lendemain matin tout habillé dans une baignoire pleine d'eau froide. Ses meilleurs vêtements — qu'il portait par malchance quand il avait mis les voiles avec Ron Cummings la veille — s'agglutinaient lentement à sa peau. Il regarda ses doigts et constata qu'ils étaient très blancs et très fripés. Des doigts de poisson. Apparemment, il était là depuis un moment. Il était même possible que l'eau eût été chaude quand il était entré dans la baignoire. Il ne s'en souvenait plus.

Il ouvrit la bonde et vit une bouteille de bourbon posée sur le siège des toilettes. Elle était à moitié vide, et luisait comme si elle était recouverte de graisse. Il la prit. La graisse sentait vaguement le poulet frit. Gardener s'intéressait davantage à l'arôme venant de l'*intérieur* de la bouteille. Ne fais pas ça, se dit-il, mais le goulot de la bouteille heurta ses dents avant que sa pensée ne soit même à demi formulée. Il but. Il perdit à nouveau conscience.

Quand il revint à lui, il était nu dans sa chambre, le téléphone à l'oreille, avec la vague impression qu'il venait de composer un numéro. Celui de qui ? Il n'en sut rien avant que Cummings ne réponde. En l'entendant, Gardener se dit que Cummings paraissait dans un état pire que le sien. Il aurait pourtant juré que c'était impossible.

« Est-ce que c'était vraiment terrible ? » s'entendit-il demander. C'était toujours comme ça quand il était dans la poigne du cyclone ; même quand il était conscient, tout semblait avoir la texture granuleuse d'une photo très agrandie, et il n'avait jamais vraiment l'impression d'être exactement à l'*intérieur* de lui-même. La plupart du temps, il lui semblait qu'il flottait au-dessus de sa tête, comme un ballon argenté d'enfant.

« On s'est mis dans les ennuis ?

— Des ennuis ? » répéta Cummings.

Puis un lourd silence s'appesantit.

Gardener *pensait* que Cummings pensait. Il *espérait* qu'il pensait. A moins qu'il ne le redoutât. Il attendait, les mains glacées.

« Pas d'ennuis », finit par dire Cummings.

Gard se détendit un peu.

« Sauf ma tête. J'ai mis ma tête dans *des tas* d'ennuis. Doux Jé-*sus*!

— Tu es sûr? *Aucun* ennui? Vraiment aucun? »

Il pensait à Nora.

T'as tiré sur ta femme, hein? dit soudain une voix dans sa tête, la voix du flic à la bande dessinée. *Tu t'es mis dans de beaux draps.*

« Eh bien... », dit lentement Cummings avant de s'interrompre.

La main de Gardener se crispa à nouveau sur le combiné.

« Eh bien *quoi*? »

Les lumières de la pièce furent soudain trop brillantes. Comme le soleil quand ils étaient sortis de l'hôtel, la veille.

Tu as fait quelque chose. Tu as eu encore une de tes absences et tu as encore fait quelque chose d'idiot. Oh, c'est stupide! Oh, c'est horrible! Quand vas-tu apprendre à ne pas y toucher? Es-tu seulement capable *d'apprendre?*

Le dialogue d'un vieux film résonna bêtement dans son esprit :

El Comandante (le méchant) : Demain avant l'aube, *señor*, vous serez mort! Vous avez vu le soleil pour la dernière fois!

L'Americano (brave) : Ouais, mais vous resterez chauve toute votre vie.

« Quoi? demanda-t-il à Ron. Qu'est-ce que j'ai fait?

— Tu t'es bagarré avec un type au Stone Country Bar and Grille, dit Cummings en riant brièvement. Oh, bon Dieu! Quand ça fait mal de rire, on est *sûrs* qu'on a passé les bornes. Tu te souviens du Stone Country Bar and Grille et de ces gentils garçons, James, mon cher ami? »

Il dit qu'il ne se souvenait pas. C'était très éprouvant.

Il arrivait à se souvenir d'un lieu appelé Smith Brothers. Le soleil commençait juste à descendre dans un horizon de sang, et comme on était fin juin, cela voulait dire qu'il était... quelle heure ? Huit heures et demie ? Neuf heures moins le quart ? Environ cinq heures, grosso modo, après que Ron et lui eurent commencé leur virée. Il se souvenait que l'enseigne à l'extérieur ressemblait au dessin représentant des jumeaux sur les boîtes de pastilles pour la toux. Il se souvenait d'avoir furieusement discuté de Wallace Stevens avec Cummings, d'avoir crié pour que l'autre l'entende malgré les beuglements qui sortaient du juke-box où quelqu'un avait mis à fond un truc de John Fogerty. C'est là que les vagues fragments de souvenirs s'arrêtaient.

« C'était là qu'il y avait un autocollant WAYLON JENNINGS PRÉSIDENT sur le bar, dit Cummings. Ça te rafraîchit la cervelle ?

— Non, répondit Gardener sur un ton pitoyable.

— Eh bien, tu t'es mis à discuter avec des gars. Vous avez échangé des paroles. De simples arguments d'abord, puis des insultes. Un coup de poing est parti.

— De moi ? dit Gardener qui n'arrivait même plus à timbrer sa voix.

— De toi, affirma joyeusement Cummings. A ce moment-là nous nous sommes envolés dans les airs avec la plus grande facilité du monde ; et nous avons atterri sur le trottoir. Je me suis dit qu'on s'en tirait à très bon compte, pour tout te dire. Ils étaient écumants de rage à cause de toi, Jim.

— C'était à propos de Seabrook ou de Tchernobyl ?

— Merde, tu t'en souviens, alors !

— Si je m'en souvenais, je ne te poserais pas la question.

— En fait, c'étaient les deux, dit Cummings en hésitant. Ça va, Gard ? Tu sembles vraiment à plat. »

Ah oui ? Eh bien, en fait, Ron, je suis tout à fait remonté. Je suis tout en haut dans l'œil du cyclone. Je tournoie de haut en bas, et personne ne sait où ça finit.

« Ça va.

— Bon. On espère que tu sais qui tu dois remercier.
— Toi, peut-être?
— Qui d'autre? Mon vieux, j'ai atterri sur ce trottoir comme un gosse qui arrive au bout d'un toboggan pour la première fois. Je ne vois pas bien mes fesses dans le miroir, mais c'est sûrement quelque chose! Elles doivent ressembler à une affiche soixante-huitarde en couleurs fluo du genre Grateful Dead. Toi, tu voulais y retourner et leur dire que tous les enfants de la région de Tchernobyl seraient morts de leucémie avant cinq ans. Tu voulais leur raconter comment des types ont failli faire sauter tout l'Arkansas en recherchant un faux contact à l'aide d'une bougie dans une centrale nucléaire. Tu disais qu'ils avaient mis le feu. Moi, je parierais ma montre — et c'est une Rolex — que c'étaient des saboteurs payés par le Mississippi. Pour arriver à t'enfourner dans un taxi, il a fallu que je te promette qu'on reviendrait plus tard pour leur casser la gueule. Je t'ai baratiné jusqu'à ta chambre et je t'ai fait couler un bain. Tu as dit que ça allait. Tu as dit que tu allais prendre un bain et ensuite appeler un type du nom de Bobby.
— Ce type est une fille, dit Gard en se frottant la tempe droite de sa main libre, d'un air absent.
— Jolie?
— Oui. Sans plus. »
Une pensée passagère, absurde mais parfaitement concrète — *Bobbi a des ennuis* —, lui traversa la tête comme une boule de billard roulant sur le feutre vert avant de disparaître dans un trou. Et c'est ce qu'elle fit.

3

Il s'approcha lentement d'un fauteuil et s'assit, massant maintenant ses deux tempes. Le nucléaire. Naturellement; ç'avait été à propos du nucléaire. Quoi d'autre? Si ce n'était pas Tchernobyl, c'était Seabrook, et si ce n'était pas Seabrook, c'était Three-Mile Island, et si ce n'était pas Three-Mile Island, c'était Maine Yankee à Wiscasset ou ce qui aurait pu arriver à la centrale de Hanford, dans l'État de Washington, si quelqu'un n'avait pas remarqué par hasard, juste à temps, que les barres de commande périmées, stockées dehors dans un fossé sans protection, étaient prêtes à sauter jusqu'au ciel.

Combien de fois pourrait-on jouer avec le temps ?

Des barres de commande périmées qui s'empilaient en beaux amoncellements brûlants. Et on s'inquiétait pour la Malédiction du roi Toutânkhamon ? Seigneur ! Attendez un peu qu'un archéologue du XXVᵉ siècle déterre une réserve de ce genre de merde ! Vous essayez de dire aux gens que tout ça, ce ne sont que des *mensonges*, rien que des *mensonges* éhontés, que l'énergie d'origine nucléaire finira par tuer des millions de gens et rendre de gigantesques portions de la Terre stériles et invivables. Et en retour, vous n'obtenez qu'un regard vide. Vous parlez à des gens qui ont connu des gouvernements successifs et dont les représentants élus proféraient mensonge sur mensonge, puis mentaient à propos de leurs *mensonges*, et quand *ces* mensonges étaient dévoilés, les menteurs disaient : Oh, bon sang, j'ai oublié, je suis désolé — et comme ils avaient *oublié*, les gens qui les avaient élus se conduisaient en bons chrétiens et *pardonnaient*. Vous avez du mal à croire qu'il y ait *tant* de ces imbéciles prêts à le faire jusqu'à ce que vous vous souveniez de ce que P. T. Barnum disait du taux de natalité extraordinairement élevé des connards. Ils vous regardent droit dans les yeux quand vous essayez de leur dire la vérité et ils vous font savoir que vous êtes un petit merdeux, que le gouvernement américain ne dit pas de mensonges, et que ne pas dire de mensonges fait la grandeur de l'Amérique. *Ô père vénéré, voici la vérité, je l'ai fait avec ma petite hache, je ne peux garder le silence parce que c'est moi, et advienne que pourra, je ne peux dire un mensonge.* Quand vous essayez de leur parler, ils vous regardent comme si vous jacassiez dans une langue étrangère. Cela faisait bientôt huit ans qu'il avait presque tué sa femme, et trois depuis que Bobbi et lui avaient été arrêtés à Seabrook, Bobbi sous la vague accusation de manifestation illégale, Gard sous l'accusation beaucoup plus précise de possession et dissimulation d'un pistolet sans port d'arme. Les autres avaient payé une amende et étaient sortis. Gard avait fait deux mois. Son avocat lui avait dit qu'il avait eu de la chance. Gardener avait demandé à son avocat s'il savait qu'il était assis sur une bombe à retardement et que sa viande était déjà en train de se dessécher. Son avocat lui avait demandé s'il n'avait jamais envisagé de recourir aux services d'un psychiatre. Gardener avait demandé à son avocat s'il avait jamais envisagé d'aller se faire foutre.

Mais il avait été assez sage pour ne plus participer à d'autres manifestations. C'était toujours ça. Il se tenait à l'écart. On l'empoisonnait. Mais quand il se soûlait, son cerveau — ou du moins ce que l'alcool en avait laissé — revenait de façon obsessionnelle aux réacteurs, aux barres de commande, aux déchets, à l'impossibilité de ralentir sur une pente une fois qu'on a pris de la vitesse.

En d'autres termes, il revenait toujours au nucléaire.

Quand il se soûlait, son cœur s'échauffait. Le nucléaire. Ce foutu nucléaire. D'accord, c'était symbolique ; inutile d'être Freud pour trouver que ce contre quoi il manifestait vraiment était le réacteur que recelait son propre cœur. Quand il s'agissait de se restreindre, James Gardener révélait que son système de contrôle n'était pas au point. Il avait à l'intérieur de sa tête un technicien qu'on aurait dû flanquer à la porte depuis longtemps. Il restait assis et jouait avec les mauvais leviers. Ce type ne serait pas content tant que Jim Gardener n'aurait pas fait le syndrome chinois.

Ce foutu nucléaire.

Passons.

Il essaya. Pour commencer, il tenta de penser à la lecture qu'il donnerait ce soir-là à l'université Northeastern, devant une bande de petits rigolos amenés par un groupe qui s'intitulait les Amis de la Poésie, nom qui emplissait Gardener de crainte et de tremblement. Les groupes arborant des noms de ce genre étaient généralement constitués exclusivement de femmes qui se disaient des dames (et dont la plupart appuyaient leurs prétentions par leurs cheveux bleutés). Les dames du club connaissaient généralement beaucoup mieux les œuvres de Rod McKuen que celles de John Berryman, Hart Crane, Ron Cummings, ou de ce bon vieux branleur habitué des cuites et tueur de femmes nommé James Eric Gardener.

Fiche le camp, Gard. Au diable la Caravane de la Poésie de Nouvelle-Angleterre. Au diable Northeastern et les Amis de la Poésie. Au diable cette salope de McCardle. Sors-toi de là tout de suite avant que quelque chose de grave n'arrive. Quelque chose de vraiment grave. Parce que si tu restes, quelque chose de vraiment grave va arriver. Il y a du sang sur la lune.

Mais il se damnerait s'il rentrait en courant dans le Maine, la queue entre les jambes. Pas lui.

Et en plus, il y avait la salope.

Elle s'appelait Patricia McCardle, et pour Gard, c'était une salope de classe internationale.

Elle avait établi le contrat, et il spécifiait : pas de lecture, pas d'argent.

« Doux Jésus », dit Gardener. Il posa ses mains sur ses yeux, essayant d'enrayer une migraine grandissante, sachant qu'il n'y avait qu'un seul médicament qui pourrait l'en guérir, et sachant aussi que c'était exactement le type de médicament qui pourrait provoquer cette chose vraiment grave.

Et il savait *aussi* que le savoir ne servirait à rien. Si bien qu'après un moment, l'alcool se remit à couler et le cyclone à souffler.

Jim Gardener, en chute libre maintenant.

4

Patricia McCardle était le principal mécène de la Caravane de la Poésie de Nouvelle-Angleterre — et son principal cerbère. Elle avait les jambes longues mais maigres, le nez aristocratique trop en lame de couteau pour qu'on le trouve séduisant. Une fois, Gard avait essayé d'imaginer qu'il l'embrassait, et il avait été horrifié par la vision qui avait surgi involontairement dans son esprit : le nez de Patricia n'avait pas seulement glissé le long de la joue de Jim, mais l'avait entaillée comme une lame de rasoir. Elle avait le front haut, des seins inexistants, et des yeux aussi gris qu'un glacier un jour de pluie. Elle était fière de pouvoir remonter dans son arbre généalogique jusqu'aux immigrants venus sur le *Mayflower*.

Gardener avait déjà travaillé pour elle — non sans susciter des problèmes. C'est dans des conditions plutôt sinistres qu'elle l'avait embauché pour la Caravane de la Poésie de Nouvelle-Angleterre cru 1988... mais la raison de son recrutement soudain n'était pas plus inouïe dans le monde de la poésie que dans celui du jazz ou du rock and roll. Patricia McCardle s'était retrouvée au dernier moment avec un trou dans son programme parce que l'un des six poètes qui avaient signé pour la joyeuse équipée de cet été-là s'était pendu dans son placard avec sa ceinture.

« Comme Phil Ochs », avait dit Ron Cummings à Gardener le premier jour de la tournée, à l'arrière du bus.

Il avait eu un ricanement de cancre-du-fond-de-la-classe.

« De toute façon, Bill Claughtsworth a toujours été un fils de pute sans aucune originalité », avait-il ajouté.

Patricia McCardle avait placé douze lectures publiques et obtenu une assez bonne avance sur des contrats qui, quand on les débarrassait de toute leur rhétorique verbeuse, revenaient à engager six poètes pour le prix d'un. Après le suicide de Claughtsworth, il ne lui restait que trois jours pour trouver un poète édité, à un moment où presque tous les poètes édités étaient déjà retenus pour la saison (« ou en vacances permanentes comme cet abruti de Billy Claughtsworth », dit Cummings avec un rire tout de même un peu gêné).

Parmi les groupes qui avaient engagé la Caravane, aucun, sans doute, n'aurait rechigné à payer le tarif convenu parce qu'il y avait un poète de moins ; c'eût été plutôt de mauvais goût, surtout quand on connaissait la *raison* pour laquelle il manquait un poète. Néanmoins, d'un point de vue légal en tout cas, cela plaçait Caravane Inc. en situation de rupture de contrat, et Patricia McCardle n'était pas femme à tolérer de se retrouver en position de faiblesse.

Après avoir joint en vain quatre poètes, de plus en plus mineurs, et trente-six heures avant la première lecture, elle se résolut à appeler Jim Gardener.

« Tu bois toujours, Jimmy ? » demanda-t-elle sans détour.

Jimmy — il détestait ça. La plupart des gens l'appelaient Jim. Jim, ça allait. Personne ne l'appelait Gard sauf lui-même... et Bobbi Anderson.

« Je bois un peu, dit-il. Je ne fais pas la bringue.

— J'en doute, dit-elle froidement.

— Comme toujours, Patty », répondit-il, sachant parfaitement qu'elle détestait ça plus encore que lui Jimmy, son sang puritain se révulsant contre ce diminutif.

« Tu me demandes ça parce que tu voudrais prendre un verre, ou est-ce que tu avais une raison plus pressante ? » interrogea-t-il.

Il savait bien sûr, et bien sûr elle savait qu'il savait, et bien sûr elle savait qu'il souriait, et bien sûr elle était furieuse, et bien sûr cela excitait Jim à mort, et bien sûr il savait qu'elle savait *ça* aussi, et c'était exactement ce qu'il aimait.

Ils se défièrent quelques minutes encore, et finirent par arriver à un mariage non de raison mais d'intérêt. Gardener voulait acheter une bonne chaudière à bois d'occasion pour l'hiver ; il en avait assez de vivre comme un clochard, emmitouflé la nuit devant le fourneau de la cuisine tandis que le vent secouait les feuilles de plastique agrafées sur les fenêtres. Patricia McCardle voulait acheter un poète. Pas d'accord verbal, pourtant, pas avec Patricia McCardle. Elle était venue de Derry l'après-midi même avec un contrat (en trois exemplaires) et un avocat. Gard fut un peu surpris qu'elle n'ait pas amené un second avocat, pour le cas où le premier aurait une crise cardiaque, ou tout autre empêchement rédhibitoire.

En dépit de ses sentiments et de ses intuitions, il n'avait aucun moyen de quitter la tournée *et* d'avoir sa chaudière à bois, parce que s'il quittait la Caravane, il ne verrait jamais la deuxième moitié de son argent. Elle le traînerait devant les tribunaux et dépenserait mille dollars pour lui faire recracher les deux cents dollars que Caravane Inc. lui avait versés d'avance. Elle en était bien capable. Il avait donné presque toutes ses lectures publiques, mais le contrat qu'il avait signé était d'une limpidité cristalline à ce sujet : s'il abandonnait en cours de route *pour toute raison inacceptable par le Coordinateur de la Tournée, toute somme non encore payée serait déclarée non payable et nulle, et toute somme déjà versée serait remboursable à Caravane Inc. dans les trente (30) jours.*

Et elle le poursuivrait, sans aucun doute. Elle se dirait peut-être qu'elle le faisait par principe, mais ce serait en fait parce qu'il l'avait appelée Patty alors qu'elle était en position de demandeuse.

Et ce ne serait pas fini. S'il partait, elle ne ménagerait aucun effort pour le couler. Il ne pourrait certainement plus jamais participer à aucune autre des tournées de poésie dans lesquelles elle avait son mot à dire, et cela en faisait beaucoup. Sans parler de la question délicate des donations. Feu le mari de Patricia McCardle lui avait laissé beaucoup d'argent (bien que Jim ne pensât pas que l'on pût dire, comme dans le cas de Ron Cummings, que l'argent lui sortait pratiquement par le trou du cul, parce qu'il ne croyait pas que Patricia McCardle *eût* quoi que ce soit d'aussi vulgaire qu'un trou du cul, ni même un rectum — lorsqu'elle voulait se soulager, elle se livrait probablement à un Acte d'Immaculée Excrétion). Patricia McCardle avait consacré une grande partie de cet argent à un certain nombre de fondations. Cela faisait d'elle simultanément une patronne sérieuse dans le monde des arts et une femme d'affaires extrêmement rusée vis-à-vis des très gourmandes contributions directes : les donations étaient déductibles des impôts. Certaines de ses fondations offraient des bourses à des poètes, pour une durée déterminée. D'autres attribuaient ponctuellement des distinctions et des prix variés, et d'autres encore subventionnaient des magazines de poésie et de littérature contemporaine. Les donations étaient administrées par des comités. Derrière chacun d'eux s'agitait la main de Patricia McCardle, s'assurant qu'ils se complétaient aussi parfaitement que les pièces d'un puzzle chinois... ou les fils d'une toile d'araignée.

Elle pouvait lui faire bien pis que de récupérer ses foutus quatre cents dollars. Elle pouvait le museler. Or il était possible — improbable, mais possible — qu'il écrive encore quelques bons poèmes avant que les malades qui avaient fourré un canon de fusil dans le trou du cul du monde ne décident d'appuyer sur la détente.

Alors, va jusqu'au bout, se dit-il. Il avait commandé une bouteille de Johnnie Walker (Dieu bénisse LES NOTES DE FRAIS dans les siècles des siècles, amen), et maintenant il se versait un deuxième verre d'une main qui était devenue remarquablement ferme. *Va jusqu'au bout, c'est tout.*

Mais tandis que la journée passait, il ne cessait de rêver à un bus Greyhound, à la gare routière de Stuart Street, dont il descendrait cinq heures plus tard devant le petit drugstore poussiéreux d'Unity. De là, il gagnerait Troie en auto-stop. Il appellerait Bobbi Anderson et lui dirait : *J'ai failli me faire emporter jusqu'au ciel par le cyclone, Bobbi, mais j'ai trouvé la cave du cyclone juste à temps. J'ai de la chance, hein ?*

Et merde. On forge sa chance. Quand on est fort, Gard, on a de la chance. Va jusqu'au bout, c'est tout. C'est ce qu'il faut faire.

Il fouilla dans son sac, cherchant les meilleurs vêtements qui lui restaient, dans la mesure où ceux qu'il mettait généralement pour les conférences semblaient au-delà de toute récupération possible. Il en sortit une paire de jeans délavés, une chemise blanche, un caleçon en bout de course et une paire de chaussettes. Il jeta le tout sur le dessus de lit *(merci, madame, mais ce n'est pas la peine de faire la chambre, j'ai dormi dans la baignoire)*. Il s'habilla, ingurgita des amuse-gueule, ingurgita de l'alcool, ingurgita quelques amuse-gueule de plus, et fouilla à nouveau dans le sac, cette fois pour y chercher de l'aspirine. Il en trouva et en ingurgita aussi quelques comprimés. Il regarda la bouteille. Détourna le regard. Les pulsations douloureuses augmentaient sous son crâne. Il s'assit près de la fenêtre avec son calepin, ne sachant pas quels poèmes il allait lire ce soir-là.

Sous la lumière blafarde de ce long après-midi, tous ses poèmes lui semblaient rédigés en punique. Au lieu d'améliorer ses maux de tête, l'aspirine semblait en fait les intensifier : *slam, bam, merci, madame*. Chaque battement de son cœur résonnait dans sa tête. C'était sa vieille migraine, qui lui donnait l'impression qu'une vrille s'enfonçait lentement dans sa tête juste au-dessus de son œil gauche, vers la tempe. Il posa le bout de ses doigts sur la mince cicatrice et suivit la trace laissée par la plaque d'acier cachée sous sa peau après son accident de ski, quand il n'était encore qu'adolescent. Il se souvenait que le docteur lui avait dit : *Il est possible que vous éprouviez des maux de tête de temps à autre, mon garçon. Dans ce cas, remerciez Dieu de pouvoir éprouver quoi que soit. Vous avez beaucoup de chance d'être encore en vie.*

Mais dans de tels moments, il en doutait.

Dans de tels moments, il doutait beaucoup.

Il écarta son calepin d'une main tremblante et ferma les yeux.

Je ne peux pas aller jusqu'au bout.

Si, tu le peux.

Je ne peux pas. Il y a du sang sur la lune. Je le sens, je peux presque le voir.

Tu ne m'auras pas avec tes élucubrations irlandaises ! Va jusqu'au bout, espèce de femmelette ! Sois fort !

« Je vais essayer », murmura-t-il sans ouvrir les yeux.

Et un quart d'heure plus tard, quand son nez se mit lentement à saigner, il ne s'en aperçut pas. Il s'était endormi dans le fauteuil.

5

Il avait toujours le trac avant une lecture publique, même si l'auditoire était réduit (ce qui était le plus souvent le cas pour entendre lire de la poésie moderne). Le soir du 27 juin, la migraine accrut encore le trac de Jim Gardener. Quand il s'éveilla de sa sieste dans le fauteuil de sa chambre d'hôtel, les tremblements et les crampes d'estomac avaient disparu, mais les maux de tête n'avaient fait qu'empirer : sa fameuse migraine s'était promue au premier rang mondial des Cogneurs et Vrilleurs, distinction qu'elle n'avait peut-être jamais autant mérité de se voir attribuer que ce jour-là.

Quand vint son tour de lire, il lui sembla s'entendre de très loin, un peu comme quand on écoute un enregistrement de sa propre voix diffusé sur ondes courtes en provenance d'un autre continent. Puis un étourdissement le prit de telle façon que pendant quelques instants il ne put que faire semblant de chercher un poème qu'il aurait égaré. Les doigts engourdis et mous, il fouilla dans ses papiers tout en se disant : *Je vais m'évanouir, je crois. Ici, devant tout le monde. Je vais tomber contre ce pupitre et nous allons tous deux nous écraser sur le premier rang. Peut-être que je pourrais atterrir sur la putain au sang bleu et la tuer. Il me semble que ça suffirait à justifier toute mon existence.*

Va jusqu'au bout, répondit l'implacable voix intérieure. Parfois, cette voix ressemblait à celle de son père ; le plus souvent, c'était celle de Bobbi Anderson. *Va jusqu'au bout, c'est tout. C'est ce qu'il faut faire.*

L'auditoire était plus important qu'à l'ordinaire. Une centaine de personnes peut-être, pressées derrière les tables d'une salle de cours de Northeastern. Leurs yeux semblaient trop grands. *Comme tu as de grands yeux, mère-grand!* C'était comme s'ils allaient le manger de leurs yeux. Comme s'ils allaient aspirer son âme, son *ka*, ou je ne sais quoi. Une réplique de ce vieux T. Rex lui revint en mémoire. *Ma belle, je suis le vampire de ton amour... et je vais te SUCER!*

Bien sûr, T. Rex n'était plus. Marc Bolan avait enroulé sa voiture de sport autour d'un arbre et il avait la chance de ne plus être en vie. *Sonne les cloches, Marc, tu as vraiment réussi. Ou tu t'en es tiré. Je ne sais plus. Un groupe qui s'appelle Power Station va reprendre ta chanson en 1986 et ce sera vraiment terrible... ça...*

Il leva une main hésitante vers son front, et un discret murmure parcourut l'auditoire.

Il vaut mieux y aller, Gard. Les indigènes s'impatientent.
Ouais, c'était bien la voix de Bobbi.

Les néons, emprisonnés dans des rectangles de verre au plafond, semblaient pulser en cycles coïncidant parfaitement avec la douleur qui martelait sa tête. Il voyait Patricia McCardle. Elle portait une petite robe noire qui n'avait probablement pas coûté un sou de plus que trois cents dollars — coup de balai de l'une de ces petites boutiques en vogue de Newbury Street. Son visage était aussi étroit, pâle et impitoyable que celui de ses ancêtres puritains, ces merveilleux joyeux drilles qui étaient plus qu'heureux de vous jeter dans une cellule puante pour trois ou quatre semaines si vous aviez la malchance de vous faire prendre dehors un dimanche sans mouchoir dans votre poche. Les yeux sombres de

Patricia pesaient sur Jim comme des pierres poussiéreuses, et il se dit : *Elle voit ce qui arrive et elle ne pourrait être plus heureuse. Regarde-la. Elle attend que je m'effondre. Quand je le ferai, tu sais ce qu'elle va penser, n'est-ce pas ?*

Naturellement qu'il le savait.

C'est tout ce que tu mérites pour m'avoir appelée Patty, espèce d'ivrogne, fils de pute, c'est tout ce que tu mérites pour m'avoir tout fait subir, sauf de me mettre à genoux pour te supplier. Alors vas-y, Gardener. Peut-être même que je te laisserai l'avance. Deux cents dollars, ce n'est pas cher payer pour le plaisir exquis de te voir t'effondrer devant tous ces gens. Vas-y. Vas-y, qu'on en finisse.

Maintenant, certains spectateurs étaient visiblement gênés ; la pause entre les poèmes avait duré beaucoup plus longtemps que ce qu'on pouvait considérer comme normal. Le murmure s'était changé en chuchotements étouffés. Gardener entendit Ron Cummings s'éclaircir maladroitement la gorge derrière lui.

Sois fort ! cria à nouveau la voix de Bobbi, mais elle s'éloignait, s'éloignait. Prête à lui fausser compagnie. Il regarda leurs visages et ne vit que des disques vides et pâles, des zéros, grands trous blancs dans l'univers.

Le chuchotement grandissait. Jim était debout sur le podium, et on ne pouvait ignorer maintenant qu'il oscillait de droite et de gauche, qu'il s'humectait les lèvres et qu'il regardait l'auditoire avec une sorte de stupéfaction hébétée. Et c'est alors qu'au lieu d'*entendre* Bobbi, il la *vit*. Cette image eut toute la force d'une vision.

Bobbi flottait devant lui, telle qu'elle était à Haven, en ce moment même. Il la vit assise dans son fauteuil à bascule, portant un short, un débardeur qui cachait son peu de poitrine et de vieux chaussons, Peter enroulé à ses pieds, profondément endormi. Elle tenait un livre mais ne lisait pas. Il était retourné sur ses cuisses (la vision était tellement parfaite que Gardener put même lire le titre du livre : *Spectres*, de Dean Koontz), et Bobbi regardait dans la nuit par la fenêtre, plongée dans ses pensées — pensées qui s'enchaînaient de la façon saine et rationnelle dont on voudrait toujours qu'un train de pensées s'organise. Pas de déraillements ; pas de retard ; pas d'avance ; Bobbi savait gérer une gare.

Il découvrit qu'il savait même à quoi elle pensait. Quelque chose dans le bois. Quelque chose... c'était quelque chose qu'elle avait trouvé dans le bois. Oui, Bobbi était à Haven, essayant de déterminer ce que pouvait être cette chose, et pourquoi elle se sentait si fatiguée. Elle ne pensait pas à James Eric Gardener, le célèbre poète contestataire qui tirait sur sa femme pour Thanksgiving, qui était en ce moment debout sous les projecteurs d'une salle de Northeastern University, avec cinq autres poètes et un gros lard du nom d'Arberg ou Arglebargle ou quelque chose dans le genre, et qui allait s'évanouir. Ici, dans cette salle, se dressait le Maître du Désastre. Dieu bénisse Bobbi qui avait on ne sait comment réussi à rester elle-même alors que tout autour d'elle les gens se décomposaient, Bobbi était là-haut, à Haven, pensant comme les gens étaient *censés* penser...

Non. Elle ne pense pas du tout comme ça.

Alors, pour la première fois, il perçut cette prémonition sans brouillage, elle lui parvint aussi forte et insistante que le tocsin dans la nuit : *Bobbi a des ennuis ! Bobbi a de GROS ENNUIS !*

Cette certitude le frappa avec la violence d'une gifle, et soudain son vertige disparut. Il se retrouva en lui-même et en reçut un tel choc qu'il sentit presque ses dents s'entrechoquer. Une douleur fulgurante dans la tête lui souleva le cœur, mais même cette douleur était la bienvenue : s'il ressentait de la douleur, il était de retour, *ici* à nouveau, et non en train de dériver quelque part dans la couche d'ozone.

Pendant un instant troublant, il vit une nouvelle image, très brève, très claire et très effrayante : Bobbi dans la cave de la ferme qu'elle avait héritée de son oncle. Elle était à genoux devant une énorme machine, elle y travaillait... Y travaillait-elle ? Cela semblait si compliqué, et Bobbi n'était pas très forte en mécanique.

Mais elle faisait *quelque chose* en tout cas, parce qu'une flamme bleue irréelle s'échappait et clignotait entre ses doigts tandis qu'elle s'empêtrait dans un réseau de câbles dans... dans... mais il faisait trop sombre pour voir ce qu'était cette forme cylindrique. Cela lui rappelait des objets qu'il avait déjà vus, des objets familiers mais...

Puis il entendit aussi bien qu'il voyait, et ce qu'il entendit était encore moins réconfortant que cette flamme bleue. C'était Peter. Peter hurlait. Mais Bobbi ne s'en souciait pas, et cela ne lui ressemblait pas. *Pas du tout*. Elle continuait simplement à tripoter les câbles, à les disposer de façon à bricoler *quelque chose* là-bas dans la cave obscure et qui sentait le moisi...

La vision éclata, submergée par des voix de plus en plus fortes.

Les visages qui accompagnaient ces voix n'étaient plus des trous blancs dans l'univers, mais les visages de gens réels ; certains amusés (bien peu), davantage embarrassés, et la plupart inquiets ou soucieux. Presque tous le regardaient, en somme, comme il les aurait regardés s'ils avaient été à sa place. Avait-il eu peur d'eux ? *Vraiment ?* Si oui, pourquoi ?

Seule Patricia McCardle arborait une expression différente. Elle le regardait avec une satisfaction tranquille et confiante qui acheva de le ramener sur terre.

Gardener se mit soudain à parler à l'auditoire, et fut surpris du naturel et du son agréable de sa voix.

« Je suis désolé. Je vous prie de m'excuser. J'ai toute une pile de nouveaux poèmes, et je crains de m'être perdu dans mes recherches. »

Un temps. Sourire. Maintenant il constatait que les plus soucieux se détendaient, soulagés. Il y eut un petit rire, mais un rire sympathique. Il remarqua néanmoins qu'une bouffée de colère teintait les joues de Patricia McCardle, et cela soulagea grandement sa migraine.

« En fait, continua-t-il, ce n'est même pas tout à fait vrai. J'essayais de décider si j'allais vous lire ou non certains de ces nouveaux textes. Au terme d'un combat acharné entre ces deux champions poids lourds que sont Vanité d'Auteur et Prudence, Prudence l'a emporté aux points. Vanité d'Auteur a fait appel... »

Rires plus francs. Maintenant, les joues de cette vieille Patty ressemblaient au foyer du fourneau de Jim, vu à travers la petite plaque de mica, un soir d'hiver. Elle serrait ses mains l'une contre l'autre à en blanchir les articulations. Elle ne montrait pas les dents, mais presque.

« En attendant le jugement, je vais braver le danger : je vais vous lire un assez long poème de mon premier recueil, *Grimoire*. »

Sûr de lui, il fit un clin d'œil en direction de Patricia McCardle avant de mettre avec humour toute la salle dans sa poche.

« Mais Dieu exècre les lâches, n'est-ce pas ? »

Ron grogna de rire derrière lui, et tout le monde s'esclaffa ; pendant un instant il *vit* réellement l'éclat des dents blanches de Patricia derrière ses lèvres tendues et furieuses. Et, bon sang, c'était tellement bon !

Fais attention à elle, Gard. Tu crois que tu lui as posé ta botte sur la nuque, maintenant, et c'est peut-être vrai, pour le moment, mais fais attention à elle. Elle n'oubliera pas.

Elle ne pardonnera pas non plus.

On verrait plus tard. Il ouvrit un exemplaire éculé de son premier recueil de poèmes. Il n'eut pas à chercher « Rue Leighton », le livre s'ouvrit tout de suite à la bonne page. Ses yeux tombèrent sur la dédicace : *Pour Bobbi, qui sentit la sauge pour la première fois à New York.*

« Rue Leighton » avait été écrit l'année où il l'avait rencontrée, l'année où elle ne savait parler que de la rue Leighton. C'était naturellement la rue d'Utica où elle avait grandi, la rue dont elle devait s'échapper avant même de commencer à devenir ce qu'elle voulait être — un simple auteur d'histoires simples. Elle en était capable ; elle s'en tirerait brillamment et avec aisance. Gard l'avait compris presque tout de suite. Plus tard cette année-là, il avait senti qu'elle pourrait même faire mieux : surmonter la facilité insouciante et prolixe avec laquelle elle écrivait et produire, sinon une grande œuvre, pour le moins une œuvre intrépide. Mais il fallait d'abord qu'elle s'éloigne de la rue Leighton. Non pas de la vraie rue, mais de la rue Leighton qu'elle portait dans sa tête, lieu infernal d'appartements hantés par son père malade et bien-aimé, sa mère faible et bien-aimée et sa vieille bique arrogante de sœur qui les écrasait tous comme un démon tout-puissant.

Une fois, cette année-là, elle s'était endormie pendant un cours (première année de rédaction) et il s'était montré gentil avec elle, parce qu'il l'aimait déjà un peu et qu'il avait vu les grands cernes sous ses yeux.

« J'ai mal dormi la nuit dernière », avait-elle dit quand il l'avait retenue un moment après le cours.

Elle était *encore* à moitié endormie, sinon elle n'aurait jamais continué ; et c'était ainsi qu'il avait mesuré l'emprise d'Anne — l'emprise de la rue Leighton — sur elle. Elle était comme quelqu'un qui a été drogué, et survit avec une jambe de chaque côté du mur de pierres sombres du sommeil.

« Je m'endors presque, et alors je l'entends.

— Qui ? avait-il demandé gentiment.

— Sœurette... ma sœur Anne. Elle grince des dents et on croirait entendre des... »

Des *os*, c'est ce qu'elle allait dire, mais elle s'était éveillée pour sombrer dans une crise de larmes hystérique qui avait beaucoup effrayé Gard.

Anne.

Plus que tout, Anne était la rue Leighton.

Anne avait été

(on frappe à la porte)

le bâillon imposé aux besoins et aux ambitions de Bobbi.

D'accord, se dit Gard. *Pour toi, Bobbi. Pour toi seule.* Et il se mit à lire « Rue Leighton » aussi aisément que s'il avait passé l'après-midi à s'entraîner dans sa chambre. Il lut :

« Ces rues commencent où les pavés
affleurent à travers le macadam

comme des têtes d'enfants
mal enterrées dans leur texture.

Quel est ce mythe ?
      demandons-nous, mais
les enfants qui jouent au Jokari et
à saute-mouton par ici se contentent de rire.

Ils nous disent : *C'est pas un mythe, c'est pas un mythe,*
ils disent juste : *Hé, fils de pute, c'est*
      rien que la rue Leighton, ici,
c'est rien que des petites maisons,
rien que des arrière-cours où nos mères
lavent, ici, et ci et ça.

Les jours deviennent chauds
et dans la rue Leighton ils écoutent la radio
pendant que des ptérodactyles
volent entre les antennes de télé

sur les toits et ils disent : *Hé, fils de pute,*
      ils disent *hé, fils de pute!*

Ils nous disent : *C'est pas un mythe, c'est pas un mythe,*
ils disent juste : *Hé, fils de pute, c'est*
      rien que la rue Leighton, ici.
Ils disent : *Voilà comment vous êtes silencieux,*
      dans vos longs jours de silence.
      Fils de pute.

Quand on a tourné le dos à ces routes du nord,
aux faces de brique aveugles de ces entrepôts,
quand on dit : « Oh, mais je suis au bout de mon savoir
et je l'entends toujours dans la nuit, elle grince
      elle grince des dents... »

  Comme il y avait bien longtemps qu'il n'avait pas lu
ce poème, même pour lui, il ne se contenta pas de le

débiter (ainsi qu'il l'avait découvert, il était presque impossible de ne pas « débiter » les textes à la fin d'une tournée comme celle-ci) ; il le *redécouvrit*. La plupart de ceux qui étaient venus l'écouter ce soir-là, à Northeastern — même ceux qui furent témoins de la conclusion sordide et terrifiante de la soirée — s'accordent à dire que la présentation de « Rue Leighton » par Jim Gardener avait été le meilleur moment de la manifestation poétique. Nombreux furent ceux qui affirmèrent que ç'avait été la plus belle lecture qu'ils eussent jamais entendue.

Étant donné que c'était la dernière fois de sa vie que Jim Gardener participait à ce type de réunion, ce fut sans doute un beau départ.

6

Il lui fallut presque vingt minutes pour lire son poème en entier et, quand il eut terminé, il hésita à lever les yeux vers un puits de silence aussi parfait que profond. Il eut juste le temps de penser qu'il n'avait pas lu ce fichu poème, que ce n'avait été qu'une hallucination d'une criante vérité dans les deux ou trois secondes précédant un évanouissement.

Puis quelqu'un se leva et commença d'applaudir fort et régulièrement. Le jeune homme avait les joues mouillées de larmes. Une jeune fille à côté de lui se leva à son tour et se mit à applaudir, elle aussi en pleurant. Puis ils se levèrent tous et applaudirent, oui, ils lui faisaient bel et bien une de ces foutues ovations debout : il regarda leurs visages et vit ce que tout poète ou tout aspirant poète espère voir quand il termine une lecture : les visages de gens soudain éveillés d'un rêve plus lumineux que toute réalité. Ils avaient l'air aussi hébété que Bobbi ce jour-là, ils semblaient ne plus bien savoir où ils étaient.

Mais ils ne s'étaient pas *tous* levés pour l'applaudir : Patricia McCardle était assise raide et droite au troisième rang, les mains toujours crispées sur ses cuisses, serrant son petit sac du soir. Ses lèvres s'étaient refermées. Plus trace des célèbres dents blanches ; sa bouche se réduisait à une mince coupure dont le sang n'aurait pas coulé. Gard, malgré son épuisement, s'en amusa. *En ce qui te concerne, Patty, la vraie morale puritaine, c'est que lorsqu'on est une brebis galeuse on ne devrait pas oser s'élever au-dessus du niveau de médiocrité que l'on s'est vu assigner, c'est ça ? Mais il n'y a pas de clause relative à la médiocrité dans ton contrat, n'est-ce pas ?*

« Merci », murmura-t-il dans le micro tandis que ses mains tremblantes rassemblaient ses livres et ses papiers en une pile instable — et il faillit tout répandre sur le sol en s'éloignant du podium. Il s'effondra avec un profond soupir sur son siège près de Ron Cummings.

« Mon Dieu, murmura Ron en continuant d'applaudir. Mon *Dieu !*

— Arrête d'applaudir, crétin, murmura Gardener en retour.

— Compte dessus ! Je me moque de savoir quand tu as écrit ça, c'était foutument *brillant*, dit Cummings, et je t'offrirai un verre pour ça plus tard.

— Je ne prendrai rien de plus fort qu'une eau gazeuse, ce soir », dit Gardener.

Il savait qu'il mentait. Sa migraine revenait sournoisement. L'aspirine n'y pourrait rien. Même le Percodan serait sans effet, et le Qualude aussi, inutile de se leurrer. Rien ne remettrait sa tête en place comme une bonne dose d'alcool. Soulagement rapide, rapide.

Les applaudissements finirent par se calmer. Patricia McCardle prit une expression de gratitude acide.

7

Le nom du gros lard qui avait présenté chaque poète était Arberg (même si Gardener continuait de vouloir appeler Arglebargle ce pinailleur de marchand de tapis roublard). Il était assistant d'anglais à l'université et dirigeait le comité de soutien à la poésie. C'était le genre de type que Gardener père aurait appelé « bifteck de fils de pute ».

Le bifteck avait organisé chez lui, après la soirée de lecture, une réception pour la Caravane, les Amis de la Poésie et l'essentiel du département d'anglais. Tout commença vers onze heures : un peu guindé au départ — hommes et femmes debout en petits groupes raides, verres et assiettes de carton à la main, parlant en respectant la prudence en usage dans les milieux universitaires. A l'époque où il enseignait, Gard considérait ce genre de foutaises comme une perte de temps stupide. Il n'avait pas changé d'avis, mais ces conversations avaient maintenant une petite touche nostalgique plutôt agréable — dans une tonalité mélancolique.

Sa tendance à jouer le Monstre des Réunions mondaines lui dit que, guindée ou non, celle-ci présentait des possibilités. Vers minuit, les études de Bach céderaient presque certainement la place aux Pretenders, et les conversations dériveraient des cours, de la politique et de la littérature vers des sujets beaucoup plus intéressants comme l'équipe des Red Sox, les professeurs qui buvaient trop et le vieux thème préféré de tous : qui baisait qui.

Fidèles à la Règle n° 1 pour Poètes en Tournée selon Gardener — *Si c'est gratuit, n'en laissez rien* —, la plupart des poètes assiégeaient le buffet abondamment fourni. Tandis que Jim les regardait, Ann Delaney, qui écrivait de rares poèmes inspirés sur la classe ouvrière rurale de Nouvelle-Angleterre, ouvrait un four énorme pour engloutir le monumental sandwich qu'elle tenait. Ann lécha nonchalamment la mayonnaise qui lui coulait sur les doigts, et dont la couleur et la consistance rappelaient le sperme de taureau. Elle décocha un clin d'œil à Gardener. A sa gauche, le dernier lauréat du Prix Hawthorne de l'Université de Boston (pour son long poème *Rêves portuaires 1650-1980*) s'enfournait des olives vertes dans la bouche à une vitesse fascinante. Ce type, du nom de Jon Evard Symington, s'interrompit juste le temps de glisser une poignée de mini-Babybel enveloppés de rouge dans chacune des poches de sa veste de sport en velours côtelé (avec des pièces de daim aux coudes, naturellement), puis revint aux olives.

Ron Cummings s'approcha de Gardener. Comme à l'accoutumée, il ne mangeait pas. Un verre en cristal de Waterford qui semblait plein de whisky sec à la main, il montra le buffet de la tête.

« Formidable. Si t'es spécialiste de la mortadelle Kirschner et de la laitue de couche, t'es bon pour la revue, troufion.

— Cet Arglebargle sait vivre », dit Gardener.

Cummings, qui était en train de boire, pouffa si fort que le whisky lui ressortit par le nez.

« T'es en forme, ce soir, Jim. Arglebargle, Seigneur ! »

Il regarda le verre que tenait Gardener. C'était une vodka tonic — pas forte, mais sa deuxième tout de même.

« De l'eau gazeuse ?

— Essentiellement... »

Cummings rit à nouveau et s'éloigna.

Quand quelqu'un vira Bach pour le remplacer par B. B. King, Gard en était à son quatrième verre, et pour ce dernier, il avait demandé au barman, qui avait assisté à la réunion poétique, de forcer un peu sur la vodka. Il s'était mis à se répéter deux remarques qui lui semblaient de plus en plus drôles au fur et à mesure qu'il s'enivrait ; la première étant : si tu es un spécialiste de la mortadelle Kirschner et de la laitue de couche, t'es bon pour la revue, troufion ; la deuxième : tous les assistants de faculté ressemblent aux *Chats* de T.S. Eliot sur un point au moins : ils ont tous des noms secrets. Gardener en avait eu l'intuition s'agissant de leur hôte, Arglebargle. Il retourna se faire servir un cinquième verre et demanda au barman de se contenter d'effleurer son verre de vodka avec la bouteille de soda, cela suffirait. L'air solennel, le barman fit passer la bouteille de Schweppes devant le verre de vodka de Gardener. Celui-ci rit jusqu'à ce que les larmes lui emplissent les yeux et que son estomac lui fasse mal. Il se sentait vraiment bien, ce soir... et qui, femme ou homme, le méritait davantage ? Il avait fait sa meilleure lecture depuis des années, peut-être de toute sa vie.

« Tu sais, dit-il au jeune diplômé sans le sou recruté spécialement pour l'occasion et qui servait de barman, tous les assistants de faculté sont comme les chats de T. S. Eliot, d'une certaine façon.

— Vraiment, monsieur Gardener ?

— Jim, appelle-moi simplement Jim. »

Mais il voyait dans le regard du gamin qu'il ne serait jamais *simplement Jim* pour lui. Ce soir il avait vu Gardener s'élever jusqu'au firmament, et les hommes qui s'élèvent jusqu'au firmament ne peuvent plus jamais être *simplement Jim*.

« Mais oui, expliqua-t-il au jeune homme, chacun a un nom secret. J'ai trouvé celui de notre hôte : c'est Arglebargle. Comme le bruit qu'on fait quand on se gargarise, ajouta-t-il avant de réfléchir un instant. Maintenant que j'y pense, le monsieur dont nous parlons pourrait d'ailleurs en utiliser une bonne dose, de gargarisme. »

Gardener n'eut pas un rire très discret, beau supplément à la plaisanterie de base. *Comme ajouter un joli bouchon de radiateur au capot d'une belle voiture*, se dit-il. Et il rit à nouveau. Cette fois, quelques personnes le regardèrent avant de reprendre leurs conversations.

Trop fort, se dit-il. *Baisse un peu le volume, Gard, mon vieux*. Il sourit à pleines dents en pensant qu'il vivait une de ces nuits magiques où même ses bon Dieu de *pensées* étaient drôles.

Le barman souriait, lui aussi, mais son sourire était empreint d'une certaine inquiétude.

« Vous devriez faire attention à ce que vous dites du professeur Arberg, dit-il, et à ceux à qui vous le dites. Il est... un peu soupe au lait.

— Oh, *vraiment !* dit Gardener en roulant des yeux et en haussant les sourcils avec autant d'énergie que Groucho Marx. Il en a justement l'air, ce vieux bifteck de fils de pute, vous ne trouvez pas ? »

Mais il prit la précaution de tourner au plus bas son bon vieux bouton de contrôle du volume.

« Ouais, dit le barman en regardant autour de lui et en se penchant sur le bar pour s'approcher de Gardener. On dit qu'il est passé près du bureau des assistants l'an dernier, et qu'il a entendu l'un d'eux dire pour plaisanter qu'il avait toujours rêvé de travailler dans une université où *Moby Dick* n'était pas seulement un classique emmerdant mais un professeur en chair et en os. D'après ce qu'on m'a dit, ce type était un des jeunes assistants d'anglais les plus prometteurs que Northeastern ait jamais eus ; il est parti avant même la fin du semestre. Et tous ceux qui avaient ri aussi. Seuls ceux qui n'avaient pas ri sont restés.

— Dieu du ciel ! » s'exclama Gardener.

Il avait déjà entendu ce genre d'histoire — et même une ou deux pires encore — mais il n'en était pas moins dégoûté. Il suivit le regard du barman et vit Arglebargle au buffet, près de Patricia McCardle. Arglebargle gesticulait d'une main, celle qui tenait une chope de bière. Son autre main plongeait des pommes de terre chips dans une coupe de purée d'huîtres et les amenait ainsi chargées vers sa bouche, laquelle n'en continuait pas moins de parler. Gardener ne pouvait se souvenir d'avoir jamais observé quoi que ce fût de plus profondément répugnant. Et pourtant cette salope de McCardle le regardait avec une telle admiration attentive que tout laissait prévoir qu'elle pourrait à tout moment tomber à genoux et lui faire une pipe par pure adoration, se dit Gardener, *et pendant ce temps-là, le gros dégueulasse continuerait à manger, en lui laissant tomber des miettes de chips et des gouttes d'huître sur les cheveux.*

« Jésus a pleuré », dit-il, et il engloutit la moitié de sa vodka-sans-soda. Cela ne le brûla pratiquement pas... Ce qui le brûlait, c'était sa première véritable bouffée d'hostilité de la soirée, la première manifestation de cette rage muette et inexplicable qui le tenaillait presque depuis l'époque où il s'était mis à boire.

« Tu veux bien me refaire le plein ? »

Le barman versa une rasade de vodka et dit timidement :

« J'ai trouvé votre lecture tout à fait merveilleuse, ce soir, monsieur Gardener. »

Gardener en fut touché de façon absurde. « Rue Leighton » avait été dédié à Bobbi Anderson, et ce garçon derrière le bar — à peine assez vieux pour avoir le droit de boire — lui rappelait Bobbi quand elle était arrivée à l'université.

« Merci.

— Méfiez-vous de cette vodka, dit le barman, elle a une façon bien à elle de vous assommer.

— Je contrôle encore la situation, dit Gardener en décochant au barman un clin d'œil rassurant. Visibilité claire de dix kilomètres à l'infini. »

Il s'écarta du bar et tourna de nouveau les yeux vers le bifteck de fils de pute et Patricia McCardle. Elle le surprit les regardant et le fixa de ses petits yeux bleus glacés, sans le moindre sourire. *Viens te frotter à moi, salope frigide*, se dit-il, et il leva son verre en un grossier salut de poivrot tout en la gratifiant d'un grand sourire insultant.

« Juste de l'eau gazeuse, c'est ça ? »

Jim se retourna. Ron Cummings était apparu aussi soudainement que Satan, et son sourire était vraiment diabolique.

« Va te faire foutre », dit Gardener.

Et plusieurs personnes se retournèrent pour les regarder.

« Jim, mon vieux...

— Je sais, je sais, baisse un peu le volume. »

Il sourit, mais il sentait sous son crâne des pulsations de plus en plus fortes, tout particulièrement insistantes. Ce n'était pas comme les maux de tête que le médecin avait prédits à la suite de l'accident ; ça ne venait pas de sa tempe mais plutôt de l'arrière du cerveau, tout au fond. Et ça ne faisait pas mal.

C'était même, en fait, assez agréable.

« T'es bon, mon vieux, dit Cummings avec un imperceptible signe de tête pour désigner McCardle. Elle t'a dans le collimateur, Jim. Elle adorerait te renvoyer de la tournée. Ne lui en donne pas l'occasion.

— Qu'elle aille se faire foutre.

— Charge-t'en toi-même, dit Cummings. Cancer, cirrhose du foie et affections cérébrales découlent statistiquement de la consommation excessive de boissons alcoolisées, si bien que je dois raisonnablement m'attendre à en souffrir dans l'avenir, et si l'une de ces plaies me tombe dessus, je ne pourrai m'en prendre qu'à moi-même. Pour ce qui est du diabète, des glaucomes et de la sénilité précoce, on en trouve beaucoup dans ma famille. Mais quant à l'hypothermie du pénis, j'ai une chance de l'éviter. Excuse-moi. »

Gardener resta immobile un moment, interloqué. Il regarda Ron s'éloigner. Puis il comprit et partit d'un grand rire. Cette fois les larmes ne lui vinrent pas simplement aux yeux, elles lui coulèrent carrément le long des joues. Pour la troisième fois ce soir-là, les gens le regardèrent, lui, ce grand type mal fagoté, tenant un verre plein de ce qui ressemblait bigrement à de la vodka pure, et qui riait à gorge déployée, là, tout seul.

Mets-y une sourdine, se dit-il, *baisse le volume sonore*, se dit-il. *Hypothermie du pénis*, se dit-il, et il pouffa de plus belle.

Petit à petit, il parvint à recouvrer le contrôle de lui-même. Il se dirigea vers la pièce adjacente, d'où venait la musique, car c'était généralement là que se tenaient les gens les plus intéressants dans ce genre de réunions. Il s'appropria au passage deux canapés qu'il engloutit. Il avait la curieuse impression qu'Arglebargle et McCarglebargle le regardaient encore, et que McCarglebargle était en train de le décrire à Arglebargle en quelques phrases bien senties, avec ce petit sourire glacial horripilant qui ne quittait jamais son visage. *Vous ne saviez pas ? C'est la pure vérité : il lui a tiré dessus. En plein visage. Elle lui a promis de ne pas porter plainte s'il lui accordait un divorce en sa faveur. Qui sait si elle a eu raison ? Il n'a plus tiré sur aucune autre femme... du moins* pas encore. Mais même s'il a assez bien lu son poème ce soir — je veux dire : après ce temps mort totalement excentrique —, il n'en est pas moins instable, comme vous pouvez le constater, il est incapable de contrôler sa consommation d'alcool...

Tu aurais intérêt à faire attention, Gard, se dit-il, et pour la deuxième fois cette nuit-là, une pensée lui vint, portée par une voix qui ressemblait beaucoup à celle de Bobbi. *Tu recommences, avec ta paranoïa ; ils ne parlent pas de toi, bon sang !*

A la porte, il se retourna.

Ils le regardaient tous les deux.

Il ressentit une déception si amère qu'il en eut un choc... et il leur adressa à nouveau un grand sourire insultant en levant son verre.

Fiche le camp d'ici, Gard. Ça pourrait mal tourner. Tu es ivre.

Je me contrôle très bien, ne t'en fais pas. Elle veut que je parte, c'est pour ça qu'elle n'arrête pas de me regarder, c'est pour ça qu'elle raconte des choses sur moi à ce gros lard — que j'ai tiré sur ma femme, que j'ai été pris à Seabrook avec un pistolet chargé dans mon sac — elle veut se débarrasser de moi parce qu'elle considère qu'il n'est pas normal qu'un contestataire-antinucléaire-sympathisant-communiste-tueur-de-femmes-et-alcoolique reçoive tous les foutus lauriers de la soirée. Mais je peux garder mon sang-froid. Pas de problème, minette. Je vais seulement tenir le coup, diminuer mes rations d'eau-de-feu, prendre un café, et rentrer me coucher très tôt. Pas de problème.

Et bien qu'il n'eût pas bu de café, qu'il ne fût pas rentré se coucher tôt et qu'il n'eût pas diminué sa consommation d'eau-de-feu, il ne s'en tira pas si mal pendant l'heure qui suivit. Il baissa le volume à chaque fois qu'il sentit que le son enflait trop, et il abandonna la partie à chaque fois qu'il s'entendit faire ce que sa femme appelait *pérorer*. « Quand tu es soûl, Jim, avait-elle dit, le problème avec toi c'est que tu as vite tendance à ne plus discuter, mais à te mettre à *pérorer*. »

Il resta l'essentiel du temps dans le salon d'Arberg, où

les groupes étaient plus jeunes et moins guindés. Leur conversation vivante, joyeuse et intelligente, fit resurgir dans son esprit l'obsession du nucléaire. Dans de tels moments, c'était toujours ce qui arrivait, c'était comme un corps pourrissant ramené à la surface d'un lac par l'écho d'une salve de canon. Dans de tels moments — et quand il en était à cette étape de sa soûlerie —, la certitude qu'il devait alerter ces jeunes gens et ces jeunes filles des dangers du nucléaire refaisait toujours surface, entraînant, comme des algues en décomposition, son accumulation fiévreuse de colère et de déraison. Toujours. Les six dernières années de sa vie n'avaient pas été bonnes, et les trois dernières ressemblaient à un cauchemar où il ne se comprenait plus lui-même et effrayait presque tous ceux qui le connaissaient. Quand il buvait, cette rage, cette terreur, et surtout cette incapacité à expliquer ce qui était arrivé à Jimmy Gardener, même à *se* l'expliquer, trouvaient un exutoire dans le nucléaire.

Mais ce soir-là, il n'abordait qu'à peine le sujet quand Ron Cummings entra dans la pièce en titubant, son visage émacié rougeoyant de fièvre. Ivre ou non, Cummings était encore parfaitement capable de sentir d'où venait le vent. Il ramena adroitement la conversation sur la poésie. Si Gardener lui en fut vaguement reconnaissant, il en fut aussi irrité. C'était irrationnel, mais c'était ainsi : on l'avait privé de sa dose.

Si bien que grâce en partie au contrôle de soi qu'il s'était imposé et en partie à l'intervention opportune de Ron Cummings, Gardener évita les ennuis jusqu'à ce que la réception chez Arberg soit presque terminée. Si la fête avait duré une demi-heure de moins, Gardener aurait pu éviter totalement les ennuis... du moins pour cette nuit-là.

Mais quand Ron Cummings commença à « pérorer » sur les poètes « beat » avec son habituel humour tranchant, Gardener s'en retourna vers la salle à manger pour se faire servir un autre verre et peut-être grappiller quelque chose au buffet. Ce qui suivit aurait pu être orchestré par un démon à l'humour particulièrement vicieux.

« Quand la centrale d'Iroquois fonctionnera, vous économiserez l'équivalent de trois douzaines de bourses d'études », disait une voix sur la gauche de Gardener.

Gardener se retourna si brutalement qu'il faillit renverser son verre. Il ne pouvait qu'imaginer cette conversation, la coïncidence était trop extraordinaire pour tout devoir au hasard.

Une demi-douzaine de gens étaient regroupés à un bout du buffet, trois hommes et trois femmes. Un des couples était ce duo de vaudeville de renommée mondiale, Arglebargle et McCarglebargle. L'homme qui avait parlé ressemblait à un vendeur de voitures qui aurait eu meilleur goût que ses collègues en matière de vêtements. Sa femme se tenait à côté de lui. Elle était d'une beauté un peu fatiguée, ses yeux d'un bleu délavé agrandis par d'épaisses lunettes. Gardener remarqua tout de suite une chose. Cela tenait peut-être de l'obsession, mais il avait toujours été un bon observateur et il le restait. La femme aux épaisses lunettes se disait que son mari faisait exactement ce que Nora accusait Gard de faire dans les soirées mondaines quand il était ivre : *il pérorait*. Elle voulait l'interrompre, mais elle n'avait pas encore trouvé le moyen d'y parvenir.

Gardener les observa mieux. Il se dit qu'ils n'étaient mariés que depuis huit mois. Un an peut-être, mais plutôt huit mois.

L'homme qui parlait devait être une huile de Bay State Electric. C'était forcément Bay State, parce que Bay State possédait cette aubaine de centrale nucléaire d'Iroquois. Ce type en parlait comme de la plus grande invention depuis le pain en tranches, et comme il avait vraiment l'air convaincu, Gardener conclut qu'il ne pouvait s'agir que d'une huile de deuxième catégorie, peut-être même seulement d'une huile de vidange. Il doutait un peu que les huiles de premier choix soient aussi enthousiasmées par Iroquois. Même en oubliant pour un moment que l'énergie nucléaire constituait de toute façon une folie, Iroquois avait pris cinq ans de retard, et le destin de trois banques associées de Nouvelle-Angleterre dépendait de ce qui arriverait quand la centrale serait mise en service, l'essentiel étant quand même qu'elle le soit. Elles étaient toutes trois enfoncées jusqu'au cou dans les paperasses et les sables mouvants radioactifs. C'était comme un jeu de chaises musicales complètement fou.

Naturellement, les tribunaux avaient finalement donné à l'entreprise l'autorisation de mettre en place les barres de commande, un mois plus tôt, et Gardener supposait qu'après cette décision, tous ces fils de pute avaient dû respirer plus librement.

Arberg écoutait avec un respect solennel. Il n'appartenait pas au conseil d'administration, mais au-dessus du poste de chargé de cours, tout le monde à l'université savait qu'il fallait passer de la pommade à tout émissaire de Bay State Electric, même à une huile de vidange. Les grandes entreprises privées comme Bay State pouvaient beaucoup pour les établissements d'enseignement — si elles le voulaient.

Est-ce que M. Kilowatt était un Ami de la Poésie ? Presque autant, se dit Gard, que lui-même était un Ami de la Bombe à Neutrons. Sa femme, en revanche — celle aux grosses lunettes et au visage à la beauté fatiguée — *elle* avait bien l'air d'une Amie de la Poésie.

Parfaitement conscient de commettre là une terrible erreur, Gardener s'approcha. Il arborait un gracieux sourire du genre je-ne-suis-déjà-que-trop-resté-et-je-ne-vais-pas-tarder-à-partir, mais dans sa tête la pulsation s'accéléra, se centrant sur la gauche. La vieille colère irrépressible montait en une vague rouge. *Est-ce que vous savez de quoi vous parlez ?* criait son cœur qui ne pouvait en dire davantage. Il connaissait des arguments logiques contre les centrales nucléaires, mais en de tels moments, il ne trouvait dans son cœur que des cris inarticulés.

Est-ce que vous savez de quoi vous parlez ? Est-ce que vous savez ce qui est en jeu ? Est-ce qu'aucun d'entre vous ne se souvient de ce qui est arrivé en Russie il y a deux ans ? Eux *ne savaient pas* ; et maintenant ils ne peuvent plus *savoir. Ils vont enterrer les victimes mortes de cancer pendant des dizaines d'années encore. Nom de Dieu de bordel de merde ! Enfoncez-vous une de ces barres de commande usagées dans le cul pendant une demi-heure, et puis allez raconter à tout le monde combien l'énergie nucléaire est inoffensive, avec vos fesses phosphorescentes ! Doux Jésus ! Vous êtes là, pauvres cons, à écouter ce type plastronner comme s'il était* sain d'esprit !

Il restait là, le verre à la main, un sourire agréable aux lèvres, écoutant l'huile de vidange cracher ses conneries meurtrières.

Le troisième homme du groupe avait environ la cinquantaine et ressemblait à un professeur titulaire. Il se renseignait sur la possibilité d'autres manifestations de protestation à l'automne. Il appelait l'huile de vidange Ted.

Ted, l'Homme de l'Énergie, dit qu'il doutait que l'on doive se faire beaucoup de souci. Seabrook, c'était du passé, et même Arrowhead dans le Maine : les mouvements de protestation avaient vite perdu de leur virulence, surtout depuis que les juges fédéraux s'étaient mis à distribuer des peines plus sévères à ceux qu'*eux-mêmes* considéraient comme de simples fauteurs de troubles.

« L'engouement de ces gamins pour ce genre de cause ne dure pas plus que leur passion pour un groupe de rock », dit-il.

Arberg, McCardle et les autres rirent — tous sauf la femme de Ted, l'Homme de l'Énergie. Son sourire n'en fut qu'un peu plus pâle.

Celui de Gardener resta charmant. Il semblait gelé sur son visage.

Ted, l'Homme de l'Énergie, se sentit en droit d'en rajouter. Il dit qu'il était temps de montrer une fois pour toutes aux Arabes que l'Amérique et les Américains n'avaient pas besoin d'eux. Il dit que même les centrales thermiques à charbon les plus modernes étaient trop sales pour la législation sur la protection de l'environne-

ment. Il dit que l'énergie solaire, c'était formidable...
« tant que le soleil brille ». Autres rires entendus.

La tête de Gardener battait et cognait, cognait et battait. Ses tympans, dont la sensibilité atteignait une acuité presque surnaturelle, perçurent un léger craquement, comme de la glace à la dérive. Jim ne desserra sa main qu'une fraction de seconde avant qu'elle ne se crispe au point d'écraser son verre.

Il ferma un instant les yeux et Arberg se trouva gratifié d'une tête de cochon. Cette hallucination, aussi complète que parfaite, montrait jusqu'aux soies sur le groin du gros homme. Le buffet n'était plus que ruines, mais Arberg, jouant à l'égout, s'attaquait aux restes, s'emparant du dernier Triscuit, embrochant la dernière tranche de saucisson et le dernier bout de fromage sur le même cure-dent de plastique, les faisant descendre avec les dernières miettes de chips. Tout disparaissait dans son groin baveux, et il continuait d'approuver de la tête tandis que Ted, l'Homme de l'Énergie, expliquait que le nucléaire était la seule solution, vraiment.

« Heureusement que les Américains commencent enfin à remettre cette histoire de Tchernobyl à la place qu'elle aurait toujours dû occuper, dit-il. Trente-deux morts. C'est horrible, naturellement, mais le mois dernier un accident d'avion en a tué cent quatre-vingt-dix et quelques. Et qui va demander au gouvernement d'interdire les compagnies aériennes ? Trente-deux morts, c'est horrible, mais c'est loin de l'hécatombe dont parlent ces antinucléaires fanatiques. Ils sont aussi cinglés, dit-il en baissant la voix, que ces partisans de LaRouche qu'on a vus dans les aéroports, mais d'une certaine façon, ils sont pires. *A première vue* ils sont plus raisonnables. Mais si on leur donnait ce qu'ils veulent, ils reviendraient dans un mois ou deux pour pleurer qu'ils ne parviennent plus à utiliser leur sèche-cheveux, ou qu'ils ont découvert que leur robot de cuisine ne marchait plus au moment où ils voulaient préparer leur bouillie macrobiotique. »

Gard ne le voyait plus comme un homme. La tête

hirsute d'un loup sortait du col de la chemise blanche à fines rayures rouges. Elle regardait autour d'elle, sa langue rouge pendante, ses yeux jaune verdâtre brillants. Arberg émit une sorte de sifflement qui se voulait une approbation et enfourna d'autres restes dans son groin. Patricia McCardle avait maintenant la tête fine et lisse d'un whippet. Le professeur et sa femme étaient des fouines. Et la femme de l'homme de la compagnie d'électricité s'était changée en un lapin apeuré roulant de petits yeux rouges derrière d'épaisses lunettes.

Oh, Gard, non ! supplia son cerveau.

Jim ferma de nouveau les yeux, et ces gens redevinrent des gens.

« Et il y a une chose que ces types-là oublient toujours de mentionner lors de leurs grandes réunions de protestation, ajouta Ted, l'Homme de l'Énergie, en regardant chacun de ses auditeurs comme un avocat d'assises qui arrive à la péroraison de sa plaidoirie. En trente ans de développement de l'industrie nucléaire pacifique, il n'y a pas eu *un seul décès dû à l'énergie nucléaire aux États-Unis d'Amérique.* »

Il sourit modestement et avala le reste de son scotch.

« Je suis sûr que nous serons tous plus tranquilles maintenant que nous savons *ça,* dit l'homme qui avait l'air d'un professeur. Et maintenant, je crois que mon épouse et moi-même...

— Savez-vous que Marie Curie est morte empoisonnée par les radiations ? » demanda Gardener sur le ton de la conversation.

Les têtes se tournèrent vers lui.

« Ouais. Leucémie due à l'exposition directe aux rayons gamma. Elle fut la première victime sur la longue route mortelle qui mène à l'usine de ce monsieur. Elle a fait de longues recherches, et elle a tout précisé par écrit. »

Gardener regarda autour de lui. La pièce était soudain silencieuse.

« Ses carnets d'observation sont enfermés dans un coffre-fort, continua-t-il. A Paris. Dans un coffre-fort doublé de plomb. Les carnets sont intacts, mais ils sont trop radioactifs pour qu'on les manipule. Quant au nombre de ceux qui sont morts ici, nous n'en savons rien. Le Commissariat à l'Énergie Atomique et l'Agence pour la Protection de l'Environnement gardent l'information secrète. »

Patricia McCardle lui faisait les gros yeux. Le professeur ne le regardant plus, Arberg retourna nettoyer le buffet.

« Le 5 octobre 1966, dit Gardener, le cœur du réacteur Enrico Fermi, dans le Michigan, est entré en fusion.

— Et rien n'est arrivé ! répliqua Ted, l'Homme de l'Énergie, en écartant les mains comme pour dire à l'auditoire : *vous voyez ? CQFD.*

— Non, dit Gardener. Rien n'est arrivé. La réaction en chaîne s'est arrêtée d'elle-même. Dieu sait peut-être pourquoi, mais je pense qu'Il est bien le seul. Un des ingénieurs qu'on avait appelés pour l'expertise a souri, il a dit : " Eh bien les gars, vous avez failli rayer Detroit de la carte. " Et il s'est évanoui.

— Oh, mais M. Gardener ! C'était...

— Quand on examine les statistiques de morts par cancer, interrompit Gardener en levant une main impérieuse, dans les régions qui entourent toutes les centrales nucléaires du pays, on trouve des anomalies, un taux de mortalité qui dépasse de loin les normes.

— C'est tout à fait faux, et...

— Laissez-moi terminer, s'il vous plaît. Je ne crois plus que les faits aient une quelconque importance, mais laissez-moi tout de même terminer. Bien avant Tchernobyl, les Russes ont eu un accident sur un réacteur à Kychtym. Mais Khrouchtchev était alors au pouvoir, et les Soviétiques n'ouvraient pas la bouche aussi facilement. Il semble qu'ils aient stocké les barres de commande usagées dans un fossé peu profond. Pourquoi pas ? Comme aurait pu le dire Mme Curie, cela semblait une bonne idée, à l'époque. On pense que les barres de commande se sont oxydées, mais qu'au lieu de produire de l'oxyde de fer, de la rouille, comme de bonnes vieilles barres à mine, ces barres-là se sont mises à cracher du plutonium. Cela revenait à peu près à installer un feu de camp sous un réservoir de méthane, mais personne ne le savait. On se disait que ça irait. C'est ce qu'*on se disait.* »

Il entendait la rage s'insinuer dans sa voix et ne pouvait l'arrêter.

« C'est ce qu'on se disait en jouant avec les vies d'êtres humains comme s'ils n'étaient... comme s'ils n'étaient que des poupées... et devinez ce qui est arrivé ? »

La pièce était silencieuse. La bouche de Patty n'était plus que la marque rouge et glacée d'un coup de fouet fendant son visage blême de rage.

« Il a plu, dit Gardener. Il a plu *très fort*. La pluie a entraîné une réaction en chaîne, qui a déclenché une explosion. Quelque chose comme l'éruption d'un volcan de boue. Des milliers de personnes ont été évacuées. Toutes les femmes enceintes ont dû avorter. On n'avait pas le choix. La route traversant la région de Kychtym a été fermée pendant presque un an. Et puis, quand on s'est mis à raconter qu'il y avait eu un très grave accident du côté de la Sibérie, les Russes ont rouvert la route. Mais ils ont placé des pancartes vraiment hilarantes. J'en ai vu des photos. Je ne connais pas le russe, mais j'ai demandé à quatre ou cinq personnes différentes de me traduire ce qu'il y avait écrit, et elles sont toutes tombées d'accord. On dirait une mauvaise plaisanterie. Imaginez que vous conduisiez sur une autoroute, et que vous approchiez d'une pancarte disant : FERMEZ TOUTES LES FENÊTRES, ARRÊTEZ TOUT SYSTÈME DE VENTILATION, ET ROULEZ AUSSI VITE QUE VOUS LE POURREZ PENDANT LES TRENTE PROCHAINS KILOMÈTRES.

— Foutaises ! s'exclama Ted, l'Homme de l'Énergie.

— Photographies disponibles conformément à la Loi sur la Liberté de l'Information. Si ce type ne faisait que mentir, dit Gard en montrant Ted, je pourrais m'en désintéresser. Mais lui et tous ceux qui lui ressemblent font bien pire. Ils sont comme des vendeurs qui baratinent les gens en prétendant que non seulement les cigarettes ne donnent pas de cancer des bronches, mais qu'elles sont pleines de vitamine C et vous empêchent d'attraper des rhumes.

— Est-ce que vous voulez dire...

— Trente-deux à Tchernobyl dont nous pouvons *vérifier* la mort. Bon, il y en a peut-être eu *seulement* trente-deux. Nous avons des photos prises par des médecins américains qui indiquent qu'il devait y en avoir déjà plus de deux cents, mais disons trente-deux. Cela ne change rien à ce que nous avons appris de l'exposition aux radiations. La mort ne survient pas toujours immédiatement. C'est ce qui fait illusion. Les morts arrivent en trois vagues. Premièrement, vous avez les gens qui rôtissent pendant l'accident. Deuxièmement, les victimes de leucémie, surtout les enfants. Troisièmement, la vague la plus meurtrière : le cancer des adultes de plus de quarante ans. Tellement de cas de cancer qu'on pense à une épidémie de peste. Épithéliomas, cancers de la peau, cancers du sein, cancers du foie, mélanomes et cancers des os sont les plus fréquents. Mais vous avez aussi vos cancers du côlon, vos cancers de la vessie, vos tumeurs au cerveau, vos...

— Arrêtez ! Est-ce que vous ne pouvez pas vous arrêter, s'il vous plaît ? » hurla la femme de Ted.

L'hystérie donnait une puissance surprenante à sa voix.

« Je le ferais si je le pouvais, très chère, dit-il gentiment. Je ne peux pas. En 1964, le Commissariat à l'Énergie Atomique a demandé une étude sur un scénario de catastrophe imaginant l'explosion d'un réacteur américain cinq fois moins important que celui de Tchernobyl. Les résultats obtenus étaient tellement effrayants que le CEA a enterré le rapport. Ce rapport expliquait...

— Taisez-vous, Gardener, dit Patty. Vous êtes ivre. »

Il l'ignora, fixant du regard l'épouse de l'Homme de l'Énergie.

« Il expliquait qu'un tel accident dans une région plutôt rurale des États-Unis — on avait choisi le centre de l'État de Pennsylvanie, où se trouve Three-Mile Island, à propos — tuerait 45 000 personnes, irradierait 70 % de l'État, et causerait 17 millions de dollars de dégâts.

— Nom de Dieu ! dit quelqu'un. Vous *déconnez* ?

— Pas le moins du monde dit Gardener sans quitter des yeux la femme hypnotisée de terreur. Si vous multipliez par cinq, ça fait 225 000 morts et 85 millions de dollars de dégâts. »

Gardener alla regarnir son verre avec nonchalance ; la pièce baignait dans un silence sépulcral. Il leva son verre en direction d'Arberg et avala deux gorgées de vodka pure. De la vodka *non contaminée*, il fallait l'espérer.

« Alors, au terme de la troisième vague, aux alentours de 2040, conclut-il, c'est de près d'un quart de million de morts qu'il faut parler. »

Il fit un clin d'œil à Ted, l'Homme de l'Énergie, dont les lèvres découvraient les dents.

« Ce serait dur de tasser *autant* de gens même dans un Boeing 767, non ?

— Ces chiffres sont de pures élucubrations », dit avec colère Ted, l'Homme de l'Énergie.

Son épouse, qui était devenue pâle comme la mort, à part deux petites taches d'un rouge brûlant sur les pommettes, intervint d'un ton nerveux :

« Ted...

— Et vous espériez que je resterais là... à... écouter ces discours creux de réunion mondaine ? demanda Ted en s'approchant de Gardener jusqu'à ce que leurs poitrines se touchent presque. Vraiment ?

— A Tchernobyl, ils ont tué les enfants, dit Gardener. Est-ce que vous refusez de le comprendre ? Ceux de dix ans comme ceux qui étaient encore *in utero*. La plupart sont peut-être encore en vie, mais ils meurent en ce moment même pendant que nous sommes ici un verre à la main. Certains ne savent même pas encore lire. La plupart n'embrasseront jamais une fille. Ils ont tué leurs enfants. »

Il regarda la femme de Ted, et sa voix se mit à trembler et à monter d'un ton, comme une supplication.

« Nous avons appris d'Hiroshima, de Nagasaki, de nos propres expériences à Trinity et sur Bikini. *Ils ont tué leurs propres enfants, est-ce que vous comprenez ce que je dis ? Il y a des gamins de neuf ans à Pripyat qui vont mourir en chiant leurs propres intestins ! Ils ont tué les enfants !* »

La femme de Ted recula d'un pas, les yeux agrandis derrière les gros verres, la bouche tordue.

« Je crois que nous admirons tous M. Gardener en tant que poète », dit Ted, l'Homme de l'Énergie, en entourant sa femme d'un bras pour l'attirer vers lui comme un cow-boy attrape un veau au lasso. « Il n'est cependant pas très bien informé des réalités de l'énergie nucléaire. Nous ne savons vraiment pas ce qui a pu arriver ou ce qui n'est pas arrivé à Kychtym, et les chiffres donnés par les Russes concernant les victimes de Tchernobyl sont...

— Trêve de conneries, dit Gardener. Vous savez très bien de quoi je parle. Bay State Electric a tout ça dans ses dossiers, ainsi que les chiffres sur le taux élevé des cancers dans les zones entourant les centrales nucléaires américaines, la pollution des eaux par les déchets radioactifs — l'eau des nappes phréatiques, l'eau où les gens lavent leurs vêtements et leur vaisselle, où ils se lavent eux-mêmes, l'eau qu'ils boivent. Vous le *savez*, vous et tous les responsables de surrégénérateurs privés, municipaux, d'État et fédéraux d'Amérique.

— Arrêtez, Gardener, menaça McCardle en avançant. Il est un peu... tenta-t-elle d'expliquer en adressant au groupe un sourire artificiel.

— Ted, est-ce que tu le *savais* ? demanda soudain la femme de Ted.

— Bien sûr, on a des statistiques, mais... »

Il s'interrompit. Sa mâchoire se referma si brutalement qu'on l'entendit presque claquer. Ce n'était pas beaucoup... mais c'était suffisant. Soudain ils comprirent, ils comprirent tous, qu'il avait omis bien des faits dans son sermon. Gardener ressentit la joie aigre d'un triomphe facile et inattendu.

Il y eut un moment de silence gêné. Soudain, tout à fait ostensiblement, la femme de Ted s'éloigna de lui. Il rougit. Gard se dit qu'il ressemblait à un type qui vient de se donner un coup de marteau sur le doigt.

« Oh, il y a toutes sortes de rapports, dit-il. La plupart ne sont qu'un tissu de mensonges, de la propagande russe. Des gens comme cet idiot sont plus qu'heureux de tout avaler, l'appât, l'hameçon, la ligne et le bouchon. Jusqu'à plus ample informé, Tchernobyl n'est peut-être pas du tout un accident, mais une façon de nous empêcher de...

— Seigneur ! et maintenant vous allez nous dire que la terre est plate, dit Gardener. Est-ce que vous avez vu les photos des soldats en combinaison antiradiations se promener autour d'une centrale à une demi-heure de voiture de Harrisburg ? Est-ce que vous savez comment ils ont essayé de réparer une fuite, là-bas ? Ils ont coincé un ballon de basket enveloppé de papier collant dans le conduit d'évacuation éclaté. Ça a tenu un temps, et puis la pression l'a recraché, et elle a fait un trou en plein dans l'enceinte de confinement.

— Vous recrachez vous-même une bonne dose de propagande, dit Ted avec un sourire sauvage. Les Russes *adorent* les gens comme vous ! Ils vous paient, ou vous faites ça gratuitement ?

— Qui est-ce qui parle comme les disciples de Moon qui racolent dans les aéroports, pour l'instant ? demanda Gardener avec un petit rire et en s'approchant de Ted. Les surrégénérateurs sont mieux construits que Jane Fonda, c'est ça ?

— En ce qui me concerne, ça se réduit à ça, oui.

— Je vous en prie, supplia la femme du professeur en plein désarroi. Nous pouvons discuter, mais ne *crions* pas. Nous sommes des *universitaires*, tout de même...

— Il faut bien que *quelqu'un* crie ! » hurla Gardener.

La dame, battant des paupières, se fit toute petite, et son mari posa sur Gardener un regard de glace, comme s'il le marquait à jamais au fer rouge. Gard le comprit parfaitement.

« Si votre maison était en feu et que vous étiez le seul membre de votre famille à vous réveiller au milieu de la nuit et à réaliser ce qui est en train d'arriver, vous crieriez, non ? Ou bien iriez-vous sur la pointe des pieds glisser le message à l'oreille des autres, parce que vous êtes une *universitaire* ?

— Je pensais seulement que cela était allé ass... »

Gardener l'ignora, se tourna vers M. Bay State Electric et lui fit un clin d'œil complice.

« Dites-moi, Ted, *votre* maison, à quelle distance est-elle de cette superbe centrale nucléaire que vous construisez ?

— Rien ne m'oblige à rester là et...

— Pas trop près, hein ? C'est bien ce que je pensais. »

Il regarda Mme Ted. Elle se replia, s'accrochant au bras de son mari. Gard se demanda : *Qu'est-ce qui fait qu'elle s'éloigne de moi aussi peureusement ? Quoi, exactement ?*

La voix du flic cureur de nez et lecteur de bandes dessinées lui envoya une réponse douloureuse : *T'as tiré sur ta femme, hein ? Tu t'es mis dans de beaux draps.*

« Est-ce que *vous* avez l'intention d'avoir des enfants ? demanda-t-il d'une voix douce. Dans ce cas, j'espère pour vous que vous et votre mari êtes *vraiment* installés à une distance respectueuse de la centrale... Ils passent leur temps à se gourer, vous savez. Comme à Three-Mile Island : juste avant qu'ils ne mettent en activité ce piège à cons, quelqu'un a découvert que les plombiers, on ne sait comment ni pourquoi, avaient raccordé un réservoir de 14 000 litres de déchets radioactifs liquides au distributeur d'eau potable au lieu de le raccorder à l'épurateur. En fait, ils ne s'en sont aperçus qu'une semaine avant que le surrégénérateur ne soit lancé. Elle est bien bonne, hein ? »

Elle pleurait.

Elle pleurait, mais il ne pouvait pas s'arrêter.

« Les types qui ont mené l'enquête ont écrit dans leur

rapport que raccorder une canalisation de refroidissement de déchets radioactifs aux tuyaux d'eau potable était une " pratique qu'il fallait généralement déconseiller ". Si votre jules ici présent vous invite à une visite guidée de sa merveille, je vous conseille de faire comme au Mexique : ne buvez pas d'eau. Et si votre jules vous y invite alors que vous êtes déjà enceinte — ou même que vous *pensez* seulement que vous pourriez l'être —, dites-lui... que vous avez la migraine, poursuivit Gardener avec un sourire qu'il adressa d'abord à la femme, puis à Ted.

— Taisez-vous », dit Ted.

Sa femme commençait à gémir.

« Oui, dit Arberg. Je crois vraiment qu'il est temps que vous vous taisiez, monsieur Gardener. »

Gard les regarda, regarda les autres invités, dont le jeune barman, qui observaient, les yeux écarquillés et en silence, le tableau qu'ils formaient près du buffet.

« *Me taire !* » hurla Gardener.

Une violente douleur lui poignarda la tempe gauche.

« Ouais ! Je me tais et je laisse brûler cette foutue maison ! Ne vous inquiétez pas : les marchands de sommeil des taudis viendront ramasser l'argent de l'assurance plus tard, quand les cendres auront refroidi, et qu'on rassemblera au râteau ce qui restera des corps ! *Que je me taise !* C'est exactement ce que tous ces types veulent ! Ils veulent qu'on se taise, et si on ne se tait pas de soi-même, il se peut qu'on vous *fasse* taire, comme Karen Silkwood...

— Laissez tomber, Gardener », siffla Patricia McCardle de sa bouche de serpent.

Gardener se pencha vers la femme de Ted dont les joues creuses étaient maintenant trempées de larmes.

« Vous pouvez aussi vous renseigner sur le taux de mort subite du nourrisson. Il est plus élevé dans les zones entourant les centrales. Les malformations congénitales aussi, comme le syndrome de Down, c'est-à-dire le mongolisme, et la cécité, et...

— Je vous demande de sortir de ma maison, dit Arberg.

— Vous avez un bout de chips sur le menton », dit Gardener avant de se tourner à nouveau vers M. et Mme State Electric. Sa voix semblait venir de tout au fond de lui, de plus en plus profond, comme si elle sortait d'un puits. Ça tournait au drame. Les lumières rouges s'allumaient sur tout le panneau de contrôle.

« Notre Ted peut mentir en nous disant combien tout ça est exagéré, que ce n'était rien qu'un petit incendie et une aubaine pour les journalistes, et vous pouvez tous le croire... mais les faits sont là : *Ce qui est arrivé à la centrale nucléaire de Tchernobyl a dégagé plus de déchets radioactifs dans l'atmosphère de cette planète que toutes les bombes A qui ont éclaté depuis Trinity*. Tchernobyl est encore chaud. Et le restera longtemps. Combien de temps ? Personne ne le sait vraiment, n'est-ce pas, Ted ? »

Il leva son verre à la santé de Ted et regarda les invités qui l'observaient silencieusement, avec parfois un air aussi défait que Mme Ted.

« Et ça arrivera encore. Peut-être dans l'État de Washington. Il n'y a pas longtemps, ils stockaient des barres de commande dans des fossés sans protection près du surrégénérateur de Hanford, exactement comme à Kychtym. Peut-être en Californie, la prochaine fois qu'il y aura un grand tremblement de terre ? En France ? En Pologne ? Ou peut-être ici, dans le Massachusetts, si ce type obtient ce qu'il veut et que la centrale d'Iroquois est mise en service au printemps. Qu'un lampiste pousse le mauvais levier au mauvais moment, et on ne verra plus jouer l'équipe des Red Sox avant 2075. »

Patricia McCardle était blanche comme un cierge... à l'exception de ses yeux qui crachaient des étincelles bleues comme pour une soudure à l'arc. Arberg avait pris le chemin inverse : il était aussi rouge et noir que les briques de la maison que sa famille occupait fièrement depuis des générations à Back Bay. Mme Ted regardait alternativement Gardener et son mari comme s'ils étaient deux chiens prêts à mordre. Ted vit son regard, il sentit qu'elle tentait de s'échapper de l'encerclement carcéral de son bras. Gardener se dit ensuite que c'était sa réaction à ce qui avait été dit qui avait entraîné l'escalade finale. On avait sans aucun doute préparé Ted à répondre aux hystériques du genre de Gardener ; son entreprise formait ses Ted en prévision de ce genre de situation, de même que les compagnies aériennes forment leurs hôtesses pour qu'elles montrent aux passagers, sur chaque vol, comment se servir des masques à oxygène et des gilets de sauvetage.

Mais il était tard. Malgré son ivresse, Gardener avait eu des arguments assez éloquents pour déclencher un petit orage... et maintenant la femme se conduisait comme si son mari était le Boucher de Riga.

« Bon sang, j'en ai marre de vous et de vos semblables avec vos airs dégoûtés. Ce soir même, vous avez lu vos poèmes incohérents devant un micro qui marche à l'électricité, vos braiments ont été amplifiés par des haut-parleurs qui marchent à l'électricité, et vous avez eu recours à des lampes électriques pour y voir. Et d'où croyez-vous donc que vienne l'énergie, bande de luddistes, briseurs de machines ? Du Magicien d'Oz ? Bon Dieu !

— Il est tard, dit précipitamment Patricia McCardle et nous sommes tous...

— La leucémie, dit Gardener sur un ton de confidence tragique en s'adressant directement aux grands yeux de la femme de Ted. Les enfants. Les enfants sont toujours ceux qui partent les premiers, après une catastrophe. Ce qu'il y a de bien, c'est que, si on perd Iroquois, les fondations qui distribuent les bourses d'études auront du travail.

« Ted ? gémit-elle. Il a tort, hein ? Je veux dire... »

Elle chercha un mouchoir dans son sac avec une telle fébrilité qu'elle le fit tomber et qu'on entendit un objet se briser à l'intérieur avec un bruit cristallin.

« Arrêtez, dit Ted à Gardener. Nous en reparlerons,

si vous le voulez, mais cessez de bouleverser délibérément ma femme.

— Mais je *veux* qu'elle soit bouleversée », dit Gardener.

Il s'était complètement plongé dans les ténèbres, maintenant. Il leur appartenait et elles lui appartenaient, et c'était ce qu'il fallait.

« Il y a tant de choses qu'elle ne semble pas savoir. Des choses qu'elle *aurait dû* savoir, surtout quand on voit qui elle a épousé. »

Il se tourna vers elle avec son beau sourire merveilleusement sauvage. Elle le regarda sans flancher cette fois, fascinée comme une lapine dans la lumière des phares qui s'approchent.

« Les barres de commande usagées, maintenant. Est-ce que vous savez où on les met quand elles ont fait leur temps dans le réacteur ? Est-ce qu'il vous a raconté que la Fée des Barres de Commande les emporte ? Ce n'est pas vrai. Les gens des centrales les entassent, comme les écureuils leurs noisettes. Il y en a de grosses piles brûlantes ici, là, partout, qui trempent dans de méchantes flaques d'eau pas bien profondes. Et elles sont *vraiment* brûlantes, madame. Et elles vont le rester très, très longtemps.

— Gardener, je veux que vous sortiez », répéta Arberg.

Gardener l'ignora et continua de parler à Mme Ted, rien qu'à Mme Ted.

« Est-ce que vous savez qu'ils ont déjà oublié où se trouvent certains de ces tas de barres de commande usagées ? Comme des mômes qui s'amusent toute la journée et, le soir, vont au lit épuisés. Quand ils se réveillent le lendemain, ils ne se rappellent plus où ils ont laissé leurs jouets. Et puis il y a le truc qui fait boum. Le fin du fin pour le Bombardier Fou : on a déjà égaré suffisamment de plutonium pour faire sauter toute la côte est des États-Unis. Mais il me faut un micro pour lire mes poèmes incohérents au public. Dieu me préserve d'avoir à élever ma v... »

Arberg le saisit soudain au collet. L'homme était gros et mou, mais assez fort. La chemise de Gardener sortit de son pantalon. Son verre tomba de sa main et se fracassa au sol. D'une voix ronde qui portait loin — une voix dont sans doute ne peut se prévaloir qu'un enseignant indigné qui a passé de nombreuses années dans des salles de cours —, Arberg annonça à ses invités :

« Je mets ce type à la porte. »

Cette déclaration fut accueillie par des applaudissements spontanés. Tout le monde n'applaudit pas. Moins de la moitié des gens applaudit. Mais la femme du type de l'énergie pleurait très fort maintenant, serrée contre son mari, n'essayant plus de lui échapper; jusqu'à ce qu'Arberg l'empoigne, Gardener était resté penché vers elle, comme s'il la menaçait.

Gardener sentit ses pieds glisser sur le sol, puis s'en détacher complètement. Il entrevit Patricia McCardle, la bouche serrée, les yeux luisants, frappant ses mains l'une contre l'autre dans un geste de furieuse approbation qu'elle avait refusé de lui accorder dans l'amphithéâtre. Il vit Ron Cummings dans l'embrasure de la porte du bureau, un verre monstrueux à la main, enlaçant une jolie blonde de son autre bras, la main fermement plaquée sur le côté de sa poitrine. Cummings avait l'air inquiet, mais pas vraiment surpris. Après tout, ce n'était que la discussion du Stone Country Bar and Grille qui continuait, non ?

Est-ce que tu vas laisser ce gros sac de merde te jeter dehors comme un chat errant ?

Gardener décida que non.

Il recula son coude gauche aussi fort qu'il le put, et frappa Arberg en pleine poitrine. Gardener eut l'impression d'enfoncer son coude dans un bol de gelée très ferme.

Arberg émit un cri étranglé et lâcha Gardener qui se retourna, les poings prêts à frapper Arberg si celui-ci tentait de se saisir à nouveau de lui, tentait même seulement de le toucher. En fait, il aurait assez aimé qu'Arglebargle veuille se battre.

Mais le bifteck de fils de pute n'avait pas l'air disposé à l'affronter. Il avait même renoncé à jeter Gardener dehors. Il serrait sa poitrine à deux mains comme un mauvais acteur qui s'apprête à chanter une aria déchirante. Son visage avait presque entièrement perdu sa couleur brique, seules subsistaient des traînées flamboyantes sur ses joues. Les grosses lèvres d'Arberg formèrent un O, se relâchèrent, formèrent à nouveau un O, se relâchèrent.

« ... cœur..., souffla-t-il.

— Quel cœur, demanda Gardener. Vous voulez dire que vous en *avez un* ?

— ... attaque..., souffla Arberg.

— Une attaque ? Tu parles, dit Gardener. La seule chose qui est attaquée, c'est votre sentiment de propriété. Et c'est bien fait pour vous, salaud. »

Il écarta Arberg, toujours figé dans sa pose de ténor qui va pousser le grand air du jour, les deux mains pressées sur le côté gauche de sa poitrine, où le coude de Gardener l'avait frappé. Beaucoup d'invités s'étaient massés à la porte séparant la salle à manger de l'entrée, et ils s'écartèrent précipitamment quand Gardener s'approcha d'eux et traversa leur groupe pour gagner la porte d'entrée.

Derrière lui, une femme cria :

« Sortez, vous entendez ? Sortez, petite ordure ! *Sortez d'ici ! Je ne veux plus jamais vous revoir !* »

Cette voix perçante et hystérique ressemblait tellement peu à l'habituel ronronnement hypocrite de Patricia McCardle (des griffes d'acier cachées sous des coussinets de velours) que Gardener s'arrêta. Il se retourna... et fut déséquilibré par une gifle qui lui fit venir les larmes aux yeux. Le visage de la femme montrait à quel point elle était malade de rage.

« J'aurais dû m'en douter, siffla-t-elle. Vous n'êtes qu'un butor incapable et alcoolique, un homme hideux plein de hargne belliqueuse, d'une brutalité obsessionnelle. Mais je vais vous faire votre affaire. N'en doutez pas. Vous savez que je le peux.

— Oh, Patty, je ne savais pas que vous en aviez envie, dit-il. Comme c'est gentil. J'attends que vous me fassiez mon affaire depuis des années. Est-ce que nous montons dans une chambre ou est-ce que nous offrons le spectacle à tous les invités en baisant sur le tapis ? »

Ron Cummings, qui s'était rapproché, éclata de rire. Patricia McCardle montra les dents. Sa main jaillit à nouveau, atteignant cette fois l'oreille de Gardener.

Elle prit une voix basse mais parfaitement audible pour tous :

« J'aurais dû m'y attendre de la part d'un homme capable de tirer sur sa propre femme. »

Gardener regarda autour de lui, vit Ron et dit :

« Tu veux bien m'excuser ? »

Il prit alors le verre de Ron et, en un seul mouvement aussi rapide qu'efficace, il introduisit deux doigts dans le décolleté de la petite robe noire de McCardle, qui s'écarta facilement, car il était élastique — et y versa le whisky.

« A votre santé, ma chère », dit-il avant de se diriger vers la porte.

Il trouvait que c'était la meilleure sortie possible en de telles circonstances.

Arberg était toujours figé, les mains crispées sur la poitrine, la bouche formant un O et se relâchant alternativement.

« ... cœur... », gémit-il à nouveau à l'intention de Gardener — ou de quiconque voudrait l'écouter.

Dans la pièce voisine, Patricia McCardle criait :

« Ça va ! Ne me touchez pas ! Laissez-moi tranquille ! Ça va !

— Hé, vous ! »

Gardener se tourna vers la voix et le poing de Ted s'écrasa en haut de sa joue. Gardener tituba tout le long du couloir, s'accrochant aux murs pour rester debout. Il trébucha sur le porte-parapluies et le renversa, puis s'écrasa sur la porte d'entrée dont la vitre trembla.

Ted, longeant le couloir, s'approchait de lui d'une démarche d'homme de main.

« Ma femme est dans la salle de bains en pleine crise de nerfs à cause de vous, et si vous ne sortez pas immédiatement, je vais vous réduire en bouillie. »

Les ténèbres explosèrent comme une poche de boyaux pourrie, pleine de gaz nauséabonds.

Gardener saisit un parapluie. Un long parapluie roulé noir — un parapluie de lord anglais comme on n'en fait plus. Il courut vers Ted, vers ce type qui savait exactement ce qui était en jeu, mais qui allait pourtant de l'avant. Et pourquoi pas ? Il lui restait encore sept échéances de crédit sur sa Datsun Z et dix-huit sur sa maison, alors pourquoi pas, hein ? Ted qui considérait qu'une augmentation de 600 % des cas de leucémie n'était qu'un chiffre qui attristait sa femme. Ted, ce bon vieux Ted, et ce bon vieux Ted avait de la chance que Jim ait trouvé au bout du couloir des parapluies et non des fusils de chasse.

Ted s'arrêta et regarda Gardener, les yeux ronds et la mâchoire pendante. La colère qui avait coloré son visage cédait la place à l'incertitude et à la peur, la peur qui vous saisit quand vous comprenez que vous affrontez un être irresponsable.

« Hé...!

— *Caramba*, espèce de con ! » cria Gardener.

Il brandit le parapluie et le planta dans le ventre de Ted, l'Homme de l'Énergie.

« *Hé !* éructa Ted en se pliant en deux. *Arrêtez !*

— *Andale, andale !* » criait Gardener.

Il se mit à frapper Ted de la pointe du parapluie, un coup, deux coups, trois coups d'estoc. La lanière qui retenait le tissu contre le manche craqua. Le parapluie était toujours fermé, mais le tissu ondulait librement autour du manche.

« *Arriba, arriba !* »

Ted était maintenant trop sonné pour penser à renouveler son attaque, ou à quoi que ce soit d'autre que la fuite. Il tourna les talons et se mit à courir. Gardener le poursuivit en s'étouffant de rire, le frappant sur la tête et sur la nuque avec son parapluie. Il riait... mais cela n'avait rien de drôle. L'exaltation de la victoire le quittait. Quelle victoire était-ce d'entraîner un homme comme celui-là dans une dispute, même temporaire ? Ou de faire pleurer sa femme ? Ou de le battre avec un parapluie ? Est-ce que l'une de ces actions empêcherait qu'on mette Iroquois en service en mai prochain ? Est-ce qu'elles sauveraient ce qui restait de sa propre vie misérable, est-ce qu'elles tueraient ces vers qui continuaient à creuser, à grignoter et à croître en lui, à manger tout ce qui restait de sain en lui ?

Non, bien sûr que non. Mais pour le moment, seule comptait une absurde fuite en avant... parce que c'était tout ce qui lui restait.

« *Arriba*, salaud ! » criait-il en pourchassant Ted dans la salle à manger.

Ted avait entouré sa tête de ses bras et agitait les mains au-dessus de ses oreilles. On aurait dit qu'il était attaqué par des chauves-souris. Et justement, le parapluie ressemblait assez à une chauve-souris dans ses mouvements de haut en bas.

« A l'aide ! gémit Ted. Aidez-moi ! Cet homme est devenu fou ! »

Mais ils reculaient tous, les yeux agrandis par la terreur.

Ted heurta de la hanche le coin du buffet. La table se souleva et pencha, l'argenterie glissant le long du plan incliné de la nappe plissée, les assiettes tombant par terre avec fracas. La coupe de cristal de Waterford contenant un reste de punch éclata comme une bombe, et une femme cria. La table resta un instant en équilibre avant de basculer.

« A l'aide ! A l'aide ! *A l'aide !*

— *Andale !* »

Gardener abattit le parapluie particulièrement fort sur la tête de Ted, ce qui déclencha le mécanisme, le parapluie s'ouvrit avec un *poussshhh*, et Gardener, tel une Mary Poppins prise de démence, continua à pourchasser Ted, l'Homme de l'Énergie, le parapluie ouvert à la main. Plus tard, il se souvint qu'ouvrir un parapluie dans une maison portait malheur.

Des mains se saisirent de lui par-derrière.

Il se retourna, s'attendant à ce qu'Arberg se soit remis de son attaque pour lui flanquer une raclée.

Ce n'était pas Arberg. C'était Ron. Il semblait toujours calme... mais il y avait quelque chose dans son visage, quelque chose d'horrible. Était-ce de la compassion ? Oui, Gardener le vit bien. C'était de la compassion.

Tout à coup, il ne comprenait plus ce qu'il pouvait bien faire avec le parapluie et le jeta. On n'entendait dans la pièce que la respiration rapide de Gardener et les sanglots hoquetants de Ted. La table où avait été dressé le buffet gisait dans une mare de linge blanc, de porcelaine cassée, de cristal éclaté. Les vapeurs odorantes du punch renversé piquaient les yeux.

« Patricia McCardle est en train d'appeler la police, dit Ron, et quand il s'agit de Back Bay, ils arrivent sur-le-champ. Tu ferais mieux de filer, Jim. »

Gardener regarda autour de lui et vit des groupes d'invités massés contre les murs et dans l'embrasure des portes, qui le contemplaient de leurs grands yeux effrayés. *Demain matin, ils ne se rappelleront même plus si la bagarre s'est déclenchée à propos de l'énergie nucléaire, de William Carlos Williams ou du nombre d'anges qui peuvent danser sur une tête d'épingle*, se dit-il. *La moitié d'entre eux racontera à l'autre moitié que j'ai fait du gringue à la femme de Ted. C'était juste ce vieux rigolo de Jim Gardener, celui qui tire sur les femmes, qui est devenu cinglé et qui a tabassé un gars à coups de parapluie. Il a aussi versé une pinte de Chivas entre les petits nichons de la femme qui lui a donné du travail quand il n'en avait pas. L'énergie nucléaire ? Je ne vois pas le rapport.*

« Quel bordel ! dit-il à Ron d'une voix rauque.

— Merde ! Ils en reparleront encore dans des années, approuva Ron. La meilleure lecture qu'ils aient jamais entendue suivie du plus grand gâchis qu'on ait jamais vu à une soirée mondaine. Maintenant, va-t'en. File jusque dans le Maine. Je t'appellerai. »

Ted, l'Homme de l'Énergie, les yeux ronds et humides, voulut s'élancer à nouveau vers lui. Deux jeunes gens — dont le barman — le retinrent.

« Au revoir, dit Gardener aux groupes frileux d'invités. Merci pour cette délicieuse soirée. »

Il gagna la porte et se retourna.

« Et si vous oubliez tout le reste, souvenez-vous de la leucémie et des enfants. Souvenez-vous... »

Mais ce dont ils se souviendraient, ce serait que Jim avait frappé Ted à coups de parapluie. Il le lut sur leurs visages.

Gardener hocha la tête et traversa l'entrée. Il passa devant Arberg qui tenait toujours sa poitrine à deux mains, ses lèvres réussissant une parfaite imitation de la bouche des carpes. Gardener ne se retourna pas. Il poussa du pied les parapluies qui jonchaient le sol, ouvrit la porte et sortit dans la nuit. Son envie de boire n'avait jamais été aussi forte, et il se dit par la suite qu'il avait dû assouvir cette envie, parce qu'il était alors tombé dans le ventre du gros poisson et les ténèbres l'avaient avalé.

6

Gardener
sur les rochers

1

Peu après l'aube, le 4 juillet 1988, Gardener s'éveilla — reprit conscience, en tout cas — près de l'extrémité de la digue de pierre qui brise les lames de l'Atlantique non loin du parc de loisirs « Arcadia Funworld », à Arcadia Beach, dans le New Hampshire. Mais à ce moment précis, Gardener ne savait pas où il se trouvait. A part son nom, il ne savait pratiquement rien sauf qu'il semblait dans un état de déchéance physique total et, ce qui était un peu moins important, qu'il avait dû échapper de justesse à la noyade la nuit précédente.

Il était allongé sur le côté, l'eau lui baignant les pieds. Il se dit qu'il avait dû se coucher tout en haut, au sec, quand il avait valsé ici la nuit précédente, mais qu'il avait apparemment roulé dans son sommeil, glissé un peu le long de la pente nord de la digue... et maintenant, la marée montait. S'il s'était éveillé une demi-heure plus tard, les flots auraient tout simplement pu l'emporter des rochers de la digue comme ils arrachent à son banc de sable un bateau échoué.

Il portait encore un de ses mocassins, mais cette unique chaussure était en piteux état, et inutile. D'un mouvement du pied, Gardener la balança dans l'eau, puis il la regarda d'un œil apathique s'enfoncer dans l'obscurité verdâtre. *Les langoustes pourront chier dedans*, se dit-il en s'asseyant.

La douleur qui traversa sa tête fut si fulgurante qu'il pensa un instant à une attaque d'apoplexie ; il n'aurait survécu à cette nuit sur la digue que pour mourir d'une embolie au matin.

La douleur régressa un peu et le monde émergea de nouveau de la brume grise où il s'était dissimulé. Jim put évaluer le degré de sa déchéance. C'était indubitablement ce que Bobbi Anderson aurait appelé « le voyage du corps entier », comme dans *Savoure le voyage du corps entier, Jim. Qu'est-ce qui peut être meilleur que ce que tu ressens après une nuit dans l'œil du cyclone ? Une nuit ? Une seule nuit ?*

Pas possible. C'était une *cuite*. Une cuite historique.

Aigreurs et ballonnements d'estomac. Gorge et sinus tapissés de vomi séché. Il regarda sur sa gauche, et naturellement elle était là, un peu au-dessus de lui dans ce qui devait être sa position initiale, la signature des ivrognes : une grande flaque de vomissures qui séchait.

Gardener passa une main droite tremblante et sale sous son nez et y récolta des parcelles de sang séché. Il avait saigné du nez. Cela lui arrivait de temps à autre depuis son accident de ski à Sunday River, quand il avait dix-sept ans. Il était presque toujours sûr de saigner quand il buvait.

Au terme de ses précédentes cuites — et c'était la première fois qu'il allait jusqu'au bout depuis presque trois ans —, Gardener éprouvait toujours les mêmes maux que maintenant : un malaise plus profond que les martèlements dans la tête, l'estomac tordu comme une éponge imbibée d'acide, les douleurs, les muscles tremblants. Ce profond malaise ne pouvait même pas s'appeler dépression — c'était un sentiment de damnation totale.

C'était pire que jamais, pire que la dépression qui avait suivi la Fameuse Biture de Thanksgiving, celle qui avait mis fin à sa carrière d'enseignant et à son mariage, celle qui avait failli mettre fin aussi à la vie de Nora.

Cette fois-là, il était revenu à lui dans la prison du comté de Penobscot. Un flic était assis devant sa cellule et lisait le magazine *Crazy* en se curant le nez. Ainsi que Gardener l'apprit par la suite, tous les policiers savent que les buveurs invétérés émergent fréquemment de leurs cuites profondément déprimés. Si bien que s'il y a au poste un homme qui n'a rien d'autre à faire, on le met là pour qu'il vous surveille, pour être sûr que vous ne ferez pas le grand saut... du moins pas tant que vous êtes sous les verrous et sous leur responsabilité, dans les locaux appartenant à la collectivité.

« Où suis-je ? avait demandé Gardener.

— Et où est-ce que vous croyez que vous êtes ? » avait demandé le policier.

Il avait contemplé la grosse crotte verte qu'il venait d'extraire de son nez et l'avait essuyée sur la semelle de sa chaussure, lentement et avec un plaisir non dissimulé, l'écrasant et l'étalant sur la sombre crasse accumulée là. Gardener n'avait pu détacher les yeux de cette opération ; un an plus tard, il lui consacrerait un poème.

« Qu'est-ce que j'ai fait ? »

A part quelques éclairs épars, les deux jours précédents étaient plongés dans le noir absolu. Rien ne reliait les éclairs les uns aux autres, ils étaient comme les rayons de soleil incertains qui filtrent entre les nuages à l'approche d'un orage. Il apportait à Nora une tasse de thé et commençait à la haranguer à propos du nucléaire. *Ave Nuclea Eterna*. Quand il mourrait, son dernier mot donnant la clé de toute sa putain de vie ne serait pas *Rosebud*, mais *Nucléaire*. Il se souvenait qu'il s'était effondré dans l'allée près de sa maison ; qu'il avait acheté une pizza et fait tomber, dans sa chemise, des bouts de fromage fondus qui lui brûlaient la poitrine. Il se souvenait d'avoir appelé Bobbi. De l'avoir appelée et de lui avoir dit quelque chose, quelque chose d'horrible, et est-ce que Nora avait crié ? *Crié ?*

« *Qu'est-ce que j'ai fait ?* » avait-il demandé avec une impatience croissante.

Le policier l'avait regardé un moment d'un œil clair où se lisait le plus parfait mépris.

« T'as tiré sur ta femme. C'est ça que t'as fait. Tu t'es mis dans de beaux draps ! »

Et le policier s'était replongé dans ses bandes dessinées.

Ce jour-là, c'était vraiment moche. Cette fois-ci, c'était pire. Cet infini mépris de soi, l'impression effroyable qu'*on a fait quelque chose dont on ne peut se souvenir*. Pas seulement quelques verres de champagne de trop comme pour ce réveillon du nouvel an où vous vous êtes coiffé d'un abat-jour et où vous avez dansé, l'abat-jour vous glissant sur les yeux et tous les amis autour de vous l'empêchant de tomber de votre tête, et dont tous (tous sauf votre femme) se souviennent comme de la chose la plus drôle qu'ils aient vue de leur *vie*. Pas seulement des trucs marrants comme de boxer le chef d'un département de l'université. Ou de tirer sur votre femme.

Cette fois, c'était pire.

Comment est-ce que ça pouvait être pire que Nora ?

Quelque chose. Pour le moment, sa tête lui faisait trop mal pour qu'il essaie même de reconstituer la dernière période qui lui échappait.

Gardener baissa les yeux vers l'eau, les vagues qui montaient doucement vers l'endroit où il était assis, les bras enserrant ses genoux, la tête basse. Quand ses pensées s'estompèrent il remarqua des bernaches et de longues algues vertes. Non, pas vraiment des algues. Du limon vert. Comme des crottes de nez.

Tu as tiré sur ta femme... tu t'es mis dans de beaux draps !

Gardener ferma les yeux pour lutter contre les pulsations douloureuses qui lui donnaient la nausée, puis les rouvrit.

Saute, lui dit une voix douce et persuasive. *Qu'est-ce que ça peut foutre, n'est-ce pas ? Qu'as-tu à faire de toute cette merde ? Partie arrêtée dès le premier engagement. Rien d'officiel. Lavé par la pluie. Sera reprogrammé quand la Grande Roue du Karma tournera jusqu'à ta prochaine vie... ou la suivante, si tu dois passer la prochaine à payer pour celle-ci en étant un bousier ou quelque chose comme ça. Jette l'éponge, Gard. Saute. Dans ton état, tes deux jambes se paralyseront et ça sera très rapide. En tout cas, ça vaut mieux qu'un drap noué aux barreaux d'une cellule. Vas-y, saute.*

Il se leva et resta debout, sur les rochers, vacillant, regardant l'eau. Un seul grand pas, il n'en faudrait pas plus. Il aurait pu le faire dans son sommeil, merde ! Il l'avait presque fait.

Pas encore. Il faut d'abord que je parle à Bobbi.

La partie de son cerveau qui avait encore un peu envie de vivre s'accrocha à cette idée. Bobbi. Bobbi était tout ce qui lui semblait encore sain et bon dans la vie qu'il avait menée. Bobbi vivait là-bas à Haven, écrivant des livres sur le Far West, toujours les pieds sur terre, toujours son amie, même si elle n'était plus sa maîtresse. Sa dernière amie.

Il faut que je parle d'abord à Bobbi, d'accord ?

Pourquoi ? Pour tenter une dernière fois de la bousiller, elle aussi ? Dieu sait que tu as suffisamment essayé. Elle a un dossier de police à cause de toi, et certainement un dossier au FBI, aussi. Laisse Bobbi tranquille. Saute et arrête de faire le con.

Il se pencha en avant, tout près de le faire. La partie de lui qui avait encore envie de vivre semblait à bout d'arguments, sans autre tactique dilatoire. Elle aurait pu dire qu'il était resté — plus ou moins — sobre depuis trois ans, qu'il n'avait pas eu de perte de conscience depuis que Bobbi et lui avaient été arrêtés à Seabrook en 1985. Mais c'était un argument creux. A part Bobbi, il n'avait plus personne, il était seul. Son esprit était toujours agité, tournant et retournant dans tous les sens le problème du nucléaire — même quand il n'avait pas bu. Il reconnaissait que ce qui n'était à l'origine qu'une préoccupation et une colère avait dégénéré en obsession... Mais reconnaître les faits et y remédier, c'était très différent. Ses poèmes étaient de plus en plus mauvais, son *esprit* fonctionnait de plus en plus mal. Et le pire : quand il ne buvait pas, il rêvait de boire. *C'est que ça fait tout le temps mal, maintenant. Je suis comme une bombe qui ferait les cent pas à la recherche d'un lieu où exploser. Il est temps de désamorcer.*

D'accord. Bon. D'accord. Il ferma les yeux et se prépara.

Ce faisant, une curieuse certitude s'imposa à lui, une intuition tellement forte qu'elle ressemblait à une prémonition. Il sentit que c'était Bobbi qui avait besoin de *lui* parler, et non lui de parler à Bobbi. Ce n'était pas une feinte de son esprit. Elle avait des ennuis. De *graves* ennuis.

Il ouvrit les yeux et regarda autour de lui, comme un homme qui sort d'un profond sommeil. Il fallait qu'il trouve un téléphone et appelle Bobbi. Il ne dirait pas : « Salut Bobbi, j'ai encore pris une cuite. » Il ne dirait pas non plus : « Je ne sais pas où je suis, Bobbi, mais cette fois il n'y a pas de flic qui se cure le nez pour m'arrêter. » Il dirait : « Salut, Bobbi, comment ça va ? » Et quand elle lui raconterait qu'elle allait bien, qu'elle était en pleine forme, qu'elle jouait du revolver avec le gang de Jessie James à Northfield, qu'elle filait vers les territoires de l'Ouest avec Butch Cassidy et Sundance Kid, et au fait, Gard, comment vas-tu vieille branche, Gard lui dirait qu'il allait bien, qu'il écrivait de bonnes choses pour changer, et qu'il envisageait d'aller passer quelque temps chez des amis dans le Vermont. Et puis il reviendrait au bout de la digue et sauterait. Rien d'extraordinaire ; il ferait juste un plat dans la mort. Ça semblait logique ; après tout, il avait presque passé tout son temps à faire des plats dans la vie. L'océan était là depuis un milliard d'années environ. Il attendrait bien cinq minutes de plus que Gardener téléphone.

Mais tu ne lui infliges pas tout ça, tu m'entends ? Promets-le, Gard. Tu ne t'effondres pas, tu ne te mets pas à pleurer comme un veau. Tu es censé être son ami, pas l'équivalent masculin de sa foutue sœur. Rien de tout ça.

Il avait déjà trahi des promesses dans sa vie, Dieu en

était témoin, dont quelques milliers faites à lui-même. Mais celle-là, il la tiendrait.

Il remonta gauchement jusqu'en haut de la digue, escarpée et pierreuse, l'endroit idéal pour se casser une cheville. Il regarda autour de lui d'un air absent, cherchant son minable sac marron, celui qu'il emportait toujours quand il partait en tournée, ou simplement en balade ; il pensait qu'il pouvait être coincé entre deux rochers. Il n'y était pas. C'était un vieux de la vieille, éraflé et décoloré, qui remontait aux dernières années troublées de son mariage, un des trucs qu'il était parvenu à conserver alors que tout ce qui avait de la valeur lui avait échappé. Eh bien, maintenant, le sac avait fini par disparaître, lui aussi. Les vêtements, la brosse à dents, le pain de savon dans une boîte en plastique, un paquet de bâtons de viande séchée (ça amusait Bobbi de faire sécher de la viande dans son appentis, parfois), un billet de vingt dollars sous le fond du sac... et tous ses poèmes inédits, naturellement.

Les poèmes étaient bien le dernier de ses soucis. Ceux qu'il avait écrits ces deux dernières années, et auxquels il avait donné le titre merveilleusement humoristique et tellement à propos de « Période de Désintégration », avaient été soumis à cinq éditeurs différents et refusés par les cinq. Un éditeur anonyme avait gribouillé : « La poésie et la politique vont rarement de pair ; la poésie et la propagande, jamais. » Ce petit adage était parfaitement vrai, il le savait... et cela ne l'avait pas arrêté pour autant.

Enfin, la marée leur avait administré l'Ultime Biffure au Crayon Bleu. *Va et fais-en autant*, pensa-t-il, et il s'engagea lentement sur la digue en direction de la plage, se disant que son trajet jusqu'à l'endroit où il s'était éveillé avait dû relever du numéro de cirque le plus téméraire. Il tournait le dos au soleil d'été qui se levait, rouge et brumeux, sur l'Atlantique, son ombre s'allongeant devant lui, et sur la plage un gosse en jeans et T-shirt fit éclater une rangée de pétards.

2

Merveille ! Son sac n'était pas perdu, finalement. Il était renversé sur la plage, juste au-dessus de la ligne moussue laissée par la marée, la fermeture à glissière béante, et Gardener lui trouva l'air d'une grande bouche de cuir mordant le sable. Il le ramassa et regarda à l'intérieur. Tout était parti, même ses sous-vêtements sales. Il tira le fond de cuir. Le billet de vingt était parti aussi. Vain espoir trop vite perdu.

Gardener laissa tomber le sac. Ses carnets, les trois, avaient été jetés un peu plus loin sur la plage. L'un reposait sur la tranche ouverte, formant une sorte de tente, un autre avait atterri juste en dessous de la ligne de marée, et il était trempé, gonflé à tel point qu'on aurait pu le prendre pour un annuaire téléphonique, et le vent feuilletait négligemment le troisième. *T'embête pas*, songea Gardener. C'était de la *lie de merde*.

Le gamin aux pétards s'approcha de lui... mais pas trop près. *Il veut pouvoir filer au plus vite si je suis vraiment aussi bizarre que j'en ai certainement l'air*, se dit Gardener. *Futé, le gosse.*

« C'est à vous ? » demanda le gosse.

Sur son T-shirt, on voyait la tête d'un enfant crachant ses dents avec l'inscription : VICTIME DE LA CANTINE SCOLAIRE.

« Ouais », répondit Gardener en se penchant pour ramasser le carnet trempé.

Il le regarda un moment et le jeta.

Le gamin lui tendit les deux autres. Que pouvait-il dire ? *T'embête pas, mon vieux ? Ces poèmes sont de la merde ? La poésie et la politique vont rarement de pair, la poésie et la propagande, jamais ?*

« Merci, dit-il.

— De rien, dit l'enfant en tendant le sac à Gardener pour qu'il puisse y glisser les deux carnets secs. Ça m'étonne qu'il vous reste même ça. Cet endroit est plein de vrais artistes de la fauche, en été. Sûrement à cause du parc. »

Le gamin fit un signe du pouce et Gardener vit les montagnes russes se profiler sur le ciel. Gard se dit tout d'abord qu'il était parvenu, Dieu savait comment, tout au nord, à Old Orchard Beach, avant de s'effondrer. Mais en y réfléchissant il changea d'avis. Là-bas, il n'y avait pas de digue.

« Où suis-je ? » demanda Gardener.

Et son esprit retourna de façon inquiétante, et en bloc, vers la cellule de prison et le policier qui se curait le nez. Il était certain que le gamin allait dire : *Et où vous croyez donc que vous êtes ?*

« A Arcadia Beach, répondit le gamin sur un ton mi-amusé mi-méprisant. Vous avez dû prendre une sacrée cuite, la nuit dernière, monsieur.

— La nuit dernière, et celle d'avant, psalmodia Gardener d'une voix un peu rouillée et un peu lointaine. Toc, toc à la porte — les Tommyknockers ! Les Tommyknockers, les esprits frappeurs. »

Le gamin arrondit les yeux de surprise... puis il enchanta Gardener en ajoutant trois vers qu'il ne connaissait pas :

« Je voudrais sortir, mais je n'ose pas, parce que j'ai trop peur du Tommyknocker. »

Gardener sourit, mais son sourire se transforma en grimace de douleur.

« Où as-tu entendu ça, mon gars ?

— Ma mère. Quand j'étais petit.

— Moi aussi, on m'a parlé des Tommyknockers quand j'étais petit, dit Gardener, mais je n'avais jamais entendu ces vers-là. »

Le gamin haussa les épaules comme si le sujet avait perdu le petit intérêt marginal qu'il avait pu susciter en lui.

« Elle inventait des tas de trucs, répondit-il. Vous avez mal ?

— Mon gars, dit Gardener en s'inclinant solennellement, selon les termes immortels d'Ed Sanders et Tuli

Kupferberg, j'ai l'impression d'être un paquet de merde maison.

— On dirait que vous êtes resté soûl longtemps.

— Ah ouais ? Et comment tu sais ça ?

— Ma mère. Avec elle c'étaient toujours des trucs marrants comme les Tommyknockers... ou bien elle était trop cuitée pour parler.

— Elle a laissé tomber la bouteille ?

— Ouais. Un accident de voiture. »

Gardener fut soudain secoué de frissons. Le gamin sembla ne pas le remarquer ; il regardait le ciel, suivant le vol d'une mouette. Elle parcourait un ciel matinal au bleu délicatement pommelé de cirro-cumulus scintillants comme des écailles de maquereau. Elle vira au noir quand elle passa devant l'œil rouge du soleil levant. Elle se posa sur la digue où elle se mit à picorer quelque chose que les mouettes doivent trouver délicieux.

Le regard de Gardener allait de la mouette à l'enfant. Tout cela prenait un air particulièrement prémonitoire. Le gamin connaissait l'histoire des Tommyknockers. Combien d'enfants dans le monde la connaissaient-ils, et quelles étaient les chances pour que Gardener tombe sur un enfant qui, à la fois (a) connaissait les Tommyknockers et (b) avait perdu sa mère à cause de l'alcool ?

L'enfant fouilla dans sa poche et en sortit un petit paquet de pétards. *Douce jeunesse*, se dit Gard avec un sourire.

« Vous voulez en faire péter un ou deux ? Pour célébrer la fête nationale ? Ça pourrait vous remonter le moral.

— La fête nationale ? On est le 4 ? Le *4 Juillet* ?

— Ben, c'est pas la Noël ! »

Le 26 juin, c'était... il remonta le temps. Bon sang ! Il sortait de huit jours de noir. Enfin... pas tout à fait. Il aurait mieux valu. Des taches de lumière, pas du tout bienvenues, commençaient à illuminer certaines zones obscures. L'idée qu'il avait blessé quelqu'un — *encore* — se fit certitude dans son esprit. Voulait-il savoir de qui

(Arglebargle)

il s'agissait, ou ce qu'il lui avait fait ? Pas vraiment.

Mieux valait appeler Bobbi et en finir avant de se le rappeler.

« Monsieur, comment vous vous êtes fait cette cicatrice sur le front ?

— J'ai rencontré un arbre en faisant du ski.

— Je parie que ça fait sacrément mal.

— Ouais, et même pire que ça, mais ce n'est pas grave. Est-ce que tu sais où il y a une cabine téléphonique ? »

Le gamin montra du doigt une énorme maison biscornue au toit vert qui se trouvait à environ un kilomètre et demi plus loin sur la plage. Elle couronnait une avancée de granit à moitié écroulée et semblait sortie de la couverture d'un roman en édition de poche. C'était certainement un hôtel. Après avoir fouillé un moment dans sa mémoire, il se souvint du nom :

« C'est l'Alhambra, non ?

— Le seul, le vrai.

— Merci, dit Gard en s'éloignant.

— Monsieur ! »

Il se retourna.

« Vous ne voulez pas le dernier carnet ? demanda l'enfant en montrant le cahier mouillé sur la laisse de haute mer. Vous pourriez le faire sécher.

— Mon garçon, dit Gardener en hochant la tête, je n'arrive même pas à me sécher moi-même !

— Vous êtes sûr que vous ne voulez pas lancer quelques pétards ?

— Fais attention avec ça, répondit Gardener en secouant la tête avec un sourire. D'accord ? Les gens peuvent aussi se faire mal, avec les trucs qui font boum.

— C'est vrai, dit l'enfant avec un sourire un peu timide. Ma mère jouait avec les mélanges explosifs avant le... vous savez.

— Je sais. Comment t'appelles-tu ?

— Jack. Et vous ?

— Gard.

— Joyeuse fête, Gard.

— Joyeuse fête, Jack. Et fais attention aux Tommyknockers.

— Les esprits frappeurs », acquiesça l'enfant, solennel.

Il regarda Gardener avec des yeux qui semblaient singulièrement savants.

Pendant un instant, Gardener eut l'impression d'éprouver une seconde prémonition. (*Qui aurait bien pu deviner qu'une cuite rendait si sensible aux émanations psychiques de l'univers ?* demanda une voix en lui, une voix sarcastique et amère.) Il ne savait pas une prémonition de quoi, exactement, mais cela imposa de nouveau à son esprit l'idée qu'il lui fallait appeler Bobbi de toute urgence. Il fit un signe d'adieu à l'enfant et se mit en route. Il marchait d'un pas rapide et sûr, bien que le sable s'accrochât à ses pieds, les collant, les aspirant. Son cœur ne tarda pas à battre plus fort et sa tête se mit à cogner si bruyamment qu'il eut l'impression que ses yeux sortaient rythmiquement de leurs orbites.

L'Alhambra ne semblait pas se rapprocher vraiment. *Ralentis, ou tu vas avoir une crise cardiaque. Ou une attaque. Ou les deux.*

Il ralentit... et cela lui sembla soudain tout à fait absurde. Il se préparait à se noyer dans moins d'un quart d'heure, et il ménageait son cœur. C'était du même style que l'histoire du condamné à mort qui refuse la cigarette que lui offre le capitaine commandant le peloton d'exécution en expliquant : « J'essaie d'arrêter de fumer. »

Gardener accéléra de nouveau sa marche, et les pulsations douloureuses se mirent à rythmer la comptine :

Tard la nuit dernière et celle d'avant,
Toc, toc à la porte — les Tommyknockers,
    Les Tommyknockers, les esprits frappeurs...
J'étais fou, et Bobbi sage
Mais c'était avant le passage
    Des Tommyknockers

Il s'arrêta. *Qu'est-ce que c'est que cette histoire merdique de Tommyknockers ?*

Au lieu d'une réponse, retentit à nouveau la voix profonde, aussi terrifiante et aussi assurée que le chant d'un grèbe sur un lac désert : *Bobbi a des ennuis !*

Il se remit en route, reprenant sa marche rapide, puis accélérant encore. *Je voudrais sortir*, songea-t-il, *mais je n'ose pas, parce que j'ai trop peur du Tommyknocker.*

Tandis qu'il gravissait sur le flanc de l'avancée de granit les marches usées par le temps et les intempéries menant de la plage à l'hôtel, il passa la main sous son nez et vit qu'il saignait à nouveau.

3

Gardener ne tint qu'exactement onze secondes dans le hall de l'Alhambra — le temps qu'il fallut au portier pour constater qu'il n'avait pas de chaussures. Quand Gardener se mit à protester, le portier fit signe à un robuste veilleur de nuit, et tous deux l'expulsèrent comme un clochard.

Ils m'auraient viré même si j'avais porté des chaussures, songea Gardener. *Merde. Moi-même, à leur place, je me serais viré.*

Il avait eu un bon aperçu de son apparence dans le miroir du hall. Trop bon. Il avait réussi à essuyer l'essentiel du sang de son visage sur sa manche, mais il en restait encore des traces. Ses yeux étaient fixes et injectés de sang. Sa barbe de huit jours lui donnait l'air d'un hérisson environ six semaines après la tonte. Dans l'atmosphère estivale feutrée de l'Alhambra, où les hommes étaient des hommes, où les femmes portaient des jupes de tennis, il avait l'air d'une clocharde mâle.

Comme seuls les clients les plus matinaux étaient éveillés, le veilleur de nuit prit le temps d'informer Gardener qu'il y avait une cabine téléphonique à la station d'essence Mobil.

« Au croisement d'U.S.1. et de la Route n° 26. Maintenant foutez le camp avant que j'appelle les flics. »

S'il avait eu besoin d'en savoir sur lui-même davantage qu'il n'en savait déjà, il lui aurait suffi de le lire dans le regard dégoûté du robuste veilleur de nuit.

Gardener descendit lentement la colline vers la station-service. Ses chaussettes claquaient et collaient au goudron. Son cœur battait comme le moteur d'une antique Ford modèle T qui a connu trop d'heures de routes difficiles et trop peu d'heures d'atelier. Il sentait ses maux de tête se déplacer vers la gauche, où ils finiraient par se concentrer en un point brillant... s'il vivait jusque-là. Et soudain, il eut à nouveau dix-sept ans.

Il avait dix-sept ans et son obsession, ce n'était pas le nucléaire mais le flirt. La fille s'appelait Annmarie et il se disait qu'il arriverait peut-être bientôt à ses fins avec elle, s'il ne perdait pas son sang-froid. S'il restait calme. Peut-être même ce soir. Mais pour garder son calme, il devait accomplir des prouesses sportives. Aujourd'hui, ici, à Straight Arrow, une piste verte de Victory Mountain, dans le Vermont. Il regardait ses skis, se remémorant les étapes nécessaires pour arriver à s'arrêter en chasse-neige, se les remémorant comme il l'aurait fait pour un examen, voulant réussir, sachant qu'il n'était encore qu'un débutant et qu'Annmarie n'en était plus une ; il se disait qu'elle ne craquerait pas aussi facilement s'il se transformait en bonhomme de neige le premier jour sur la piste des débutants ; il ne craignait pas d'apparaître un peu *inexpérimenté* tant qu'il n'avait pas l'air totalement *stupide* ; alors il était là, et il regardait bêtement ses pieds au lieu de regarder où il allait, et il filait droit sur un vieux pin portant un trait de peinture rouge autour du tronc, il n'entendait que le bruit du vent et celui de la neige glissant sous ses skis, et tous deux avaient la même sonorité apaisante : *Chhhhhh*...

C'est la chanson qui lui revint alors en mémoire, et il s'arrêta près de la station Mobil. La chanson lui revint, et elle ne le quitta plus, martelant ses syllabes au même rythme que les pulsations de sa tête. *Tard la nuit dernière et celle d'avant, toc, toc à la porte — les Tommyknockers ! Les Tommyknockers, les esprits frappeurs...*

Gard se racla la gorge et il sentit le désagréable goût de cuivre de son propre sang. Il cracha une masse rougeâtre sur le talus qui servait visiblement de décharge. Il se souvint d'avoir demandé à sa mère qui étaient les Tommyknockers. Il ne savait plus ce qu'elle avait répondu, ni même si elle avait répondu, mais il avait toujours pensé que ce devaient être des vagabonds, des voleurs qui opéraient à la lueur de la lune, tuaient dans l'ombre, et enterraient leurs victimes au plus noir de la nuit. Et avant que le sommeil ne se décide enfin à avoir pitié de lui et à l'emporter sur ses ailes, n'avait-il pas passé dans l'obscurité de sa chambre à coucher une demi-heure interminable de torture, à se dire qu'ils n'étaient peut-être pas seulement voleurs et meurtriers, mais aussi cannibales ? Qu'au lieu d'enterrer leurs victimes au plus noir de la nuit, ils les faisaient peut-être cuire et... Bien...

Gardener serra sa poitrine de ses bras amaigris (il ne semblait pas y avoir de restaurant dans le cyclone), et frissonna.

Il traversa la route et gagna la station Mobil ornée de drapeaux mais pas encore ouverte. Il lut plusieurs pancartes : SUPER SANS PLOMB 0,99 ; DIEU BÉNISSE L'AMÉRIQUE et ON ADORE LES WINNEBAGOS ! La cabine était en dehors du bâtiment. Gardener fut soulagé de constater qu'elle était du nouveau modèle : on pouvait appeler n'importe où sans argent. Cela lui épargnait au moins la honte de passer une partie de sa dernière matinée sur Terre à mendier.

Il appuya sur le zéro, mais il dut s'arrêter. Sa main droite tremblait si violemment qu'elle s'agitait en tous sens. Il coinça le combiné entre sa tête et son épaule pour avoir les deux mains libres, attrapa son poignet droit de sa main gauche pour en contrôler les tremblements, autant que faire se pouvait. Il entreprit ensuite, concentré comme un tireur devant la cible, de viser les boutons correspondant au numéro de Bobbi avec son index, et de les presser d'un geste volontaire et horriblement lent. Une voix de robot lui dit de composer le numéro de sa carte de crédit (tâche que Gard aurait été tout à fait incapable d'accomplir, même s'il avait possédé une telle carte) ou bien d'appuyer sur le zéro pour parler à une téléphoniste. Gardener pressa le zéro.

« Bonjour, joyeuse fête, je suis Eileen, dit une voix enjouée. Puis-je savoir à qui facturer l'appel, s'il vous plaît ?

— Salut, Eileen, joyeuse fête à vous aussi, dit Gard. Je voudrais que l'appel soit facturé au destinataire, un PCV de Jim Gardener.

— Merci, Jim.

— Je vous en prie », dit-il avant d'ajouter soudain : « Non, dites-lui que c'est Gard. »

Tandis que le téléphone commençait à sonner là-bas, à Haven, Gardener se retourna et regarda le soleil levant. Encore plus rouge qu'avant, il montait comme une grosse ampoule ronde vers l'accumulation de plus en plus dense d'écailles de maquereau filant dans le ciel. La vue du soleil et des cirro-cumulus lui fit penser à un dicton météorologique et paysan : *Ciel pommelé, femme fardée, sont toujours de courte durée !* Ces délicats nuages étaient donc signe de pluie.

Ça fait beaucoup de foutu folklore pour le dernier matin d'un homme sur Terre, songea-t-il avec irritation. Puis il se dit : *Je vais te réveiller, Bobbi. Je vais te réveiller, mais je promets que je ne le referai plus jamais.*

Mais il n'y avait pas de Bobbi à réveiller. Le téléphone sonnait, c'était tout. Il sonnait... et sonnait... et sonnait.

« Le numéro ne répond pas, lui dit Eileen pour le cas où il serait sourd ou peut-être aurait oublié pendant quelques secondes ce qu'il était en train de faire et mis le combiné sous ses fesses plutôt qu'à son oreille. Est-ce que vous pouvez rappeler plus tard ? »

Ben oui, peut-être, mais il faudra que je trouve un médium et une table tournante, Eileen.

« D'accord, dit-il. Bonne journée.

— Merci, Gard ! »

Il écarta le téléphone de son oreille comme si l'écouteur l'avait mordu et le regarda. Pendant un instant, la voix d'Eileen avait tellement ressemblé à celle de Bobbi... *tellement*...

Il plaça de nouveau le combiné contre son oreille et dit : « Pourquoi est-ce que vous... » avant de se rendre compte que la joyeuse Eileen avait raccroché.

Eileen, Eileen, pas Bobbi. Mais...

Elle l'avait appelé Gard. *Bobbi était la seule qui...*

Mais avant, il avait ajouté : *Non, dites-lui que c'est Gard.*

Voilà. C'était une explication parfaitement logique.

Alors pourquoi est-ce que ça ne semblait pas suffisant ?

Il raccrocha lentement. Il resta planté là, près de la station Mobil, avec ses chaussettes mouillées, son pantalon rétréci, sa chemise qui pendait, son ombre longue, longue. Une phalange de motocyclistes passa sur l'U.S.1, en direction du Maine.

Bobbi a des ennuis.

Est-ce que tu vas arrêter, s'il te plaît ? C'est des foutaises, comme Bobbi le dirait elle-même. Qui dit que les seules fêtes qu'on va passer en famille sont Noël et le Nouvel An ? Elle est partie pour le Glorieux 4 Juillet à Utica, c'est tout.

Tu parles. C'était à peu près autant le genre de Bobbi de rentrer à Utica pour le 4 Juillet que celui de Gard de se porter candidat à un poste d'ingénieur à la nouvelle centrale nucléaire de Bay State. La chère sœur Anne célébrerait probablement le 4 Juillet en faisant sauter quelques pétards M-80 dans le cul de Bobbi.

Eh bien, on l'a peut-être invitée à présider la parade — ou à remplacer le shérif, ha ! ha ! — dans un de ces villages à vaches dont elle parle tout le temps dans ses livres. Deadwood, Abilene, Dodge City, un de ces bleds. Tu as fait ce que tu pouvais. Maintenant, termine le travail.

Son esprit ne fit aucun effort pour répliquer — ce à quoi il aurait pu faire face. Non. Son esprit se contenta de lui répéter ce qu'il disait depuis le début : *Bobbi a des ennuis.*

159

Ce n'est qu'une excuse, poule mouillée.

Il ne le pensait pas. Son intuition gagnait en consistance, se faisait certitude. Que ce soient des foutaises ou non, cette voix continuait à insister, Bobbi était dans la merde. Il pensait que tant qu'il n'en aurait pas le cœur net, il pourrait remettre ses projets personnels à plus tard. Comme il se l'était dit il n'y avait pas si longtemps, l'océan ne s'en irait pas.

« Peut-être que les Tommyknockers l'ont eue », dit-il à haute voix.

Et il rit d'un petit rire peureux et contraint. Il devenait fou, c'était sûr.

7

Gardener arrive

1

Chuchhhh...
Il regarde ses skis, de simples lattes de bois brun filant sur la neige. Il ne les avait regardés que pour s'assurer qu'ils étaient bien parallèles, qu'il n'avait pas l'air d'un clown égaré sur les pentes. Maintenant, il est presque hypnotisé par la vitesse harmonieuse de ses skis, par la neige scintillante comme du cristal qui défile en bande régulière de quinze centimètres de large entre les lattes. Il ne se rend pas compte de son état de semi-hypnose avant qu'Annmarie ne crie : « Gard, attention ! Attention ! »

C'est comme s'il s'éveillait d'un bref assoupissement, et il comprend qu'il était plongé dans une demi-transe, qu'il a regardé beaucoup trop longtemps ce ruban luisant et bruissant.

Annmarie crie : « Tourne ! Gard ! Fais du chasse-neige ! »

Elle crie à nouveau, et cette fois elle lui dit de se laisser tomber. Tomber ? Mais on peut se casser une jambe à ce petit jeu-là !

Il n'arrive toujours pas à comprendre comment les choses ont pu mal tourner aussi vite, en ces quelques secondes fulgurantes avant l'impact.

Il a, Dieu sait comment, dérivé sur la gauche de la piste. Pins et épicéas, leurs branches gris bleu lourdes de neige, filent dans un brouillard à moins de trois mètres de lui. Un rocher émergeant de la neige semble lancer un signal ; son ski gauche ne le rate que de quelques centimètres. Glacé, il comprend alors avec horreur qu'il a perdu le contrôle de ses skis, qu'il a oublié tout ce qu'Annmarie lui a appris, les manœuvres si faciles sur les pistes pour enfants.

Et maintenant il fonce à... combien ? Trente kilomètres-heure ? Quarante ? Soixante ? L'air gelé lui cisaille le visage et il voit se rapprocher la ligne des arbres qui bordent la piste de Straight Arrow. Sa trajectoire s'incurve légèrement. Légèrement, mais assez néanmoins pour devenir mortelle. Il comprend qu'il ne va pas tarder à sortir complètement de la piste, et qu'alors il s'arrêtera, et comment ! Il s'arrêtera très vite.

Elle crie à nouveau et il se dit : Elle veut que je tourne en chasse-neige ? Est-ce qu'elle a vraiment dit ça ? Je ne peux même pas *m'arrêter en chasse-neige,* bon sang, et elle veut que je *tourne* en chasse-neige ?

Il essaie de virer à droite, mais ses skis restent obstinément dans leur trace. Maintenant, il voit l'arbre qu'il va heurter, un gros vieux pin chenu. Une bande de peinture rouge ceint son tronc noueux — signal tout à fait superflu de danger.

Il essaie à nouveau de tourner mais il ne se rappelle plus comment on fait.

L'arbre grossit et semble se précipiter vers lui ; il voit des nœuds saillants, des branches basses aiguisées qui semblent pointer droit sur lui pour l'embrocher. Il voit des entailles dans l'écorce, il voit les gouttes de peinture rouge qui ont coulé.

Annmarie crie encore, et il se rend compte qu'il crie aussi. Chuchhhhh...

2

« Monsieur ? Monsieur, est-ce que ça va ? »

Gardener se redressa d'un coup, en sursaut, s'attendant à payer ce mouvement d'un élancement de douleur dans la tête. Il n'y en eut pas. Il ressentit un vertige nauséeux qui pouvait tout aussi bien être un vertige de faim, mais il avait l'esprit clair. La migraine s'était dissipée tout à coup, comme d'habitude, tandis qu'il dormait — peut-être même tandis qu'il rêvait de son accident.

« Ça va », dit-il en regardant autour de lui.

Sa tête émit à nouveau un bruit sourd, comme un tambour qui bat. Une fille en jean coupé aux genoux riait.

« En principe, on utilise des bâtons, pour skier, pas sa tête. Vous avez parlé dans votre sommeil. »

Gardener vit qu'il était dans un van, et tout se remit en place.

« J'ai parlé, vraiment ?

— Ouais. Ça ne semblait pas très drôle.

— Mon rêve n'était pas très drôle.

— Prenez-en une bouffée », dit la jeune fille en lui tendant un joint.

Elle le tenait à l'aide d'une vieille pince à l'effigie de Richard Nixon, en costume bleu, les bras levés, les doigts formant le double V dont probablement aucune des cinq autres personnes installées dans le van ne se souvenait, même pas la plus âgée.

« C'est souverain contre les mauvais rêves », ajouta la jeune fille d'un ton solennel.

C'est ce que les gens disent de l'alcool, Belle Dame. Mais parfois ils mentent. Croyez-moi. Parfois ils mentent.

Il tira une bouffée par pure politesse et sentit presque immédiatement la tête lui tourner. Il rendit le joint à la fille assise contre la porte coulissante du van en disant :

« Je préférerais quelque chose à manger.

— On a une boîte de biscuits, dit le chauffeur en la tendant. On a mangé tout le reste. Le Castor a *même* bouffé ces saloperies de pruneaux, désolé.

— Le Castor mangerait n'importe quoi », dit la fille au jean coupé.

Le jeune homme occupant le siège du passager à

l'avant du van se retourna. C'était un garçon rondouillard au visage large et agréable.

« C'est pas vrai, dit-il, c'est *pas* vrai. Je ne mangerais jamais ma mère. »

Ils en rirent tous beaucoup, y compris Gardener. Quand il le put, il dit :

« Des biscuits, ce sera bien. Vraiment. »

Et c'était vrai. Au début, il mangea lentement, avec précaution, surveillant de près son appareil digestif, guettant tout signe de rébellion. Il n'y en eut pas, et il se mit à manger de plus en plus vite, jusqu'à engloutir les biscuits à pleines poignées, son estomac grondant et gargouillant.

Quand avait-il mangé pour la dernière fois ? Il ne s'en souvenait plus. Il était perdu dans les ténèbres. Il savait par expérience qu'il ne mangeait jamais beaucoup quand il essayait de boire le monde entier — et l'essentiel de ce qu'il mangeait finissait de toute façon sur ses genoux ou le long de sa chemise. Cela lui rappela la grosse pizza grasse qu'il avait mangée — ou *tenté* de manger — ce soir de Thanksgiving, en 1980, la nuit où il avait transpercé les joues de Nora d'une balle.

— Ou vous auriez pu sectionner un nerf optique, ou les deux ! s'écria soudain dans sa tête l'avocat de Nora, furieux contre lui. *Cécité partielle ou totale ! Paralysie ! Mort ! Il aurait suffi que cette balle heurte une dent pour qu'elle ricoche dans n'importe quelle direction, n'importe laquelle ! Juste* une *dent ! Et arrêtez de nous casser les oreilles en racontant que vous n'aviez pas l'intention de la tuer. Quand vous tirez sur quelqu'un en visant la tête, qu'est-ce que vous essayez de faire ?*

La dépression revenait — grosse, noire et haute d'un kilomètre. *Tu aurais dû te tuer, Gard. Tu n'aurais pas dû attendre.*

Bobbi a des ennuis.

Peut-être bien. Mais demander de l'aide à un type comme toi, c'est comme prendre un pyromane pour régler une lampe à huile.

Tais-toi.

Tu es perdu, Gard. Cuit. Ce que le gosse là-bas sur la plage appellerait certainement un déchet.

« Monsieur, vous êtes sûr que vous allez bien ? » demanda la jeune fille.

Elle avait les cheveux roux coupés court, comme une punk, et des jambes tellement longues qu'on aurait dit qu'elles lui montaient presque jusqu'au menton.

« Ouais, est-ce que je n'ai pas l'air d'aller bien ?
— Pendant une minute, là, vous sembliez au plus mal », répondit-elle gravement.

Cela le fit sourire — non pas ce qu'elle avait dit, mais la solennité avec laquelle elle l'avait dit — et elle lui sourit en retour, soulagée.

Il regarda par la fenêtre et vit qu'ils montaient vers le nord sur l'autoroute du Maine, qui n'en était qu'à son cinquante-cinquième kilomètre. Il n'avait donc pas pu dormir bien longtemps. Les cirro-cumulus duveteux qu'il avait remarqués deux heures plus tôt dans le ciel commençaient à s'agglutiner en une chape d'un gris terne, promettant la pluie pour l'après-midi. Avant qu'il n'arrive à Haven, la nuit serait probablement tombée et il serait trempé.

Après avoir raccroché dans la cabine de la station Mobil, il avait enlevé ses chaussettes et les avait jetées dans une des poubelles. Puis, les pieds nus, il avait gagné la Route n° 1, en direction du Maine, et il s'était planté sur l'accotement, son vieux sac dans une main, le pouce de l'autre retourné et montrant le nord.

Vingt minutes plus tard, le van était arrivé — un Dodge Caravel assez récent portant des plaques du Delaware. Une paire de guitares électriques, les manches croisés comme des épées, et le nom du groupe de rock, ORCHESTRE EDDIE PARKER, décoraient ses flancs. Il s'était garé et Gardener avait couru vers lui, essoufflé, le sac cognant ses jambes, le côté gauche de la tête battant douloureusement, comme chauffé à blanc. Malgré la douleur, le slogan calligraphié avec beaucoup d'application sur les portes du van l'amusa : LE ROCK D'EDDIE, C'EST DE L'INÉDIT.

Assis par terre à l'arrière et soucieux de ne pas se retourner trop brusquement afin de ne pas réveiller le tambour endormi dans sa tête, Gardener voyait maintenant approcher la sortie d'Old Orchard. A ce moment précis, les premières gouttes de pluie s'écrasèrent sur le pare-brise.

« Écoute, dit Eddie en se garant, ça m'ennuie vraiment de te laisser comme ça. Il commence à pleuvoir et tu n'as même pas de godasses.

— Ça ne fait rien.

— Tu n'as pas l'air tellement en forme », dit doucement la fille au jean coupé.

Eddie retira sa casquette (au-dessus de la visière, on pouvait lire : NE VOUS EN PRENEZ PAS À MOI, J'AI VOTÉ POUR HOWARD LE CANARD) et dit :

« Crachez, les gars. »

Des porte-monnaie apparurent ; des pièces sortirent des poches des jeans.

« Non ! Hé, merci, mais non ! »

Gardener se sentit rougir. Ses joues brûlaient. Pas d'embarras, de honte. Il ressentit un choc violent quelque part tout au fond de son être, mais ni ses dents ni ses os ne s'entrechoquèrent. Il se dit que ce devait être son âme qui faisait une chute fatale. Tout ça *semblait* complètement mélo. Mais c'était réel. Et cette simple réalité lui parut horrible. *D'accord, se dit-il, c'est ce qu'on ressent. Toute ta vie, tu as entendu des gens parler de toucher le fond : voilà ce qu'on ressent, alors, quand on touche le fond. Nous y voilà. James Eric Gardener, qui devait être l'Ezra Pound de sa génération, accepte l'aumône d'un groupe de rock du Delaware.*

« Vraiment... non ! »

Eddie Parker continua de faire circuler le chapeau. Il y avait une poignée de pièces et quelques billets d'un dollar. Le Castor fut le dernier, et jeta deux pièces de vingt-cinq cents.

« Écoutez, dit Gardener. J'apprécie beaucoup, mais...

— Allez, le Castor, dit Eddie. Crache, radin.

— Non, mais... J'ai des amis à Portland, et je vais en

appeler quelques-uns... et je crois que j'ai peut-être laissé mon chéquier chez un type que je connais à Falmouth, dit Gardener, affolé.

— Le *Cas*-tor est ra*din* ! se mit à psalmodier gaiement la fille au jean coupé. Le *Cas*-tor est ra*din*, le *Cas-tor est radin* ! »

La fille au jean coupé et les garçons riaient à nouveau comme des fous. Avec un regard résigné destiné à Gardener, comme pour lui dire : *Tu vois un peu les crétins avec lesquels il faut que je vive ? Tu comprends ?* Le Castor tendit le chapeau à Gardener, qui dut bien le prendre : s'il ne l'avait pas fait, toutes les pièces se seraient éparpillées sur le sol du van.

« Vraiment, dit-il en tentant de rendre le chapeau au Castor, ça va très bien...

— Non, dit Eddie Parker. Tu ne vas pas bien, alors arrête tes conneries, d'accord ?

— Il ne me reste qu'à vous remercier, alors. Je ne vois rien d'autre à dire pour le moment.

— Ça ne fait pas une si grosse somme que tu doives la déclarer aux impôts, dit Eddie. Mais ça te paiera quelques hamburgers et une paire de sandales de caoutchouc. »

La fille ouvrit la porte coulissante latérale du Caravel.

« Remonte-toi, d'accord ? » dit-elle.

Et avant qu'il n'ait pu répondre, elle le serra contre elle et lui donna un baiser de sa bouche humide, amicale, à demi-ouverte, et sentant le hasch.

« Prends bien soin de toi, grand idiot.

— Je vais essayer. »

Alors qu'il allait sortir, il se retourna soudain et la serra à nouveau dans ses bras, férocement.

« Merci, merci à tous. »

Il resta au bout de la rampe ; la pluie tombait un peu plus fort maintenant. Il regarda la porte du van coulisser sur ses rails et se refermer. La fille lui fit un signe de la main. Gardener le lui rendit, la camionnette prit de la vitesse et s'intégra à la circulation. Gardener les regarda partir, la main toujours levée pour le cas où ils se retourneraient en s'éloignant. Des larmes se mêlaient à la pluie sur ses joues.

3

Il n'eut pas l'occasion de s'acheter des sandales en caoutchouc, mais il arriva à Haven avant la nuit sans même avoir à marcher pour les quinze derniers kilomètres qui le séparaient de la maison de Bobbi, comme il l'avait craint car, contrairement à ce qu'on pourrait croire, les gens, même s'ils ont pitié, ne sont guère enclins à prendre un type qui fait du stop sous la pluie : qui a envie d'une flaque humaine sur le siège du passager ?

Mais il fut pris à la sortie d'Augusta par un fermier qui ne cessa de se plaindre amèrement du gouvernement jusqu'à l'entrée de China, où il fit descendre Gard. Gard marcha trois kilomètres, faisant signe du pouce aux quelques voitures qui passaient, se demandant si ses pieds se transformaient en blocs de glace ou si c'était seulement l'effet de son imagination, puis un camion de pâte à papier s'arrêta en tintinnabulant à côté de lui.

Gardener grimpa dans la cabine aussi vite qu'il le put. Ça sentait les vieux copeaux de bois et la sueur de bûcheron, mais il y faisait chaud.

« Merci, dit-il.

— Pas de quoi, répondit le chauffeur. Je m'appelle Freeman Moss. »

Il lui tendit la main et Gardener, qui ne savait pas qu'il reverrait cet homme dans un avenir pas si lointain et dans des circonstances beaucoup moins réjouissantes, la prit et la secoua.

« Jim Gardener. Merci encore.

— Vous êtes pas brillant », plaisanta Freeman Moss.

Il fit redémarrer le camion, qui frémit le long de l'accotement, puis prit de la vitesse, non seulement en ronchonnant, se dit Gard, mais en semblant véritablement souffrir. *Tout* tremblait. Le cardan gémissait sous eux comme une vieille sorcière au coin de la cheminée. La plus vieille brosse à dents du monde, ses poils usés noirs de la graisse utilisée pour dégripper quelque mécanisme ou quelque rouage, traversa la planche de bord, passant en chemin devant un antique ventilateur orné d'une femme nue à la poitrine fort opulente. Moss poussa le levier de changement de vitesse, parvint à trouver la seconde après un temps infini passé à faire grincer les pignons, et contraignit à la force du poignet le camion de pâte à papier à regagner la route.

« Vous avez l'air à moitié noyé. J'ai une demi-Thermos de café qui me reste de mon dîner au " Drunken Donuts " d'Augusta, vous en voulez ?

Gardener le but avec gratitude. Le breuvage était fort, chaud et généreusement sucré. Gard accepta aussi une cigarette du chauffeur, aspira de profondes bouffées avec grand plaisir, bien que cela fût douloureux pour sa gorge de plus en plus irritée.

Moss le laissa juste à l'entrée de Haven à sept heures moins le quart. La pluie avait diminué et le ciel s'éclairait à l'ouest.

« Je crois que le Seigneur va laisser passer quelques rayons du couchant, dit Freeman Moss. J'aurais bien aimé pouvoir vous donner des chaussures, monsieur. D'habitude, j'en ai une vieille paire derrière le siège, mais il pleuvait tellement aujourd'hui que je n'ai pris que mes caoutchoucs.

— Merci, mais ça ira. Mon amie est à moins d'un kilomètre sur la route. »

En fait, la maison de Bobbi était encore à cinq kilomètres, mais s'il l'avait dit à Moss, rien n'aurait empêché celui-ci de l'y conduire. Gardener était fatigué, de plus en plus fiévreux, toujours trempé même après quarante-cinq minutes d'exposition à l'air chaud et sec dans la cabine du camion, mais il n'aurait pu supporter davantage de gentillesse le même jour. Dans son état d'esprit actuel, ç'aurait bien pu le rendre fou.

« Bon, alors bonne chance.

— Merci. »

Il descendit et fit adieu de la main tandis que le camion s'engageait dans une route secondaire et rentrait chez lui en cahotant.

Moss et sa pièce de musée de camion avaient disparu, et Gardener était toujours au même endroit, son sac mouillé dans une main, pieds nus, blanc comme un linge, planté dans la boue de l'accotement, regardant la borne à une soixantaine de mètres en arrière, sur la route qu'ils avaient empruntée. *Chez vous, c'est l'endroit où, quand vous devez y aller, on doit vous laisser entrer*, disait Frost. Mais Gardener ferait bien de se souvenir qu'il n'allait pas chez lui. La pire des erreurs que puisse commettre un homme est d'imaginer que la maison d'un ami est la sienne, surtout quand cet ami est une femme dont il a partagé le lit.

Non, il n'était pas chez lui, pas du tout, mais il *était* à Haven.

Il se remit à suivre la route qui menait chez Bobbi.

4

Un quart d'heure plus tard environ, quand finalement les nuages se déchirèrent à l'ouest pour laisser filtrer le soleil couchant, il se produisit un phénomène étrange : un éclat de musique, clair et bref, traversa la tête de Gardener.

Il s'était arrêté, et regardait la lumière qui arrosait des kilomètres de bois et de champs vallonnés à l'ouest, le soleil dardant ses rayons comme dans une épopée biblique de Cecil B. De Mille. A cet endroit, la Route n° 9 commençait à monter et la vue s'étendait loin sur un paysage splendide et solennel, dans la belle lumière claire du soir, quelque peu anglaise et pastorale. La pluie avait donné au paysage un aspect lisse et propre, approfondissant les couleurs, semblant souligner les contours des objets. Gardener fut soudain très content de ne pas s'être suicidé, non pas à la façon cucu la praline d'Art Linkletter, mais parce qu'il lui avait été donné de vivre ce moment de beauté et de perception radieuse. Il restait là, maintenant presque à bout d'énergie, fiévreux et malade, et il ressentait un émerveillement enfantin.

Tout était calme et silencieux dans ces derniers rayons du soir. Il ne voyait aucun signe d'industrie ou de technologie. D'humanité, oui : une vaste grange rouge accotée à une ferme blanche, des cabanes, une ou deux carrioles, mais c'était tout.

La lumière. C'était la lumière qui le frappait avec force.

Sa douce clarté, si ancienne et si profonde, les rayons de soleil pénétrant presque horizontalement à travers les nuages qui s'effilochaient comme cette longue journée perturbante et épuisante qui touchait à sa fin. Cette ancienne lumière semblait nier le temps lui-même, et Gardener s'attendait presque à entendre un chasseur sonner le débucher dans son cor. Il entendrait des chiens, et des galops de chevaux, et...

... et c'est à ce moment que la musique, tonitruante et moderne, lui traversa la tête, éparpillant ses pensées. Ses mains se portèrent à ses tempes en un geste de surprise. Cela dura au moins cinq secondes, peut-être dix, et il identifia parfaitement ce qu'il entendait : c'était Dr Hook chantant « Baby makes her blue jeans talk. »

La chanson n'était pas très sonore, mais assez claire, comme s'il écoutait un petit poste à transistors, du genre de ceux que les gens emportaient sur la plage avant que les groupes punk-rock, les baladeurs et les radio-cassettes n'aient déferlé sur le monde. Mais cette chanson ne se déversait pas dans ses oreilles ; elle venait du devant de sa tête... de l'endroit où les médecins avaient bouché le trou de son crâne avec une plaque de métal.

> *Reine de tous les oiseaux de nuit,*
> *Joueuse de l'obscurité,*
> *Elle ne dit rien*
> *Mais elle fait parler son blue-jean.*

Le volume sonore était presque insupportable. Une fois déjà, il lui était arrivé d'entendre de la musique dans sa tête, après qu'il eut planté ses doigts dans une douille électrique — était-il soûl, à l'époque ? Voyons, est-ce qu'un chien pisse sur une bouche d'incendie ?

Il avait découvert que ces visites musicales n'étaient ni hallucinatoires ni tellement rares : des gens avaient capté des émissions de radio sur les flamants roses en tôle décorant leurs pelouses, sur les plombages de leurs dents, sur les branches métalliques de leurs lunettes. Pendant une semaine et demie, en 1957, une famille de Charlotte, en Caroline du Nord, avait reçu les émissions d'une radio de musique classique de Floride. Ils l'entendirent tout d'abord venant du verre à dents de la salle de bains. Bientôt, d'autres verres de la maison se mirent à diffuser le même programme. Avant que ça ne se termine, toute la maison résonnait du son angoissant de verres retransmettant du Bach et du Beethoven, la musique ne s'interrompant que pour l'annonce périodique de l'heure. Finalement, alors qu'une douzaine de violons tenaient une longue note très haute, presque tous les verres de la maison avaient éclaté, et le phénomène avait cessé.

Gardener avait ainsi appris qu'il n'était pas le seul, et qu'il n'était donc pas en train de devenir fou. Mais il n'en était pas plus à l'aise pour autant : jamais cela n'avait été aussi fort après l'incident de la douille électrique.

La chanson de Dr Hook s'évanouit aussi vite qu'elle était venue, et Gardener resta tendu, prêt à ce qu'elle recommence. Mais ce fut tout. En revanche, ce qui revint, et plus forte, et plus insistante qu'avant, ce fut la voix qui l'avait fait se mettre en route en lui répétant : *Bobbi a des ennuis !*

Il cessa de contempler l'ouest, se détourna, et reprit son chemin sur la Route n° 9. Bien qu'il fût fiévreux et très fatigué, il marchait vite. En fait, il ne tarda pas à presque courir.

5

Il était sept heures et demie quand Gardener arriva enfin chez Bobbi — à la propriété que les gens du cru appelaient encore, après tant d'années, « Chez le vieux Garrick ». Gardener arriva en haut de la route titubant, soufflant, son visage ayant pris une couleur rouge malsaine. Il passa devant la boîte aux lettres de campagne dont Bobbi et Joe Paulson, le facteur, laissaient l'abattant légèrement entrebâillé pour que Peter l'ouvre plus facilement avec sa patte. Il emprunta le chemin où était garé le pick-up bleu de Bobbi. Le plateau du pick-up avait été recouvert d'une bâche pour protéger de la pluie ce qu'il transportait. Une lumière brillait à la fenêtre est de la maison, celle près de laquelle Bobbi s'installait pour lire dans son fauteuil à bascule.

Tout avait l'*air* d'aller bien ; pas une seule fausse note. Cinq ans plus tôt — trois ans plus tôt, même — Peter aurait aboyé à l'arrivée d'un étranger, mais Peter s'était fait vieux. Comme eux tous.

De l'extérieur, la maison de Bobbi lui paraissait aussi délicieusement calme et pastorale que la vue de l'ouest à la sortie de la ville ; elle représentait tout ce que Gardener aurait voulu avoir. La paix, ou peut-être seulement le sentiment d'être chez soi. Il est certain qu'il ne remarquait rien de bizarre depuis la boîte aux lettres. La maison avait l'air, de façon presque palpable, d'appartenir à une personne contente d'elle. Pas vraiment inerte, ni en retrait, ni éloignée des affaires du monde, mais... se balançant calmement. C'était la maison d'une femme sage et plutôt heureuse. Elle n'avait pas été construite dans la zone du cyclone.

Malgré tout, il y avait quelque chose qui n'allait pas.

Il restait là, l'étranger, dehors, dans la nuit,

(*mais je ne suis pas un étranger, je suis un ami, son ami, l'ami de Bobbi... non ?*)

et une impulsion soudaine et effrayante naquit en lui : partir. Pivoter sur un de ses talons nus et décamper.

Parce que soudain il douta d'avoir vraiment envie de savoir ce qui se passait dans la maison, dans quels ennuis Bobbi s'était empêtrée.

(*Les Tommyknockers, Gard, c'est ça les ennuis, des Tommyknockers.*)

Il frissonna.

(*Tard la nuit dernière et celle d'avant, toc toc à la porte de Bobbi! Les Tommyknockers, les Tommyknockers, les esprits frappeurs; et Gard n'ose pas*)

Arrête

(*parce qu'il a trop peur du Tommyknocker.*)

Il se lécha les lèvres, tentant de se dire que ce n'était que la fièvre qui les rendait si sèches.

Fiche le camp, Gard! Du sang sur la lune!

La peur s'enracinait maintenant très profondément, et si cela avait été pour n'importe qui d'autre que Bobbi — n'importe qui d'autre que sa dernière véritable amie —, il se serait bel et bien taillé. La ferme semblait rustique et agréable, la lumière que répandait la fenêtre ouvrant à l'est lui donnait un petit air d'intimité douillette, et tout paraissait aller bien... mais les murs de bois et le verre des fenêtres, les pierres du chemin et l'air même qui se pressait contre le visage de Gard... tout lui hurlait de partir, de s'enfuir, que dans cette maison ça allait mal, c'était dangereux, peut-être même maléfique.

(*Tommyknockers*)

Mais quoi qu'il y eût dans la maison, il y avait aussi Bobbi. Il n'avait pas fait tout ce chemin, presque constamment sous une pluie battante, pour tourner le dos et s'enfuir à la dernière seconde. Alors, malgré sa peur, il quitta la boîte aux lettres et remonta le chemin, lentement, grimaçant au contact des graviers anguleux qui blessaient la tendre plante de ses pieds.

C'est alors que la porte d'entrée s'ouvrit brutalement, projetant son cœur dans sa gorge. Il ne put que penser : *C'est l'un d'eux, un des Tommyknockers, il va foncer sur moi, m'attraper et me manger!* Il fut à peine capable d'étouffer un cri.

La silhouette à la porte était mince, beaucoup trop mince, se dit-il pour être celle de Bobbi Anderson, qui n'avait jamais été grasse mais tout de même solidement bâtie et agréablement ronde partout où il le fallait. Mais la voix, bien qu'aiguë et tremblante, était sans nul doute possible celle de Bobbi... Et Gardener se détendit un peu, parce que Bobbi avait l'air encore plus terrifié que lui, debout près de la boîte aux lettres et regardant la maison.

« Qui est là ? Qui est-ce ?
— C'est Gard, Bobbi. »

Il y eut un long silence. Puis des pas sous le porche. Puis, de nouveau, la voix méfiante de Bobbi :

« Gard ? C'est vraiment toi ?
— Ouais. »

Il s'approcha en souffrant sur les durs graviers acérés du chemin, jusqu'à la pelouse. Alors il posa la question pour laquelle il avait parcouru tout ce chemin et différé son suicide :

« Bobbi, est-ce que tu vas bien ?
— Je vais bien », dit Bobbi comme si elle avait toujours été aussi terriblement maigre, comme si elle avait toujours accueilli les nouveaux venus dans sa cour avec une voix suraiguë et terrorisée.

La voix de Bobbi ne tremblait plus, mais Gardener ne pouvait toujours pas la distinguer clairement : le soleil était depuis longtemps descendu derrière les arbres, épaississant les ombres. Il se demanda où était Peter.

Bobbi descendit les marches du porche et sortit de l'ombre du toit. Gardener put la voir vraiment dans la lumière blafarde de la nuit. Il fut frappé d'horreur et de stupéfaction.

Bobbi venait vers lui, souriante, visiblement ravie de le voir. Son jean flottait et claquait sur ses jambes, et sa chemise n'était pas plus ajustée ; son visage était décharné, les yeux profondément enfoncés dans les orbites, le front pâle et comme trop large, la peau tendue et luisante. Les cheveux défaits de Bobbi lui tombaient sur la nuque et les épaules comme des algues rejetées sur une plage. Sa chemise était mal boutonnée et la braguette de son jean ouverte aux trois quarts. Elle sentait la crasse, la sueur et... enfin, comme si elle avait eu un accident dans son pantalon et avait oublié de se changer.

Une image traversa soudain l'esprit de Gardener : une photo de Karen Carpenter prise peu avant sa mort, prétendument consécutive à une anorexie mentale. Il lui avait semblé voir l'image d'une femme déjà morte mais pourtant en vie, d'une femme souriant de toutes ses dents, mais dont les yeux fiévreux criaient. Maintenant, Bobbi ressemblait exactement à ça.

Elle n'avait pas dû maigrir de plus de dix kilos — elle ne pouvait se permettre davantage si elle voulait rester debout — mais Gard ne pouvait s'empêcher de penser qu'elle avait dû en perdre une quinzaine.

Elle semblait au dernier degré de l'épuisement. Ses yeux, comme ceux de cette pauvre femme perdue sur la couverture du magazine, étaient immenses et brillants, son sourire celui, énorme et vide d'intention, d'un boxeur qui va tomber KO, juste avant que ses genoux ne ploient.

« Très bien ! » répéta ce squelette titubant, tâtonnant et sale.

Comme elle s'était approchée, Gardener put à nouveau entendre le tremblement de sa voix. Il n'était pas dû à la peur, comme il l'avait pensé, mais à l'épuisement.

« J'ai cru que tu m'avais abandonnée ! Ça fait plaisir de te voir, vieux !

— Bobbi... Bobbi. Seigneur, qu'est-ce... »

Bobbi tendait une main pour que Gardener la prenne. Elle tremblait comme une feuille dans l'air, et Gardener vit combien le bras de Bobbi était devenu incroyablement mince, effrayant.

« Il se passe beaucoup de choses, dit la voix rauque et tremblante de Bobbi. J'ai abattu beaucoup de boulot, et il en reste encore beaucoup plus à faire, mais je touche au but, bientôt, attends de voir...

— Bobbi, qu'cst-ce...
— Ça va, ça va bien », répéta Bobbi.

Et elle tomba en avant, à demi consciente seulement, dans les bras de Gardener. Elle tenta de dire autre chose mais il ne sortit de sa bouche qu'un gargouillis inarticulé et un peu de salive. Sa poitrine, toute petite, reposait comme une galette plate sur l'avant-bras de Gardener.

Il souleva Bobbi et fut frappé de la trouver si légère. Oui, c'était bien quinze, *au moins* quinze kilos qu'elle avait perdus. Incroyable, mais malheureusement indéniable. Il eut soudain le sentiment de découvrir une réalité aussi choquante que pitoyable : *Ce n'est pas Bobbi. C'est moi. Moi à la fin d'une cuite.*

Il se hâta de porter Bobbi en haut des marches puis dans la maison.

8

Modifications

1

Il déposa Bobbi sur le divan et courut au téléphone. Il prit le combiné, prêt à composer le 0 pour que l'opératrice lui indique le numéro du service de secours le plus proche. Il fallait que l'on conduise Bobbi à l'hôpital de Derry, et tout de suite. Gardener se disait qu'elle avait craqué nerveusement — bien qu'en vérité il fût si fatigué et si perturbé qu'il ne savait plus que penser. Une sorte d'accès de dépression. Bobbi Anderson lui paraissait la dernière personne au monde qui aurait pu craquer ainsi, mais apparemment c'était arrivé.

Allongée sur le divan, Bobbi dit quelque chose, que Gardener ne comprit pas : la voix de Bobbi n'était guère plus qu'un râle.

« Quoi, Bobbi ?
— N'appelle personne. »

Elle avait réussi à parler un peu plus haut, cette fois, mais cet effort semblait l'avoir épuisée. Ses joues étaient rouges et le reste de son visage cireux, ses yeux fiévreux aussi brillants que des pierres précieuses bleues — des diamants, ou des saphirs, peut-être.

« N'appelle *personne*..., Gard. »

Elle retomba sur le divan, respirant très vite. Gardener raccrocha et s'approcha d'elle, inquiet. Il lui fallait un médecin, c'était évident, et Gardener voulait en faire venir un, mais calmer son agitation semblait pour l'instant le plus important.

« Je suis avec toi, et je resterai, dit-il en prenant sa main, si c'est ce qui t'inquiète. Dieu sait combien de fois tu es restée avec moi quand... »

Mais Bobbi secouait la tête avec une véhémence croissante.

« J'ai seulement besoin de dormir, murmura-t-elle. De dormir, et de manger demain matin. Surtout dormir. Je n'ai pas... depuis trois jours. Peut-être quatre. »

Gardener la regarda, à nouveau horrifié. Il rapprocha ce que Bobbi venait de dire et l'état dans lequel il la trouvait.

« Quelle saloperie est-ce que tu as avalée ? — *et pourquoi ?* ajouta son esprit. Des Bennies ? Des Reds ? »

Il songea à la cocaïne mais écarta cette hypothèse. Bobbi pouvait indubitablement s'en offrir si elle le voulait, mais il ne pensait pas que, même à fortes doses, la coke suffise à tenir une femme ou un homme éveillé pendant trois ou quatre jours et à le faire fondre de quinze kilos en... — Gardener calcula depuis combien de temps il n'avait pas vu Bobbi — en trois semaines.

« Pas de drogue, dit Bobbi, pas de médicaments. »

Ses yeux roulèrent et scintillèrent, elle ne put empêcher la salive de couler des coins de sa bouche et la lécha. Pendant un instant, Gardener lut sur le visage de Bobbi une expression qu'il n'aimait pas, une expression qui l'effraya un peu. C'était une expression d'*Anne*. Vieille et forte. Puis les yeux de Bobbi se refermèrent, et Gard vit la délicate couleur pourpre de l'épuisement total teignant les paupières. Quand elle rouvrit les yeux, elle était redevenue Bobbi... et Bobbi avait besoin d'aide.

« Je vais appeler une ambulance, dit Gardener en se levant à nouveau. Tu n'as vraiment pas l'air bien, B... »

La main menue de Bobbi se tendit et saisit le poignet de Gardener alors que celui-ci se tournait à nouveau vers le téléphone. Elle le retint avec une force surprenante. Il la regarda et, bien qu'elle parût terriblement épuisée et presque perdue, dans un état désespéré, l'éclat de la fièvre avait quitté ses yeux. Maintenant son regard était droit, clair, et elle semblait en parfaite possession de ses moyens.

« Si tu appelles qui que ce soit, dit-elle d'une voix encore un peu tremblante mais presque normale, nous ne serons plus amis, Gard. Je parle sérieusement. Appelle une ambulance, ou l'hôpital de Derry, ou même le vieux Dr Warwick en ville, et c'est fini pour nous. Tu ne remettras plus jamais les pieds chez moi. Ma porte te sera fermée. »

Gardener regarda Bobbi avec un sentiment croissant de stupéfaction et d'horreur. S'il avait pu se persuader, à ce moment, que Bobbi délirait, il l'aurait admis avec soulagement... mais elle ne délirait pas.

« Bobbi, tu... »

ne sais pas ce que tu dis ! Mais elle le savait très bien, et c'était le plus horrible. Elle menaçait de mettre fin à leur amitié si Gardener ne faisait pas ce qu'elle voulait, utilisant, pour la première fois depuis qu'il la connaissait, leur amitié comme une arme. Et les yeux de Bobbi Anderson exprimaient autre chose encore : elle savait que son amitié était peut-être la dernière chose sur Terre qui eût de l'importance pour Gardener.

Est-ce que ça changerait quelque chose, si je te disais combien tu ressembles à ta sœur, Bobbi ?

Non. Il lisait sur son visage que rien ne pourrait rien changer.

« ... ne te rends pas compte à quel point tu as l'air d'aller mal, termina-t-il maladroitement.

— C'est vrai, avoua-t-elle en esquissant un pâle sourire. Mais j'en ai pourtant une vague idée, crois-moi. Ton visage... vaut tous les miroirs. Mais Gard... je n'ai besoin que de sommeil. De sommeil et... »

Ses yeux se refermèrent, et elle dut visiblement s'imposer un effort pour les rouvrir.

« ... d'un petit déjeuner. Dormir et déjeuner.

— Bobbi, tu as besoin de davantage.

— Non, dit-elle en resserrant son étreinte sur le

poignet de Gardener. J'ai besoin de *toi*. Je t'ai appelé. Et tu as entendu, n'est-ce pas ?

— Oui, dit Gardener mal à l'aise. Je crois que je t'ai entendue.

— Gard... »

La voix de Bobbi s'éteignit. Gard attendit, l'esprit en plein désarroi. Bobbi avait besoin des soins d'un médecin... mais ce qu'elle avait dit de la fin de leur amitié si Gardener appelait qui que ce soit...

Le doux baiser qu'elle déposa au milieu de sa paume sale le surprit. Il la regarda, stupéfait, et plongea dans ses yeux immenses. Tout signe de fièvre les avait quittés. Il n'y lut qu'une supplication.

« Attends jusqu'à demain, dit-elle. Si je ne vais pas mieux demain... mille fois mieux... je verrai un médecin. D'accord ?

— Bobbi...

— D'accord ? »

Sa main se resserra, exigeant que Gardener acquiesce.

« Eh bien... je crois...

— Promets-le-moi !

— Je te le promets. »

Peut-être, ajouta mentalement Gardener. *Sauf si tu ne t'endors pas et que tu te mets à respirer d'une drôle de façon, si je viens te voir vers minuit et que je constate que tes lèvres ont l'air pleines de jus de mûres, si tu as une crise.*

C'était idiot. Dangereux, lâche... mais surtout idiot. Il était ressorti du grand cyclone noir convaincu que la meilleure façon de mettre fin à toutes ses misères et de s'assurer qu'il ne ferait plus de mal aux autres était de mettre fin à ses jours. Il l'avait voulu ; il savait que c'était le bon moyen. Il avait été sur le point de sauter dans l'eau froide. Et cette conviction que Bobbi avait des ennuis

(Je t'ai appelé et tu as entendu, n'est-ce pas ?)

s'était imposée à lui, et elle demeurait. Il lui semblait entendre la voix au débit précipité de l'animateur Allen Ludden : *Et maintenant, mesdames et messieurs, voici notre question quitte ou double. Dix points si vous pouvez me dire pourquoi Jim Gardener s'inquiète que Bobbi Anderson le menace de mettre fin à leur amitié, alors que Gardener lui-même a l'intention d'y mettre fin en se suicidant ? Quoi ? Personne ? Eh bien, je vais vous surprendre ! Je n'en sais rien non plus !*

« D'accord, disait Bobbi. D'accord. Formidable. »

Son agitation proche de la terreur se dissipa, sa respiration haletante se ralentit, et la rougeur de ses joues s'estompa. La promesse avait au moins eu cet effet bénéfique.

« Dors, Bobbi. »

Il resterait assis près d'elle et guetterait tout changement. Il était fatigué, mais il pouvait boire du café (et peut-être avaler un ou deux des trucs que Bobbi avait pris, s'il les trouvait). Il devait bien une nuit de veille à Bobbi. Elle l'avait veillé bien des fois.

« Dors, maintenant », dit-il en libérant son poignet de la main de Bobbi.

Les yeux de Bobbi se fermèrent, puis se rouvrirent lentement une dernière fois. Elle sourit, d'un sourire si doux qu'il se sentit à nouveau amoureux d'elle. Elle avait cette emprise sur lui.

« Comme au bon vieux temps..., Gard.
— Oui, Bobbi. Comme au bon vieux temps.
— ... t'aime...
— Je t'aime aussi. Dors. »

Sa respiration se fit plus profonde. Gard resta assis près d'elle trois minutes, cinq minutes, regardant ce sourire de madone, de plus en plus convaincu qu'elle dormait. Mais très lentement, péniblement, les yeux de Bobbi s'ouvrirent à nouveau.

« *Fabuleux*, murmura-t-elle.
— Quoi ? demanda Gardener en se penchant vers elle car il n'était pas sûr d'avoir compris.
— Ce que *c'est*... ce que ça peut *faire*... ce que ça *fera*... »

Elle parle en dormant, se dit Gard, mais il frissonna à nouveau. L'expression de force était revenue sur le visage de Bobbi. Non pas sur son visage, mais *dans* son visage, comme une puissance s'accroissant sous sa peau.

« C'est toi qui aurais dû le trouver... Je crois qu'il est pour toi, Gard...

— Quoi ?

— Regarde autour de toi, dit Bobbi d'une voix de plus en plus faible. Tu verras. Nous finirons de le déterrer ensemble. Tu verras, ça résout les... problèmes... tous les problèmes... »

Gardener devait maintenant coller son oreille à la bouche de Bobbi pour l'entendre.

« De quoi parles-tu, Bobbi ?

— Regarde autour de toi », répéta Bobbi.

Et les derniers sons semblèrent s'étirer tout en devenant plus graves, pour se transformer en ronflement. Elle dormait.

2

Gardener faillit téléphoner. Il n'en fut pas loin. Il se leva, mais à mi-chemin, il tourna et se dirigea vers le fauteuil à bascule de Bobbi. Il se dit qu'il allait d'abord la surveiller un peu et essayer de comprendre ce que tout cela pouvait bien signifier.

Il avala sa salive et grimaça de douleur. Il avait mal à la gorge, et il soupçonnait que sa fièvre ne se contentait pas d'un seul petit degré. Il se sentait plus que mal, il se sentait *irréel*.

Fabuleux... ce que c'est... Ce que ça peut faire...

Il allait s'asseoir un moment et réfléchir. Après, il se ferait du café fort et le sucrerait avec six aspirines. Ça calmerait les douleurs et la fièvre, du moins temporairement. Et ça pourrait aussi le réveiller.

... ce que ça fera...

Gard ferma les yeux, se laissant somnoler. Rien à redire à une petite sieste, mais pas trop longue. Il n'avait jamais pu dormir assis. Et Peter pourrait arriver n'importe quand, il verrait son vieil ami Gard, lui sauterait sur les genoux et lui piétinerait les couilles. *Comme toujours*. Quand il s'agissait de sauter pour rejoindre Gard dans son fauteuil, Peter ne ratait jamais les couilles. Tu parles d'un réveil, si tu dormais. Cinq minutes, c'est tout. Un petit somme. Ça ne fait de mal à personne.

C'est toi qui aurais dû le trouver. Je crois qu'il est pour toi, Gard...

Il dériva, et sa somnolence l'entraîna rapidement dans un sommeil si profond qu'il était proche du coma.

3

Chuchhhh...

Il regarde ses skis, simples lattes de bois brun glissant sur la neige, hypnotisé par leur vitesse harmonieuse. Il ne se rend pas compte qu'il est dans un état proche de l'hypnose avant qu'une voix sur sa gauche ne dise : « Il y a une chose que vous autres, petits cons, vous oubliez toujours dans vos foutues réunions communistes contre le nucléaire : en trente ans de développement de l'énergie nucléaire pacifique, nous n'avons jamais été pris. »

Ted porte un sweater orné de rennes et des jeans délavés. Il skie vite et bien. Gardener, en revanche, a perdu le contrôle de ses skis.

« *Tu vas te planter* », *dit une voix sur sa droite. Il regarde et c'est Arglebargle. Arglebargle a commencé de pourrir. Sa grosse face, gonflée d'alcool à la réunion de l'autre soir, est maintenant du jaune grisâtre que prennent les vieux rideaux pendus à des fenêtres sales. Sa chair, bouffie et fendillée, commence à dégouliner. Arglebargle voit que Gard est horrifié et terrorisé. Ses lèvres grises ébauchent un sourire.*

« *C'est vrai, dit-il. Je suis mort. J'ai vraiment eu une crise cardiaque. Pas une indigestion, pas un coup de semonce de ma vésicule biliaire. Je me suis effondré cinq minutes après ton départ. Ils ont appelé une ambulance et le gosse que j'avais engagé pour s'occuper du bar a fait* redémarrer mon cœur, mais je suis mort pour de bon dans l'ambulance. »

Le sourire s'agrandit ; il devient aussi lunaire que le sourire d'une truite crevée rejetée sur la berge déserte d'un lac empoisonné.

« Je suis mort à un feu rouge sur Storrow Drive, dit Arglebargle.

— Non », murmure Gardener.

C'est ce qu'il a toujours craint. L'acte définitif et irrévocable de l'ivrogne.

« Si », insiste le mort tandis qu'ils dévalent la pente, se rapprochant des arbres.

« Je t'ai invité chez moi, je t'ai donné à manger et à boire, et tu m'as remercié en me tuant dans une bagarre d'ivrognes.

— S'il vous plaît... Je...

— Tu quoi ? Tu quoi ? » entend-il à nouveau sur sa gauche.

Les rennes ont disparu du sweater de Ted. Ils ont été remplacés par les symboles jaunes signalant le danger d'irradiation. « Tu, tu, tu ! rien du tout ! Et d'où croyez-vous que vienne cette énergie, bande de briseurs de machines, luddistes arriérés ?

— Tu m'as tué, gronde Arberg sur sa droite, mais tu vas payer. Tu vas t'écraser, Gardener.

— Vous croyez qu'elle est produite par le Magicien d'Oz ? s'écrie Ted. Des crevasses de larmes apparaissent sur son visage. Ses lèvres se boursouflent, pèlent, craquent, commencent à suppurer. Un de ses yeux se voile de la taie laiteuse d'une cataracte. Gardener comprend avec une horreur croissante qu'il regarde un visage présentant tous les symptômes d'une maladie due à l'irradiation, et en phase terminale.

Sur le sweater de Ted, les symboles signalant les radiations virent au noir.

« Je parie que tu vas t'écraser, continue Arglebargle. T'écraser. »

Maintenant, Jim pleure de terreur, comme il a pleuré après avoir tiré sur sa femme, entendant l'incroyable écho *du pistolet qu'il tient dans sa main, la voyant reculer en titubant contre le plan de travail de la cuisine, une main sur sa joue, comme une femme s'écriant, horrifiée : « Mon Dieu ! JAMAIS je ne ferai ça ! » Et ensuite, tandis que le sang filtrait à travers les doigts de Nora, il avait pensé, dans un dernier effort désespéré pour tout nier : c'est du ketchup, détends-toi, c'est seulement du ketchup. Et il s'était mis à pleurer comme il pleure maintenant.*

« Quant à vous, les gars, votre responsabilité s'arrête au mur où vous branchez vos appareils à la prise. »

Le pus dégouline sur le visage de Ted. Ses cheveux sont tombés, sauf quelques touffes mal accrochées sur son crâne. Sa bouche s'ouvre en un sourire aussi lunaire que celui d'Arberg. Maintenant, aux limites de la terreur, Gardener se rend compte qu'il a perdu le contrôle de ses skis sur Straight Arrow et qu'il est flanqué de deux morts.

« *Mais vous ne nous arrêterez pas, vous savez. Personne ne nous arrêtera. On a perdu le contrôle du réacteur, vous comprenez. Ça dure depuis... oh, environ 1939, je crois. Nous avons atteint la masse critique vers 1965. Nous ne le contrôlons plus. L'explosion ne tardera pas.*

— *Non... non...*

— *Tu t'es élevé très haut, mais plus dure sera la chute, ronronne Arberg. Tuer son hôte est le pire des meurtres. Tu vas t'écraser... t'écraser... t'écraser !* »

Comme c'est vrai ! Il essaie de tourner, mais ses skis restent opiniâtrement dans leurs traces rectilignes. Maintenant il voit le vieux pin chenu. Arglebargle et Ted, l'Homme de l'Énergie, sont partis et Jim se dit : Est-ce que c'étaient des Tommyknockers, Bobbi ?

Il peut distinguer un anneau de peinture rouge sur le tronc noueux du pin... qui peu à peu s'écaille et se fend. Tandis qu'il glisse, impuissant, vers l'arbre, il voit que le pin est vivant, qu'il s'est ouvert pour l'engloutir. Les mâchoires de l'arbre grandissent et s'écartent, et il semble courir vers Jim, tandis qu'il lui pousse des tentacules, et qu'un horrible trou noir de pourriture s'ouvre en son centre, cerné de peinture rouge comme le rouge à lèvres d'une triste putain, et Jim entend des vents sinistres hurler dans cette bouche noire et tordue et

4

il ne se réveille pas, même s'il semble qu'il se soit éveillé — tout le monde sait que même les rêves les plus extraordinaires semblent *réels, qu'ils peuvent même avoir leur propre fausse logique, mais ils ne sont* pas *réels, ils ne peuvent l'être. Il s'est contenté de remplacer un rêve par un autre. Ça arrive tout le temps.*

Dans son rêve, il a rêvé de son vieil accident de ski — pour la seconde fois aujourd'hui, incroyable, non ? Mais cette fois, l'arbre qu'il a percuté, celui qui a failli le tuer, a une bouche pourrie, comme un nœud tordu. Il se réveille d'un coup et se retrouve dans le fauteuil à bascule de Bobbi, trop soulagé par son réveil pour s'inquiéter de ses courbatures, et de sa gorge qui lui fait maintenant tellement mal qu'on la croirait garnie de fil de fer barbelé.

Il se dit : Je vais me lever et me préparer une dose de café à l'aspirine. Est-ce que je ne l'avais pas prévu ? Il commence à se lever, et c'est alors que Bobbi ouvre les yeux. C'est aussi à ce moment qu'il comprend qu'il rêve, obligatoirement, parce que des rayons de lumière verte sortent des yeux de Bobbi — comme sur ces images où l'on voit le regard aux rayons X de Superman, dans les bandes dessinées, des rayons d'un vert pâle acide. Mais la lumière qui sort des yeux de Bobbi rappelle les marécages, et elle est effrayante... elle a quelque chose de pourri, comme les feux follets sur l'eau stagnante par une nuit trop chaude.

Bobbi s'assied lentement et regarde autour d'elle... Regarde Gardener. Il essaie de lui dire non... S'il te plaît, ne projette pas cette lumière sur moi.

Aucun mot ne sort de la bouche de Gardener, et quand la lumière l'éclaire, il voit qu'elle provient bien des yeux de Bobbi : à la source, c'est aussi vert qu'une émeraude, aussi lumineux qu'un soleil. Il ne peut regarder plus longtemps.

Il doit se protéger les yeux. Il essaie de soulever un bras pour se cacher le visage, mais il n'y arrive pas, son bras est trop lourd. Ça va te brûler, *se dit-il*, ça va te brûler, et quand, dans quelques jours, les premières plaies apparaîtront, tu te diras que ce sont des boutons, parce que c'est à ça que ressemblent les effets d'une irradiation, au début, comme quelques petits boutons, mais *ces* boutons-là ne guérissent jamais, ils ne font qu'empirer... empirer...

Il entend la voix d'Arberg, un écho désincarné du rêve précédent, et maintenant Arberg semble ronronner de triomphe : « Je *savais que tu allais t'écraser, Gardener !* »

La lumière le touche... le balaye. Même s'il serre les paupières, l'obscurité est illuminée de vert comme le cadran phosphorescent d'une montre. Mais on n'a pas vraiment mal dans les rêves, et il n'a pas mal. La lumineuse lumière verte n'est ni chaude ni froide. Elle n'est rien. Sauf...

Sa gorge.

Sa gorge ne lui fait plus mal.

Et il entend ceci, aussi clair qu'indiscutable : « ... pour cent de moins ! Il se pourrait bien que l'on ne revoie plus jamais de telles réductions ! TOUT LE MONDE peut obtenir un crédit ! Nous avons des balancelles ! des matelas à eau ! des salons... »

La plaque dans son crâne parle à nouveau. La voix radiophonique est repartie presque avant même qu'il ne se soit aperçu qu'elle parlait.

Comme sa gorge.

Et cette lumière verte est partie aussi.

Gardener ouvre les yeux... avec précaution.

Bobbi est allongée sur le divan, les yeux fermés, profondément endormie... comme avant. Qu'est-ce que c'est que cette histoire de rayons qui lui sortent des yeux ? Seigneur !

Il se rassied dans le fauteuil à bascule. Il avale sa salive. Aucune douleur. Sa fièvre est aussi tombée très nettement.

Café et aspirine, *se dit-il. Tu allais te lever pour prendre du café et de l'aspirine, tu te souviens ?*

Bien sûr, *se dit-il en s'installant plus confortablement*

dans le fauteuil à bascule et en fermant les yeux. Mais dans un rêve il n'y a pas moyen d'obtenir de café ni d'aspirine. Je m'en occuperai dès que je me réveillerai.

Gard, tu es réveillé...

Non, bien sûr, cela ne pouvait être vrai. Dans le monde de la veille, les gens ne projettent pas de rayons verts avec leurs yeux, des rayons qui font baisser la fièvre et guérissent les maux de gorge. Dans les rêves, si, dans la réalité, non.

Il croise les bras sur sa poitrine et dérive. Et — endormi ou éveillé — il n'a plus conscience de rien pendant tout le reste de la nuit.

5

Quand Gardener s'éveilla, la lumière du jour baignait son visage à travers la grande baie vitrée. Son dos lui faisait un mal de chien, et quand il se leva, son cou produisit un horrible craquement arthritique qui le fit grimacer. Il était neuf heures moins le quart.

Il regarda Bobbi et ressentit un instant une telle peur qu'il en suffoqua : il fut certain que Bobbi était morte. Puis il vit qu'elle était seulement endormie, si profondément, sans aucun mouvement, qu'elle donnait l'impression d'être morte. C'était une erreur que n'importe qui aurait pu commettre. La poitrine de Bobbi se soulevait en mouvements lents et réguliers, mais les pauses entre deux inspirations étaient assez longues. Gardener chronométra et constata qu'elle ne respirait pas plus de six fois par minute.

Pourtant, elle semblait aller mieux, ce matin ; elle n'avait pas l'air en pleine forme, mais mieux que l'épouvantail hagard qui était sorti à sa rencontre la veille.

Je doute d'être beaucoup plus présentable, se dit-il, et il gagna la salle de bains pour se raser.

Le visage qui le regardait depuis le miroir n'était pas aussi affreux qu'il l'avait craint, mais il fut contrarié de remarquer que son nez avait encore saigné dans la nuit ;

pas beaucoup, mais assez pour avoir taché presque toute sa lèvre supérieure. Il trouva un gant de toilette dans un tiroir à droite du lavabo et ouvrit le robinet d'eau chaude pour l'humecter.

Il plaça le gant sous l'eau qui coulait du robinet avec toute l'indifférence d'une longue habitude : avec le chauffe-eau de Bobbi, on a le temps de prendre un café et de fumer une cigarette avant que l'eau ne coule tiède — et encore, les bons...

« Aïïe ! »

Il écarta vivement sa main de l'eau, si chaude qu'elle fumait. Bon, voilà tout ce qu'il méritait pour avoir supposé que Bobbi parcourait clopin-clopant la route de la vie sans jamais faire réparer son foutu chauffe-eau.

Gardener porta sa paume échaudée à sa bouche et regarda l'eau qui sortait du robinet. Elle avait déjà couvert de buée le bas du miroir fixé à la porte de l'armoire à pharmacie, où il se regardait quand il se rasait. Il tendit la main, mais le robinet était trop chaud pour qu'il le touche, et il dut interposer le gant de toilette pour ne pas se brûler en le tournant. Puis il ferma la bonde, fit couler — avec précaution ! — un peu d'eau chaude et ajouta une généreuse quantité d'eau froide. Le coussinet charnu à la base de son pouce gauche avait un peu rougi.

Il ouvrit la pharmacie et fouilla dedans jusqu'à ce qu'il tombe sur un flacon de Valium portant son nom inscrit sur l'étiquette. *Si ce truc se bonifie avec l'âge, il doit être formidable*, se dit-il. Presque plein. Ça n'avait rien de surprenant. Si Bobbi avait utilisé un médicament, c'était forcément l'opposé du Valium.

Gardener n'en voulait pas non plus. Il cherchait ce qui était rangé derrière, si c'était toujours...

Ah ! bravo !

Il sortit un rasoir Burma à double tranchant et un paquet de lames. Il regarda un peu tristement la couche de poussière qui recouvrait le rasoir — cela faisait longtemps qu'il ne s'était pas rasé le matin chez

Bobbi — puis le rinça. *Au moins, elle ne l'a pas jeté*, se dit-il. *Ç'aurait été pire que la poussière.*

Une fois rasé, il se sentit mieux. Il s'était concentré sur l'opération, tandis que son esprit continuait son petit bonhomme de chemin.

Quand il eut fini, il replaça les ustensiles de rasage derrière le Valium et se lava. Puis il posa un regard songeur sur le robinet portant la pastille rouge, et décida d'aller voir à la cave quel magnifique chauffe-eau Bobbi avait installé. Il n'avait rien d'autre à faire que de regarder Bobbi dormir, ce dont elle semblait s'acquitter très bien toute seule.

Il traversa la cuisine en se disant qu'il se sentait vraiment bien, surtout maintenant que les douleurs dans son dos et sa nuque, dues à la nuit passée dans le fauteuil à bascule de Bobbi, commençaient à se dissiper. *C'est toi, le type qui n'a jamais pu dormir assis ?* se dit-il d'un ton moqueur. *Tu préfères t'écrouler sur une digue, hein ?* Mais ces taquineries n'avaient rien à voir avec l'humour noir dur et à peine cohérent qu'il s'était infligé la veille. Il oubliait toujours, quand il était en pleine gueule de bois dépressive après une cuite mémorable, le sentiment de régénération qui venait quelque temps plus tard. On peut se réveiller un jour et se rendre compte que l'on n'a pas introduit de poison dans son système depuis une nuit... une semaine... parfois un *mois* entier... et on se sent bien.

Quant à ce qu'il avait pris pour le début d'une grippe, voire d'une pneumonie, c'était du passé. Plus de maux de gorge. Pas de nez bouché. Pas de fièvre. Il avait pourtant offert une cible idéale à tous les microbes de la Terre après huit jours de boisson, de nuits à la belle étoile et enfin d'auto-stop pieds nus sous l'orage. Mais tous ses maux étaient partis dans la nuit. Il arrivait que Dieu fût bon.

Il s'arrêta au milieu de la cuisine, son sourire se dissipant pour céder la place un instant à une expression d'étonnement un peu inquiet. Un fragment de son rêve — ou de ses rêves — resurgit dans sa mémoire

(pubs radiophoniques dans la nuit... est-ce que ça avait quelque chose à voir avec son bien-être de ce matin?)

puis repartit. Il l'écarta, content de se sentir bien et de voir que Bobbi aussi avait l'air bien — mieux, en tout cas. Si Bobbi n'émergeait pas du sommeil à dix heures, dix heures trente au plus tard, il la réveillerait. Si Bobbi se sentait mieux et tenait des propos raisonnables, parfait. Ils pourraient parler de ce qui lui était arrivé (il *est forcément arrivé* QUELQUE CHOSE, se dit Gardener, et il se demanda vaguement si elle avait reçu de chez elle quelque terrible nouvelle... dont le récit lui aurait été sans aucun doute servi par Sœur Anne). Ce serait leur point de départ. Mais si elle devait ressembler si peu que ce fût à la Bobbi Anderson déphasée et plutôt terrifiante qui l'avait accueilli la veille, Gardener appellerait un médecin, que Bobbi soit d'accord ou pas.

Il ouvrit la porte de la cave et chercha à tâtons le vieil interrupteur sur le mur. Il le trouva. L'interrupteur n'avait pas changé. La lumière, si. Au lieu de la faible lueur de deux ampoules de soixante watts — seul éclairage depuis des temps immémoriaux — la cave s'illumina d'une vive clarté blanche. C'était aussi bien éclairé qu'un magasin de soldes. Gardener commença de descendre, la main tendue vers la rampe branlante. A la place, il en trouva une bien épaisse et solide. Elle était fermement retenue au mur par de nouvelles attaches de cuivre. On avait aussi remplacé certaines des marches, qui grinçaient autrefois de façon inquiétante.

Gardener parvint au bas des marches et regarda autour de lui, sa surprise le cédant maintenant à une émotion plus forte, presque un choc. La légère odeur de moisi de la cave enterrée avait disparu.

Elle avait l'air d'une femme qui fonctionne à vide, sans blague. Sur le fil du rasoir. Elle n'arrivait même pas à se rappeler depuis combien de jours elle n'avait pas dormi. Pas étonnant. J'ai déjà vu des maisons rénovées, mais à ce point, c'est ridicule. Mais elle n'a pas pu *faire tout elle-même. Bien sûr que non.*

Mais Gardener soupçonnait que si, bien qu'il ne sût comment.

Si Gardener s'était éveillé ici au lieu de se retrouver sur la digue d'Arcadia Point, sans aucun souvenir du passé immédiat, il n'aurait pas compris qu'il se trouvait dans la cave de Bobbi, bien qu'il y soit descendu un nombre incalculable de fois auparavant. Il ne reconnaissait l'endroit que parce qu'il savait qu'il y était arrivé par l'escalier depuis la cuisine de Bobbi.

L'odeur de terre n'était pas *complètement* partie, mais elle avait beaucoup diminué. Le sol de terre battue de la cave avait été soigneusement ratissé — non, pas *seulement* ratissé, constata Gardener. La terre des caves rancit quand elle est trop vieille ; il faut s'en occuper si l'on prévoit de travailler pour un certain temps dans un souterrain. Bobbi avait apparemment amené un tombereau de terre fraîche qu'elle avait étendue et fait sécher avant de la ratisser. Gardener se dit que c'était sans doute ce qui avait adouci l'atmosphère qu'on respirait.

Les rampes d'éclairage étaient alignées au plafond, suspendues aux vieilles poutres par des chaînes et des fixations en cuivre. Elles projetaient une lueur égale et blanche. Au-dessus de l'établi, les rampes avaient même été doublées et la lumière qui en émanait était si éclatante que Gardener pensa à une salle d'opération. Il s'approcha de l'établi, du *nouvel* établi de Bobbi.

Avant, c'était une table de cuisine ordinaire couverte de papier adhésif sale. Elle était éclairée par une lampe d'architecte et jonchée de quelques outils, la plupart en assez piètre état, et de quelques boîtes de plastique renfermant des clous, des vis, des boulons, etc. C'était le modeste atelier de petit bricolage d'une femme qui n'était ni très habile ni très passionnée par le bricolage.

La vieille table de cuisine avait disparu. Elle avait été remplacée par trois longues tables de bois clair, du type de celles qui servent à disposer les objets lors des ventes de charité à l'église. On les avait alignées bout à bout le long du côté gauche de la cave. Dessus, des outils, de la quincaillerie, des rouleaux de fil isolé de différents diamètres, des boîtes de café pleines de clous, d'agrafes, d'attaches... et des dizaines d'autres objets. Des centaines.

Et des piles.

Il y en avait une caisse sous la table, une énorme collection de piles longue durée encore empaquetées, cylindriques ou parallélépipédiques de 1,5 volt, 4,5 volts, 9 volts. *Il doit y en avoir pour deux cents dollars*, se dit Gardener, *sans compter celles qui traînent sur la table. Nom de Dieu qu'est-ce...?*

Abasourdi, il longea la table comme un client qui vérifie une marchandise avant d'acheter. Il semblait que Bobbi menât de front plusieurs projets différents... et Gardener n'aurait pu en définir aucun. Vers le milieu de la table, le devant coulissant d'un gros boîtier carré découvrait dix-huit boutons. En regard de chaque bouton figurait le titre d'une chanson connue : *Chantons sous la pluie ; New York, New York ; La Chanson de Lara*, etc. A côté, un mode d'emploi soigneusement collé à la table indiquait qu'il s'agissait du « seul et unique au monde spécial carillon pour la porte *digital (Made in Taïwan)* ».

Gardener n'arrivait pas à deviner pourquoi Bobbi aurait voulu une sonnette à puce permettant à l'utilisateur de programmer un air différent quand il le souhaitait. Est-ce qu'elle s'imaginait que Joe Paulson serait content d'entendre « La Chanson de Lara » quand il devrait venir jusqu'à la maison pour lui remettre un colis ? Mais ce n'était pas tout. Gardener aurait pu comprendre que l'on *utilise* un carillon de porte digital, même s'il ne saisissait pas ce qui aurait pu pousser Bobbi à en installer un, mais il semblait qu'elle avait entrepris de *modifier* le carillon, qu'elle était en fait en train de le relier à une radiocassette grosse comme une petite valise.

Une demi-douzaine de fils — quatre fins et deux assez gros — ondulaient entre la radio (dont le mode d'emploi était lui aussi soigneusement collé à la table) et le carillon dont Bobbi avait ouvert les entrailles.

Gardener considéra ce spectacle quelques instants puis continua son exploration.

Elle a craqué. Le type d'effondrement psychique que Pat Summerall adorerait.

Il reconnut autre chose : un récupérateur de chaleur pour chaudière. On fixe l'engin à la chaudière et il est censé faire circuler une partie des calories qui sinon auraient été perdues. C'était le genre de gadget que Bobbi pouvait admirer dans un catalogue ou peut-être à la quincaillerie Trustworthy d'Augusta, et dont elle pouvait avoir envie. Mais elle ne l'achetait pas, parce que si elle l'achetait, il faudrait qu'elle l'installe.

Mais elle l'avait vraiment acheté... et installé.

Tu ne peux pas te dire qu'elle a craqué, et « c'est tout », parce que lorsque quelqu'un de vraiment créatif fait le saut, on peut rarement s'arrêter à un « c'est tout ». Une dépression n'est jamais jolie, mais quand quelqu'un comme Bobbi craque, ça peut devenir stupéfiant. Regarde un peu cette merde.

Tu y crois ?

Ouais, j'y crois. Je ne veux pas dire que les créateurs sont meilleurs ou plus sensibles et ont donc des dépressions nerveuses meilleures ou plus sensibles — garde ce type de connerie pour les adorateurs de Sylvia Plath ; le suicide d'un poète n'est pas plus joli que celui d'un camionneur. Mais les créateurs ont des dépressions créatives. Si tu ne me crois pas, j'insiste : regarde un peu cette merde !

Et le chauffe-eau. C'était un gros cylindre blanc à droite de la porte de la cave. Il ne *semblait* pas différent, mais...

Gardener s'en approcha. Il voulait voir ce que Bobbi lui avait fait pour qu'il fonctionne si bien.

Elle a eu une crise de rénovation. Le pire c'est qu'elle ne semble pas avoir fait la différence entre réparer le chauffe-eau et fabriquer une sonnette sur mesure. Une nouvelle rampe. De la terre fraîche apportée et ratissée sur le sol de la cave. Et Dieu seul sait quoi d'autre. Pas étonnant qu'elle soit épuisée. Et à propos, Gard, où est-ce que Bobbi a appris à faire tout ça ? Dans les cours par correspondance de Mécanique Populaire ? *Alors, il a fallu qu'elle potasse ferme !*

Le sentiment de surprise qu'il avait d'abord éprouvé en découvrant cet atelier fou du sous-sol de Bobbi se transformait en malaise. Pas seulement parce que les outils trop parfaitement rangés et les notices collées par les quatre coins révélaient un comportement obsessionnel. Pas seulement non plus parce que Bobbi ne parvenait visiblement pas à distinguer les rénovations utiles des rénovations absurdes (*apparemment* absurdes, corrigea Gardener) — signe d'une névrose maniaco-dépressive.

Ce qui le terrifiait, c'était de penser — d'*essayer* de penser — à l'énorme énergie, à l'énergie *débordante* que Bobbi avait dû dépenser. Pour réaliser ne serait-ce que ce qu'il avait vu, il avait fallu que Bobbi brûle comme une torche. Il y avait les projets déjà réalisés, comme les rampes d'éclairage, et d'autres en voie de réalisation. Il y avait les voyages à Augusta pour rapporter tout l'équipement, la quincaillerie, les piles. *Plus la terre fraîche pour remplacer la vieille terre moisie, n'oublie pas.*

Qu'est-ce qui avait bien pu la pousser à faire tout ça ?

Gardener n'en savait rien, mais il n'aimait pas imaginer Bobbi ici, courant en tous sens, travaillant sur deux projets à la fois, ou cinq, ou dix. Il la voyait trop bien. Bobbi, les manches de sa chemise relevées, les trois boutons du haut défaits, des gouttes de sueur ruisselant entre ses petits seins, les cheveux tirés en une queue de cheval mal ficelée, les yeux brûlants, le visage pâle autour de taches rouges sur les pommettes. Bobbi ressemblant à une Mme Magicien d'Oz devenue folle, l'air de plus en plus hagard tandis qu'elle visse, boulonne, raccorde, transporte, monte sur son escabeau, renversée en arrière comme une danseuse, la sueur coulant sur son visage, le cou tendu pour accrocher les nouvelles lampes. Oh, et puis tant que tu y es, n'oublie pas Bobbi refaisant les branchements électriques et arrangeant le chauffe-eau.

Gardener toucha le réservoir cylindrique et retira

précipitamment sa main. Il ne *semblait* pas différent, mais il l'était. Il était chaud comme l'enfer. Gard s'accroupit et ouvrit la trappe au bas du réservoir.

Et c'est alors que Gardener prit *réellement* son envol vers le bout du monde.

6

Avant, le chauffe-eau marchait au gaz. Les tuyaux de cuivre de faible diamètre qui amenaient le gaz au brûleur venaient de bonbonnes rangées derrière la maison. Le camion de Dead River Gas, à Derry, passait une fois par mois, et le livreur remplaçait les bonbonnes si nécessaire — ce qui était généralement le cas parce que le chauffe-eau était aussi gaspilleur qu'inefficace... deux défauts qui vont presque toujours de pair, quand on y réfléchit. Gard remarqua d'abord que les tuyaux de cuivre n'étaient plus reliés au réservoir. Ils pendaient derrière, inutiles, bouchés avec des linges.

Tonnerre de Dieu, comment est-ce qu'elle chauffe cette eau ? se demanda-t-il.

Puis il regarda par la trappe, et se retrouva totalement paralysé pendant quelques instants.

Son cerveau ne semblait pas spécialement embué, mais il éprouvait à nouveau cette sensation de flottement, cette impression de ne plus être branché où il fallait, d'avoir disjoncté. Ce vieux Gard s'envolait à nouveau, comme un ballon argenté d'enfant. Il savait qu'il avait peur, mais il ne s'en rendait pas vraiment compte, et cela n'avait que peu d'importance, comparé à la terreur de se sentir séparé de lui-même. *Non, Gard, Seigneur !* s'écria une voix suppliante tout au fond de lui.

Il se souvint d'être allé à la foire de Fryeburg, étant enfant, quand il avait à peine dix ans. Il était entré avec sa mère dans un labyrinthe où bon nombre des vitres avaient été remplacées par des miroirs déformants, et il s'était trouvé séparé d'elle. Pour la première fois il avait éprouvé cette impression curieuse d'être séparé de lui-même, de dériver, de monter dans les airs, loin, au-dessus de son corps matériel et de son esprit (cela existait-il ?) matériel. Il *voyait* sa mère, oh oui — cinq mères, une douzaine, une *centaine* de mères, certaines petites, certaines grandes, certaines grosses, certaines décharnées. Et en même temps il voyait cinq, douze, cent Jim. Parfois, l'un de ses reflets rejoignait l'un de ceux de sa mère, et Jim tendait la main, presque involontairement, s'attendant à trouver le pantalon maternel. Mais sa main ne se refermait que sur le vide... Ou se heurtait à un autre miroir.

Il avait longtemps tourné en rond, et il avait dû paniquer, mais il n'avait pas *ressenti* la panique, et pour autant qu'il s'en souvenait, personne ne s'était *comporté* comme s'il avait eu un moment de panique quand il retrouva finalement la sortie — après quinze minutes de tours et de détours, de retours sur ses pas et de collisions avec des parois en verre transparent. Les sourcils de sa mère s'étaient légèrement froncés, puis elle avait retrouvé sa sérénité. C'était tout. Mais il *avait* paniqué, tout comme en ce moment, en sentant son esprit prendre la clé des champs après avoir fait sauter les boulons qui le retenaient comme une machine qui se démantèle et dont les pièces flottent en état d'apesanteur.

Ça vient... et ça va. Attends, Gard. Attends que ça passe.

Il s'accroupit sur ses talons, le regard perdu dans la trappe ouverte à la base du chauffe-eau de Bobbi, et attendit que ça passe, comme il avait jadis attendu que ses pieds le conduisent vers la sortie de ce terrible labyrinthe de miroirs à la foire de Fryeburg.

Comme on avait retiré les tuyaux de gaz, il restait une cavité ronde à la base du réservoir. On l'avait remplie d'un incroyable enchevêtrement de fils — rouges, verts, bleus, jaunes. Au centre se trouvait une boîte à œufs en carton de HILLCREST FARMS, étiquetée : ŒUFS FRAIS, CATÉ-GORIE A. Dans chaque alvéole de la boîte à œufs reposait une pile alcaline de 1,5 volt, le pôle + au-dessus. Un petit bidule en forme d'entonnoir recouvrait chaque pile, et tous les fils semblaient partir de ces entonnoirs ou y arriver. En y regardant de plus près, dans un état qu'il ne ressentait pas vraiment comme de la panique, Gardener constata que sa première impression — que les fils étaient enchevêtrés — n'était pas plus vraie que sa première impression de l'établi de Bobbi — qu'il avait cru en désordre. Non, il y avait un ordre inhérent à la façon dont les fils sortaient de ces douze chapeaux chinois ou y rentraient — seulement deux pour certains, et jusqu'à six pour d'autres. Il perçut même un ordre dans la forme qu'ils adoptaient : un petit arc. Certains fils joignaient les entonnoirs recouvrant deux piles, mais la plupart étaient connectés à des plaques de circuits imprimés disposés sur les côtés du système de chauffe. Elles sortaient tout droit de jouets électroniques *Made in Korea*, supputa Gardener — trop de mauvaises soudures argentées sur une plaquette de fibres striée. Un bien étrange attirail à la Géo Trouvetout... mais ce conglomérat de composants hétéroclites fonctionnait. Oh oui. Il chauffait l'eau assez vite pour que la peau cloque !

Au centre du compartiment, juste au-dessus de la boîte à œufs, dans l'arche formée par les fils, luisait une brillante sphère de lumière, pas plus grosse qu'une bille, mais aussi lumineuse que le soleil.

Gardener avait instinctivement levé la main pour se protéger les yeux de la lueur cruelle qui sortait en une barre de lumière semblable à un bâton blanc et projetait son ombre loin derrière lui sur le sol de terre. Il ne pouvait regarder qu'en plissant les yeux pour réduire la fente entre ses paupières au minimum, puis en écartant un peu les doigts.

Aussi lumineux que le soleil.

Oui — sauf qu'au lieu d'être jaune, c'était d'un blanc bleuté éblouissant, comme un saphir. La lumière changeait légèrement de teinte et d'intensité, puis restait égale un moment avant de se remettre à changer, de façon cyclique.

Mais d'où vient la chaleur ? se demanda Gardener. Et

ce faisant, il commença à reprendre ses esprits. *D'où vient la* chaleur ?

Il leva une main et la posa à nouveau sur le flanc doux et émaillé du réservoir d'eau mais seulement pour une seconde. Il la retira brusquement en repensant à la façon dont l'eau fumait en sortant du robinet de la salle de bains. Le réservoir était plein d'eau bouillante, plein au point que la vapeur aurait dû faire exploser le chauffe-eau dans la cave de Bobbi Anderson. Mais rien de tel n'arrivait, de toute évidence, et c'était un mystère... mais ce n'était qu'un mystère mineur comparé au fait qu'on ne sentait aucune chaleur sortant de la trappe, aucune. Gard aurait dû se brûler les doigts en touchant le petit bouton qu'il fallait tirer pour ouvrir la trappe, et quand elle était ouverte, ce soleil de la taille d'une bille aurait dû lui peler le visage. Alors ?

Lentement, en hésitant, Gardener tendit la main gauche vers l'ouverture, tout en gardant la droite plaquée sur ses yeux, les doigts à peine écartés, pour filtrer les rayons. Il tordit sa bouche, s'attendant à une brûlure.

Ses doigts entrèrent dans la trappe... et rencontrèrent comme une membrane qui cédait à la pression. Il se dit plus tard que cela ressemblait à un bas de nylon tendu — sauf qu'ici, on enfonçait un peu les doigts, mais l'élasticité s'arrêtait vite. Et les doigts ne parvenaient pas à passer à travers, comme ç'aurait été le cas pour un bas.

Mais il n'y avait ni bas ni membrane. Rien. Rien qu'il pût voir, en tout cas.

Il cessa d'appuyer et la membrane invisible repoussa doucement sa main hors de la trappe. Il regarda ses doigts et vit qu'ils tremblaient.

C'est un champ de forces. Un genre de champ de forces qui produit de la chaleur. Mon Dieu, je suis entré dans une histoire de science-fiction de Startling Stories. *Publiée vers 1947, j'imagine. Je me demande si j'apparais sur la couverture. Et si oui, qui m'a dessiné ? Virgil Finlay ? Hannes Bok ?*

Ses mains se mirent à trembler plus fort. Il tenta de

saisir la petite porte, la rata, la retrouva, et la claqua, obturant le flot aveuglant de lumière blanche. Il abaissa lentement sa main droite, mais il voyait toujours le petit soleil, de même qu'on voit encore, comme en négatif, la lumière d'un flash après qu'il a lancé son éclair. A cela près que Gardener voyait une grande main verte flottant dans les airs, avec entre les doigts une lueur d'un bleu d'ectoplasme.

L'image disparut. Pas les tremblements.

De sa vie, jamais Gardener n'avait autant voulu boire un verre.

7

Il le but dans la cuisine de Bobbi.

Elle ne buvait pas beaucoup, mais elle gardait toujours ce qu'elle appelait « une réserve de première nécessité » au fond d'un placard derrière les casseroles et les poêles : bouteilles de gin, de scotch, de bourbon, de vodka. Gardener sortit le bourbon — une mauvaise marque, mais un mendiant ne peut se permettre de cracher dans la soupe —, s'en versa trois doigts dans un gobelet de plastique et l'avala.

Tu ferais mieux de faire gaffe, Gard. Tu tentes le diable.

Mais ce n'était pas le cas. Il aurait pourtant bien aimé prendre une cuite, mais le cyclone était parti souffler ailleurs... du moins pour l'instant. Il se versa trois autres doigts de bourbon, contempla le liquide un moment, puis en vida l'essentiel dans l'évier. Il rangea la bouteille et ajouta de l'eau et des glaçons dans son verre, convertissant la dynamite liquide en boisson civilisée.

Il se dit que le gamin sur la plage aurait été content.

Il se dit que le calme onirique qui l'avait entouré quand il était sorti du labyrinthe, et qu'il ressentait à nouveau, était une défense pour éviter de s'allonger par terre et de crier jusqu'à perdre conscience. Il aimait ce calme. Ce qui l'effrayait, c'était la vitesse avec laquelle son esprit s'était mis en marche pour essayer de le convaincre que rien de tout cela n'était vrai, qu'il avait eu des hallucinations. Aussi incroyable que cela paraisse, son cerveau lui suggérait que ce qu'il avait vu en ouvrant le capot à la base du chauffe-eau n'était qu'une ampoule électrique très brillante — de deux cents watts, disons.

Ce n'était pas une ampoule électrique, et ce n'était pas une hallucination. C'était quelque chose comme un soleil, très petit, et très brillant, flottant sous une arche de fils électriques, au-dessus d'une boîte à œufs garnie de piles de 1,5 volt. Maintenant, tu peux devenir fou si ça te chante, ou en appeler à Jésus, ou te soûler, mais tu as vu ce que tu as vu, et ne noie pas le poisson, d'accord ? D'accord.

Il alla voir Bobbi et constata qu'elle dormait toujours d'un sommeil de plomb. Gardener avait décidé de la réveiller à dix heures et demie si elle ne l'avait pas fait d'elle-même ; il regarda sa montre et fut stupéfait de constater qu'il était neuf heures vingt. Il était resté dans la cave beaucoup plus longtemps qu'il ne l'avait cru.

Penser à la cave fit renaître dans sa mémoire la vision surréaliste du soleil miniature suspendu sous son arche de fils, brillant comme une balle de tennis en feu... et penser à cette vision fit renaître la sensation déplaisante que son esprit se dédoublait. Il repoussa ces pensées. Il ne voulait pas s'envoler. Il fit un effort, se disant qu'il n'allait tout simplement plus y repenser jusqu'à ce que Bobbi se réveille et lui explique ce qui se passait.

Il regarda ses bras et vit qu'il transpirait.

8

Gardener prit son verre, sortit de la maison par la porte de derrière, et trouva d'autres traces de l'explosion presque surhumaine d'activité de Bobbi.

Le tracteur Tomcat trônait devant le hangar à gauche du jardin. Rien d'inhabituel : c'était généralement là qu'elle le laissait quand la météo disait qu'il ne pleuvrait pas. Mais même à six mètres de distance, Gardener voyait bien que Bobbi avait radicalement modifié le moteur du Tomcat.

Non. Ça suffit. Laisse tomber, Gard. Rentre chez toi.

Cette voix n'avait rien d'onirique ni de déconnecté. Elle était dure, bruissante de panique et de consternation inquiète. Pendant un moment, Gardener sentit qu'il était sur le point de céder... puis il se dit que ce serait la plus abominable trahison qui fût : envers Bobbi, envers lui-même. Il pensa à Bobbi qui, la veille, l'avait retenu de se tuer. Et en ne se tuant pas, il pensait qu'il avait évité qu'elle aussi ne se tue. Un proverbe chinois dit : « Si tu sauves une vie, tu es responsable d'elle. » Mais si Bobbi avait besoin d'aide, comment pouvait-il la lui apporter ? Pour trouver ce moyen, ne fallait-il pas d'abord qu'il tente de découvrir ce qui se passait ici ?

(Mais tu sais qui a fait tout le travail, n'est-ce pas, Gard ?)

Il avala d'un trait la fin de son breuvage, posa le verre sur la dernière marche du perron et s'approcha du Tomcat. Il eut à peine conscience du chant des criquets dans les hautes herbes. Il n'était pas soûl, pas même éméché, pour autant qu'il puisse en juger ; l'alcool semblait être passé totalement à côté de son système nerveux. Raté, comme disent les artilleurs.

(Peut-être les lutins qui toc-tac-toc, tappeti-tap, réparent les chaussures pendant que le cordonnier dort.)

Mais Bobbi n'avait pas dormi. Bobbi avait été poussée à travailler jusqu'à ce qu'elle tombe — littéralement — dans les bras de Gardener.

(Toc-toc frappe frappe encore toc-tac-toc tard la nuit dernière et celle d'avant toc-toc à la porte les Tommyknockers les Tommyknockers les esprits frappeurs.)

Devant le Tomcat, regardant sous le capot ouvert, Gardener ne se contenta pas de frissonner : il trembla comme un homme qui meurt de froid, ses dents mordant sa lèvre inférieure, le visage blanc, les tempes et le front couverts de sueur.

(Ils ont réparé chauffe-eau et tracteur, ils savent faire tout ça, les Tommyknockers.)

Le Tomcat était un petit véhicule de travail agricole qui se serait montré presque inutile sur une grande propriété où on aurait vraiment exploité la terre. Il était un peu plus grand qu'une tondeuse à siège, plus petit que le plus petit tracteur jamais fabriqué par John Deere ou Farmall, mais exactement de la bonne taille pour quelqu'un qui avait un jardin un peu trop grand pour qu'on le qualifie de jardin de curé, et c'était le cas du jardin de Bobbi. Sur moins d'un hectare, elle cultivait des haricots, des concombres, des petits pois, du maïs, des radis et des pommes de terre. Pas de carottes, ni de choux, ni de courgettes, ni de citrouilles. « Je ne fais pas pousser ce que je n'aime pas, avait-elle dit un jour à Gardener. La vie est trop courte. »

Le Tomcat avait tous les talents, et ça valait mieux pour lui. Même un gentleman-farmer aisé aurait eu du mal à justifier l'achat d'un mini-tracteur de 2 500 dollars pour un jardin de moins d'un hectare. Selon les accessoires dont on l'équipait, il pouvait labourer, tondre l'herbe, moissonner, tracter sur tout terrain (elle l'utilisait pour tirer ses troncs d'arbres à l'automne et, à la connaissance de Gardener, elle ne s'était retrouvée coincée qu'une fois), et en hiver, elle y fixait un système de chasse-neige et dégageait son chemin en une demi-heure. Il possédait un robuste moteur à quatre temps.

Avant, en tout cas.

Le moteur était toujours là, mais il avait été retapé avec les gadgets et les ustensiles les plus invraisemblables. Gardener se surprit à penser au carillon-poste-de-radio qu'il avait trouvé sur la table dans le sous-sol de Bobbi, et à se demander si Bobbi avait l'intention de le placer bientôt sur le Tomcat... C'était peut-être un radar ! Il laissa échapper un éclat de rire, un seul, et qui ressemblait plutôt à un aboiement sauvage.

Un pot de mayonnaise sortait d'un des côtés du moteur. Rempli d'un liquide trop incolore pour être de l'essence, il était fixé par une attache de cuivre boulonnée sur la culasse du moteur. Sur le capot saillait un équipement qui aurait semblé davantage à sa place sur une Chevrolet Nova ou Super-Sport : la prise d'air d'un compresseur.

Le modeste carburateur avait été remplacé par un monstre à quatre corps. Pour lui faire de la place, Bobbi avait dû pratiquer une découpe dans le capot.

Et il y avait des fils, des fils partout, qui sortaient et rentraient, montaient et descendaient en ondulant, raccordés de façon totalement absurde... du moins en l'état des connaissances de Gardener.

Il contempla le tableau de bord rudimentaire du Tomcat et il allait détourner son regard quand... ses yeux s'agrandirent et se fixèrent.

Le Tomcat possédait un levier de changement de vitesse, et les positions des différentes vitesses étaient schématisées sur une plaque de métal rivée au tableau de bord, au-dessus de la jauge de pression d'huile. Gardener connaissait bien cette plaque ; au fil des années, il avait assez souvent conduit le Tomcat. Avant, le schéma se présentait ainsi :

```
    1              3
                   4
    2              AR
```

Maintenant, une nouvelle mention y figurait, une mention assez simple pour être terrifiante :

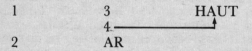

Tu n'y crois pas, hein ?
Je ne sais pas.
Allons, Gard... des tracteurs volants ? lâche-moi un peu !
Elle a un soleil miniature dans son chauffe-eau.

Quelle connerie! Moi, je dis que ça peut tout aussi bien être une ampoule électrique, une ampoule de très forte puissance, de deux cents watts...

Ce n'était *pas* une ampoule électrique!

Très bien, d'accord, calme-toi. C'est seulement que ça ressemble à une pub pour une vraie entourloupe extraterrestre, c'est tout. « Tu croiras aux tracteurs volants. »

Ta gueule.

Ou « John Deere, téléphone à la maison ». Ça te plaît?

Il était de nouveau dans la cuisine de Bobbi, regardant avec convoitise le placard aux alcools. Il détourna les yeux — ce qui ne s'avéra pas facile parce qu'il avait l'impression qu'ils s'étaient alourdis — et regagna le salon. Il vit que Bobbi avait bougé et que sa respiration était un peu plus rapide. Premiers signes du réveil. Gardener regarda sa montre; il était presque dix heures. Il s'approcha de la bibliothèque à côté du bureau de Bobbi, cherchant quelque chose à lire en attendant qu'elle se réveille, quelque chose qui le distrairait de tout ça pour un moment.

Ce qu'il trouva sur le bureau de Bobbi, à côté de la vieille machine à écrire déglinguée, lui infligea le choc le plus brutal de tous. Un choc suffisant en tout cas pour qu'il ne remarque qu'à peine un autre changement : un rouleau de papier de listing pour ordinateur était suspendu au mur, comme un rouleau géant de papier torchon, derrière le bureau et la machine à écrire.

9

LES SOLDATS DES BISONS
un roman
de Roberta Anderson

Gardener souleva la première feuille et la retourna, le recto contre la table. Il lut alors sur le second feuillet son nom — ou plutôt son surnom, que seuls Bobbi et lui utilisaient.

*Pour Gard,
qui est toujours là quand j'ai besoin de lui.*

Un nouveau frisson le parcourut. Il retourna la deuxième feuille sur la première.

I

En ce temps-là, juste avant que le Kansas ne se mette à saigner, on trouvait encore beaucoup de bisons dans la plaine, suffisamment en tout cas pour que les pauvres, les Blancs comme les Indiens, soient enterrés dans une peau de bison plutôt que dans un cercueil.

« Quand t'as goûté la viande de bison, tu veux jamais revenir à la vache », et les hommes de l'époque devaient croire ce qu'ils disaient, parce que les chasseurs des plaines, ces soldats des bisons, semblaient vivre dans un monde de fantômes poilus et bossus. Ils portaient partout sur eux la marque du bison, l'odeur du bison — l'odeur, oui, parce que beaucoup d'entre eux s'enduisaient le cou, le visage et les mains de graisse de bison pour éviter que le soleil de la prairie ne les brûle. Ils portaient des dents de bison en collier et parfois à l'oreille ; leur pantalon était en peau de bison, et plus d'un de ces nomades conservait un pénis de bison comme porte-bonheur ou comme garant de sa virilité.

Fantômes eux-mêmes, ils suivaient les troupeaux qui, tels les épais nuages couvrant la prairie de leur ombre, traversaient les vastes étendues d'herbe rase ; les nuages sont toujours là, mais les grands troupeaux ont disparu... de même que les soldats des bisons, ces fous des grandes étendues qui n'avaient encore jamais connu de clôtures, ces hommes aux pieds chaussés de mocassins de peau de bison et portant autour du cou des os qui cliquetaient, ces fantômes hors du temps, hors d'un lieu qui existait juste avant que tout le pays ne se mette à saigner.

Tard dans l'après-midi du 24 août 1848, Robert Howell, qui devait mourir à Gettysburg un peu moins de quinze ans plus tard, dressa son bivouac près d'un petit ruisseau perdu dans la « queue de poêle » du Nebraska, dans cette région sinistre connue sous le nom de Pays de la Colline de Sable. Le ruisseau n'était pas grand, mais l'eau en semblait assez fraîche...

Gardener, complètement absorbé par sa lecture, arrivait à la quarantième page quand il entendit Bobbi Anderson appeler d'une voix endormie :

« Gard ? Gard, tu es toujours là ?
— Je suis là, Bobbi », dit-il.

Il se leva, redoutant ce qui allait arriver maintenant, à moitié persuadé déjà qu'il était devenu fou. Il ne pouvait en être autrement. Il ne pouvait y avoir de petit soleil au bas du chauffe-eau de Bobbi. Ni, sur son Tomcat, une nouvelle plaque de changement de vitesse semblant indiquer le geste à faire pour entrer en lévitation... Mais il aurait été plus facile pour lui de croire à l'une quelconque de ces choses plutôt que d'admettre que les trois semaines écoulées depuis sa dernière visite avaient suffi à Bobbi pour écrire un roman de quatre cents pages intitulé *Les Soldats des bisons* — un roman qui se trouvait être, soit dit en passant, le meilleur qu'elle ait jamais écrit. Impossible, oui. Plus facile — moins fou, nom de Dieu ! — de croire qu'il était devenu cinglé, et en rester là.

Si seulement il le pouvait.

9

Roberta Anderson raconte une longue histoire

1

Bobbi se leva lentement du divan, grimaçant comme une vieille femme.

« Bobbi..., commença Gardener.

— Bon sang, j'ai mal partout, dit Roberta. Et il faut que je change ma... passons. J'ai dormi combien de temps ?

— Quatorze heures, je crois, répondit Gardener après avoir consulté sa montre. Un peu plus. Bobbi, ton nouveau livre...

— Ouais. Attends que je revienne, j'en ai pour une minute. »

Elle traversa lentement la pièce pour gagner la salle de bains tout en déboutonnant la chemise dans laquelle elle avait dormi. Gardener put donc bien voir — mieux qu'il ne l'aurait souhaité, en fait — combien Bobbi avait maigri. Ça dépassait la maigreur. Elle était carrément squelettique.

Elle s'arrêta, comme si elle s'était rendu compte que Gardener la regardait. Sans se retourner, elle dit :

« Je peux tout expliquer, tu sais.

— Vraiment ? » demanda Gardener.

2

Bobbi resta longtemps dans la salle de bains, beaucoup plus longtemps qu'elle n'aurait dû pour aller aux toilettes et changer sa serviette — Gardener était presque certain que c'était ce qu'elle voulait faire : elle avait la tête désolée-j'ai-mes-règles. Il prêta l'oreille pour entendre la douche, mais elle ne coulait pas, et l'inquiétude le gagna. Bobbi lui avait semblé parfaitement lucide quand elle s'était réveillée, mais cela voulait-il nécessairement dire qu'elle l'*était* ? Gardener eut la vision désagréable de Bobbi sortant par la fenêtre de la salle de bains et s'enfuyant vers les bois, vêtue seulement de son blue-jean et jacassant comme une folle.

Il posa sa main droite sur le côté gauche de son front, à l'endroit de sa cicatrice. Sa tête s'était remise à battre un peu. Il attendit une ou deux minutes de plus, puis se leva et se dirigea vers la salle de bains, d'une démarche rendue silencieuse par des efforts pas vraiment inconscients. A l'image de Bobbi s'échappant par la fenêtre de la salle de bains pour éviter les explications avait succédé celle de Bobbi se tranchant calmement la gorge avec l'une des lames de rasoir de Gard afin encore d'éviter les explications, mais de façon définitive.

Il décida qu'il ne ferait qu'écouter. S'il entendait des bruits normaux, il irait à la cuisine pour préparer du café et peut-être quelques œufs brouillés. S'il n'entendait rien...

Ses craintes n'étaient pas fondées. La porte de la salle de bains ne s'était pas bien fermée : quelles que fussent les améliorations apportées au reste de la maison, les portes de Bobbi qui fermaient mal restaient fidèles à leur bonne vieille habitude de se rouvrir. Il faudrait probablement que Bobbi refasse tout le côté nord de la maison pour remédier à ça. *C'est peut-être son projet pour la semaine prochaine*, se dit-il.

La porte s'était rouverte assez largement pour qu'il puisse voir Bobbi debout devant le miroir où il s'était lui-même regardé pas si longtemps auparavant. Elle tenait sa brosse à dents d'une main et un tube de dentifrice de l'autre, mais elle n'avait pas encore débouché le tube. Elle regardait dans le miroir avec une intensité presque hypnotique. Elle avait retroussé ses lèvres, découvrant toutes ses dents.

Elle surprit un mouvement dans le miroir et se retourna, sans faire d'effort particulier pour dissimuler sa poitrine amaigrie.

« Gard, est-ce que tu trouves que mes dents sont normales ? »

Gardener les regarda. Elles lui semblaient telles qu'elles avaient toujours été, même s'il ne se souvenait pas d'en avoir jamais vu autant — ce qui lui rappela cette terrible photo de Karen Carpenter.

« Bien sûr. »

Il s'efforçait de ne pas regarder les côtes saillantes de Bobbi ni les os de son bassin qui pointaient au-dessus de son jean — jean qui tombait en dépit d'une ceinture tellement serrée qu'on aurait dit un pantalon de vagabond, trop large, retenu par une ficelle.

« Je crois, ajouta-t-il. " Regarde, maman, je n'ai pas de caries ! " » singea-t-il en souriant.

Bobbi essaya de lui rendre son sourire, mais avec ses lèvres tirées jusqu'aux gencives, le résultat de l'expérience fut assez grotesque. Elle posa un doigt sur une molaire et appuya :

« Eheu a hou an eu hé a ?
— Pardon ?
— Est-ce que ça bouge quand je fais ça ?
— Non. Pour autant que je puisse voir. Pourquoi ?
— C'est à cause de ce rêve que je fais tout le temps. Je... »

Elle se regarda.

« Sors d'ici, Gard, je suis déshabillée. »

Ne t'en fais pas, Bobbi, je n'avais pas l'intention de te sauter dessus. J'aurais trop peur de me faire des bleus, ha ! ha !

« Désolé, dit-il. La porte était ouverte. J'ai pensé que tu étais sortie. »

Il ferma la porte, tirant d'un coup ferme pour s'assurer que le pêne était bien enclenché.

D'une voix claire, Bobbi lui déclara à travers la porte :
« Je sais ce qui te préoccupe. »

Il ne répondit rien et resta planté là. Mais il eut l'impression qu'elle savait — *savait* — qu'il était toujours là. Comme si elle avait pu voir à travers la porte.

« Tu te demandes si je perds la raison.
— Non. Non, Bobbi, mais...
— Je suis aussi saine d'esprit que toi, déclara-t-elle. Je suis tellement raide que je peux à peine marcher et j'ai un bandage autour du genou droit et je ne me souviens plus pourquoi et j'ai une faim de loup et j'ai trop maigri... mais je ne suis pas folle, Gard. Je crois qu'avant ce soir, il se pourrait que tu te demandes par moments si tu n'es pas fou. Mais je connais la réponse : nous ne le sommes ni l'un ni l'autre.
— Bobbi, qu'est-ce qui se passe, ici ? l'interrogea Gardener d'une voix qui ressemblait plutôt à un cri d'impuissance.
— Je veux enlever ce foutu bandage et voir ce qu'il y a dessous, dit Bobbi à travers la porte. Il me semble que je me suis bien arrangée. Dans les bois, probablement. Après, je veux prendre une douche bien chaude et enfiler des vêtements propres. Pendant ce temps, tu pourrais nous faire un bon petit déjeuner, et je te raconterai tout.
— Vraiment ?
— Oui.
— D'accord, Bobbi.
— Je suis contente que tu sois là, Gard. J'ai eu un mauvais pressentiment une fois ou deux. J'avais l'impression que tu n'allais pas bien. »

Gardener sentit sa vision se dédoubler, éclater, avant de s'éparpiller en prismes de kaléidoscope. Il passa un bras sur son visage.

« La mer est calme, le ciel est bleu, dit-il. Je vais faire le déjeuner.

— Merci, Gard. »
Il s'éloigna, mais il dut marcher lentement, parce qu'il avait beau se frotter les yeux, sa vision tentait sans cesse de voler en mille morceaux.

3

Il s'arrêta brusquement au seuil de la cuisine et retourna vers la salle de bains. Maintenant, l'eau coulait.
« Où est Peter ?
— *Quoi ?* cria Bobbi dans le vacarme de la douche.
— *Je te demande où est Peter ?*
— Il est mort. J'ai pleuré, Gard. Mais il était... tu sais...
— Vieux, murmura Gardener avant de se souvenir qu'il lui fallait élever la voix pour qu'elle l'entende malgré la douche. Il est mort de vieillesse, alors ?
— Oui. »
Gardener resta planté là un moment avant de retourner à la cuisine, se demandant pourquoi il croyait que Bobbi mentait au sujet de Peter et de la façon dont il était mort.

4

Gard prépara des œufs brouillés et du bacon grillé. Il remarqua un four à micro-ondes installé sur le four ordinaire, et de nouvelles rampes d'éclairage au-dessus des plans de travail et de la table où Bobbi avait l'habitude de prendre la plupart de ses repas, en tenant généralement un livre dans sa main libre.

Il fit du café, fort et noir, et il apportait le tout sur la table quand Bobbi arriva, vêtue d'un pantalon de velours propre et d'un T-shirt orné du dessin d'une monstrueuse simulie noire au-dessus de la légende : L'OISEAU DU MAINE. Ses cheveux mouillés étaient enveloppés d'une serviette.

Bobbi inventoria du regard ce qui se trouvait sur la table.

« Pas de toasts ? demanda-t-elle.

— Rôtis-les toi-même, tes foutus toasts, dit aimablement Gardener. Je n'ai pas fait trois cents bornes en stop pour te préparer ton petit déjeuner.

— Tu as fait *quoi* ? demanda Bobbi en arrondissant les yeux. Hier ? Sous la pluie ?

— Ouais.

— Mais, nom de Dieu, qu'est-ce qui t'est arrivé ? Muriel m'a dit que tu étais en tournée et que tu donnais ta dernière lecture le 30 juin.

— Tu as appelé Muriel ? Quand ? »

Il était bêtement ému. Bobbi claqua des doigts comme si ça n'avait pas d'importance, ce qui était probablement vrai.

« Qu'est-ce qui t'est arrivé ? » insista-t-elle.

Il pensa le lui dire. Il s'aperçut même avec horreur qu'il *voulait* le lui dire. Mais est-ce qu'elle n'était bonne qu'à ça ? Est-ce que Bobbi Anderson ne valait pas plus que la digue sur laquelle il s'était échoué ? Il hésita, il voulait le lui dire... mais il résista. Il pourrait le faire plus tard. Peut-être.

« Plus tard, dit-il. Je veux savoir ce qui se passe ici.

— D'abord, on déjeune. Et c'est un ordre ! »

5

Gard donna à Bobbi l'essentiel des œufs et du bacon, et Bobbi ne perdit pas de temps : elle se jeta dessus comme une femme qui est restée sans bien manger pendant longtemps. En la regardant dévorer, Gardener se souvint de la biographie de Thomas Edison qu'il avait lue quand il était très jeune — dix ou onze ans. Edison fonctionnait par crises de travail pendant lesquelles les idées fusaient les unes après les autres, les inventions se succédaient. Pendant ces crises, il négligeait femme, enfants, toilette et même nourriture. Si sa femme ne lui avait pas apporté ses repas sur un plateau, il aurait tout aussi bien pu se laisser mourir de faim entre l'invention de l'ampoule électrique et celle du phonographe. Une image le montrait, les mains plongées dans sa tignasse hirsute, comme s'il voulait atteindre son cerveau à travers les cheveux et le crâne, ce cerveau qui ne le laissait pas en paix — et Gardener se souvint d'avoir pensé que cet homme avait l'air fou.

Et puis, se dit-il en touchant le côté de son front, Edison souffrait de migraines. De migraines et de profondes dépressions.

Bobbi ne montrait pourtant aucun signe de dépression. Elle engloutit les œufs, mangea sept ou huit tranches de bacon coincées entre des toasts tartinés de margarine et avala deux grands verres de jus d'orange. Quand elle eut fini, elle émit un rot sonore.

« Que tu es mal élevée, Bobbi !
— En Chine, on rote pour féliciter la cuisinière.
— Et qu'est-ce qu'on fait quand on a bien baisé ? On pète ? »

Bobbi rejeta la tête en arrière et éclata de rire. La serviette tomba de ses cheveux, et d'un seul coup, Gard eut envie de l'emmener au lit, sac d'os ou pas.

Avec un petit sourire, Gardener dit :
« D'accord, c'était bon. Merci. Un de ces dimanches, je te ferai des œufs Bénédict terribles. Maintenant, vas-y. »

Bobbi tendit le bras derrière lui et attrapa un paquet de Camel à moitié plein. Elle alluma une cigarette et poussa le paquet vers Gardener.

« Non, merci. C'est la seule de mes mauvaises habitudes que j'aie presque réussi à éliminer. »

Mais avant que Bobbi n'ait fini, Gardener en avait fumé quatre.

6

« Tu as regardé autour de toi, dit Roberta. Je me souviens — à peine — de t'avoir dit de le faire, mais je sais que tu l'as fait. Tu as la tête que j'avais quand j'ai trouvé la chose dans le bois.

— Quelle chose ?

— Si je te le disais maintenant, tu penserais que je suis folle. Plus tard, je te montrerai ; mais pour le moment, je crois que nous ferions mieux de parler. Dis-moi ce que tu as vu ici. Quels changements ? »

Gardener les énuméra : la rénovation de la cave, les projets, le drôle de petit soleil dans le chauffe-eau. L'étrange transformation du moteur du Tomcat. Il hésita un moment en pensant à la modification du schéma des vitesses, mais il décida de laisser cela pour le moment. Il se dit que, de toute façon, Bobbi savait qu'il avait vu la plaque.

« Et au milieu de tout ça, dit-il, tu as trouvé le temps d'écrire un autre livre. Un livre très long. J'en ai lu les quarante premières pages pendant que j'attendais que tu te réveilles, et je crois que c'est aussi bon que long. Probablement le meilleur roman que tu aies jamais écrit... et tu en as écrit de bons.

— Merci, dit Roberta en hochant la tête avec satisfaction. Je crois aussi que c'est bien. Tu la veux ? demanda-t-elle en montrant la dernière tranche de bacon.

— Non.

— Tu es sûr ?

— Oui. »

Elle la prit et l'avala.

« Ça t'a pris combien de temps pour l'écrire ?

— Je n'en suis pas absolument certaine, mais peut-être trois jours. Pas plus d'une semaine, en tout cas. J'en ai fait l'essentiel en dormant. »

Gardener sourit.

« Je ne blague pas, tu sais », dit-elle en souriant aussi.

Gardener cessa de sourire.

« Ma perception du temps est complètement déréglée, admit-elle. Je sais que je n'y travaillais pas encore le 27. C'est le dernier jour où je percevais encore très clairement l'écoulement du temps. Tu es arrivé ici la nuit dernière, le 4 Juillet, et c'était fini. Alors... une semaine au maximum. Mais je ne crois vraiment pas que ça m'ait pris plus de trois jours. »

Gardener restait bouche bée. Bobbi le regardait calmement. Elle essuyait ses doigts sur une serviette.

« Bobbi, c'est impossible, finit-il par dire.

— Si tu crois ça, c'est que tu n'as pas bien regardé ma machine à écrire. »

Gardener n'avait jeté qu'un coup d'œil à la machine de Bobbi quand il s'était assis, parce que son attention s'était immédiatement fixée sur le manuscrit. Il avait vu mille fois la vieille Underwood noire. Le manuscrit, en revanche, était tout nouveau.

« Si tu l'avais regardée, tu aurais vu le rouleau de papier de listing accroché au mur, et encore un de ces gadgets derrière. Boîte à œufs, piles longue durée, etc. Quoi ? Tu veux ça ? »

Elle poussa les cigarettes vers Gardener, qui en prit une.

« Je ne sais pas comment ça fonctionne, mais en fait, je ne sais pas comment rien de tout ça fonctionne — y compris le truc qui fournit *tout* le jus ici. »

Elle sourit devant l'expression d'incrédulité qui se peignait sur le visage de Gardener.

« J'ai décroché de la mamelle de Central Maine Power, Gard. Je leur ai fait suspendre la fourniture d'électricité... c'est comme ça qu'ils disent, comme s'ils savaient parfaitement que tu y reviendras avant longtemps... voyons... il y a quatre jours. Ça, je m'en souviens.

— Bobbi...

— Dehors, dans la boîte de raccordement, il y a un bidule comme celui de mon chauffe-eau et celui de ma machine à écrire, mais celui-là, c'est le grand-père de tous les autres, dit-elle avec le rire d'une femme évoquant un plaisant souvenir. Il y a vingt ou trente piles dedans. Je pense que Poly Andrews, au supermarché Cooder, doit croire que je suis cinglée : j'ai acheté toutes les piles de son stock, et ensuite je suis allée jusqu'à Augusta pour en avoir davantage... Est-ce que c'est le jour où j'ai eu la terre pour la cave ? se demanda-t-elle en fronçant les sourcils. Je crois, ouais, dit-elle en retrouvant un visage serein. La Fameuse Course aux Piles de 1988. J'ai fait sept magasins différents et je suis revenue avec des centaines de piles, et puis je me suis arrêtée à Albion et j'ai pris un chargement de terreau pour la cave. Je suis presque sûre que j'ai fait les deux le même jour. »

Son front se plissa de nouveau, et Gardener crut un instant que Bobbi était aussi effrayée et épuisée que la veille. Naturellement, elle était encore épuisée. Le type d'épuisement qui l'avait conduite à s'effondrer dans les bras de Gardener pénétrait jusqu'à la moelle des os. Une seule nuit de sommeil, même long et profond, ne pouvait l'effacer. Et puis il y avait ce discours fou, hallucinatoire : le livre écrit dans son sommeil, tout le courant de la maison venant de piles, l'équipée à Augusta...

Mais les preuves étaient là, tout autour de lui. Il les avait *vues*.

« ... Ah, celui-là ! dit Roberta en riant.
— Quoi, Bobbi ?
— Je disais que j'ai eu un mal de chien à monter le machin qui produit le courant pour la maison, et aussi pour les fouilles.
— Quelles fouilles ? La chose dans le bois que tu veux me montrer ?
— Oui. Bientôt. Donne-moi encore quelques minutes. »

Le visage de Bobbi refléta à nouveau le plaisir de raconter, et Gardener songea soudain que ce devait être l'expression de ceux qui non seulement *veulent* raconter une histoire, mais *doivent* la raconter — comme le conférencier qui a participé à une expédition dans l'Antarctique en 1937 et vous barbe avec ses diapositives délavées, comme Ishmaël le Marin, ancien du malheureux *Pequod*, terminant son récit par une phrase qui ressemble plutôt à un cri désespéré à peine déguisé en information : « Et il ne reste que moi qui puisse encore vous le raconter. » Étaient-ce du désespoir et de la folie qu'il fallait déceler sous les souvenirs joyeux et chaotiques des Dix Jours qui Ébranlèrent Haven ? Gardener le pensait... le *savait*. Qui mieux que lui eût pu détecter les signes révélateurs ? Quoi que Bobbi ait pu vivre ici tandis que Gardener lisait ses poèmes à des matrones informes et à leurs maris somnolents, cela avait bien failli la rendre folle.

Bobbi prit une autre cigarette d'une main un peu tremblante qui fit un instant clignoter la flamme de l'allumette. Tremblement imperceptible, que Gard n'avait remarqué que parce qu'il s'y attendait.

« Je n'avais pas de cartons à œufs sous la main, et de toute façon, les piles que je devais placer étaient trop nombreuses pour tenir dans un ou deux cartons. Alors je suis montée chercher un des coffrets à cigares d'oncle Frank, il doit y en avoir une douzaine, en bois, dans le grenier — même Mabel Noyes, au Bazar de Haven, m'en donnerait probablement quelques dollars, et tu sais quel vautour elle est —, et j'ai bourré le coffret de papier hygiénique pour faire des niches où les piles tiendraient debout. Tu sais... des niches ? »

Bobbi fit un geste rapide de son index droit et regarda Gard, les yeux brillants, pour voir s'il comprenait. Gard acquiesça. Le sentiment d'irréalité revenait, cette impression que son esprit allait s'éjecter de son crâne et flotter jusqu'au plafond. *Une cuite arrangerait tout*, se dit-il, et les pulsations s'amplifièrent dans sa tête.

« Mais les piles n'arrêtaient pas de tomber, continuat-elle en écrasant sa cigarette avant d'en allumer immédiatement une autre. Ils étaient surexcités, complètement surexcités. Et moi aussi. Alors j'ai eu une idée. »

Ils ?

« Je suis allée chez Chip McCausland, tu sais sur Dugout Road ? »

Gardener hocha la tête. Il n'était jamais allé sur Dugout Road.

« Eh bien, il vit là-bas avec cette femme — sa concubine, je crois — et environ dix gosses. Si tu voyais ça ! La crasse autour de son cou, Gard... Pour la nettoyer, il faudrait un marteau et un burin. Je crois qu'il était marié avant, et... ça n'a pas d'importance... c'est seulement que... je n'avais personne à qui parler... Je veux dire... *ils* ne parlent pas, pas comme des personnes normales, et je n'arrête pas de mélanger ce qui est important et ce qui ne l'est pas. »

Les mots s'étaient mis à jaillir de plus en plus vite de la bouche de Bobbi, et maintenant, ils se bousculaient presque. *Elle s'emballe*, se dit Gardener un peu inquiet, *et elle ne va pas tarder soit à crier, soit à pleurer*. Il ne savait ce qu'il redoutait le plus, et repensa à Ishmaël, Ishmaël déambulant dans les rues de Bedford, Massachusetts, puant plus la folie que l'huile de baleine, accrochant finalement un malheureux passant et criant : *Écoutez ! Il ne reste que moi pour vous raconter, alors vous feriez mieux d'écouter, bon Dieu ! Vous feriez mieux d'écouter si vous ne voulez pas utiliser ce harpon comme suppositoire ! J'ai une histoire à raconter, c'est à propos de cette nom de Dieu de baleine blanche et VOUS ALLEZ ÉCOUTER !*

Il posa sa main sur la sienne, de l'autre côté de la table.

« Tu me racontes tout comme tu en as envie. Je suis ici, et je t'écoute. J'ai tout le temps ; comme tu l'as dit, c'est ton jour de congé. Alors ralentis un peu. Si je m'endors, c'est que tu te seras trop écartée du sujet, d'accord ? »

Bobbi sourit et se détendit. Gardener aurait voulu lui demander à nouveau ce qui se passait dans le bois. Plus encore, il aurait voulu savoir qui *ils* étaient. Mais il valait mieux attendre. *Tout vient à point à qui sait attendre*, se dit-il, *surtout les mauvaises nouvelles*. Après avoir observé une pause pour se ressaisir, Bobbi continua :

« Je te racontais ça parce que Chip McCausland a trois ou quatre poulaillers. Pour quelques dollars, il m'a donné autant de cartons à œufs que je voulais, et même quelques-uns de ces grands plateaux pour dix douzaines d'œufs. »

Bobbi rit joyeusement et ajouta quelque chose qui donna la chair de poule à Gardener :

« Je n'en ai pas encore utilisé, mais quand je le ferai, je crois qu'on aura assez de courant pour que tout Haven décroche de la mamelle de Central Maine Power! Et du rabiot pour Albion et Troie! Bon, alors — je m'égare encore — j'ai donc eu le courant ici, et j'avais déjà le bidule pour la machine à écrire, et j'ai vraiment dormi — enfin, j'ai somnolé en tout cas — et c'est à peu près là qu'on en est, non? »

Gardener approuva, toujours aux prises avec l'idée que les faits se mêlaient aux hallucinations quand Bobbi déclarait calmement qu'elle pourrait bricoler un « bidule » capable de fournir assez de courant pour trois villages à partir d'une source d'énergie composée de cent vingt piles de 9 volts.

« La machine à écrire, justement, ça... »

Bobbi fronça les sourcils et pencha un peu la tête, comme si elle écoutait une voix que Gardener ne pouvait entendre.

« ... Ce serait peut-être plus facile si je te montrais comment ça marche. Vas-y, et engage une feuille sur le chariot, tu veux bien?

— D'accord. »

Il se dirigea vers la porte qui menait au salon, puis se retourna vers Bobbi.

« Tu ne viens pas?

— Je reste ici », répondit Bobbi en souriant.

C'est alors que Gardener saisit. Il comprit même à un niveau mental où seule la pure logique permettait qu'il en soit ainsi — l'immortel Sherlock Holmes lui-même n'avait-il pas dit que, lorsqu'on élimine l'impossible, il faut croire à ce qui reste, aussi improbable que ce soit? Et il y avait bien un nouveau roman sur la table, près de ce que Bobbi appelait parfois son accordéon à mots.

Ouais, sauf que les machines à écrire n'écrivent pas de livres toutes seules, mon vieux Gard. Tu sais ce que dirait probablement l'immortel Holmes? Que le fait qu'il y ait un roman près de la machine à écrire de Bobbi, et le fait, de surcroît, que tu n'aies jamais vu ce roman auparavant, n'implique pas que ce soit un écrit récent. Holmes dirait que Bobbi a écrit ce livre il y a quelque temps. Et puis, pendant ton absence, quand elle perdait la boule, elle l'a sorti et l'a posé près de la machine à écrire. Il est possible qu'elle croie ce qu'elle te raconte, mais ça ne veut pas dire que ce soit vrai.

Gardener gagna le coin encombré de la salle de séjour où Bobbi avait installé son bureau d'écrivain, assez près de la bibliothèque pour qu'elle n'ait qu'à se balancer sur deux pieds de sa chaise pour attraper presque n'importe lequel de ses livres. *C'est trop bon pour sortir d'une vieille malle.*

Il savait aussi ce que l'immortel Holmes dirait de *ça* : il admettrait que l'hypothèse selon laquelle *Les Soldats des bisons* auraient été exhumés d'une malle était hautement *improbable*; il déclarerait pourtant qu'écrire un roman en trois jours — et pas à la machine à écrire, mais pendant qu'on fait la sieste entre deux accès d'activité frénétique — était totalement *impossible*. Nom de Dieu !

Sauf que ce roman n'était sorti d'aucune malle. Gardener le savait, parce qu'il connaissait *Bobbi*. Bobbi aurait été tout aussi incapable de garder un aussi bon roman dans une malle que Gard de rester calme dans une discussion portant sur l'énergie nucléaire.

Va te faire foutre, Sherlock, et le joli fiacre dans lequel vous vous promeniez avec le Dr W... Bon Dieu, j'ai tellement envie d'un verre !

L'envie — le *besoin* — d'un verre était revenu avec une force effrayante.

« Tu y es, Gard ? demanda Bobbi.

— Oui. »

Cette fois, il enregistra vraiment la présence du rouleau de papier qui pendouillait au mur. Il regarda derrière la machine à écrire et vit effectivement un autre des « gadgets » de Bobbi. Plus petit, celui-là : une demi-boîte à œufs dont deux alvéoles restaient vides alors que des piles de 9 volts occupaient les quatre autres, chacune soigneusement coiffée de l'un de ces petits entonnoirs (à y regarder de plus près, Gard conclut que c'étaient des bouts de boîtes de conserve consciencieusement découpés à la forme voulue, avec des cisailles, pour qu'ils s'adaptent aux plots), un fil sortant de chaque entonnoir au-dessus du pôle +... Un rouge, un bleu, un jaune, un vert. Ils étaient raccordés à une plaque de circuits imprimés qui semblait provenir, elle, d'un poste de radio. Elle était coincée verticalement entre deux petites planchettes de bois collées au bureau qui la prenaient en sandwich. Gardener connaissait parfaitement ces planchettes de bois, qui ressemblaient un peu à la gouttière où l'on pose les craies au bas d'un tableau noir, mais pendant un instant il eut du mal à les identifier. Puis il se souvint : c'étaient les supports que chaque joueur de Scrabble utilise pour disposer ses lettres devant lui.

Un fil unique, presque aussi épais qu'un câble de batterie, reliait le tableau à la machine à écrire.

« Introduis le papier ! cria Bobbi en riant. C'est la seule chose que j'avais oubliée, c'est idiot, non ? Ils n'arrivaient pas à m'aider et j'ai failli devenir folle avant de trouver la solution. J'étais aux chiottes un jour, regrettant finalement de ne pas avoir acheté un de ces foutus traitements de texte, quand j'ai tendu la main pour prendre du papier Q... *eureka* ! Qu'est-ce que je me suis sentie idiote ! Engage-le simplement sous le cylindre, Gard ! »

Non, je vais sortir d'ici, et tout de suite, et après je vais faire du stop jusqu'au Purple Cow, à Hapden, et je vais me soûler à un tel point que je ne me souviendrai jamais de tout ça. Je ne veux jamais savoir qui « ils » sont.

Mais il tira le bout du rouleau, engagea la feuille perforée sous le cylindre et tourna le bouton sur le côté de la vieille machine jusqu'à ce qu'il puisse rabattre le guide-page. Son cœur commençait à battre fort, et vite.

« Ça y est ! dit-il. Est-ce que tu veux que je... heu... j'allume quelque chose ? »

Il ne voyait aucun interrupteur, et même s'il en avait vu un, il n'aurait pas voulu y toucher.

« Pas besoin ! » répondit-elle.

Gard entendit un déclic, suivi d'un ronronnement —

le son d'un transformateur de train électrique pour gosse.

La machine à écrire de Bobbi émet soudain une lumière verte.

Gardener fit un pas en arrière, un pas involontaire et titubant, sur des jambes qui ressemblaient plutôt à des échasses. La lumière filtrait entre les touches en rayons étranges et divergents. Les côtés de l'Underwood étaient tapissés de plaques de verre qui luisaient maintenant comme les parois d'un aquarium.

Soudain, les touches de la machine s'enfoncèrent d'elles-mêmes, s'abaissant et se relevant comme les touches d'un piano mécanique. Le chariot avançait rapidement.

Si je mens je vais en enfer

Ding! Bang!
Le chariot revint en début de ligne.
Non. Je ne vois pas ça. Je ne crois pas que je voie ce que je vois.

Voici les perles qu'étaient ses yeux

A travers le clavier, une lumière verte et soyeuse de radium léchait les mots.
Ding! Bang!

Ma bière, c'est Rheingold

Il lui sembla que la ligne s'inscrivait en une seconde. Les touches frappaient si vite qu'on les voyait floues. C'était comme un téléscripteur dernier cri.

Quand vous achetez une bière, pensez Rheingold

Bon Dieu, est-ce qu'elle fait vraiment ça? Ou est-ce que c'est un truc?
Face à cette nouvelle merveille, son esprit recommen-

çait à vaciller, et il se surprit à appeler désespérément Sherlock Holmes à l'aide — un truc, naturellement, il y avait un truc, ça faisait partie de la dépression nerveuse de cette pauvre Bobbi... de sa très *créative* dépression nerveuse.

Ding! Bang! Le chariot revint en début de ligne.

> *Il n'y a pas de truc, Gard.*

Le chariot revint, et voici ce que les touches tapèrent sous les yeux agrandis et fixes de Jim :

> *Ta première idée était la bonne. Je fais ça depuis la cuisine. Le gadget derrière la machine à écrire est sensible à la pensée, comme une cellule photoélectrique est sensible à la lumière. Ce bidule semble capter clairement mes pensées jusqu'à huit kilomètres. Si je suis plus loin, ça s'embrouille. Au-delà d'une quinzaine de kilomètres, ça ne marche plus du tout.*

Ding! Bang! Le grand levier argenté à gauche du chariot s'actionna deux fois, faisant monter de quelques lignes le papier sur lequel s'inscrivaient maintenant les six messages parfaitement tapés. Puis la machine se remit à frapper.

> *Alors, tu vois, je n'avais pas besoin d'être assise à la machine pour travailler à mon roman — « Regarde maman, sans les mains! » Cette pauvre vieille Underwood a foncé comme une folle pendant ces deux ou trois jours, Gard, et pendant qu'elle frappait, je courais dans les bois, je travaillais sur le site, ou à la cave. Mais comme je te l'ai dit, la plupart du temps, je dormais. C'est drôle... même si quelqu'un avait pu me convaincre qu'un tel gadget existait, je n'aurais jamais cru qu'il fonctionnerait avec moi, parce que j'ai toujours si mal dicté. Je prétendais qu'il fallait que j'écrive mes lettres moi-même parce que j'avais besoin de voir les mots sur le papier. Il m'était impossible d'imaginer comment*

quelqu'un pouvait dicter tout un roman au magnétophone, par exemple, alors que certains écrivains le font, apparemment. Mais là, ce n'est pas comme quand on dicte, Gard — c'est comme une prise directe sur l'inconscient, plus un rêve qu'une écriture... Mais ce qui en sort n'a pas le caractère souvent irréaliste et illogique des rêves. Ce n'est plus du tout une machine à écrire. C'est une machine de rêve. Une machine qui rêve de façon rationnelle. C'est une sorte de plaisanterie cosmique qu'ils me l'aient donnée, pour que je puisse écrire Les Soldats des bisons. *Tu as raison, c'est vraiment le meilleur livre que j'aie jamais écrit, mais c'est toujours un roman alimentaire. C'est comme si quelqu'un inventait une machine à mouvement perpétuel pour que son gosse ne l'embête plus à lui demander sans arrêt de changer les piles de sa voiture! Mais est-ce que tu imagines quels auraient été les résultats si Scott Fitzgerald avait eu l'un de ces gadgets? Ou Hemingway? Faulkner? Salinger?*

Après chaque point d'interrogation, la machine marquait un temps de silence avant d'exploser en un autre nom. Après Salinger, elle s'arrêta complètement. Gardener avait lu au fur et à mesure qu'elle écrivait, mais d'une façon mécanique, presque sans comprendre. Ses yeux se reportèrent au début du passage. *Je m'étais dit que c'était un truc, qu'elle avait peut-être programmé la machine pour qu'elle m'écrive ces bouts de phrases. Et ça a écrit...*
Ça avait écrit : *Il n'y a pas de truc, Gard.*
Une idée lui vint soudain : *Est-ce que tu peux lire dans mes pensées, Bobbi?*
Ding! Bang! Le chariot repartit soudain, surprenant Gard au point de le faire sursauter, presque crier.

Oui, mais juste un peu.

Qu'avons-nous fait le 4 Juillet de l'année où j'ai abandonné l'enseignement?

Nous sommes allés jusqu'à Derry. Tu as dit que tu connaissais un type qui nous vendrait des bombes cerises. Il nous a bien vendu les bombes cerises, mais elles n'ont jamais voulu éclater. Tu étais assez soûl. Tu voulais retourner trouver le gars et lui casser la gueule. Je n'arrivais pas à t'en dissuader, alors on y est retournés, et sa bon Dieu de maison était en feu. Il avait plein de vrais feux d'artifice dans sa cave, et il avait jeté un mégot de cigarette dans une boîte ! Quand tu as vu le feu et les camions de pompiers, tu t'es mis à rire si fort que tu es tombé par terre dans la rue.

Le sentiment d'irréalité qu'éprouvait Gard n'avait jamais été aussi fort qu'à présent. Il lutta contre lui, le repoussant à bout de bras tandis que ses yeux cherchaient autre chose dans le passage précédent. Au bout d'une ou deux secondes, il trouva : *C'est une sorte de plaisanterie cosmique qu'ils me l'aient donnée...*

Plus tôt, Bobbi avait dit : *Les piles n'arrêtaient pas de tomber. Ils étaient surexcités, complètement surexcités...*

Il sentait ses joues rouges et chaudes, comme quand on a de la fièvre, mais son front était aussi froid qu'un bloc de glace. Même la pulsation régulière de la douleur au-dessus de son œil gauche ressemblait à de froids élancements superficiels qui le frappaient avec la régularité d'un métronome.

En regardant la machine à écrire, qui diffusait toujours cette lumière verte spectrale, Gardener pensa : *Bobbi, qui sont-« ils » ?*

Ding ! Bang !

Les touches crépitèrent, les explosions de lettres formant des mots, les mots formant une ritournelle enfantine :

> Tard, la nuit dernière et celle d'avant,
> Toc, toc à la porte — les Tommyknockers !
> Les Tommyknockers, les esprits frappeurs.

Jim Gardener se mit à hurler.

7

Finalement, ses mains cessèrent de trembler — du moins suffisamment pour qu'il puisse porter son café à ses lèvres sans le renverser sur lui, couronnant les festivités de cette folle matinée par quelques brûlures de plus.

Bobbi, de l'autre côté de la table de la cuisine, gardait sur lui ses yeux inquiets. Elle conservait une bouteille de très bon brandy dans les profondeurs obscures de son cagibi, loin des « alcools de première nécessité », et elle avait proposé à Gard d'arroser son café. Il avait refusé, pas seulement avec regret, mais avec douleur. Il avait *besoin* de ce brandy — qui atténuerait ses maux de tête, les arrêterait peut-être même totalement. Plus important encore : qui remettrait son cerveau en place. Il se débarrasserait de cette sensation de « je-viens-de-m'envoler-du-bout-du-monde ».

Mais le problème, c'était qu'il en soit arrivé à « ce » point, non ? Oui. Le point où il ne suffirait pas d'une giclée de brandy dans son café pour que ça s'arrête. Il y avait eu trop de choses à enregistrer depuis qu'il avait ouvert la trappe au bas du chauffe-eau de Bobbi et qu'il était remonté pour boire un verre de bourbon. A ce moment-là, il n'avait pas pris de risques ; maintenant l'air vibrait de l'instabilité qui déclenche les cyclones.

Alors : plus d'alcool. Pas même pour allonger son café à l'irlandaise. Jusqu'à ce qu'il ait compris ce qui se passait ici. Ce qui arrivait à Bobbi. Surtout ça.

« Je suis désolée si la fin t'a fait peur, dit Roberta, mais je ne crois pas que j'aurais pu l'arrêter. Je t'ai dit que c'est une machine de rêve ; c'est aussi une " machine du subconscient ". Je ne perçois pas vraiment grand-chose de tes pensées, Gard — j'ai essayé avec d'autres gens, et dans la plupart des cas c'est aussi facile que d'enfoncer le pouce dans de la pâte à pain toute fraîche.

On peut creuser jusqu'à ce qu'on appellerait le ça, je pense... bien qu'au fond ce soit horrible, plein des plus monstrueuses... on ne peut même pas dire idées... *images*, je crois qu'on appellerait cela des images. Aussi simple qu'un gribouillage d'enfant, mais vivant. Comme ces poissons qu'on trouve tout au fond de l'océan, ceux qui explosent quand on les remonte à la surface, expliquait Bobbi qui se mit soudain à frissonner. Ils sont *vivants*. »

Pendant une seconde, ce fut le silence, si ce n'est que, dehors, les oiseaux chantaient. Bobbi reprit brutalement :

« Bon, en tout cas, tout ce que je tire de toi, c'est superficiel, et même ça, c'est éclaté, épars et incohérent. Si tu étais comme les autres, je saurais ce que tu as, et pourquoi tu as l'air tellement minable...

— Merci, Bobbi. Je savais bien qu'il y avait une raison pour que je revienne toujours ici, et comme ce n'est pas la cuisine, ça doit être les flatteries. »

Il sourit, mais d'un sourire nerveux, et il alluma une autre cigarette.

« Enfin, continua Bobbi comme s'il n'avait rien dit, je peux me livrer à certaines conjectures sur la base de ce qui t'est déjà arrivé, mais il faudra que tu me donnes les détails... Même si je le voulais, je ne pourrais pas y fourrer mon nez. Je ne suis même pas certaine que je verrais les choses clairement si tu amenais tout sur le devant de ta tête et me déroulais le tapis rouge. Mais quand tu as demandé qui " ils " étaient, cette berceuse des Tommyknockers m'est venue comme une grosse bulle. Et elle s'est inscrite toute seule sur le papier.

— D'accord, dit Gardener, bien qu'il ne le fût guère. Mais qui sont-ils, si ce ne sont pas des Tommyknockers ? Est-ce que ce sont des gnomes ? Des lutins ? Des greml... ?

— Je t'ai demandé de regarder autour de toi parce que je voulais que tu aies une idée de l'ampleur de tout ça. De l'immensité des implications possibles.

— Je le comprends bien, dit Gardener tandis qu'un

pâle sourire relevait les commissures de ses lèvres. Encore quelques petites implications comme celles que j'ai vues, et je suis bon pour la camisole de force.

— Tes Tommyknockers sont venus de l'espace, dit Roberta, comme je pense que tu l'as compris maintenant. »

Gardener se dit que l'idée avait fait plus que traverser son esprit, mais il avait la bouche sèche, les mains paralysées autour de sa tasse de café.

« Est-ce qu'ils sont près de nous ? » demanda-t-il.

Sa voix semblait venir de très, très loin. Il eut soudain peur de se retourner, peur de voir une chose difforme avec trois yeux et une corne à la place de la bouche sortir du cagibi en valsant, ce qu'on ne voit qu'au cinéma, dans une quelconque *Guerre des étoiles*.

« Je crois qu'ils sont morts depuis longtemps, dit calmement Bobbi. Leur être physique est mort. Ils sont probablement morts bien avant que les hommes n'existent sur Terre. Mais tu sais... Caruso est mort, mais il chante encore sur Dieu sait combien de disques, non ?

— Bobbi, dis-moi ce qui est arrivé. Je voudrais que tu commences par le début et que tu termines en disant " et puis tu es arrivé dans mon chemin juste à temps pour m'attraper alors que je m'évanouissais ". Peux-tu faire ça ?

— Pas complètement, dit-elle avec un sourire. Mais je vais essayer. »

8

Bobbi parla longtemps. Quand elle eut terminé, il était plus de midi. Gard, assis en face d'elle à la table de la cuisine, fumant, ne s'excusa qu'une fois pour aller à la salle de bains, où il avala trois aspirines de plus.

Bobbi commença par le jour où elle avait trébuché, lui raconta comment elle était revenue pour dégager davantage le vaisseau — assez pour comprendre qu'elle avait trouvé quelque chose d'absolument unique —, et comment elle était revenue une troisième fois. Elle ne lui parla pas de Marmotte, la marmotte morte à laquelle les mouches ne s'intéressaient pas, ni de la cataracte de Peter qui avait régressé, ni de sa visite à Etheridge, le vétérinaire. Elle passa sur tout ça sans avoir l'air d'y toucher, disant seulement que lorsqu'elle était revenue de sa première journée complète de fouilles, elle avait retrouvé Peter étendu sous le porche, devant la maison.

« C'était comme s'il s'était endormi », dit-elle avec un sentimentalisme tellement mièvre dans la voix que Gardener, qui savait que ce n'était pas du tout son genre, la scruta du regard, avant de baisser rapidement les yeux, parce qu'elle pleurait un peu. Au bout d'un moment, Gardener demanda :

« Et ensuite ?

— Et puis tu es arrivé dans mon chemin juste à temps pour m'attraper alors que je m'évanouissais.

— Je ne comprends pas ce que tu veux dire.

— Peter est mort le 28 juin », dit-elle.

Elle n'avait jamais été une très bonne menteuse, mais en prononçant ce mensonge-là, elle eut l'impression que sa voix restait normale et naturelle.

« C'est le dernier jour dont je me souvienne clairement, dont le déroulement s'organise logiquement autour de l'horloge. Je n'ai repris conscience de l'écoulement du temps que lorsque tu es arrivé hier soir. »

Elle sourit à Gardener, mais la franchise de son sourire camouflait un autre mensonge : ses souvenirs clairs et chronologiquement organisés ne remontaient pas au 28 mais au jour précédent, le 27, alors qu'elle se tenait au-dessus de cette chose titanesque émergeant à peine de la terre, la pelle à la main. Ils avaient pris fin quand elle avait murmuré « tout va bien », et qu'elle avait commencé à creuser. Il y avait bien plus d'événements qu'elle n'en avait raconté, des tas de plus, de toutes sortes, mais elle ne parvenait pas à se souvenir de l'ordre dans lequel ils étaient survenus, et parmi ceux dont elle se souvenait, il lui fallait trier, très consciencieusement. Elle ne pouvait pas vraiment, par exemple, parler à Gard de Peter. Pas encore. *Ils* lui avaient dit qu'elle ne le devait pas, mais en l'occurrence, elle n'avait pas besoin qu'ils le lui disent.

Ils lui avaient également dit qu'il faudrait qu'elle surveille *très* étroitement Jim Gardener. Pas longtemps, naturellement — Gard ne tarderait pas à être

(l'un des nôtres)

dans l'équipe. Oui. Et ce serait *formidable* de l'avoir dans l'équipe, parce que Jim Gardener était l'être que Bobbi aimait le plus au monde.

Bobbi, qui sont « ils » ?

Les Tommyknockers. Ce nom, qui avait jailli de l'étrange opacité de l'esprit de Gard comme une bulle argentée, ne s'avérait pas plus mauvais qu'un autre, non ? Mais oui. Meilleur que certains autres.

« Et maintenant ? demanda Gardener en allumant la dernière cigarette d'un air à la fois hébété et circonspect. Je ne prétends pas que je peux avaler tout ça, dit-il avec un petit rire incontrôlé. Mon gosier n'est peut-être pas assez large pour que tout ça descende d'un coup.

— Je comprends, je crois que si je me souviens aussi peu de la semaine passée, c'est essentiellement parce que tout est si... étrange. C'est comme si j'avais l'esprit attaché à une rampe de lancement de fusée. »

Elle n'aimait pas mentir à Gard ; cela la mettait mal à l'aise. Mais elle ne tarderait pas à cesser de mentir. Gard serait... serait...

... convaincu.

Quand il aurait vu le vaisseau. Quand il aurait *senti* le vaisseau.

« Quoi que je croie ou non, dit Gard, je serai bien forcé de croire l'essentiel, j'imagine.

— " Quand on élimine l'impossible, ce qui reste est la vérité, aussi improbable que ce soit. "

— Tu as perçu ça aussi, hein ?

— Vaguement. J'aurais tout aussi bien pu ne pas comprendre si je ne t'avais pas entendu le dire une ou deux fois.

— Bon, acquiesça Gardener, je crois que ça convient

assez bien à la situation dans laquelle nous nous trouvons. Si je ne crois pas aux preuves que me donnent mes sens, il faut que je croie que je suis fou. Mais il est vrai que Dieu sait combien de gens dans le monde seraient ravis de témoigner que je le suis effectivement.

— Tu n'es pas fou, Gard », dit calmement Bobbi.

Elle posa sa main sur la sienne. Il retourna sa main et serra celle de Bobbi.

« Enfin... tu sais, un type qui a tiré sur sa femme... Il ne manque pas de gens qui diraient que c'est une preuve assez convaincante de démence.

— Gard, ça s'est passé il y a huit ans !

— Bien sûr. Et ce type à qui j'ai donné un coup de coude dans la poitrine, c'était il y a huit *jours*. J'ai aussi poursuivi un gars dans l'entrée d'Arberg, et à travers la salle à manger, à coups de parapluie, est-ce que je te l'ai raconté ? Ces cinq dernières années, mon comportement a été de plus en plus autodestructeur...

— Salut tout le monde, et bienvenue à une nouvelle Heure Nationale d'Apitoiement sur Soi ! annonça Bobbi comme un camelot de foire. Ce soir, notre invité est...

— Hier matin, j'allais me suicider, dit Gardener d'un ton calme. Si je n'avais pas eu cette idée — cette idée vraiment *forte* — que tu avais des ennuis, je nourrirais les poissons, à l'heure qu'il est. »

Bobbi le regarda intensément. Sa main serra progressivement celle de Gard jusqu'à lui faire mal.

« C'est vrai ? Seigneur !

— Oui. Tu veux savoir jusqu'où j'étais tombé ? Il m'a semblé que vu les circonstances, c'était la chose la plus sensée que je puisse faire.

— Allons...

— Je suis sérieux. Et puis cette idée m'est venue. L'idée que tu avais des ennuis. Alors j'ai remis mon suicide à plus tard pour pouvoir te téléphoner. Mais tu n'étais pas là.

— J'étais probablement dans le bois, dit Roberta. Et tu es accouru. »

Elle éleva jusqu'à sa bouche la main de Gard, et l'embrassa doucement.

« Même si toute cette folle histoire n'aboutit à rien d'autre, elle aura au moins permis que tu restes en vie, couillon.

— Comme toujours, je suis impressionné par la gauloiserie de tes compliments, Bobbi.

— Si jamais tu le fais *vraiment*, je veillerai à ce qu'on l'écrive sur ta pierre tombale, Gard. COUILLON en lettres gravées si profondément qu'elles ne s'effaceraient pas avant au moins un siècle.

— Merci beaucoup, mais tu n'auras pas à t'en préoccuper avant un moment, parce que j'ai toujours le même sentiment.

— Lequel ?

— Le sentiment que tu as des ennuis. »

Elle essaya de détourner le regard, de retirer sa main de celle de Gardener.

« Regarde-moi, Bobbi, bon sang ! »

Elle finit par le faire, à contrecœur, la lèvre inférieure un peu retroussée, avec cette expression butée qu'il lui connaissait si bien — mais est-ce qu'elle n'avait pas l'air un tout petit peu mal à l'aise ? Il en avait nettement l'impression.

« Tout cela semble tellement merveilleux : l'énergie de la maison fournie par des piles électriques, des livres qui s'écrivent tout seuls, et Dieu sait quoi d'autre. Alors pourquoi est-ce que j'ai toujours le sentiment que tu as des ennuis ?

— Je ne sais pas », dit-elle doucement.

Elle se leva pour faire la vaisselle.

9

« Naturellement, j'ai travaillé jusqu'à l'épuisement, c'est sûr », dit Roberta.

Elle lui tournait le dos, maintenant, et il eut le

sentiment qu'elle préférait ça. La vaisselle tintait dans l'eau chaude et savonneuse.

« Et, tu sais, je n'ai pas simplement dit : " Des êtres venus de l'espace, de l'électricité bon marché et propre, et la télépathie — pas mal ! ". Le facteur trompe sa femme, et je le sais — je ne veux *pas* le savoir, bon sang, je ne suis pas une concierge, mais c'était là, Gard, juste devant sa tête. Ne pas le voir aurait été nier la présence d'un néon de trente mètres de haut. Bon Dieu, j'ai titubé et vacillé.

— Très bien », dit-il, et il pensa : *Elle ne dit pas la vérité, du moins pas toute la vérité, et je ne crois pas qu'elle en soit même consciente.* « La question reste posée : Qu'est-ce qu'on fait, maintenant ?

— Je ne sais pas. »

Elle regarda par-dessus son épaule et vit les sourcils levés de Gardener.

« Est-ce que tu croyais, dit-elle, que j'allais t'apporter la réponse en un joli petit essai de cinq cents mots ou moins ? Je ne peux pas. J'ai quelques idées, mais c'est tout. Et ce ne sont peut-être même pas de bonnes idées. J'imagine que la première chose à faire, c'est de t'emmener là-bas pour que tu puisses

(être convaincu)

y jeter un coup d'œil. Après... eh bien... »

Gardener la regarda un long moment. Cette fois, Bobbi ne détourna pas les yeux. Ils étaient ouverts et candides. Mais quelque chose n'allait pas ici. Ça sonnait faux. Des choses comme cette note de mièvrerie quand Bobbi avait parlé de Peter. Peut-être que ses larmes étaient sincères, mais le ton de sa voix... sonnait faux.

« D'accord. Allons jeter un coup d'œil à ton vaisseau spatial fossile.

— On va d'abord déjeuner, dit calmement Bobbi.

— Tu as *encore* faim ?

— Bien sûr. Pas toi ?

— Bon sang, non !

— Alors, je vais manger pour deux », répliqua-t-elle.

Et c'est ce qu'elle fit.

10

Gardener décide

1

« Seigneur ! »

Gardener s'assit lourdement sur une motte de terre fraîche. Il sentait que, s'il ne s'asseyait pas, il allait tomber. Comme lorsqu'on reçoit un coup de poing dans l'estomac. Non, c'était plus étrange et plus violent que ça. Plutôt comme si on lui avait mis dans la bouche le tuyau d'un aspirateur industriel pour pomper en une seconde tout l'air de ses poumons.

« Seigneur ! » répéta-t-il d'une petite voix haletante.

Il semblait qu'il ne fût pas capable de dire autre chose.

« C'est pas rien, hein ? »

Ils étaient à mi-pente, non loin de l'endroit où Bobbi avait trouvé la marmotte. Avant, la pente était assez boisée. Maintenant, un sentier avait été dégagé pour permettre le passage d'un étrange véhicule que Gardener reconnut presque, et qui se trouvait au bord des fouilles de Bobbi. Il semblait tout petit à cause de la taille du trou comme de celle de la chose en cours d'exhumation.

La tranchée mesurait maintenant soixante-dix mètres de long sur sept de large à chaque bout, mais elle s'élargissait à une dizaine de mètres ou plus sur une quinzaine de mètres au milieu, ce qui lui donnait une silhouette de femme fessue vue de profil. Le rebord gris du vaisseau, sa courbure s'affirmant maintenant triomphalement, émergeait comme le bord d'une soucoupe — métallique et gigantesque.

« Seigneur, murmura de nouveau Gardener. Regarde un peu ça.

— C'est ce que j'ai fait, dit Bobbi, un petit sourire distant sur les lèvres. Ça fait plus d'une semaine que je regarde. C'est la plus belle chose que j'aie jamais vue. Et elle va résoudre bien des problèmes, Gard. " Un homme est arrivé sur son cheval. Il chevauchait, chevauchait. " »

Ce fut une trouée dans le brouillard. Gardener regarda Bobbi, qui aurait pu tout aussi bien dériver dans les espaces sombres d'où venait cette chose incroyable. La vue de son visage glaça Gardener d'effroi. Les yeux de Bobbi n'étaient pas seulement perdus dans le lointain. Ils n'étaient plus que des fenêtres vides.

« Qu'est-ce que tu veux dire?

— Hein? demanda Bobbi comme s'il la tirait d'un profond sommeil.

— Qui est cet homme?

— Toi, Gard. Moi. Mais je crois... Je crois que je veux surtout dire toi. Viens, descendons voir ça de plus près. »

Bobbi s'engagea rapidement sur la pente, avec la grâce que donne l'habitude. Elle parcourut près de quinze mètres avant de s'apercevoir que Gardener ne la suivait pas. Elle se retourna. Il s'était levé de sa motte de terre, mais c'était tout.

« Ça ne te mordra pas, dit-elle.

— Non? Et *qu'est-ce* que ça va me faire, Bobbi?

— *Rien!* Ils sont *morts*, Gard! Tes Tommyknockers étaient bien *réels*, mais ils étaient *mortels*, et ce vaisseau est ici depuis au moins cinquante millions d'années. Le glacier s'est fendu autour de lui! Il l'a découvert, mais il n'a pas pu l'entraîner. Toutes ces tonnes de glace n'ont pas réussi à le faire bouger. Alors le glacier s'est fendu autour. Tu peux regarder dans la tranchée et *voir* ce que ça fait. C'est comme une vague gelée. Ça rendrait fou le Dr Borns, à l'université... Mais ils sont bien morts, Gard.

— Est-ce que tu es entrée dedans ? demanda Gardener sans bouger.

— Non. La porte — je crois, je *sens* qu'il y en a une — est encore enterrée. Mais cela ne change rien au fait que je *sais*. Ils sont morts, Gard, *morts*.

— Ils sont morts, tu n'es pas entrée dans le vaisseau, mais tu inventes des trucs comme Thomas Edison en plein délire créatif et tu peux lire les pensées des autres. Alors je répète ma question : qu'est-ce que ça va me faire *à moi* ? »

Alors elle proféra le plus gros de tous les mensonges, elle l'énonça calmement, sans aucun regret. Elle dit :

« Rien que tu ne veuilles. »

Et elle reprit sa descente, sans se retourner pour voir s'il la suivait.

Gardener hésita, il sentit les pulsations douloureuses dans sa tête, et il la suivit.

2

Le véhicule que Gardener avait vu au bord de la tranchée n'était rien d'autre que la vieille voiture de Bobbi, qui avait été autrefois un break Country Squire. Bobbi l'avait conduit depuis New York pour venir à l'université. C'était treize ans plus tôt, et à l'époque déjà, le break n'était pas neuf. Elle l'avait utilisé sur route jusqu'en 1984, mais même Elt Barker, à la station Shell, le seul garage de Haven, refusa cette année-là d'y apposer l'autocollant du contrôle de sécurité. Alors, en un week-end de travail frénétique — ils étaient ivres la plupart du temps, et Gardener pensait encore qu'il avait fallu un miracle pour qu'ils n'aient pas pris feu tous les deux en utilisant le chalumeau du vieux Frank Garrick — ils avaient découpé le toit de la voiture depuis le dossier des sièges avant jusqu'au hayon, transformant le véhicule en camionnette à ridelles.

« Vise un peu ça, sacré vieux Gard ! s'était solennellement exclamée Bobbi en regardant les restes de sa voiture. V'là-t-y pas qu'on s'est construit un vrai bombardier lourd ! »

Puis elle s'était penchée en avant et avait vomi. Gardener l'avait prise dans ses bras et l'avait portée sous le porche (Peter tournant anxieusement autour de ses jambes). A peine l'avait-il posée qu'elle s'évanouissait — et lui aussi.

Le véhicule ainsi tronqué était un vieux routier de Detroit bien costaud mais, finalement, il avait quand même fallu le mettre sur cales. Bobbi l'avait gardé au fond du jardin, hissé sur des blocs de béton, car elle prétendait que personne ne l'achèterait, même pour les pièces détachées. Gardener s'était dit qu'elle faisait du sentiment.

Et maintenant, le break était ressuscité. Même s'il ne se ressemblait guère, c'était bien lui, avec sa peinture bleue délavée et, sur les côtés, des restes de faux bois, garniture caractéristique des Country Squire. La porte du chauffeur et presque tout l'avant avaient disparu. Le capot avait été remplacé par de curieux équipements destinés à creuser et à transporter la terre. Pour les sens un peu troublés de Gardener, le break ressemblait maintenant à un bulldozer d'enfant bricolé. Une espèce de tournevis géant sortait de ce qui avait été la grille du radiateur, et le moteur semblait avoir été emprunté à un vieux Caterpillar D9.

Bobbi, d'où sors-tu cet engin ? Comment l'as-tu transporté d'où il était pour le mettre là ? Seigneur !

Et pourtant tout cela, si remarquable que ce fût, ne pouvait retenir son attention que quelques instants. Il foula la terre retournée pour rejoindre Bobbi qui l'attendait, les mains dans les poches, regardant la plaie ouverte dans la terre.

« Qu'est-ce que tu en penses, Gard ? »

Il ne savait pas ce qu'il en pensait, et de toute façon il restait sans voix.

La tranchée s'enfonçait à une profondeur stupéfiante : dix à douze mètres, au moins, se dit-il. Si l'angle d'incidence des rayons solaires n'avait pas été exactement celui-ci, il n'aurait pu distinguer le fond. Il y avait un espace d'environ un mètre entre la paroi de l'excavation et la coque lisse du vaisseau. Cette coque était parfaitement uniforme. Elle ne portait ni chiffres, ni symboles, ni dessins, ni hiéroglyphes.

Au fond de la tranchée, la chose disparaissait dans la terre. Gardener hocha la tête, ouvrit la bouche, découvrit qu'il ne pouvait toujours pas énoncer un mot, et la referma.

Le morceau de la coque sur lequel Bobbi avait trébuché le premier jour et qu'elle avait ensuite essayé de déterrer — pensant que ce pouvait être une boîte de conserve abandonnée après un « week-end de bûcheron » — se trouvait maintenant juste devant le nez de Gardener. Il aurait facilement pu tendre la main par-delà le fossé d'un mètre de large et le toucher, comme Bobbi l'avait fait deux semaines plus tôt... à cette différence près que lorsque Bobbi avait saisi le rebord du vaisseau enterré, elle était à genoux. Gardener était debout. Il avait vaguement remarqué ce qu'avait subi la pente qu'ils avaient empruntée pour venir — terrain bouleversé et boueux, arbres abattus et écartés sur le côté, souches arrachées comme des dents cariées — mais il n'avait pas approfondi cette observation ponctuelle. Il y aurait regardé de plus près si Bobbi lui avait signalé quelle portion de la pente elle avait dégagée. Comme la colline rendait plus difficile l'extraction de la chose, Bobbi avait tout simplement éliminé la moitié du flanc de la colline pour faciliter le travail.

Une soucoupe volante, pensa vaguement Gardener. Puis : *j'ai* vraiment *sauté. Je suis en train de mourir, et c'est mon imagination qui travaille. D'une seconde à l'autre, je vais revenir à moi, essayer de respirer et boire une tasse d'eau salée. D'une seconde à l'autre. N'importe quand...*

Mais rien de tel n'arriva, ni n'arriverait, parce que tout était *réel*. C'était une soucoupe volante.

Et c'était là le pire, en quelque sorte. Pas un vaisseau spatial, ou un engin étranger ou un véhicule extraterrestre. C'était une *soucoupe volante*. La théorie des soucoupes volantes avait été complètement discréditée par l'armée de l'air, par les plus grands savants, par les psychologues. Aucun écrivain de science-fiction qui se respectait n'oserait plus en parler dans ses histoires, et s'il le faisait, aucun éditeur de science-fiction qui se respectait ne toucherait le manuscrit, même du bout d'un bâton de trois mètres. Les soucoupes volantes étaient passées de mode à peu près en même temps qu'Edgar Rice Burroughs et Otis Adelbert Kline. C'était un vieux truc usé. Les soucoupes volantes, c'était plus que du passé : l'idée même d'une soucoupe tournait à la plaisanterie, et seuls y croyaient encore les tordus, les illuminés et bien sûr les journaux à sensation — où le budget hebdomadaire consacré aux nouvelles doit forcément prévoir une histoire de soucoupe volante, du style UNE PETITE FILLE DE SIX ANS ENCEINTE APRÈS LA RENCONTRE D'ÊTRES ÉTRANGES DESCENDUS D'UNE SOUCOUPE VOLANTE. RÉVÉLATIONS DE LA MÈRE EN LARMES.

Ces histoires, pour quelque curieuse raison, semblaient toujours venir du Brésil ou du New Hampshire.

Et pourtant, une de ces choses était là, elle avait été là tout le temps, les siècles passant sur elle comme des minutes. Une phrase de la Genèse lui vint soudain à l'esprit, le faisant frissonner comme si un vent glacial s'était soudain levé : *Les géants étaient sur la terre en ces temps-là*.

Il se tourna vers Bobbi, les yeux presque suppliants, ne pouvant émettre qu'un murmure :

« Est-ce bien réel ?

— C'est réel. Touche-le », dit-elle en le frappant du poing.

Cela produisit de nouveau un son mat, comme si l'on frappait du poing un bloc d'acajou. Gardener tendit la main... puis la rétracta.

Un nuage d'ennui passa comme une ombre sur le visage de Bobbi.

« Je t'ai déjà dit que ça ne te mordrait pas, Gard.

— Ça ne me fera rien que je ne veuille...

— Absolument rien. »

Gardener se fit la réflexion — pour autant qu'il était capable de réfléchir dans son état de confusion tumultueuse — qu'il avait cru la même chose de l'alcool. A y repenser, il avait entendu des gens — surtout parmi ses étudiants à l'université, au début des années soixante-dix — prétendre la même chose de diverses drogues. Beaucoup avaient fini dans des cliniques ou dans des séances de thérapie de groupe, avec de sérieux problèmes d'accoutumance.

Dis-moi, Bobbi, est-ce que tu voulais travailler jusqu'à tomber d'épuisement ? Est-ce que tu voulais maigrir au point de ressembler à une anorexique ? Je crois que tout ce que j'ai vraiment envie de savoir, c'est ça : Est-ce que tu voulais, ou est-ce qu'on voulait pour toi ? Pourquoi as-tu menti au sujet de Peter ? Pourquoi est-ce que je n'entends aucun oiseau dans ces bois ?

« Vas-y, dit Roberta avec patience. Il faut que nous parlions et que nous prenions des décisions difficiles et je ne veux pas que tu arrêtes tout à mi-chemin en disant que ce n'était qu'une hallucination sortie d'une bouteille d'alcool.

— C'est vraiment dégueulasse de dire ça.

— Comme la plupart des choses que les gens ont vraiment à dire. Tu as déjà fait des crises de delirium tremens, autrefois. Tu le sais, et moi aussi. »

Ouais, mais la vieille Bobbi n'en aurait jamais parlé... ou du moins pas de cette façon.

« Si tu le touches, tu le croiras. C'est tout.

— On dirait que c'est important pour toi. »

Bobbi dansait nerveusement d'un pied sur l'autre.

« D'accord, d'accord, Bobbi. »

Il tendit la main et saisit le bord du vaisseau, comme Bobbi le premier jour. Il avait conscience, trop clairement conscience, qu'une expression d'impatience s'étalait sans fard sur le visage de Bobbi. Elle ressemblait à quelqu'un qui attend qu'un pétard éclate.

Plusieurs choses se produisirent presque simultanément.

D'abord une sensation de vibration transmise à sa main, le genre de vibration que l'on ressent quand on pose la main sur un pylône de lignes à haute tension. Pendant un instant, sa chair fut comme engourdie, comme si la vibration la secouait à une vitesse incroyable. Puis cette sensation disparut. Tandis qu'elle se dissipait, la tête de Gardener s'emplit de musique, mais une musique si sonore qu'elle ressemblait plutôt à un cri. Comparé à elle, ce qu'il avait entendu la veille au soir n'était qu'un murmure. C'était comme s'il s'était trouvé enfermé dans un haut-parleur diffusant de la musique à plein volume.

Le jour, je m'éteins,
Et c'est pas une façon de parler,
De neuf à cinq,
Les heures ne me mènent pas où je veux aller
Mais quand c'est fini, je rentre...

Il ouvrait la bouche pour crier quand le son fut coupé, d'un seul coup. Gardener connaissait cette chanson. Elle datait de ses années de lycée. Et plus tard, tout en consultant sa montre, il chantait les quelques phrases qu'il avait entendues. Il avait eu l'impression que cette agression sonore ne durait qu'une ou deux secondes. Mais en fait, l'éclat de musique à lui rompre les tympans avait occupé environ douze secondes. Et puis son nez s'était mis à saigner.

Non, pas à lui rompre les tympans. A lui rompre la *tête*. Rien n'était entré par ses oreilles. La musique était entrée par cette foutue plaque de métal qu'il avait dans le crâne.

Il vit Bobbi reculer en titubant, les bras loin du corps comme pour écarter un danger, son visage n'exprimant plus l'impatience mais la surprise, puis la peur, la stupéfaction, la douleur.

Enfin, les maux de tête de Gard avaient disparu.

Complètement et totalement disparu.

Mais son nez ne se contentait pas de saigner. Il *pissait* le sang.

3

« Tiens, prends ça. Bon Dieu, Gard ! Est-ce que ça va ?
— Ça va », dit Gardener à travers le mouchoir.

Il le plia en deux et l'appliqua sur son nez, pressant fermement les narines. Il renversa la tête en arrière et le goût de vase du sang lui emplit la gorge.

« J'ai déjà connu pire que ça. »

C'était vrai, mais pas pour longtemps.

Ils avaient reculé de dix pas et s'étaient assis sur un tronc d'arbre. Bobbi le regardait anxieusement.

« Mon Dieu, Gard ! Je ne savais pas qu'une chose pareille allait arriver. Tu me crois, n'est-ce pas ?
— Oui. »

Il ne savait pas exactement *à quoi* Bobbi s'attendait... mais pas à ça.

« Est-ce que tu as entendu la musique ?
— Je ne l'ai pas vraiment *entendue*, répondit Roberta. Elle m'a été retransmise par ta tête. Ça a failli me faire éclater.
— Vraiment ?
— Ouais, répondit Roberta en tremblant un peu. Quand beaucoup de gens m'entourent, j'éteins le son qu'ils produisent...
— Tu peux faire ça ? »

Il retira le mouchoir de son nez. Le tissu était imbibé au point que Gardener aurait pu le tordre entre ses doigts pour en extirper un filet sanglant. Mais l'hémorragie se calmait, Dieu merci. Il jeta le mouchoir et déchira un pan de sa chemise.

« Oui, répondit Bobbi. Enfin... pas vraiment. Je ne peux pas éteindre complètement leurs pensées, mais je peux en baisser le son, si bien que c'est comme... comme un lointain murmure au fond de mon esprit.
— C'est incroyable.

— C'est *nécessaire*, dit-elle d'un air sombre. Si je ne le pouvais pas, je crois que je ne quitterais plus jamais cette bon Dieu de maison. Je suis allée à Augusta samedi, et j'ai ouvert mon esprit pour voir ce que ça donnerait.

— Et alors ?

— Un véritable ouragan dans la tête. Et ce qui m'a fait peur, c'est de constater à quel point il était difficile de refermer la porte.

— Cette porte, cette barrière, ou je ne sais quoi... comment est-ce que tu la fermes, justement ?

— Je ne peux pas l'expliquer, répondit Bobbi en hochant la tête, pas plus qu'un type qui sait bouger les oreilles ne peut t'expliquer comment il s'y prend. »

Elle s'éclaircit la voix en toussotant et regarda un moment ses chaussures — des chaussures de travail pleines de boue, remarqua Gardener. Il semblait bien qu'elles n'avaient guère quitté les pieds de Bobbi depuis deux semaines.

Bobbi sourit légèrement. C'était un sourire embarrassé et chargé en même temps d'un humour douloureux. A ce moment, de nouveau, elle ressembla totalement à l'ancienne Bobbi. Celle qui était restée son amie alors que plus personne ne voulait l'être. C'était la bonne vieille Bobbi. Gardener avait remarqué cette expression la toute première fois qu'il l'avait rencontrée, alors que Bobbi n'était qu'une étudiante de première année et Gardener un assistant de première année s'acharnant sans espoir sur une thèse de doctorat dont il savait probablement déjà qu'il ne la terminerait jamais. Un matin de gueule de bois et d'amertume, Gardener avait demandé à sa classe de bizuths ce qu'était le datif. Personne n'avait répondu. Il était sur le point de prendre un grand plaisir à tirer dans le tas quand Anderson Roberta, 5ᵉ rang, siège 3, avait levé la main et contré le tir. Sa réponse était embrouillée... mais juste. Il ne fut pas étonné d'apprendre qu'elle était la seule à avoir étudié le latin au lycée. Ce même sourire de la bonne vieille Bobbi flottait maintenant sur son visage, et Gard sentit une vague d'affection l'envahir. Merde, Bobbi avait traversé une période affreuse... mais c'était toujours Bobbi. Cela ne faisait aucun doute.

« Je laisse les barrières en place la plupart du temps, disait-elle. Sinon, j'ai l'impression de regarder par un trou de serrure. Tu te souviens, je t'ai parlé du facteur, Paulson, qui a une aventure. »

Gardener acquiesça.

« Ce ne sont pas des choses que je veux savoir. Si un pauvre plouc est kleptomane, ou un autre secrètement alcoolique... Comment va ton nez ?

— Il ne saigne plus, dit-il en jetant le bout de chemise près du mouchoir de Bobbi. Alors, tu disais que tu gardes les barrières fermées...

— Oui. Je ne sais pas pour quelle raison — morale, éthique, ou simplement pour éviter de devenir cinglée à cause du bruit. Avec toi, je les ouvre, parce que tu ne m'envahis pas, même quand j'essaie. Et *j'ai* essayé quelques fois. Je comprends que ça puisse te mettre en rogne, mais ce n'était que de la curiosité, parce que personne d'autre n'est... heu... comme ça.

— *Personne ?*

— Non. Il doit y avoir une raison. C'est un peu comme si tu avais un groupe sanguin extrêmement rare, je pense. C'est peut-être même *ça*.

— Désolé, je suis du groupe O.

— Tu es prêt à rentrer, Gard ? » dit-elle en riant.

C'est la plaque dans ma tête, Bobbi. Il faillit le dire, et puis, pour quelque raison, il décida de n'en rien faire. *La plaque dans ma tête t'empêche d'entrer. Je ne sais pas comment je le sais, mais je le sais.*

« Oui, ça va, dit-il en se levant en même temps qu'elle. J'ai bien envie
(d'un verre)
d'une tasse de café.

— C'est comme si tu l'avais. Viens. »

4

Alors qu'une partie d'elle-même réagissait à Gard avec la chaleur et les sincères sentiments amicaux qu'elle avait toujours éprouvés pour lui, même aux pires moments, une autre partie (une partie qui, au sens strict, n'était plus du tout Bobbi Anderson) était restée à l'observer froidement et sans complaisance. Affirmer. Interroger. Et la première question était de savoir si
(ils)
elle voulait vraiment que Gardener soit ici. Elle
(ils)
avait tout d'abord pensé que tous ses problèmes seraient résolus, que Gard se joindrait à elle pour les fouilles et qu'elle n'aurait plus à exécuter cette... enfin, cette première partie... toute seule. Il avait raison sur un point : le fait d'avoir essayé de tout faire par elle-même avait failli la tuer. Mais le changement qu'elle avait espéré n'était pas intervenu en lui. Il n'y avait eu que cet inquiétant saignement de nez.

Il ne le touchera plus si ça le fait saigner du nez comme ça. Il ne le touchera pas, et il n'entrera certainement pas dedans.

On n'en arrivera peut-être pas là. Après tout, Peter ne l'a jamais touché. Peter ne voulait même pas s'approcher, mais son œil... et son rajeunissement...

Ce n'est pas pareil. Gard est un homme, pas un vieux beagle. Et, franchement, Bobbi, à part ce saignement de nez et cet éclat de musique, il n'y a eu absolument aucun changement.

Aucun changement immédiat.

Est-ce à cause de la plaque de métal dans son crâne ?

Peut-être... mais pourquoi un truc comme ça devrait-il changer quoi que ce soit ?

La partie froide de Bobbi l'ignorait ; elle ne pouvait qu'envisager cette possibilité. Le vaisseau lui-même diffusait elle ne savait quelle force énorme et presque vivante ; quels que soient les êtres qui étaient venus à l'intérieur, ils étaient morts, elle était sûre qu'elle n'avait pas menti sur ce point, mais *le vaisseau lui-même* était presque vivant, diffusant cette énergie titanesque à travers sa peau de métal... et, elle le savait, le rayon de diffusion s'élargissait un peu plus avec chaque centimètre de la surface qu'elle libérait de sa gangue de terre. Cette énergie *s'était* communiquée à Gard. Mais alors elle avait... quoi ?

Elle avait été comme convertie. D'abord convertie, puis elle avait explosé avec cette émission de radio, brièvement, mais avec une puissance féroce.

Alors qu'est-ce que je fais ?

Elle ne le savait pas, mais elle savait que ça n'avait pas d'importance.

Ils allaient le lui dire.

Quand le moment viendrait, *ils* le lui diraient.

En attendant, Gard continuerait à observer. Mais si seulement elle pouvait *lire* en lui ! Ce serait tellement plus simple si elle pouvait *lire* en lui, bon Dieu !

Une voix répondit froidement : *Soûle-le. Alors tu pourras lire en lui. Tu pourras lire en lui comme dans un livre.*

5

Ils étaient sortis avec le Tomcat, qui n'avait pas du tout volé mais roulé sur le sol comme à son habitude, en évoluant toutefois dans un silence si complet qu'il en devenait fantomatique, au lieu d'émettre ses cliquetis et grondements bien connus.

Ils sortirent du bois et cahotèrent le long du jardin. Bobbi gara le Tomcat où elle l'avait pris le matin.

Gardener regarda le ciel qui commençait à se couvrir et dit :

« Tu ferais mieux de le rentrer dans le hangar, Bobbi.

— Il ne craint rien », répondit-elle simplement.

Elle empocha la clé et se dirigea vers la maison. Gardener jeta un coup d'œil vers le hangar, commença de suivre Bobbi, puis se retourna. Un gros cadenas Krieg fermait la porte du hangar. Encore un changement. On dirait que nous ne sommes pas sortis de la forêt, si je puis me permettre cette plaisanterie.

Qu'est-ce que tu as, dans ce hangar ? Une machine à remonter le temps qui marche sur piles ? Qu'est-ce que la Nouvelle Bobbi Améliorée a caché là-dedans ?

6

Quand il entra dans la maison, Bobbi fourrageait dans le frigo. Elle en sortit deux bières.

« Tu voulais vraiment un café, ou tu préfères ça ?

— Et que dirais-tu d'un Coca ? Le Coca-Cola convient mieux aux soucoupes volantes ! Je n'en démordrai pas, dit-il avec un rire un peu involontaire.

— Bien sûr... Je l'ai fait, hein ? demanda Bobbi qui interrompit son geste pour remettre les bières au frigo et en extraire deux boîtes de Coke.

— Hein ?

— Je t'ai emmené là-bas, et je te l'ai montré. Le vaisseau. Non ? »

Seigneur ! songea Gardener. *Seigneur Dieu.*

Pendant un instant, debout, là, avec ses boîtes à la main, elle ressembla à une femme atteinte de la maladie d'Alzheimer.

« Oui, dit Gardener qui en avait la chair de poule. Oui, tu me l'as montré.

— Bon, répondit Roberta d'un air soulagé, je me disais bien que je l'avais fait.

— Bobbi ? Ça va ?

— Bien sûr, dit-elle avant d'ajouter comme incidemment : C'est seulement que je ne me souviens pas de grand-chose entre le moment où nous avons quitté la maison et maintenant. Mais j'imagine que ça n'a pas vraiment d'importance, hein ? Tiens, voilà ton Coke, Gard. Buvons à la vie dans d'autres mondes, qu'est-ce que tu en penses ? »

7

Ils burent donc à d'autres mondes puis Bobbi demanda à Gard ce qu'ils devaient faire quant à ce vaisseau spatial sur lequel elle avait trébuché dans le bois derrière sa maison.

« *Nous* n'allons rien faire. *Tu* vas faire quelque chose.
— Je fais déjà quelque chose, Gard, dit-elle doucement.
— Je sais, répliqua-t-il d'un ton irrité. Mais je parle de dispositions définitives. Je serai plus qu'heureux de te donner tous les conseils que tu voudras — nous les poètes ivres et brisés sommes de grands donneurs de conseils — mais en fin de compte, c'est *toi* qui vas faire quelque chose. Quelque chose d'un peu plus important que de seulement le déterrer. Parce que c'est à toi. C'est sur tes terres, et c'est à toi.
— Tu ne penses tout de même pas, s'insurgea Bobbi, que cette chose *appartient* à qui que ce soit! Pourquoi? Parce que l'oncle Frank m'a légué cette propriété par testament? Parce qu'il avait un titre de propriété sur une parcelle d'un domaine que le roi George III avait pris aux Français, qui l'avaient pris aux Indiens? Bon Dieu, Gard, cette chose date de cinquante millions d'années, quand les ancêtres de notre foutue race humaine étaient accroupis dans leurs cavernes à se curer le nez!
— Je suis sûr que c'est tout à fait vrai, dit sèchement Gardener, mais ça ne change pas la loi. Et de toute façon, est-ce que tu vas perdre ton temps à me dire que tu n'as pas de sentiments possessifs vis-à-vis d'elle? »

Bobbi eut l'air à la fois ennuyée et pensive.

« Possessifs? Non — je ne dirais pas ça. C'est de la responsabilité que je ressens, pas de la possessivité.
— Enfin bon, l'un ou l'autre. Mais puisque tu m'as demandé mon opinion, je vais te la donner. Appelle la base de l'armée de l'air de Limestone. Dis à qui te répondra que tu as trouvé sur tes terres un objet non

identifié qui ressemble à un engin volant de technique avancée. Il se peut que tu aies du mal au début, mais tu finiras par les convaincre. Ensuite... »

Bobbi Anderson se mit à rire. Elle rit longtemps et fort. C'était un vrai rire, et il ne recelait rien de méchant, mais il mit Gardener très mal à l'aise. Elle rit jusqu'à ce que des larmes lui coulent sur le visage. Il se raidit.

« Je suis désolée, dit-elle en voyant son expression. C'est seulement que je n'arrive pas à croire que c'est toi qui me dis ça, toi ! Tu sais... c'est seulement... (Elle éclata de rire à nouveau.) Enfin, ça m'a fait un choc. C'est comme si un prédicateur baptiste conseillait de boire pour se guérir de la luxure !

— Je ne comprends pas ce que tu veux dire.

— Mais si, tu comprends. J'écoute le type qui s'est fait arrêter à Seabrook avec un flingue dans son sac, le type qui pense que le gouvernement ne sera pas content tant que nous ne luirons pas tous dans le noir comme des montres à cadran phosphorescent, et il me dit tout simplement d'appeler l'armée de l'air pour qu'elle envoie des militaires ramasser un vaisseau interstellaire égaré.

— C'est ta terre...

— Merde, Gard ! Ma terre est aussi exposée à l'expropriation par le gouvernement des États-Unis que celle de n'importe qui. C'est l'expropriation qui permet de construire les autoroutes. Et les centrales nucléaires. »

Bobbi s'assit et regarda Gardener en silence.

« Réfléchis un peu à ce que tu dis, reprit-elle doucement. Trois jours après que j'aurai passé ce coup de fil, ni la terre ni le vaisseau ne seront plus à " moi ". Six jours plus tard, ils auront tout entouré de fils de fer barbelés et posté des sentinelles tous les vingt mètres. Six *semaines* plus tard, je pense que 80 % de la population de Haven aura été expropriée, éjectée... ou aura simplement disparu. Ils pourraient le faire, Gard. Tu sais très bien qu'ils le pourraient. Ça revient tout simplement à ça : est-ce que tu veux que je prenne le téléphone et que j'appelle la police de Dallas ?

— Bobbi...

— Oui. Ça revient à ça. J'ai trouvé un vaisseau spatial et tu veux que je prévienne la police de Dallas. Est-ce que tu crois qu'ils vont venir ici et dire : " Voudriez-vous nous accompagner à Washington, mademoiselle Anderson, s'il vous plaît ? Le haut commandement aimerait connaître vos idées à ce sujet, non seulement parce que vous possédez — enfin, vous *possédiez* — le domaine sur lequel l'objet a été trouvé, mais parce que le haut commandement demande *toujours* leur avis aux écrivains de westerns avant de décider que faire de ce genre de choses. Et le Président voudrait également que vous passiez à la Maison-Blanche pour que vous lui donniez votre opinion. Il aimerait aussi vous dire combien il a aimé *Noël en feu.* »

Bobbi rejeta la tête en arrière et cette fois, elle eut un rire sauvage, hystérique et assez inquiétant. Gardener le remarqua à peine. Est-ce qu'il avait *vraiment* pensé qu'ils viendraient ici et se montreraient polis ? Avec une chose potentiellement aussi énorme que ça sur les bras ? Certainement pas. Ils prendraient la propriété. Ils les bâillonneraient, Bobbi et lui... mais ça risquait même de ne pas suffire pour qu'ils se sentent rassurés. Il était possible qu'ils les envoient croupir dans un lieu à mi-chemin entre le Goulag et un Club Med snobinard. Les paris seraient ouverts, la seule certitude étant qu'ils n'en ressortiraient jamais.

Et peut-être que ça non plus ne leur suffirait pas... parents et amis, ni fleurs ni couronnes, s'il vous plaît. Alors seulement les nouveaux propriétaires pourraient dormir sur leurs deux oreilles.

Après tout, ce n'était pas vraiment un objet d'études historiques, comme un vase étrusque ou des balles Minié exhumées sur le site d'un ancien champ de bataille de la guerre de Sécession, n'est-ce pas ? La femme qui l'avait trouvé avait ensuite réussi à tirer de simples piles toute l'énergie nécessaire à sa maison... Et maintenant il était prêt à croire que si le nouveau levier de vitesse du Tomcat ne marchait pas encore, cela ne saurait tarder.

Et qu'est-ce qui le *ferait* marcher, exactement ? Des puces ? Des semi-conducteurs ? Non. *Bobbi*. C'était elle l'ingrédient ajouté, la Nouvelle Bobbi Anderson Améliorée. *Bobbi*. Ou peut-être n'importe qui s'approchant de cette chose. Et une trouvaille comme ça... on ne pouvait pas permettre à n'importe quel citoyen ordinaire de s'en emparer, non ?

« Quoi que ce soit, murmura-t-il, ce foutu machin doit être un formidable stimulateur cérébral. Il t'a transformée en génie.

— Non, en savant idiot, dit calmement Bobbi.

— Quoi ?

— En savant idiot. Ils en ont une bonne demi-douzaine à Pineland — c'est l'hôpital pour débiles profonds. J'y ai passé deux étés pour un programme d'études quand j'étais à l'université. Il y avait un type qui pouvait multiplier de tête deux nombres de six chiffres et donner la réponse en moins de cinq secondes... et il pouvait tout aussi bien pisser dans son pantalon. Il y avait un typographe hydrocéphale de douze ans. Il avait la tête aussi grosse qu'une citrouille, mais il pouvait composer cent soixante mots à la minute, parfaitement justifiés. Il ne savait ni parler, ni lire, ni *penser*, mais il composait à la vitesse d'un ouragan. »

Bobbi extirpa une cigarette du paquet et l'alluma. Ses yeux, dans son mince visage hagard, fixèrent Gardener.

« C'est exactement ce que je suis, un savant idiot. C'est *tout* ce que je suis, et ils le savent. Ces bidules — pour la machine à écrire, le chauffe-eau —, je ne m'en souviens que partiellement. Quand je les *fais*, tout semble clair comme de l'eau de roche. Mais plus tard... Est-ce que tu comprends ? » demanda-t-elle à Gardener avec un regard suppliant.

Il hocha la tête.

« Ça vient du vaisseau, comme les émissions de radio viennent d'une tour hertzienne. En d'autres termes, un poste de radio peut capter les émissions et les transmettre à l'oreille humaine, mais le poste de radio lui-même ne *parle* pas. Le gouvernement serait trop heureux de mettre la main dessus, de m'enfermer quelque part, et puis de me couper en petits morceaux pour voir si j'ai subi des transformations physiques... Dès qu'un regrettable accident leur donnera une raison de pratiquer une autopsie, naturellement.

— Est-ce que tu es certaine de ne pas lire dans mes pensées, Bobbi ?

— Non. Mais crois-tu vraiment qu'ils éprouveraient des scrupules à sacrifier quelques vies pour une pareille trouvaille ? »

Gardener hocha lentement la tête.

« Suivre ton conseil reviendrait à ça, dit Roberta. D'abord appeler la police de Dallas, ensuite être mis au trou par la police de Dallas, enfin se faire tuer par la police de Dallas. »

Gard la regarda, troublé, et dit :

« D'accord. Je me range à tes arguments. Mais qu'est-ce qu'on peut faire d'autre ? Il faut bien que tu fasses *quelque chose*, bon Dieu. Ce machin est en train de te *tuer*.

— *Quoi ?*

— Tu as perdu quinze kilos, pas mal comme début, non ?

— Qu'est-ce que... ? »

Bobbi eut l'air stupéfaite et gênée.

« Non, Gard, c'est impossible. *Sept*, peut-être, mais j'avais mes règles, de toute façon, et...

— Va te peser. Même avec tes bottes, si l'aiguille dépasse les quarante-cinq kilos, je mange la balance. Perds quelques kilos de plus et tu seras malade. Dans l'état où tu es, tu peux faire une arythmie cardiaque et mourir en deux jours.

— J'avais besoin de perdre quelques kilos. Et j'étais...

— ... trop occupée pour manger. C'est ce que tu allais dire ?

— Pas vraiment comme ça...

— Quand je t'ai vue, la nuit dernière, tu avais l'air d'une rescapée de la marche de la mort de Bataan. Tu savais qui j'étais, mais c'était *tout* ce que tu savais. Tu n'es toujours pas redescendue sur terre. Aujourd'hui, cinq minutes après notre retour de tes fouilles, dont j'admets le caractère stupéfiant, tu me demandes si tu m'y as bien emmené ! »

Bobbi ne quittait pas la table des yeux, mais il put voir son expression : figée et renfrognée.

Il la toucha doucement.

« J'essaie seulement de te dire que même si cette chose dans les bois est tout à fait merveilleuse, elle a exercé sur ton corps et ton esprit une action dangereuse pour toi. »

Bobbi s'écarta de lui.

« Si tu veux dire que je suis folle...

— Non, pour l'amour du ciel, je ne dis pas que tu es folle ! Mais tu risques de le *devenir* si tu ne ralentis pas. Pourrais-tu nier que tu as eu des absences ?

— C'est un interrogatoire ?

— Pour une femme qui me demandait un conseil il y a un quart d'heure, tu es un témoin foutrement hostile. »

Pendant un moment, ils se regardèrent par-dessus la table, l'œil mauvais.

C'est Bobbi qui céda.

« Je n'appellerais pas ça des absences. N'essaie pas de rapprocher ce qui t'arrive quand tu bois trop de ce qui m'arrive à moi. Ce n'est pas la même chose.

— Je ne vais pas me lancer dans une discussion sur le vocabulaire avec toi, Bobbi. C'est une façon de détourner la conversation, et tu le sais. Cette chose, là-dehors, est dangereuse. C'est tout ce qui m'importe. »

Bobbi leva les yeux sur lui. Son visage était impénétrable.

« C'est ce que tu penses », dit-elle.

Ces mots ne constituaient ni une affirmation ni une question. Bobbi les avait prononcés tout uniment, sans la moindre inflexion.

« Tu n'as pas fait qu'avoir ou recevoir des idées, dit Gardener. Tu as été *menée*.

— Menée, dit Roberta sur le même ton neutre.

— Menée, oui, répéta Gardener en se frottant le front. Menée comme un homme méchant et stupide mènerait un cheval jusqu'à ce qu'il tombe mort... et puis fouetterait la carcasse parce que ce bon Dieu de canasson aurait eu le culot de mourir. Un tel homme serait dangereux pour les chevaux, et quoi qu'il y ait dans ce vaisseau... je crois que c'est dangereux pour Bobbi Anderson. Si je n'étais pas arrivé...

— Quoi ? Si tu n'étais pas arrivé, quoi ?

— Je crois que tu y serais encore, travaillant jour et nuit, sans manger... et d'ici la fin de la semaine tu serais morte.

— Je ne crois pas, dit froidement Bobbi, mais disons que tu as raison. En tout cas, je suis revenue sur terre, maintenant.

— Ce n'est *pas* vrai, tu ne vas *pas* bien. »

Son air de mule butée avait reparu sur le visage de Bobbi, cet air qui disait que Gard ne proférait que des conneries qu'elle se serait bien passée d'entendre.

« Écoute, dit Gardener. Je suis d'accord avec toi au moins sur un point, tout à fait d'accord : il s'agit de la chose la plus grandiose, la plus importante, la plus stupéfiante qui soit jamais arrivée. Quand ce sera connu, les titres du *New York Times* le feront ressembler au premier journal à potins venu. Les gens vont carrément changer de *religion* à cause de ça, tu t'en rends compte ?

— Oui.

— Ce n'est pas un baril de poudre, c'est une bombe atomique. Tu te rends compte de ça aussi ?

— Oui.

— Alors quitte cet air d'emmerdeuse. Il faut que nous en parlions, alors *parlons-en*, nom de Dieu !

— Ouais, dit-elle en soupirant. D'accord. Je suis désolée.

— J'admets que j'avais tort de vouloir appeler l'armée de l'air. »

Ils parlèrent ensemble, puis rirent ensemble, et ce fut bon.

Souriant toujours, Gard dit :

« Il faut faire *quelque chose*.

— Entièrement d'accord.

— Mais, Bobbi, bon sang ! J'ai raté mon examen de chimie dès la première année et je ne suis jamais allé au-delà des livres de physique en bandes dessinées pour gosse. Je ne sais pas précisément, mais je suis sûr qu'il faut que ce soit... étouffé... ou quelque chose comme ça.

— Nous avons besoin d'un avis d'expert.

— C'est vrai ! approuva vigoureusement Gardener qui n'en attendait pas tant. Des experts.

— Gard, tous les experts travaillent pour la police de Dallas. »

Gardener leva les bras de dégoût.

« Maintenant que tu es là, je vais aller bien. Je le sais.

— Il y a beaucoup plus de chances pour que ça tourne exactement au contraire. Avant longtemps, c'est *moi* qui aurai des absences.

— Je pense que ça vaut la peine de courir le risque.

— Tu as déjà pris ta décision, c'est ça ?

— Oui, j'ai décidé ce que je *veux* faire. Ce que je veux faire c'est ne rien dire et continuer à creuser. Je crois qu'une fois que j'aurai — que *nous* aurons, j'espère — creusé quinze ou vingt mètres de plus, nous devrions avoir dégagé une voie d'accès. Si nous pouvons entrer à l'intérieur... »

Les yeux de Bobbi se mirent à briller et à cette idée Gardener sentit l'excitation naître dans sa propre poitrine. Tous les doutes de la Terre ne pourraient retenir cette excitation.

« Si nous pouvons entrer ? répéta-t-il.

— Si nous pouvons entrer, nous pourrons atteindre les contrôles. Et si nous pouvons faire ça, je ferai décoller ce foutu truc du sol.

— Tu crois que tu peux faire ça ?

— Je *sais* que je le peux.

— Et ensuite ?

— Ensuite, je ne sais pas », dit Roberta en haussant les épaules.

C'était le meilleur mensonge, et le plus crédible, qu'elle eût proféré jusqu'ici, mais Gardener sentit que *c'était* un mensonge.

— Ensuite, il se passera quelque chose, dit-elle, c'est tout ce que je sais.

— Mais tu as dit que c'était à moi de prendre la décision.

— Oui. Pour ce qui est du monde extérieur, tout ce que je peux faire c'est continuer à ne *rien* dire. Si tu décides de *parler*, que puis-je faire pour t'en empêcher ? T'abattre avec le fusil de l'oncle Frank ? Je ne pourrais jamais. Peut-être qu'un des personnages de mes romans le pourrait, mais pas moi. Malheureusement, c'est dans la vie réelle que nous vivons, celle où il n'existe pas de vraies réponses. Je pense que dans cette vie réelle, je me contenterais de te regarder partir. Mais qui que tu appelles, Gard — scientifiques de l'université d'Orono, biologistes des laboratoires Jennings, physiciens du MIT — qui que tu appelles, ce sera toujours comme si tu avais finalement appelé la police de Dallas. Des gens viendront ici avec des camions pleins de fils de fer barbelés et d'hommes armés. Du moins, ajouta-t-elle avec un petit sourire, n'aurais-je pas à aller seule dans ce Club Med de la police.

— Non ?

— Non. Tu es dans le coup, maintenant. Quand ils m'emmèneront d'ici, tu seras juste à côté de moi, sur le même siège, dit-elle en élargissant son sourire sans y mettre plus d'humour. Bienvenue sur la galère, mon ami. N'es-tu pas heureux d'être venu ?

— Ravi », dit Gardener.

Et ils éclatèrent soudain de rire tous les deux.

8

Quand ils cessèrent de rire, Gardener découvrit que dans la cuisine de Bobbi, l'atmosphère s'était considérablement allégée.

« A ton avis, qu'est-ce qui arriverait au vaisseau, demanda Bobbi, si la police de Dallas s'en emparait ?
— As-tu déjà entendu parler du Hangar 18 ?
— Non.
— On dit que le Hangar 18 serait sur une base de l'armée de l'air non loin de Dayton. Ou de Dearborn. Ou ailleurs. N'importe où aux États-Unis. C'est là que se trouveraient les corps de cinq petits hommes au visage de poisson avec des branchies sur le cou. Les occupants d'une soucoupe volante. Ça fait partie des histoires qu'on entend, comme la rumeur sur le type qui a trouvé une tête de rat dans son hamburger, ou celle sur les alligators dans les égouts de New York. Mais maintenant, je me demande si c'est vraiment une histoire. Je crois que ce serait la fin.
— Est-ce que je peux te raconter un de ces contes de fées modernes, moi aussi, Gard ?
— Assène-le-moi.
— Est-ce que tu connais celui du type qui a inventé une pilule qui remplace l'essence ? »

9

Le soleil baissait sur l'horizon, dans un flamboiement de rouge, jaune et pourpre. Pour le voir se coucher, Gardener s'assit sur une grosse souche à l'arrière de la maison de Bobbi. Ils avaient parlé presque tout l'après-midi, discutant, raisonnant, se disputant parfois. Bobbi avait mis fin à la conversation en déclarant une fois de plus qu'elle mourait de faim. Elle avait préparé une énorme marmite de spaghettis et d'épaisses côtes de porc grillées. Gardener l'avait suivie à la cuisine, désireux de reprendre la conversation : les pensées roulaient dans sa tête comme les boules sur le feutre vert d'un billard. Mais Bobbi ne le laissa pas faire. Elle lui proposa un verre que Gardener, après une longue hésitation pensive, finit par accepter. Le whisky descendit sans problème, lui fit du bien, mais Gard ne sembla pas avoir besoin d'en prendre un second — enfin, pas un besoin irrépressible. Assis là, plein de nourriture et de boisson, regardant le ciel, il se disait maintenant que Bobbi avait eu raison. Ils avaient épuisé tous les sujets de discussion constructive.

Il était temps de prendre une décision.

Bobbi avait dévoré un dîner gargantuesque.

« Tu vas dégueuler, Bobbi, dit Gardener qui le pensait vraiment mais ne pouvait s'empêcher de rire.

— Non, dit-elle d'un ton placide. Je ne me suis jamais sentie aussi bien. »

Elle rota.

« En Chine, c'est un compliment à la cuisinière.

— Et après avoir bien baisé... »

Gard leva une jambe et laissa échapper un gaz. Bobbi éclata de rire.

Ils firent la vaisselle (« T'as encore rien inventé pour régler ça, Bobbi ? — Ça viendra, laisse-moi le temps. ») et gagnèrent le petit séjour terne, qui n'avait guère changé depuis l'époque de l'oncle de Bobbi, pour regarder les nouvelles du soir. Elles n'étaient pas très bonnes : le Proche-Orient à nouveau en effervescence, Israël lançant des raids aériens contre les forces syriennes au sol au Liban (et frappant une école par erreur — Gardener fit la grimace en voyant les enfants brûlés qui pleuraient), les Russes attaquant une poche de résistance de rebelles afghans, un coup d'État en Amérique du Sud.

A Washington, le Comité de réglementation du nucléaire avait publié une liste de quatre-vingt-dix centrales atomiques, dans trente-sept États, présentant des problèmes de sécurité qualifiés de « mineurs ou graves ».

Mineurs ou graves, génial ! se dit Gardener qui sentit sa vieille rage impuissante monter et lui tordre la poitrine, le mordant comme un acide. *Si Topeka saute, c'est mineur, si New York saute, c'est grave.*

Il se rendit compte que Bobbi le regardait un peu tristement.

« Le spectacle continue, hein ? dit-elle.
— Oui. »

Quand les nouvelles furent terminées, Bobbi dit à Gardener qu'elle allait se coucher.

« A sept heures et demie ?
— Je suis encore crevée. »

A la voir, on n'en doutait pas.

« D'accord. Je ne vais pas tarder à en faire autant. Je suis fatigué. On peut dire que ces deux derniers jours ont été complètement fous, mais je ne suis absolument pas sûr que je vais dormir, vu ce qui se passe dans ma tête.
— Tu veux un Valium ?
— J'ai vu que la boîte était toujours là, dit-il en souriant. Je m'en passerai. C'est toi qui aurais pu en utiliser une poignée ces deux dernières semaines. »

Quand Nora avait décidé de ne pas porter plainte contre son mari, l'État du Maine avait imposé à Gardener des soins médicaux. Il dut les subir six mois durant ; il lui sembla que de sa vie il ne pourrait plus se passer de Valium. En fait, il y avait presque trois ans qu'il n'en avait plus pris, mais de temps à autre — généralement quand il partait en voyage — il faisait renouveler son ordonnance. Il redoutait sinon qu'un ordinateur ne fasse clignoter son nom et qu'un psychologue payé par l'État du Maine ne débarque chez lui pour s'assurer que sa tête restait rétrécie à une taille acceptable.

Après que Bobbi se fut couchée, Gardener éteignit la télévision et resta un moment dans le fauteuil à bascule pour lire *Les Soldats des bisons*. Il ne tarda pas à entendre Bobbi ronfloter vers le sommeil. Ses ronflements devaient être un élément de la conspiration visant à empêcher Gardener de s'endormir, mais il ne s'en inquiéta pas. Bobbi avait toujours ronflé, à cause d'une déviation de la cloison nasale. Autrefois, cela gênait Gardener, mais il avait découvert la nuit précédente qu'il y avait pire. Le silence spectral dans lequel elle était plongée sur le divan, par exemple. C'était *bien* pire.

Gardener passa la tête un moment dans l'entrebâillement de la porte, et retrouva Bobbi dans une position de sommeil qui lui était beaucoup plus familière, nue jusqu'à la ceinture, ses petits seins à l'air, les couvertures repoussées et coincées en désordre entre ses jambes, une main repliée sous sa joue, l'autre près de son visage, le pouce presque dans la bouche. Bobbi allait bien.

Alors Gardener sortit pour prendre une décision.

Le petit jardin de Bobbi se couvrait d'une végétation plus luxuriante que jamais : le maïs était plus haut que dans tous les champs que Gardener avait vus depuis Arcadia Beach, et ses plants de tomates gagneraient certainement un ruban bleu au concours agricole. Certains arrivaient à la poitrine de Gard. Au milieu s'épanouissait un carré d'impressionnants tournesols géants, dodelinant de la tête dans la brise.

Quand Bobbi lui avait demandé s'il avait jamais entendu parler de la « pilule-à-remplacer-l'essence », Gardener avait souri et hoché la tête, lui aussi. Encore un conte de fées du XXe siècle. Elle lui avait alors demandé s'il y croyait. Gardener, sans se départir de son sourire, avait dit que non. Bobbi lui avait alors rappelé le Hangar 18.

« Est-ce que tu veux dire que tu *crois* que cette pilule existe ? Ou qu'elle *a* existé ? Un petit truc que tu flanquerais dans le réservoir et qui ferait marcher ta voiture toute la journée ?

— Non, répondit tranquillement Bobbi. Je n'ai jamais rien lu qui permette de penser qu'une telle pilule existe. Mais, ajouta-t-elle en se penchant en avant, les avant-bras sur les cuisses, je vais te dire ce que je *crois* : si elle *existait*, elle ne serait pas en vente. Un gros cartel, ou le gouvernement lui-même peut-être, l'achèterait... ou la volerait.

— Ouais », dit Gard.

Il avait souvent réfléchi à l'ironie inhérente au statu quo : si on ouvrait les frontières des États-Unis, on mettait tous les douaniers au chômage ; si on légalisait la drogue, on détruisait l'Agence de Contrôle de la Drogue. Autant essayer d'abattre un homme sur la lune avec un pistolet.

Gard éclata de rire.

Bobbi le regarda, étonnée, souriant un peu :

« Tu pourrais me faire rire aussi ?

— Je pensais seulement que s'il *existait* une pilule comme ça, la police de Dallas abattrait le gars qui l'aurait inventée et qu'on le mettrait à côté des petits hommes verts du Hangar 18.

— Avec toute sa famille. »

Gard ne rit pas, cette fois. Il ne trouvait plus ça aussi drôle.

« Vu sous cet éclairage, avait ajouté Bobbi, regarde ce que j'ai fait ici. Je ne suis même pas une bonne bricoleuse, et encore moins une scientifique, alors les forces qui ont travaillé sur moi ont produit un tas de trucs qui ressemblent à des gadgets de *Boy's Life* assemblés par un gamin plutôt maladroit.

— Mais qui marchent. »

Oui. Bobbi devait l'admettre. Ça marchait. Elle savait même vaguement *comment* ça marchait : selon un principe qu'on pourrait appeler « fusion de molécules effondrées ». Ce n'était pas atomique, complètement propre. La machine à écrire télépathique, dit-elle, dépendait d'une fusion de molécules effondrées pour son alimentation en courant, mais son véritable *principe* de fonctionnement était totalement différent, et elle ne le comprenait *pas*. Il y avait à l'intérieur une source de puissance qui avait commencé sa vie en tant que fer à friser, mais à part ça, Bobbi séchait.

« Tu fais venir une poignée de scientifiques de l'Agence pour la Sécurité nationale ou du *Shop*, et ils mettront probablement tout à plat en six heures, dit-elle. Ils s'agiteront partout comme des types qui viennent de prendre un coup de pied entre les jambes, et ils se demanderont comment ils ont fait pour ne pas découvrir depuis longtemps des notions aussi élémentaires. Et tu sais ce qui arrivera ensuite ? »

Gardener y avait bien réfléchi, la tête baissée, une main serrée sur une boîte de bière que Bobbi lui avait donnée, l'autre soutenant son front ; et soudain il s'était retrouvé à cette terrible réunion mondaine en train d'écouter Ted, l'Homme de l'Énergie, qui défendait la centrale d'Iroquois alors qu'en ce moment même on y chargeait les barres de commande : *Si on donnait à ces cinglés d'antinucléaires ce qu'ils veulent, ils reviendraient dans un mois ou deux pour pleurer qu'ils ne parviennent plus à utiliser leur sèche-cheveux, ou qu'ils ont découvert que leur robot de cuisine ne marchait plus au moment où ils voulaient préparer leur bouillie macrobiotique.* Il se vit amenant l'Homme de l'Énergie vers le buffet d'Arberg — il le vit aussi clairement que si c'était arrivé... merde, comme si c'était *en train* d'arriver. Sur la table, entre les chips et le bol de légumes crus, se trouvait l'un des bidules de Bobbi. Les piles étaient reliées à un tableau électrique, à son tour relié à un interrupteur mural tout à fait courant, de ceux qu'on trouve dans n'importe quelle quincaillerie pour un dollar. Gardener se vit tourner l'interrupteur et soudain tout ce qui se trouvait sur la table — les chips, les légumes crus, les crackers et leurs cinq sortes de garnitures, les restes de viande froide et la carcasse du poulet, les cendriers et les verres pleins — s'élevait à deux mètres dans les airs et y restait ainsi suspendu, les ombres formant des motifs très décoratifs sur la nappe. Ted, l'Homme de l'Énergie, contemplait la scène un moment, légèrement irrité, puis il saisissait le bidule de Bobbi. Il arrachait les fils, les piles roulaient sur la table. Et tout retombait à grand bruit, les verres renversés, les cendriers retournés, partout des mégots... Ted retirait sa veste de sport et en couvrait les restes du gadget, comme on couvrirait le cadavre d'un animal tué sur la route. Cela fait, il revenait à son petit auditoire fasciné, et reprenait son discours. *Ces gens croient qu'ils peuvent avoir le beurre et l'argent du beurre, pour toujours. Ils s'imaginent qu'il y aura toujours une solution de rechange. Ils ont tort. Il n'y a pas de solution de rechange. C'est simple : le nucléaire ou rien.* Gardener s'entendit crier dans un accès de rage qui, pour une fois n'avait pas été engendré par plusieurs verres d'alcool : *Et ce que vous venez de casser ? Hein ?* Ted se baissait et ramassait sa veste d'un geste aussi gracieux que celui d'un prestidigitateur faisant tournoyer sa cape devant le public ébahi. Il n'y avait rien en dessous ; le plancher n'était jonché que de quelques chips. Pas trace du gadget. Pas la moindre trace. *Et qu'est-ce que je viens de casser ?* demandait Ted, l'Homme de l'Énergie, en regardant Gardener droit dans les yeux avec une expression de sympathie à laquelle il avait généreusement ajouté une bonne dose de mépris. Il se tournait vers les autres invités. *Est-ce que quelqu'un voit quelque chose ?... Non,* répondaient-ils à l'unisson, comme des enfants qui récitent leur leçon : Arberg, Patricia McCardle, et tous les autres ; même le jeune barman et Ron Cummings, tous récitaient leur leçon. *Non, nous ne voyons rien, nous ne voyons rien du tout, Ted, pas la moindre chose, vous avez raison, Ted, c'est le nucléaire ou rien.* Ted souriait. *Vous allez voir qu'il va maintenant nous raconter la bonne vieille histoire de la petite pilule qu'on met dans son réservoir à essence et qui fait marcher la voiture toute une journée.* Ted, l'Homme de l'Énergie, se mettait à rire. Tous les autres se joignaient à lui. Ils se moquaient tous de Gardener.

Gardener leva la tête et regarda Bobbi Anderson avec des yeux suppliants.

« Est-ce que tu crois qu'ils... qu'ils classeront ça Top Secret ?

— Pas toi ? »

Au bout d'un moment, d'une voix très douce, Bobbi insista :

« Gard ?

— Oui, répondit Gard après un long silence. Oui, bien sûr qu'ils le feraient. »

Et pendant un instant, il fut sur le point d'éclater en sanglots.

10

Et maintenant, il était assis sur une souche derrière la maison de Bobbi, sans se douter le moins du monde qu'un fusil de chasse chargé était braqué sur sa nuque.

Il pensait à la vision qu'il venait d'avoir de cette nouvelle version d'une soirée chez Arberg. C'était si terrifiant, et si terriblement évident, qu'il se dit qu'on lui pardonnerait peut-être d'avoir mis si longtemps à voir et à comprendre. Le problème du vaisseau enterré ne pourrait se régler sur la seule base du bien de Bobbi ou de celui de Haven. Sans même considérer ce qu'était ce vaisseau, ni ce qu'il faisait à Bobbi ou à quiconque s'approchait de lui, le destin ultime du vaisseau enterré devrait être décidé sur la base du bien du *monde*. Gardener avait siégé dans des dizaines de comités dont les buts allaient du possible au plus fou. Il avait donné plus qu'il ne le pouvait vraiment pour payer des publicités lors de deux campagnes visant à exiger un référendum sur la fermeture de l'usine de Maine Yankee ; encore étudiant, il avait participé à des marches contre l'engagement militaire américain au Viêt-nam ; il appartenait à Greenpeace ; il soutenait le NARAL. Il avait exploré une demi-douzaine de chemins boueux dans son désir d'améliorer le monde, mais ses efforts, bien que nés d'une pensée individuelle, s'étaient toujours exprimés à travers un groupe. Maintenant...

A toi de décider, mon vieux Gard. Tout seul. Il soupira. Ce fut comme un sanglot. *Change un peu le monde, petit homme blanc... bien sûr. Mais demande-toi d'abord qui veut que le monde change. Ceux qui ont faim, ceux qui sont malades, ceux qui sont à la rue, non ? Les parents de ces gosses en Afrique, avec leur gros ventre et leurs yeux mourants. Les Noirs d'Afrique du Sud. L'OLP. Est-ce que Ted l'Homme de l'Énergie veut qu'on l'aide à tout chan-*

ger ? Tu parles ! Pas Ted, ni le Politburo russe, ni la Knesset, ni le Président des États-Unis, ni les grandes firmes d'automobiles, ni Xerox, ni Barry Manilow.

Oh non ! pas les grosses huiles, pas ceux qui détiennent vraiment le pouvoir, pas ceux qui conduisent la Machine du Statu Quo. Leur mot d'ordre est : « Éliminez ces cinglés que je ne saurais voir ! »

Fut un temps, il n'aurait pas hésité une seconde, et c'était presque hier. Bobbi n'aurait pas eu besoin de beaucoup d'arguments pour le convaincre ; ç'aurait été lui qui aurait fouetté les chevaux jusqu'à ce que leur cœur éclate... mais il aurait été attelé avec eux, tirant d'un même mouvement. Voilà qu'on disposait enfin d'une source d'énergie propre, tellement abondante et tellement facile à produire qu'elle pourrait presque être gratuite. En six mois, tous les réacteurs nucléaires des États-Unis pourraient être arrêtés. En un an, tous les réacteurs du monde. De l'énergie à bon marché. Des transports à bon marché. Des voyages vers d'autres planètes, et même vers d'autres systèmes solaires — après tout, le vaisseau de Bobbi n'était pas arrivé à Haven, dans le Maine, sur un toboggan. En fait, c'était — roulement de tambour, Maestro ! — LA RÉPONSE À TOUT.

Il y a des armes sur ce vaisseau, tu crois ?

Il allait demander ça à Bobbi quand les mots avaient gelé sur ses lèvres. Des armes ? Peut-être. Et si Bobbi pouvait recevoir assez de cette « force » résiduelle pour créer une machine à écrire télépathique, ne pourrait-elle pas créer aussi quelque chose qui ressemblerait au pistolet à rayons mortels de Flash Gordon, mais qui marcherait vraiment ? Ou bien un désintégrateur ? Un faisceau porteur ? Quelque chose qui, au lieu de faire seulement broummmmmmm ou taca-taca-tac, transformerait les gens en tas de cendres fumantes ? Possible. Sinon, est-ce que les scientifiques hypothétiques de Bobbi ne pourraient pas *adapter* des trucs comme le gadget du chauffe-eau ou celui du Tomcat pour en tirer quelque chose qui pourrait faire beaucoup de mal aux gens ? Évidemment. Après tout, bien avant qu'on ait même conçu les grille-pain, les séchoirs à cheveux et les radiateurs, l'État de New York utilisait l'électricité pour faire frire les meurtriers à Sing-Sing.

Ce qui effrayait Gardener, c'était surtout que cette idée d'armes inconnues était assez séduisante. Il s'y glissait, probablement, un peu d'intérêt personnel. Si on donnait l'ordre de jeter une veste de sport sur tout ce merdier, alors il ne faisait pas de doute que Bobbi et lui feraient partie de ce qui devait être couvert. Mais il envisageait d'autres possibilités. L'une, folle mais plutôt attirante, donnait à Bobbi la possibilité de botter un certain nombre de culs qui le méritaient bien. L'idée d'envoyer dans la stratosphère quelques joyeux drilles comme l'ayatollah Khomeiny était tellement délicieuse que Gardener en gloussa presque. Pourquoi attendre que les Israéliens et les Arabes règlent leurs problèmes ? Et les terroristes de tout poil ?... Au revoir, les amis !

Formidable, Gard ! J'adore ! On passera ça à la télévision ! Ce sera mieux que Deux Flics à Miami *! A la place de deux pourfendeurs de trafiquants de drogue, voici Gard et Bobbi, parcourant la planète dans leur soucoupe volante ! Que quelqu'un me passe le téléphone ! Il faut que j'appelle CBS !*

Tu n'es pas drôle, se dit Gardener.

Qui est-ce que ça fait rire ? Est-ce que tu n'es pas en train de parler de ça ? Bobbi et toi jouant le Justicier solitaire et son copain ?

Et alors ? Combien de temps faudrait-il avant que ce choix commence à paraître bon ? Combien de bombes dans des valises ? Combien de femmes abattues dans les toilettes d'une ambassade ? Combien d'enfants tués ? Combien de temps allons-nous tout laisser continuer ?

Gard, j'adore. « D'accord, vous tous sur la Planète Terre, chantez en cœur avec Gard et Bobbi — suivez la balle qui rebondit : " Écoute la réponse, écoute, mon ami, écoute, la réponse dans le vent... " »

Tu es répugnant.

Et tu commences à avoir l'air carrément dangereux. Est-

ce que tu te souviens comme tu as eu peur quand le flic a trouvé le pistolet dans ton sac ? Comme tu as eu peur parce que tu ne te rappelais pas l'y avoir mis ? Ça recommence. Mais maintenant il s'agit d'un plus gros calibre. Doux Jésus, ô combien !

Quand il était jeune, il ne se serait jamais posé ces questions... et s'il se les était posées, il les aurait immédiatement écartées. Apparemment c'était ce qu'avait fait Bobbi. C'était elle, finalement, qui avait parlé de l'homme à cheval.

Qui est cet homme à cheval ?

Nous, Gard. Mais je crois... je crois que je veux surtout dire toi.

Bobbi, quand j'avais vingt-cinq ans, je brûlais sans cesse. Quand j'en avais trente, je brûlais parfois. Mais l'oxygène doit s'épuiser, parce que maintenant je ne brûle plus que lorsque je suis ivre. J'ai peur de monter sur ce cheval, Bobbi. Si l'histoire ne m'a appris qu'une chose, c'est que les chevaux aiment s'emballer.

Il bougea sur sa souche, et l'arme pointée sur lui le suivit. Bobbi était assise sur un tabouret de la cuisine, faisant pivoter légèrement le canon de son fusil à chaque mouvement de Gardener. Elle ne saisissait que très peu de ses pensées, et c'était frustrant, irritant. Mais elle en captait suffisamment pour savoir que Gardener n'était pas loin de prendre une décision... et quand il la prendrait, Bobbi était sûre qu'elle saurait laquelle.

Si c'était la mauvaise, elle lui logerait une balle dans la tête et enterrerait son corps dans la terre meuble du jardin. Elle n'envisageait pas cette possibilité de gaieté de cœur, mais s'il le fallait, elle le ferait.

Bobbi attendait calmement que le moment soit venu, l'esprit attentif aux faibles émissions des pensées de Gardener, établissant des relations ténues.

Ce ne serait plus long.

11

En fait, ce qui te fait peur, c'est de te retrouver en position de force pour la première fois de ta vie misérable et déconcertante.

Il se redressa, frappé de stupeur. Ce n'était pas vrai ! Non, ça ne pouvait pas être ça.

Oh, mais si, Gard. Même quand il s'agit de base-ball, tu n'encourages que des équipes qui sont des perdantes notoires. Comme ça tu n'as jamais à te sentir déprimé si une des équipes prend une déculottée dans la coupe du monde. C'est la même chose pour les candidats des causes que tu soutiens, est-ce que j'ai tort ? Parce que si tes idées politiques n'ont jamais l'occasion d'être essayées concrètement, tu n'auras jamais le choc de t'apercevoir que le nouveau chef ne vaut pas mieux que l'ancien, non ?

Je n'ai pas peur. Pas de ça.

Tu parles, que tu n'as pas peur. Un cavalier ? Toi ? Quelle rigolade ! Tu aurais une crise cardiaque si on te demandait de monter sur un tricycle. Ta vie personnelle n'a cessé d'être un effort constant pour détruire toute base de pouvoir dont tu aurais pu disposer. Prenons le mariage. Nora était solide ; il a fallu finalement que tu tires sur elle pour t'en débarrasser, mais au moment crucial, tu n'as pas pu aller jusqu'au bout ! Tu es de ceux qui saisissent toutes les occasions, il faut le reconnaître. Tu t'es fait renvoyer de ton poste d'enseignant, éliminant ainsi une autre base de puissance. Tu as passé douze ans à verser assez d'alcool sur la petite étincelle de talent qui t'a été donnée pour l'éteindre. Et maintenant ça. Tu ferais mieux de t'enfuir, Gard.

Ce n'est pas juste ! Vraiment, ce n'est pas juste !

Non ? N'y a-t-il pas là assez de vérité pour que cela mérite au moins discussion ?

Peut-être. Peut-être pas. D'une façon ou d'une autre, il découvrit que la décision avait déjà été prise. Il resterait aux côtés de Bobbi, du moins pour un temps, il ferait les choses à sa façon.

Le ton allègre que Bobbi avait pris pour lui assurer que tout marchait comme sur des roulettes ne collait pas vraiment avec son épuisement et sa perte de poids. Ce que le vaisseau enterré pouvait faire à Bobbi, il pouvait probablement le lui faire à lui aussi. Ce qui était arrivé — ou n'était pas arrivé — aujourd'hui ne prouvait rien ; il ne pouvait s'attendre à ce que tous les changements interviennent d'un seul coup. Et pourtant, le vaisseau — et la force, quelle qu'elle fût, qui en émanait — avait une formidable capacité à faire le bien. C'était l'essentiel, et... bon, que le Tommyknocker aille se faire *foutre*.

Gardener se leva et regagna la maison. Le soleil était couché, et le ciel devenait cendreux. Gard avait le dos raide. Il s'étira, debout sur la pointe des pieds, et grimaça en entendant ses vertèbres craquer. Il contempla, au-delà de la silhouette sombre et silencieuse du Tomcat, la porte du hangar avec son nouveau cadenas. Il eut envie d'aller regarder à l'intérieur par les interstices des planches qui condamnaient les fenêtres, puis il y renonça. Peut-être avait-il peur qu'un visage blanc ne se dresse comme un diable derrière les vitres sales, et ne découvre, en un sourire, le cercle presque parfait de ses dents fatales de cannibale. *Salut, Gard ! Est-ce que tu veux rencontrer un* vrai *Tommyknocker ? Entre donc ! Nous sommes toute une bande !*

Gardener frissonna. Il entendait presque les doigts maigres et malfaisants gratter les vitres. Il était arrivé trop de choses aujourd'hui et hier. Son imagination l'entraînait ; cette nuit, elle allait marcher et parler. Il ne savait pas s'il devait espérer le sommeil ou espérer rester éveillé pour la combattre.

12

Quand il fut rentré, son malaise se dissipa. Et avec lui son envie irrésistible d'un verre. Il enleva sa chemise et jeta un coup d'œil dans la chambre de Bobbi. Elle était couchée exactement comme avant, les couvertures coincées entre ses jambes si affreusement maigres, une main tendue, et elle ronflait.

Elle n'a même pas bougé. Bon Dieu, elle doit être épuisée !

Il prit une longue douche sous un jet aussi chaud qu'il put le supporter (avec le nouveau chauffe-eau de Bobbi, cela signifiait tourner à peine le robinet de cinq degrés à l'ouest du froid glacial). Quand sa peau rougit, il sortit dans une salle de bains aussi embuée que Londres étouffé par un brouillard de la fin de l'ère victorienne. Il se sécha, se brossa les dents avec un doigt — *il faut que j'aille faire des courses*, se dit-il — et alla se coucher.

En s'assoupissant, il se prit à repenser à la dernière chose que Bobbi avait dite pendant leur discussion. Elle croyait que le vaisseau enterré avait commencé d'affecter certains autres habitants du village. Quand il lui avait demandé des précisions, elle était restée dans le vague avant de changer de sujet. Gardener se disait que tout était possible, avec ce truc fou. Bien que la propriété du vieux Frank Garrick fût perdue en pleine cambrousse, elle se trouvait presque exactement au centre géographique de la commune. Il y avait bien un village appelé Haven, mais il était à huit kilomètres au nord.

« On dirait que tu penses qu'il envoie du gaz empoisonné, avait-il risqué tout en espérant ne pas avoir l'air aussi mal à l'aise qu'il l'était vraiment. *Le paraquat de l'espace. Les Créatures de l'Agent Orange.* »

— Du gaz empoisonné ? » avait répété Bobbi.

Elle s'était à nouveau retirée en elle-même, son mince visage fermé et distant.

« Non, pas du gaz empoisonné. Appelle ça des vapeurs, si tu veux y mettre un nom. Mais ce serait plutôt des vibrations, comme quand on le touche. »

Gardener n'avait rien dit. Il ne voulait pas qu'elle sorte de son état d'inspiration.

« Des vapeurs ? Non pas ça non plus. Mais *comme* des vapeurs. Si les gens de l'Agence pour la Protection de l'Environnement venaient avec leurs appareils d'analyse de l'air, je ne crois pas qu'ils trouveraient d'agents polluants. S'il existe un résidu physique réel dans l'air, ce n'est qu'à l'état de traces infimes.

— Crois-tu que ce soit possible, Bobbi ? avait-il demandé doucement.

— Oui. Je ne dis pas que je *sais* ce qui arrive, parce que je ne le sais pas. Je n'ai pas d'informations directes. Mais je crois qu'une fine couche de la coque du vaisseau — et quand je dis *fine*, je pense à une ou deux molécules d'épaisseur — pourrait s'oxyder depuis que je l'ai mise au jour et que l'air l'attaque. Ça veut dire que c'est moi qui ai pris la première dose, la plus forte... et qu'ensuite le reste est parti dans le vent, comme des retombées. Les gens du village en recevront l'essentiel... mais " l'essentiel " signifie vraiment " infiniment peu ", dans le cas présent. »

Bobbi s'était tournée dans son fauteuil à bascule et avait abaissé sa main droite. C'était un geste que Gardener l'avait souvent vue faire depuis son arrivée, geste inconscient des doigts habitués à trouver la tête poilue de Peter, et son cœur s'était serré pour son amie quand un voile de tristesse était passé sur son visage. Bobbi avait reposé sa main sur ses genoux.

« Mais je ne suis pas certaine que c'est ce qui se passe, tu sais. Un certain Peter Straub a écrit un roman, *Le Dragon flottant*... Tu l'as lu ? »

Gardener avait secoué la tête.

« Enfin, il y postule quelque chose qui ressemble à ton Agent Orange de l'Espace ou paraquat des dieux ou je ne sais quel nom tu as trouvé. »

Gardener sourit.

« Dans l'histoire, un produit chimique expérimental est diffusé dans l'atmosphère et retombe sur un quartier de banlieue d'une ville du Connecticut. Ce truc, c'est *vraiment* du poison — une sorte de gaz qui rend fou. Les gens se bagarrent sans raison, un type décide de repeindre toute sa maison — y compris les fenêtres — en rose indien, une femme court jusqu'à ce qu'elle meure d'une crise cardiaque, etc. Dans un autre roman, *Onde cérébrale*, de... »

Elle fronça les sourcils et sa main droite longea de nouveau le côté du fauteuil avant de remonter.

« ... de Poul Anderson, Anderson comme moi. La Terre passe à travers la queue d'une comète et certaines des retombées rendent les animaux plus intelligents. Le livre commence par la description d'un lapin qui *raisonne*, littéralement, pour arriver à se sortir d'un piège.

— Plus intelligents, répéta Gardener.

— Oui. Si tu avais un QI de 120 avant que la Terre ne traverse la queue de la comète, tu te retrouves avec un QI de 180, tu comprends ?

— Une véritable intelligence ?

— Oui.

— Mais avant, tu as parlé d'un savant idiot. C'est tout l'opposé d'une véritable intelligence, non ? c'est une sorte de... de *bosse* des maths sans rien autour...

— Ça n'a pas d'importance », répondit Roberta en écartant cette remarque de la main.

Maintenant, allongé dans son lit, en train de s'assoupir, Gardener se le demandait.

13

Cette nuit-là, il fit un rêve. C'était très simple. Il était dans le noir devant le hangar, entre le corps de ferme et le jardin. A sa gauche, la masse sombre du Tomcat. Il se disait exactement ce qu'il s'était dit le soir — qu'il allait regarder par une fenêtre, entre les planches. Et qu'allait-il voir ? Mais les Tommyknockers, bien sûr ! Pourtant, il n'avait pas peur. Au lieu de ressentir de la peur il éprouvait un ravissement, une joie. Parce que les Tommyknockers n'étaient ni des monstres, ni des cannibales ; ils étaient comme les lutins serviables dans l'histoire du petit cordonnier. Il allait regarder à travers les vitres sales du hangar comme un enfant ravi regardant par la fenêtre de sa chambre dans une illustration de *La Nuit de Noël* (et qui était donc le Père Noël, le joyeux lutin ? Un vieux Tommyknocker en habit rouge !) et il *les* verrait, riant et bavardant autour d'une longue table, bricolant des générateurs d'électricité et des planches à roulettes de lévitation, et des téléviseurs qui montreraient des films par transmission de pensée.

Il s'approchait du hangar, et soudain le bâtiment se trouvait éclairé par la même lueur que celle provenant de la machine à écrire modifiée de Bobbi. Le hangar avait été transformé en une sorte de lanterne magique, à cela près qu'il n'en émanait pas une chaude lumière jaune, mais une lueur d'un affreux vert pourri. Elle filtrait entre les planches, elle filtrait à travers les trous laissés par les nœuds, projetant comme des yeux de chat maléfiques sur le sol. Et *maintenant*, il avait peur, parce qu'aucun étrange petit ami venu de l'espace n'aurait produit *cette* lumière ; si le cancer avait une couleur, ce serait celle qui dégoulinait de chaque fente ou fissure, de chaque trou, de chaque fenêtre condamnée du hangar de Bobbi Anderson.

Mais il s'approchait tout de même, parce que dans les rêves on ne fait pas toujours ce qu'on veut. Il s'approchait, ne voulant plus voir, pas plus qu'un enfant ne voudrait regarder par la fenêtre de sa chambre le soir de Noël pour voir le Père Noël glissant sur un toit pentu couvert de neige, une tête coupée dans chaque main gantée, le sang dégoulinant des cous en fumant dans le froid.

Par pitié, non, non...

Mais il s'approchait et quand il arrivait dans la lueur verte, de la musique rock envahissait sa tête en un flot paralysant de violence. C'était George Thorogood et les Destroyers, et Jim savait que quand la guitare distorsion de George commencerait à jouer, son crâne vibrerait un moment d'harmonies meurtrières et exploserait tout simplement comme les verres d'eau dans la maison dont il avait un jour parlé a Bobbi.

Rien de cela n'avait d'importance. Seule la peur avait de l'importance ; la peur des Tommyknockers dans le hangar de Bobbi. Il sentait leur présence, il pouvait presque sentir leur *odeur*, une odeur riche et électrique, comme celle de l'ozone et celle du sang.

Et... les étranges bruits de liquide qui barbote. Il pouvait les entendre même avec la musique dans sa tête. C'était comme une vieille machine à laver, sauf que ça ne faisait pas un bruit d'eau, et ce bruit était faux, faux, *faux*.

Alors qu'il se haussait sur la pointe des pieds pour regarder dans le hangar, le visage aussi vert que celui d'un cadavre sorti des sables mouvants, George Thorogood commença à jouer un blues sur sa guitare distorsion, et Gardener se mit à hurler de douleur — et c'est *alors* que sa tête explosa et qu'il se réveilla assis tout droit dans le vieux lit de la chambre d'ami, la poitrine couverte de sueur, les mains tremblantes.

Il se rallongea en pensant : *Mon Dieu ! S'il faut que tu fasses des cauchemars à cause de ça, va donc y jeter un coup d'œil demain. Ça te calmera.*

Il s'était attendu à faire des cauchemars après avoir pris sa décision ; en se recouchant, il se dit que ce n'était que le premier. Mais il ne rêva plus.

Pas cette nuit-*là*.

Le lendemain, il accompagna Bobbi sur le champ de fouilles.

LIVRE II

Contes et légendes de Haven

Le terroriste était défoncé!
Le Président était envapé!
La sécurité était blindée!
Les Services secrets étaient beurrés!
Et tout le monde est pinté,
Tout le monde est paumé,
Tout le monde est bourré,
Et ça n'est pas près de changer,
Parce que tout le monde est pinté,
Tout le monde est paumé,
Tout le monde boit pendant le service.

THE RAINMAKERS, « Boire pendant le service »

Et puis il a couru jusqu'au village en criant
« C'est tombé du ciel! »

CREEDENCE CLEARWATER REVIVAL,
« C'est tombé du ciel »

1

La Commune

1

Avant de s'appeler Haven, le village avait porté quatre autres noms.

L'existence de la municipalité commence en 1816, sous le nom de Montville Plantation. Un certain Hugh Crane en possédait tout le territoire. C'est en 1813 que cet ancien lieutenant des armées de la Révolution américaine avait acquis cette propriété de l'État du Massachusetts, dont le Maine était alors une province.

Ce nom de Montville Plantation était une plaisanterie irrespectueuse. De toute son existence, le père de Crane, douzième comte de Montville, ne s'était jamais aventuré à l'est de Londres et, bon conservateur, il était resté fidèle à la Couronne quand les colons d'Amérique s'étaient insurgés contre elle. Il mourut pair du royaume. Hugh Crane, son fils aîné, aurait dû devenir à son tour comte de Montville, treizième du nom. Mais son père, furieux qu'il ait pris le parti des rebelles, le déshérita. Pas décontenancé le moins du monde, Crane se proclama joyeusement premier comte du Maine Central et parfois même duc de Nullepart.

La propriété que Crane appelait Montville Plantation comptait environ 9 000 hectares. Quand Crane demanda et obtint pour son domaine le statut de municipalité, Montville Plantation devint la cent quatre-vingt-treizième commune du Maine, province du Massachusetts. Crane avait acheté cette terre parce qu'on y trouvait à foison du bois de bonne qualité et que Derry, où les troncs pouvaient être mis à l'eau pour flotter jusqu'à la mer, n'était qu'à huit lieues.

Combien Hugh Crane paya-t-il cette terre qui devint Haven ?

Il emporta le morceau pour dix-huit cents livres.

Naturellement, à l'époque, avec une livre, on allait beaucoup plus loin que maintenant.

2

A la mort de Hugh Crane, en 1826, cent trois personnes vivaient à Montville Plantation. Les bûcherons doublaient le nombre des habitants pendant six ou sept mois de l'année, mais ils ne comptaient pas vraiment, parce qu'ils allaient dépenser à Derry le peu d'argent qu'ils gagnaient, et généralement c'était aussi à Derry qu'ils s'installaient quand ils se faisaient trop vieux pour travailler dans les bois. A cette époque, « trop vieux pour travailler dans les bois », c'était environ vingt-cinq ans.

En 1826, la petite communauté qui devait devenir le village de Haven n'en avait pas moins commencé à s'étendre le long de la route boueuse qui conduisait au nord vers Derry et Bangor.

On pouvait lui donner le nom que l'on voulait (et, sauf dans les souvenirs des plus vieux de la vieille, comme Dave Rutledge, elle finit par s'appeler tout simplement Route n° 9). C'était forcément cette route que les bûcherons devaient emprunter à la fin de chaque mois pour aller claquer leur paie dans les bars et les bordels de Derry. Ils gardaient l'essentiel de leur argent pour les plaisirs de la grande ville, mais la plupart ne refusaient pas de se dépoussiérer le gosier en chemin avec une bière ou deux, à la taverne Cooder ou au Lodging-House. Ce n'était pas grand-chose, mais cela suffisait à asseoir solidement ces modestes entreprises. Le magasin juste en face, le General Mercantile (dont le propriétaire, qui trônait derrière le comptoir, était le propre neveu de Hiram Cooder), sans être aussi florissant, restait néanmoins une affaire prospère. En 1828, un coiffeur-barbier-chirurgien (qui n'était autre que le cousin de Hiram Cooder) ouvrit boutique à côté du General Mercantile. A l'époque, il n'était pas rare de trouver, dans ce petit établissement animé et de plus en plus apprécié, un bûcheron installé dans l'un des trois fauteuils inclinables pour se faire couper les cheveux, raser la barbe et recoudre une entaille au bras, tandis que, extraites du pot qui voisinait avec la boîte à cigares et accrochées chacune au-dessus d'un des yeux fermés du patient, deux grosses sangsues viraient du gris au rouge au fur et à mesure qu'elles se gorgeaient de sang, protégeant ainsi l'homme contre toute infection de sa blessure et contre une maladie que l'on appelait à l'époque « cervelle douloureuse ». En 1830, un hôtel-restaurant (propriété du frère de Hiram Cooder) s'installa à l'extrémité sud du village.

En 1831, Montville Plantation devint Coodersville.

Personne n'en fut très surpris.

Coodersville resta Coodersville jusqu'en 1864, mais prit alors le nom de Montgomery, en l'honneur d'Ellis Montgomery, un fils du pays tombé en héros à la bataille de Gettysburg où, dit-on, le 20e régiment du Maine sauva l'Union à lui tout seul. Personne ne contesta ce changement : le dernier des Cooder, ce vieux fou d'Albion, avait fait faillite et s'était suicidé deux ans plus tôt.

Dans les années qui suivirent la fin de la guerre de Sécession, une mode, aussi inexplicable que la plupart des modes, déferla sur l'État du Maine. Il ne s'agissait ni de jupes à crinolines ni de rouflaquettes : on se mit frénétiquement à affubler les villages de noms empruntés à l'Antiquité. De cette époque datent Sparte,

Carthage et Athènes, et, naturellement, Troie, juste à côté. En 1878, les habitants de Montgomery votèrent pour changer à nouveau le nom de leur village ; cette fois, il devait s'appeler Ilion. Lors d'une réunion précédant le vote, la mère d'Ellis Montgomery infligea aux citoyens une longue philippique larmoyante qui parut plus sénile que convaincante. On raconte que les habitants de Montgomery écoutèrent, avec patience et une touche de culpabilité, la mère du héros accablée sous le poids des ans — soixante-quinze pour être précis.

Certains trouvèrent que Mme Montgomery avait bien raison, que quatorze années ne représentaient guère le « souvenir immortel » solennellement promis à son fils lors des cérémonies de changement de nom qui avaient eu lieu le 4 juillet 1864, de telle sorte que la proposition mise aux voix aurait très bien pu être repoussée si la vessie de la bonne dame ne l'avait pas trahie à ce moment décisif. Tandis qu'elle continuait à vitupérer contre les Philistins ingrats qui auraient à se repentir de ce jour funeste, on l'aida à sortir de la salle.

Montgomery devint quand même Ilion.

Vingt-deux ans passèrent.

3

Vint alors un prédicateur du mouvement du Réveil de la Foi, bel homme à la langue agile qui, on ne sait pourquoi, méprisa Derry et choisit de planter sa tente à Ilion. Il se faisait appeler Colson, mais Myrtle Duplissey, qui se prétend l'historienne officielle de Haven, est convaincue que Colson s'appelait en fait Cooder, et qu'il était le fils illégitime d'Albion Cooder.

Quelle qu'ait pu être son identité, quand le maïs fut prêt pour la récolte il avait converti la plupart des chrétiens du village à sa version personnelle très vivante de la foi — au grand désespoir de M. Hartley, pasteur des méthodistes d'Ilion et de Troie, et de M. Crowell qui veillait sur la santé spirituelle des baptistes d'Ilion,

Troie, Etna et Unity (une plaisanterie qui avait cours à l'époque prétendait que Crowell tenait son presbytère du village de Troie, mais ses hémorroïdes de Dieu). Quoi qu'il en soit, leurs voix ne clamaient plus que dans le désert. La congrégation de Colson continua de croître et multiplier au fil de cet été presque parfait de l'an 1900. Dire que les récoltes de l'année furent exceptionnelles ne leur rendrait pas justice : la fine couche de terre du nord de la Nouvelle-Angleterre, habituellement d'une avarice sordide, déversa cette année-là une véritable corne d'abondance qui sembla ne jamais devoir se tarir. De plus en plus déprimé et taciturne, M. Crowell, le baptiste qui tenait ses hémorroïdes de Dieu, finit par se pendre, trois ans plus tard, dans la cave du presbytère de Troie.

L'inquiétude de M. Hartley, le pasteur méthodiste, croissait, elle, au rythme de la ferveur évangélique qui déferlait sur Ilion comme une épidémie de choléra. Peut-être était-ce parce que les méthodistes sont, dans des circonstances ordinaires, les moins démonstratifs parmi les adorateurs de Dieu : ils n'écoutent pas de sermons mais des « messages », ils prient l'essentiel du temps dans un silence impressionnant, et ils considèrent que les « amen » de la congrégation ne doivent intervenir qu'à la fin du Notre Père et des rares hymnes qui ne sont pas chantés par le chœur. Mais ces ouailles jadis si réservées se mettaient maintenant à parler en langues et entraient en transe.

« Si ça continue, disait parfois M. Hartley, ils finiront par charmer des serpents. »

Les assemblées des mardis, jeudis et dimanches dans la tente du Réveil près de la route de Derry se firent de plus en plus bruyantes et sauvages, les fidèles laissant exploser leurs sentiments.

« Si cela se passait dans une tente de carnaval, on appellerait ça de l'hystérie », dit M. Hartley à Fred Perry, le diacre de son église et son seul véritable ami, un soir où ils sirotaient un verre de sherry au presbytère.

« Comme ça se passe dans une tente du Réveil, ils disent que c'est le Saint-Esprit qui descend sur eux. »

Le révérend Hartley avait vu juste au sujet de Colson. Ses soupçons furent amplement justifiés avec le temps, mais Colson s'était déjà enfui, non sans avoir récolté, au lieu de citrouilles et de patates, une belle quantité de monnaie sonnante et trébuchante et de femmes au tempérament généreux. Avant cela, il avait imprimé durablement sa marque sur le village en le faisant une dernière fois changer de nom.

En cette chaude soirée d'août, Colson commença son sermon en évoquant la moisson, symbole de la plus belle récompense divine, puis il en vint à parler du village. Colson avait déjà enlevé sa veste de costume. Ses cheveux trempés de sueur lui tombaient sur les yeux. Les sœurs avaient déjà commencé à s'agenouiller pour psalmodier leurs amen, bien que le moment de parler en langues et de se balancer en cadence soit encore loin.

« Je considère que ce village est sanctifié », avait annoncé Colson à ses fidèles en s'agrippant à son pupitre de ses deux mains puissantes.

Il est possible qu'il ait eu, pour le considérer ainsi, d'autres raisons que le choix que son honorable personne en avait fait afin d'y semer la bonne parole (sans parler de quelques bâtards), mais il n'en dit rien.

« Je considère que c'est un *havre*. Oui ! J'ai trouvé ici un havre de paix où je suis chez moi, une terre délicieuse, peut-être pas tellement différente de celle qu'ont connue Adam et Ève avant de cueillir ce fruit sur l'arbre qu'ils n'auraient pas dû manger. *Sanctifié !* » mugit le prédicateur Colson.

Des années plus tard, des membres de la congrégation admiraient encore la façon dont, gredin ou pas, il pouvait invoquer Jésus.

« *Amen !* » répondit la congrégation d'une seule voix.

La nuit, bien que chaude, ne l'était peut-être pas assez pour expliquer tout à fait le rouge qui monta aux joues et au front de nombreuses femmes ; ce genre de rougeurs étaient courantes depuis l'arrivée au village du prédicateur Colson.

« Pour *Dieu*, ce village est une gloire !

— *Alléluia !* » cria la congrégation qui exultait.

Les poitrines se gonflèrent. Les yeux étincelèrent. Les langues humectèrent les lèvres.

« Ce village a reçu une *promesse* ! » s'écria le prédicateur Colson qui marchait maintenant de long en large d'un pas rapide, rejetant de temps à autre en arrière d'un coup de tête rapide, qui mettait en valeur son cou parfaitement cravaté, les boucles noires qui lui barraient le front.

« Ce village a reçu une *promesse* : la *promesse* d'une riche *moisson*, et *cette promesse sera tenue* !

— *Loué soit le Seigneur !* »

Colson revint au pupitre, le saisit et regarda ses ouailles d'un air sévère.

« Alors, pourquoi voulez-vous qu'un village à qui est promise la *moisson* de Dieu et qui est le *havre de paix* de Dieu — pourquoi voulez-vous qu'un village qui témoigne ainsi de Dieu, porte je ne sais quel nom à coucher dehors ? Je n'arrive pas à me l'expliquer, mes frères. C'est le diable qui a dû égarer la génération précédente, je ne vois rien d'autre. »

Dès le lendemain, on envisagea de changer le nom d'Ilion en Haven. Le révérend Crowell protesta mollement contre ce changement, le révérend Hartley y mit beaucoup plus de vigueur. Les notables du village restèrent neutres, mais soulignèrent que le changement de nom coûterait vingt dollars au village pour la modification du registre des municipalités dans les dossiers d'Augusta, et probablement vingt dollars de plus pour remplacer les panneaux routiers. Sans parler du papier à en-tête des documents officiels.

Bien avant la réunion municipale de mars au cours de laquelle l'article 14 (« Voir si la commune approuverait le changement de nom de la municipalité n° 193 de l'État du Maine d'ILION en HAVEN ») fut discuté et mis aux voix, le prédicateur Colson avait littéralement plié sa tente et s'était évanoui dans la nuit. Le pliage et l'évanouissement eurent lieu le 7 septembre, à l'issue de ce que Colson avait appelé pendant des semaines le

Grand Réveil de la Moisson de 1900. Durant un mois au moins, il avait annoncé que cette assemblée serait la plus importante qu'il tiendrait dans ce village cette année-là ; peut-être la plus importante qu'il tiendrait jamais, même s'il devait s'installer ici — et Dieu semblait l'appeler de plus en plus souvent à le faire. A cette nouvelle, le cœur des dames se mettait à battre la chamade ! Ce serait, disait-il, la plus grande offrande d'amour au Dieu d'amour qui avait offert à ce village une récolte et une moisson aussi merveilleuses.

Colson récolta pour son compte. Il se mit à cajoler les fidèles pour qu'ils lui apportent la plus large « offrande d'amour » de son séjour, et finit par labourer et ensemencer non pas deux, ni quatre, mais *six* jeunes filles dans les champs derrière la tente après l'assemblée.

« Les hommes, y zaiment les grands mots, mais la plupart d'entre eux, y cachent juste un derringer dans leur pantalon, même qu'y zemploient de grands *mots* », dit un soir chez le barbier le vieux Duke Barfield.

S'il y avait eu un concours de l'Homme-le-plus-puant-du-village, le vieux Duke l'aurait remporté haut la main. Il dégageait une odeur d'œufs pourris qui seraient restés un mois dans une mare de boue. On l'écoutait, mais de loin, et contre le vent, s'il y avait du vent.

« Moi, j'ai entendu causer d'hommes qu'avaient un fusil à deux canons dans leur pantalon, et on en rencontre d' temps à aut', et une fois j'ai même entendu causer d'un type qu'avait un pistolet à trois coups, mais c't enculé d' Colson c'est le *seul* homme que j' connaisse qu'est venu avec un pistolet à six coups. »

Trois des conquêtes du prédicateur Colson étaient vierges avant l'intervention du baiseur de la Pentecôte.

L'offrande d'amour de cette nuit de la fin de l'été 1900 fut effectivement généreuse, mais les bavardages chez le barbier ne concordaient pas sur l'ampleur de la générosité *monétaire*. Tous disaient bien que même avant le Grand Réveil de la Moisson — où le prêche avait duré jusqu'à dix heures, le chant d'hymnes jusqu'à minuit et la partie de jambes en l'air dans les champs jusqu'à plus de deux heures — on avait sorti beaucoup d'argent. Certains faisaient remarquer que Colson n'avait pas non plus dépensé grand-chose pendant son séjour. Les femmes se battaient presque pour le privilège de lui apporter ses repas, et les propriétaires de l'hôtel lui avaient prêté un buggy... et naturellement, personne ne lui faisait jamais payer ses distractions nocturnes.

Au matin du 8 septembre, la tente et le prédicateur étaient partis. Il avait bien moissonné... et semé avec succès. Entre le 1er janvier et la réunion municipale de la fin mars 1901, neuf enfants illégitimes, trois filles et six garçons, naquirent dans la région. Ces neuf « enfants de l'amour » se ressemblaient étrangement : six avaient les yeux bleus, et leur tête s'orna invariablement de cheveux noirs brillants et drus. Les bavardages chez le barbier (et aucun groupe d'hommes sur terre ne sait aussi bien marier la logique et la luxure que ces oisifs pétant dans des fauteuils de coiffeur en roulant des cigarettes ou en projetant des giclées brunes de jus de chique dans des crachoirs de fer-blanc) insinuaient aussi qu'on ne pouvait préciser au juste le nombre de jeunes filles qui étaient parties « chez des parents » vers le sud, dans le New Hampshire, ou même aussi loin que le Massachusetts. Certains avaient aussi remarqué que beaucoup de femmes *mariées* avaient mis des enfants au monde entre janvier et mars. Pour celles-là, qui pouvait savoir ? Mais les bavardages chez le barbier rappelaient naturellement ce qui était arrivé le 29 mars, après que Faith Clarendon eut mis au monde un garçon vigoureux de quatre kilos. Un vent du nord humide et furieux tourbillonnait autour du toit de la maison des Clarendon, déversant le dernier grand chargement de neige de 1901 avant le retour de l'hiver en novembre. Cora Simard, la sage-femme qui avait mis le bébé au monde, somnolait à moitié près du poêle de la cuisine, attendant que son mari Irwin se fraye enfin un chemin dans la tempête pour la ramener à la maison. Elle vit Paul Clarendon s'approcher du berceau où dormait son fils nouveau-né, de l'autre côté du poêle, dans le coin le plus chaud de la pièce. Il resta à contempler le bébé pendant plus d'une heure. Cora commit l'impardonnable erreur de prendre le regard de Paul Clarendon pour de l'admiration et de l'amour. Ses yeux se fermèrent peu à peu. Quand elle s'éveilla, Paul Clarendon était penché sur le berceau avec son rasoir à la main. Avant que Cora eût pu débloquer sa voix pour crier, il prit le bébé par sa toison de cheveux noir de jais et lui trancha la gorge. Il quitta la pièce sans un mot. Quelques instants plus tard Cora entendit un gargouillis provenant de la chambre. Elle trouva le mari et la femme sur le lit, les mains jointes. Clarendon avait tranché la gorge de sa femme, lui avait pris la main droite dans sa main gauche, et pour finir s'était tranché la gorge. C'était deux jours après que les habitants d'Ilion eurent approuvé par leur vote le changement du nom du village.

4

Le révérend Hartley s'opposa vigoureusement à ceux qui voulaient donner au village le nom qu'avait suggéré un homme qui s'était révélé voleur, fornicateur et faux prophète, un véritable serpent dans le poulailler. Il l'avait dit du haut de sa chaire et il avait remarqué les hochements de tête approbateurs de ses paroissiens avec un plaisir presque vindicatif qui ne lui ressemblait guère. Il arriva à la réunion communale du 27 mars 1901 certain que l'article 14 serait repoussé à une forte majorité. Il ne se troubla pas de la brièveté de la discussion qui s'instaura entre la lecture de l'article par le secrétaire de mairie et la question posée laconiquement par le maire Luther Ruvall : « Quelle est votre opinion, braves gens ? » S'il avait eu le moindre doute, Hartley aurait pris la parole avec véhémence, avec fureur, même, pour la seule fois de sa vie. Mais aucun doute ne traversa jamais son esprit.

« Que ceux qui sont pour le changement le montrent en disant oui », dit Luther Ruvall. Et quand le *oui!*

vigoureux bien que sans passion, fit trembler la charpente, Hartley eut l'impression qu'on lui donnait un coup de poing en pleine poitrine. Il regarda autour de lui d'un air affolé, mais il était trop tard. La force de ce *oui!* l'avait pris si totalement par surprise qu'il ne savait même pas combien de ses propres ouailles s'étaient retournées contre lui et avaient voté à l'opposé de ses vœux.

« Attendez..., dit-il d'une voix étranglée que personne n'entendit.

— Qui est contre ? »

Quelques *non* épars. Hartley tenta de crier le sien, mais il ne s'échappa de sa gorge qu'une syllabe sans aucune signification : *Nik!*

« La motion est adoptée, dit Luther Ruvall. Passons maintenant à l'article 15. »

Le révérend Hartley sentit soudain qu'il avait chaud — beaucoup trop chaud. Il sentit en fait qu'il pourrait bien s'évanouir. Il se fraya un chemin à travers la foule des hommes debout en chemise à carreaux rouge et noir et pantalon de flanelle boueux, à travers les nuages de fumée âcre des cigarettes papier maïs et des cigares bon marché. Il avait toujours l'impression qu'il allait s'évanouir, mais maintenant il sentait qu'il pourrait aussi vomir *avant* de s'évanouir. Une semaine plus tard, il ne pouvait s'expliquer pourquoi ce choc avait été aussi profond, au point de confiner à l'horreur. Un an plus tard, il ne s'avouerait même plus qu'il avait ressenti une telle émotion.

Il sortit au sommet des marches menant à l'hôtel de ville, inspirant de grandes bouffées d'air à 5 °C, s'agrippant désespérément à la rampe, le regard perdu au loin dans les champs où fondait la neige. Elle avait suffisamment fondu pour qu'on aperçoive par plaques la terre boueuse à découvert et il pensa, avec une grossièreté vicieuse qui ne lui ressemblait pas non plus, que ces champs ressemblaient au pan d'une chemise de nuit tachée de merde. Il ressentit pour la première et la dernière fois de sa vie une amère jalousie à l'encontre de

Bradley Colson — ou Cooder, si c'était là son véritable nom. Colson avait fui Ilion... oh, pardon! il avait fui *Haven*, son havre de paix. Il avait fui et maintenant Donald Hartley se prenait à penser qu'il pourrait bien en faire autant. *Pourquoi ont-ils fait ça?* Pourquoi? *Ils savaient quel genre d'homme c'était, ils le* savaient! *Alors pourquoi avaient-ils...*

Une large main chaude pressa son épaule. Il se retourna et vit son vieil ami Fred Perry. Le long visage réconfortant de Fred reflétait l'inquiétude et la sympathie, et Hartley sourit involontairement.

« Don, est-ce que ça va? demanda Fred Perry.

— Oui. J'ai eu un petit étourdissement à l'intérieur. A cause du vote. Je ne m'attendais pas à ce résultat.

— Moi non plus.

— Mes paroissiens y sont pour quelque chose, forcément. Le *oui* était si fort, il a bien fallu qu'ils l'aient crié aussi, tu ne crois pas?

— Eh bien...

— Apparemment, dit le révérend Hartley avec un petit sourire, je n'en sais pas autant que je le croyais sur la nature humaine.

— Reviens à l'intérieur, Don. Ils vont voter sur le pavage de Ridge Road.

— Je crois que je vais encore rester un peu dehors, et réfléchir à la nature humaine. »

Il s'interrompit, et juste quand Fred Perry tourna le dos pour rentrer, le révérend Donald Hartley demanda sur un ton presque suppliant :

« Est-ce que *toi*, tu comprends, Fred? Est-ce que tu comprends pourquoi ils ont fait ça? Tu as presque dix ans de plus que moi. Est-ce que tu comprends? »

Et Fred Perry, qui avait crié son propre *oui!* derrière son poing serré, hocha la tête et dit que non, qu'il ne comprenait pas du tout. Il aimait bien le révérend Hartley. Il respectait le révérend Hartley. Mais en dépit de ça (ou peut-être — peut-être seulement — à cause de ça), il avait pris un malin plaisir à voter pour un nom suggéré par Colson. Colson le faux prophète, Colson si sûr de lui, Colson le voleur, Colson le séducteur.

Non, Fred Perry ne comprenait pas du tout la nature humaine.

2

Becky Paulson

1

Rebecca Bouchard Paulson avait épousé Joe Paulson, l'un des deux facteurs de Haven, qui représentait donc le tiers du personnel de la poste de Haven. Joe trompait sa femme, ce que Bobbi Anderson savait déjà. Maintenant, Becky Paulson le savait aussi. Elle le savait depuis trois jours. Jésus le lui avait dit. Ces derniers jours, Jésus lui avait dit les choses les plus stupéfiantes, les plus terribles et les plus affolantes que l'on puisse imaginer. Ça la rendait malade, insomniaque, folle... Mais est-ce que ce n'était pas aussi assez merveilleux ? Bon sang ! Est-ce qu'elle allait arrêter d'écouter, renverser l'image de Jésus pour qu'elle repose à plat sur Son visage, ou Lui crier de La fermer ? Sûrement pas. Pour commencer, elle ressentait une sorte de besoin malsain mais impérieux de connaître ce que Jésus avait à lui apprendre. Et puis, Il était le Sauveur.

Jésus était installé sur la télévision Sony des Paulson. Il s'y trouvait depuis six ans. Avant, Il avait trôné successivement sur deux téléviseurs Zénith. Becky estimait que Jésus occupait cette place d'honneur depuis environ seize ans. Jésus était représenté en relief, comme s'Il était vivant. C'était une image de Lui que la sœur aînée de Becky, Corinne, qui vivait à Portsmouth, leur avait offerte pour leur mariage. Quand Joe avait fait remarquer que la sœur de Becky était un peu pingre, non ? Becky lui avait dit de se taire. Non qu'elle en eût été vraiment surprise : elle ne pouvait attendre d'un homme comme Joe qu'il comprenne qu'on ne peut chiffrer la véritable Beauté.

Sur l'image, Jésus était vêtu d'une simple robe blanche et Il tenait sa houlette de Bon Pasteur. Le Christ posé sur la télévision de Becky Se peignait un peu comme Elvis juste après son retour de l'armée. Oui, Il ressemblait beaucoup à Elvis dans *G.I. Blues*. Il avait les yeux bruns et doux. Derrière Lui, dans une perspective parfaite, des moutons aussi blancs que des draps dans une publicité de lessive couvraient la prairie jusqu'à l'horizon. Becky et Corinne avaient grandi dans une ferme d'élevage de moutons à New Gloucester, et l'expérience avait appris à Becky que les moutons ne sont *jamais* aussi uniformément blancs et laineux que des petits nuages de beau temps tombés sur terre. Mais, se disait-elle, si Jésus pouvait transformer l'eau en vin et ramener les morts à la vie, il n'y avait aucune raison pour qu'Il ne puisse, s'Il le voulait, faire disparaître les plaques de crotte au cul des moutons.

Joe avait une ou deux fois essayé d'enlever cette image de la télévision, et maintenant, Becky se disait qu'elle savait pourquoi, oui Monsieur ! Et comment ! Joe, naturellement avait inventé une raison :

« Ça me semble pas bien que Jésus trône sur le téléviseur pendant qu'on regarde *Magnum* ou *Deux flics à Miami*. Pourquoi tu le mets pas sur ta commode, Becky ? Ou bien... tiens, j'ai une idée ! Pourquoi pas le mettre sur ta commode jusqu'à *dimanche*, et alors tu pourrais le redescendre à sa place pendant que tu regardes les sermons de Jimmy Swaggart et Jack van Impe ? Je suis sûr que Jésus préfère de loin Jimmy Swaggart aux flics de Miami. »

Elle avait refusé.

Une autre fois, il avait dit :

« Quand ce sera mon tour de recevoir pour le poker du jeudi soir, il faudra l'enlever. Les gars aiment pas ça.

Qui aurait envie que Jésus-Christ le regarde quand il essaie de tirer une quinte royale ?

— Peut-être qu'ils se sentent mal à l'aise parce qu'ils savent que les jeux d'argent sont diaboliques, avait répondu Becky.

— Alors, avait rétorqué Joe avec les réflexes d'un bon joueur de poker, c'est le diable qui t'a procuré ton séchoir à linge et cette bague de grenats que t'aimes tant. Tu devrais t' les faire rembourser et donner l'argent à l'Armée du Salut. J' crois qu' j'ai encore les tickets de caisse dans mon tiroir. »

Elle autorisa donc Joe à retourner l'image en trois dimensions de Jésus le jeudi soir où, chaque mois, il faisait des plaisanteries salaces en buvant de la bière autour d'un jeu de poker avec ses amis. Mais ce fut tout ce qu'elle concéda.

Mais maintenant, elle savait *vraiment* pourquoi il voulait se débarrasser de cette image. Il avait compris depuis toujours que cette image pourrait être une image *magique*. Oh, « sacrée » devait être un meilleur adjectif ! La magie, c'était pour les païens, les chasseurs de tête, les cannibales, les catholiques et les gens comme ça, mais ça revenait presque au même, non ? De toute façon, Joe avait dû sentir que l'image était spéciale et que, par elle, ses péchés seraient révélés.

Oh, évidemment, elle avait bien dû se douter, sans vouloir se l'avouer, qu'il se passait *quelque chose* ! Jamais plus il ne l'importunait la nuit, et bien que ce fût une sorte de soulagement (le sexe, c'était exactement ce que sa mère lui avait dit : sale, brutal, parfois douloureux, et toujours humiliant), elle avait également détecté une odeur de parfum sur son col de temps à autre, et ça, ce n'était pas du tout un soulagement. Elle se disait qu'elle aurait pu ne jamais faire le rapprochement — entre les avances qui avaient cessé et cette odeur de parfum qu'elle avait commencé à repérer parfois sur le col de son mari — si l'image de Jésus posée sur la télé Sony ne s'était pas mise à parler, le 7 juillet. Elle aurait même pu ignorer un troisième facteur : les avances avaient cessé et le parfum s'était fait sentir presque au moment où le vieux Charlie Estabrooke avait pris sa retraite, et où une certaine Nancy Voss, venue d'Augusta, l'avait remplacé au bureau de poste. Becky pensait que la Voss (qu'elle n'appelait plus que la Garce) n'avait pas loin de cinq ans de plus qu'elle et Joe, c'est-à-dire sans doute presque cinquante ans, mais cette traînée était bien conservée et ne faisait pas son âge. Becky était prête à admettre qu'elle avait pris un peu de poids puisqu'elle était passée de cinquante-sept à quatre-vingt-douze kilos, essentiellement depuis que leur seul rejeton, Byron, avait quitté la maison.

Elle aurait pu feindre de tout ignorer, elle *aurait* tout ignoré, elle aurait peut-être même tout toléré avec soulagement : si la Garce aimait la bestialité des relations sexuelles, avec leurs grognements, leurs coups de boutoir et le jet final de ce truc qui sentait vaguement la morue et ressemblait à un liquide à vaisselle bon marché, alors cela ne faisait que prouver que la Garce elle-même n'était guère plus qu'un animal. Cela libérait aussi Becky d'une obligation fastidieuse, même si elle était de plus en plus rare. Elle aurait pu l'ignorer si l'image de Jésus n'avait pas parlé.

Elle parla pour la première fois juste après quinze heures dans l'après-midi du jeudi. Becky revenait de la cuisine avec un plateau (la moitié d'une brioche à la confiture et une chope de soda à la cerise) pour regarder son feuilleton, *Hôpital général*. Elle n'arrivait plus vraiment à croire que les héros Luc et Laura reviendraient jamais, mais elle n'avait pas *complètement* perdu espoir.

Elle se penchait pour allumer la télévision quand Jésus dit :

« Becky, Joe s'enfile la Garce presque tous les jours à l'heure du déjeuner, et parfois aussi le soir après le travail. Une fois, il était tellement excité qu'il l'a fait pendant qu'il devait l'aider à trier le courrier. Et tu sais quoi ? Elle a même pas dit : " Attends au moins que j'aie fini de trier les lettres urgentes. " Et c'est pas tout. »

Jésus traversa la moitié de l'image, Sa robe flottant

autour de Ses chevilles, et Il s'assit sur un rocher qui émergeait du sol. Il tenait Sa houlette entre Ses genoux et regardait Becky d'un air sombre.

« Il se passe tellement de choses à Haven que t'en croirais pas la moitié. »

Becky parvint enfin à pousser un cri et tomba à genoux.

« Seigneur ! » s'exclama-t-elle.

Un de ses genoux atterrit sur son morceau de gâteau (qui avait en gros la taille et l'épaisseur de la Bible familiale), projetant de la confiture de framboises sur le museau d'Ozzie, le chat, qui était sorti en rampant de sous le poêle pour voir ce qui se passait.

« Seigneur ! Seigneur ! » continuait de crier Becky.

Ozzie se précipita en feulant vers la cuisine, où il se glissa à nouveau sous le poêle, du sirop rouge dégoulinant de ses moustaches. Il y passa le reste de la journée.

« Aucun des Paulson n'a jamais été bon à grand-chose », continua Jésus.

Un mouton s'approcha de Lui et Il l'écarta brutalement de Sa houlette avec une impatience distraite que Becky, en dépit de sa paralysie passagère, compara à celle de son père. Le mouton s'éloigna en ondulant un peu à cause de l'effet de troisième dimension de l'image. Il disparut, semblant même s'incurver tandis qu'il sortait du cadre... Mais ce n'était qu'une illusion d'optique, elle en était certaine.

« Que non ! déclara Jésus. Le grand-oncle de Joe était un meurtrier, comme tu le sais, Becky. Il a tué son fils, sa femme et ensuite lui-même. Et quand il est arrivé ici, au ciel, est-ce que tu sais ce qu'On lui a dit ? " Pas de place ! " C'est ça qu'On lui a dit, insista Jésus en se penchant en avant, appuyé sur Sa houlette. " Va donc voir l'autre aux sabots fendus là-bas en dessous, qu'On lui a dit. Tu trouveras là le havre qu'on t'a promis ! Mais il se pourrait que ton nouveau propriétaire te demande un sacré loyer et ne baisse jamais le chauffage ", qu'On lui a dit. »

Chose incroyable, Jésus lui fit un clin d'œil... et c'est alors que Becky s'enfuit de chez elle en criant.

2

Elle s'arrêta dans la cour, derrière la maison, à bout de souffle, ses cheveux blonds ternes dans les yeux, son cœur battant si vite qu'elle en fut effrayée. Dieu merci, personne n'avait entendu ses cris ni observé ses faits et gestes. Joe et elle vivaient assez loin sur la route de Nista, et leurs voisins les plus proches étaient les Brodsky, les catholiques qui vivaient dans cette roulotte répugnante. Les Brodsky étaient à presque un kilomètre. Ça valait mieux. Quiconque l'aurait entendue aurait pensé qu'il y avait une folle chez les Paulson.

Mais il y en a une, non ? Si tu crois que cette image s'est mise à parler, c'est que tu es folle. Papa t'aurait battue jusqu'à ce que tu aies des bleus de trois couleurs si tu lui avais dit une chose pareille : une couleur pour le mensonge, une autre pour y avoir cru, et une troisième pour avoir élevé la voix. Becky, les images ne parlent pas.

Non... et celle-ci ne l'a pas fait, dit soudain une autre voix. *Cette voix est sortie de ta propre tête, Becky. Je ne sais pas comment ça a pu se faire... comment tu as pu savoir ces choses-là... mais c'est ce qui s'est passé. Tu as fait dire à cette image de Jésus tes propres paroles, comme Edgar Bergen faisait parler Charlie McCarthy à la télévision pendant le show d'Ed Sullivan.*

Mais, d'une certaine façon, cette solution semblait encore plus effrayante, carrément plus *folle* que l'idée que l'image aurait pu parler elle-même, et elle refusa de lui accorder le moindre crédit. Après tout, il se produisait chaque jour des *miracles :* ce Mexicain qui avait retrouvé une image de la Vierge Marie cuite dans son *enchilada*, ou je ne sais quoi ; les miracles de Lourdes ; sans parler de ces enfants qui avaient fait les gros titres du journal : ils avaient pleuré des pierres. Ça, c'étaient de *vrais* miracles (même s'il fallait admettre que les mômes qui pleuraient des pierres avaient dû trouver ça un peu douloureux), des miracles aussi enthousiasmants que les sermons de Pat Robertson. Mais entendre des voix, c'était idiot.

Mais c'est ce qui est arrivé. Et tu entends des voix depuis un moment maintenant, non ? Tu as entendu sa voix. Celle de Joe. Et c'est de là que c'est venu. Pas de Jésus, mais de Joe...

« Non, gémit Becky. J'ai pas entendu de voix dans ma *tête*. »

Elle restait plantée près de sa corde à linge dans la cour, le regard vide tourné vers les bois, de l'autre côté de la route de Nista. Ils étaient embrumés de chaleur. Moins d'un kilomètre plus loin à vol d'oiseau, dans ces bois, Bobbi Anderson et Jim Gardener dégageaient de sa gangue de terre un fossile titanesque.

Folle, lui dit dans sa tête la voix implacable de son défunt père. *Folle à cause de la chaleur. Viens un peu ici, Rebecca Bouchard, je vais te faire des bleus de trois couleurs pour avoir proféré d'aussi folles paroles.*

« Je n'ai pas entendu la voix dans ma *tête*, bougonna Becky. Cette image a *vraiment* parlé, je le jure, je ne suis pas ventriloque ! »

Il valait mieux que ce soit l'image. Si c'était l'image, c'était un miracle, et les miracles venaient de Dieu. Un miracle pouvait vous rendre fou — et le bon Dieu savait qu'elle avait l'impression de devenir folle en ce moment même — mais ça ne voulait pas dire que vous étiez fou *avant*. Par contre, entendre des voix dans sa tête, ou croire que vous pouviez entendre les pensées des autres...

Becky baissa les yeux et vit du sang sur son genou gauche. Elle cria à nouveau et courut dans la maison pour appeler un médecin, police secours, n'importe qui, n'importe quoi. Revenue dans le séjour, elle tripotait le cadran du téléphone, le combiné à l'oreille, quand Jésus dit :

« C'est seulement la confiture de framboises de ta brioche, Becky. Pourquoi est-ce que tu ne te calmes pas avant d'avoir une crise cardiaque ? »

Elle regarda le téléviseur Sony et laissa tomber le

combiné sur la table, où il atterrit en faisant « clonk ». Jésus était toujours assis sur Son rocher. Il semblait qu'Il avait croisé les jambes. Sa ressemblance avec le père de Becky était étonnante... mais Il n'avait pas l'air sévère, prêt à se mettre en colère sans crier gare. Il la regardait avec une patience douce quoique exaspérée.

« Vérifie un peu, et tu verras si j'ai pas raison », dit Jésus.

Elle toucha légèrement son genou, grimaçant de la douleur qu'elle s'attendait à ressentir. Il n'y en eut pas. Elle aperçut les graines dans le sirop rouge et se détendit. Elle lécha la confiture de framboises sur ses doigts.

« Et puis, continua Jésus, il faut que tu te sortes de la tête cette idée que tu entends des voix et que tu deviens folle. C'est seulement Moi, et Je peux parler à qui Je veux, comme Je veux.

— Parce que Vous êtes le Sauveur, murmura Becky.
— Tu l'as dit, Becky. »

Il baissa les yeux. En dessous de Lui, sur l'écran, deux portions de salades dansaient pour montrer leur joie d'avoir été assaisonnées avec Hidden Valley Ranch Dressing.

« Et Je voudrais, s'il te plaît, que tu éteignes ces conneries, si ça ne te fait rien. On ne peut pas parler quand cet appareil est allumé. Et puis ça Me chatouille les pieds. »

Becky s'approcha du téléviseur Sony et l'éteignit.

« Seigneur », murmura-t-elle.

3

Le dimanche suivant, dans l'après-midi, Joe Paulson faisait une sieste dans le hamac de la cour avec Ozzie, le chat, répandu sur son large estomac. Becky était dans le séjour, et elle écartait le rideau pour regarder Joe. Qui dormait dans le hamac. Qui rêvait de sa Garce, sans aucun doute — rêvait de la renverser sur une grande pile de catalogues et de circulaires de Woolco, et alors — comment diraient Joe et ses porcs de compagnons de tripot ? — « de la tringler ».

Elle tenait le rideau de la main gauche parce qu'elle avait une poignée de piles parallélépipédiques de 9 volts dans la main droite. Elle emporta les piles dans la cuisine, où elle assemblait quelque chose sur la table. Jésus le lui avait demandé. Elle avait dit à Jésus qu'elle ne savait rien faire. Qu'elle était maladroite. Son papa le lui avait toujours dit. Elle songea à Lui raconter que son papa se demandait parfois comment elle savait se torcher sans un manuel explicatif, mais elle se dit que ce n'était pas le genre de choses qu'on dit au Sauveur.

Jésus lui avait répondu de ne pas faire la bête ; si elle suivait les instructions, elle construirait ce petit truc. Elle fut ravie de découvrir qu'Il avait absolument raison. Non seulement c'était facile, mais c'était amusant ! Beaucoup plus amusant que de faire la cuisine, en tout cas ; elle n'avait jamais vraiment eu beaucoup de talent pour ça non plus. Ses gâteaux retombaient et son pain ne levait jamais. Elle avait commencé son assemblage la veille, travaillant sur le grille-pain, le moteur de son vieux mixeur Hamilton Beach et un drôle de tableau plein de bidules électroniques extrait d'un vieux poste de radio remisé dans l'appentis. Elle pensait qu'elle aurait fini bien avant que Joe ne s'éveille et ne rentre pour regarder à deux heures la retransmission télévisée du match que devait disputer l'équipe des Red Sox.

Elle prit sa petite lampe à souder et l'alluma adroitement, avec une allumette de cuisine. Une semaine plus tôt, elle aurait ri si on lui avait dit qu'elle utiliserait jamais une lampe à souder au propane. Mais c'était facile. Jésus lui avait expliqué très précisément comment raccorder les fils au circuit imprimé de la vieille radio.

Et Jésus ne lui avait pas dit que ça, ces trois derniers jours. Il lui avait dit des choses qui avaient tué son sommeil, qui lui avaient fait redouter d'aller au village pour ses courses, de peur que ce qu'elle savait ne se voie à l'expression coupable de son visage (*Je sais toujours quand tu as fait quelque chose de mal, Becky*, lui disait son père, *parce que tu as un visage qui sait pas garder un secret*) ; pour la première fois de sa vie, elle en perdait l'appétit. Joe, totalement occupé par son travail, les Red Sox et la Garce, n'avait rien remarqué... même s'il avait bien vu Becky se ronger les ongles, l'autre soir, quand ils regardaient *Hill Street Blues*, et Becky n'avait jamais rongé ses ongles avant — c'était même une chose qu'elle lui reprochait, à lui. Joe Paulson l'avait observée douze secondes entières avant de retourner à l'écran Sony et de se perdre dans le rêve des seins blancs de Nancy Voss.

C'étaient certaines des choses que Jésus lui avait dites qui avaient amené Becky à mal dormir et à se ronger les ongles pour la première fois à l'âge presque canonique de quarante-cinq ans.

En 1973, Moss Harlingen, l'un des compagnons de poker de Joe, avait tué son père. Ils étaient en train de chasser le cerf à Greenville. On avait considéré ça comme un de ces accidents tragiques, mais ce n'était pas par accident qu'Abel Harlingen avait été tué. Moss l'avait tout simplement guetté, à plat ventre derrière un arbre abattu sur lequel reposait le canon de sa Winchester, et il avait attendu que son père traverse à grand bruit un petit cours d'eau à une cinquantaine de mètres en contrebas. Moss avait repéré son père aussi facilement qu'un canard d'argile sur un stand de tir. Il *croyait* qu'il avait tué son père pour l'argent. L'entreprise de Moss, Big Ditch Construction, avait deux traites qui venaient à échéance à six semaines d'intervalle dans deux banques différentes, et aucune ne pourrait être reportée — à cause de l'autre. Moss était allé trouver Abel, mais le papa avait refusé son aide, bien qu'il eût pu lui avancer de l'argent. Alors Moss avait abattu son père et hérité d'une marmite de fric après que l'enquête eut conclu à une mort accidentelle. Les traites avaient été honorées et Moss Harlingen croyait vraiment (sauf peut-être dans ses rêves les plus profonds) qu'il avait tué pour de l'argent. Mais le véritable mobile était ailleurs. Bien longtemps auparavant, alors que Moss avait dix ans et que son frère Emory en avait sept, la femme d'Abel était allée plus au sud, à Rhode Island, pour tout un hiver. Son frère était mort subitement, et sa belle-sœur avait besoin d'aide. Pendant l'absence de la mère, il y eut plusieurs incidents chez les Harlingen. Ces incidents cessèrent quand la mère revint, et ne se reproduisirent jamais. Moss avait tout oublié de cet épisode. Il ne s'était jamais souvenu des nuits où il était resté éveillé dans son lit, mort de terreur, et où il avait vu la porte s'ouvrir et révéler l'ombre de son père. Il n'avait absolument aucun souvenir de sa bouche pressée contre son avant-bras, des larmes salées de honte et de rage giclant de ses yeux brûlants et coulant le long de ses joues glacées jusqu'à sa bouche, tandis qu'Abel Harlingen enduisait son pénis de lard et l'introduisait par la porte arrière de son fils avec un grognement et un soupir. Tout cela avait fait si peu d'impression sur Moss qu'il ne se souvenait pas d'avoir mordu son bras au sang pour ne pas crier, et il ne pouvait certainement pas se souvenir des petits cris d'oiseau hors d'haleine d'Emory dans le lit voisin — « Je t'en prie, papa, non, papa, je t'en prie, pas moi ce soir, s'il te plaît, papa. » Les enfants, naturellement, oublient très facilement. Mais *certains* souvenirs peuvent affleurer, parce que quand Moss Harlingen avait appuyé sur la détente, quand il avait tiré sur ce fils de pute pédéraste, alors que les premiers échos s'éloignaient en roulant puis revenaient avant de disparaître dans le grand silence de la forêt sauvage du nord du Maine, Moss avait murmuré : « Pas toi, Em, pas ce soir. »

Alice Kimball, qui enseignait au collège de Haven, était lesbienne. Jésus l'avait dit à Becky vendredi, peu après que la dame en question, bien charpentée et respectable dans son tailleur pantalon vert, se fut arrêtée un instant pour une collecte en faveur de la Croix-Rouge.

Darla Gaines, la jolie jeune fille de dix-sept ans qui apportait le journal du dimanche, cachait une quinzaine de grammes de marijuana entre le matelas et le sommier de son lit. Jésus le dit à Becky juste après que Darla fut passée samedi pour se faire payer les cinq dernières semaines (trois dollars et cinquante cents de pourboire que Becky regrettait maintenant de lui avoir donnés). Et Darla fumait la marijuana au lit avec son petit ami avant de faire l'amour, sauf qu'ils appelaient ça « le bop horizontal ». Ils fumaient de la marijuana et « faisaient le bop horizontal » tous les jours de la semaine entre deux heures et demie et trois heures. Les parents de Darla travaillaient au magasin de chaussures Splendid Shoe, à Derry, et ne rentraient pas avant quatre heures passées.

Hank Buck, autre comparse de poker de Joe, travaillait dans un grand supermarché de Bangor et détestait son patron au point qu'il y a un an, il avait versé une demi-boîte de laxatif dans sa boisson au chocolat le jour où le patron l'avait envoyé lui chercher son déjeuner au McDonald's. Le patron avait eu un accident beaucoup plus spectaculaire que de simples maux de ventre ; à trois heures et quart, ce jour-là, il avait propulsé dans son pantalon l'équivalent d'une bombe A de merde. La bombe A — ou bombe M, si vous préférez — avait explosé au moment où il était en train de préparer de la viande dans le rayon des produits frais du supermarché. Hank avait réussi à garder son sérieux jusqu'à l'heure de la fermeture, mais quand il avait gagné sa voiture pour rentrer chez lui il riait si fort qu'il faillit faire lui aussi dans son pantalon. Il fallut qu'il s'arrête par deux fois sur le bas-côté de la route, tant il riait.

« *Il riait*, dit Jésus à Becky. Qu'est-ce que tu dis de *ça ?* »

Becky se disait que c'était une bien méchante plaisanterie. Et ces révélations n'étaient que le hors-d'œuvre, semblait-il. Jésus savait quelque chose de désagréable ou d'inquiétant sur chacun de ceux que Becky connaissait, semblait-il.

Elle ne pouvait vivre avec des révélations aussi affreuses.

Et elle ne pouvait pas non plus vivre *sans* elles.

Et une chose était sûre : il fallait qu'elle agisse.

« Mais c'est déjà en route », dit Jésus.

Il parlait dans son dos, de l'image posée sur le poste Sony. *Naturellement.* L'idée que Sa voix pouvait venir *de l'intérieur de sa propre tête* — qu'en quelque sorte... elle... elle *lisait les pensées des autres*... ce n'était qu'une abominable illusion passagère. Il le *fallait*. Cette idée l'horrifiait.

Satan. *Sorcellerie.*

« En fait », dit Jésus, confirmant ainsi Son existence de cette voix sèche et impérieuse tellement semblable à celle du père de Becky, « tu as presque terminé cette étape. Soude seulement ce fil rouge à ce point à gauche du long bidule... non, pas là... *là*. C'est bien ! Pas trop de soudure, attention ! C'est comme la brillantine, Becky. Il suffit d'une goutte. »

Ça faisait drôle d'entendre Jésus-Christ parler de brillantine.

4

Joe s'éveilla à deux heures moins le quart, évinça Ozzie de son giron, marcha jusqu'au bout de la pelouse en enlevant du plat de la main les poils de chat de son T-shirt et arrosa généreusement le sumac vénéneux du fond du jardin. Puis il prit la direction de la maison. Les Yankees contre les Red Sox. Formidable. Il ouvrit le frigo, jeta un coup d'œil distrait aux chutes de fils électriques sur le plan de travail et se demanda ce que cette débile de Becky pouvait bien faire de tout ça. Mais il s'en désintéressa vite. Il pensait à Nancy Voss. Il se demandait comment ce serait d'éjaculer entre les seins de Nancy. Il se dit que lundi il le saurait peut-être. Il se chamaillait avec elle ; bon Dieu, parfois ils se chamaillaient comme deux chiens en août. Il semblait que ça n'arrivait pas qu'à eux ; tout le monde avait l'air à cran, ces temps derniers. Mais pour ce qui était de la baise...

bon sang ! Il n'avait jamais été aussi excité depuis ses dix-huit ans, et elle non plus. Il semblait que ni l'un ni l'autre n'en avait jamais assez. Ça le reprenait même parfois la nuit. C'était comme en pleine adolescence. Il prit une bouteille de bière dans le frigo et gagna le séjour. Aujourd'hui, Boston allait certainement gagner. Il donnait les Red Sox gagnants à 8 contre 5. Il calculait incroyablement bien les chances, depuis un moment. Il y avait un type à Augusta qui prenait des paris, et Joe avait gagné presque cinq cents dollars en trois semaines... et Becky n'en savait rien. Il préférait les lui dissimuler. C'était drôle ; il savait exactement qui allait gagner et pourquoi, et quand il descendait à Augusta, il oubliait le *pourquoi*, mais se souvenait de *qui*. C'est tout ce qui comptait, non ? La dernière fois, le type avait ronchonné en lui payant trois contre un sur un pari de vingt dollars. C'étaient les Mets contre les Pirates, le lanceur Gooden sur le mont, ça semblait du tout cuit pour les Mets, mais Joe avait misé sur les Pirates, et ils avaient gagné, 5 à 2. Joe ne savait pas combien de temps encore le type d'Augusta prendrait ses paris, mais s'il les refusait, Joe pourrait toujours se rendre à Portland où deux ou trois bookmakers tenaient boutique. Il lui semblait que, dernièrement, il avait des maux de tête dès qu'il quittait Haven — besoin de lunettes, peut-être — mais quand on s'envoie en l'air, ça vaut bien une petite migraine. Encore un peu d'argent et ils pourraient partir tous les deux. Laisser Becky avec Jésus. C'était de toute façon le seul mari que voulait Becky.

Froide comme un glaçon, elle était. Mais Nancy ! Quelle affaire ! Et futée ! Aujourd'hui même, elle l'avait entraîné à l'arrière du bureau de poste pour lui montrer quelque chose.

« Regarde ! Regarde l'idée que j'ai eue ! Je crois que je devrais la faire breveter, Joe ! C'est vrai !

— Quelle idée ? » avait demandé Joe.

En vérité, il était un peu en colère contre elle. En *vérité*, il s'intéressait davantage à ses *nichons* qu'à ses *idées* et, en colère ou pas, il bandait déjà. C'était *vraiment* comme s'il était redevenu un gamin. Mais ce qu'elle lui montra suffit à lui faire oublier son projet immédiat. Pour quatre minutes au moins, en tout cas.

Nancy Voss avait pris le transformateur d'un train électrique d'enfant et l'avait raccordé, Dieu sait comment, à une série de piles de neuf volts. Ce montage était relié à sept blutoirs dont elle avait retiré les couvercles. Les blutoirs étaient couchés sur le côté. Quand Nancy allumait le transformateur, un certain nombre de fils aussi fins que des cheveux, reliés à ce qui ressemblait à un mixeur, se mettaient à projeter le courrier urgent d'une pile posée au sol dans les différents blutoirs, comme au hasard.

« Qu'est-ce ça fait ? avait demandé Joe.

— Ça trie le courrier urgent, avait-elle répondu en montrant les blutoirs l'un après l'autre. Celui-là c'est pour le village de Haven... celui-là pour RFD 1, c'est-à-dire la route de Derry, tu sais... celui-là pour la route de Ridge... celui-là pour la route de Nista... celui-là... »

Il n'y avait pas cru tout d'abord. Il avait cru à une plaisanterie, et il avait demandé ce qu'elle dirait d'une bonne baffe. *Pourquoi ferais-tu ça ?* avait-elle pleurniché. *Y a des mecs qui aiment les plaisanteries, mais pas moi*, avait-il répondu comme Sylvester Stallone dans *Cobra*. C'est alors qu'il avait vu que ça marchait vraiment. C'était un gadget formidable, mais le bruit que faisaient les fils quand ils frottaient le sol donnait un peu la chair de poule. Un bruit dur et chuintant, comme les pattes d'une grosse araignée. Ça marchait vraiment ; il aurait été bien incapable de dire comment, mais *ça marchait*. Il vit les fils attraper une lettre pour Roscoe Thibault et la projeter dans le bon blutoir — RFD 2, c'est-à-dire la route de Hammer Cut — alors même que l'adresse avait été mal libellée puisqu'elle indiquait le village de Haven.

Il aurait bien voulu demander à Nancy comment ça marchait, mais il ne voulait pas avoir l'air d'un crétin, alors il lui demanda plutôt où elle avait trouvé les fils.

« Dans ces téléphones que j'ai achetés à Radio Shack, répondit-elle. Tu sais, à la galerie marchande de Bangor. Ils étaient en solde ! J'ai aussi utilisé d'autres pièces des téléphones. Il a fallu que je change tout, mais c'était facile. Ça m'est venu... comme ça ! Tu sais ?

— Ouais », avait dit Joe d'une voix traînante en pensant à la tête du bookmaker quand il était venu chercher les soixante dollars gagnés sur son pari que les Pirates battraient Gooden et les Mets. « Pas mal. Pour une femme. »

Pendant un instant, le front de Nancy s'assombrit et Joe se dit : *Tu veux répondre ? Tu veux te battre ? Allez ! Je suis d'accord. Tout à fait d'accord.*

Et le visage de Nancy s'était éclairé d'un sourire.

« Maintenant nous pouvons *le* faire encore plus longtemps, avait-elle dit en longeant de ses doigts la braguette de Joe. Et tu veux le faire, non, Joe ? »

Oui, Joe voulait le faire. Ils glissèrent au sol et Joe oublia qu'il était en colère contre elle, qu'il était soudain capable de connaître comme ça l'issue des compétitions, des matchs de base-ball aux courses de chevaux en passant par les tournois de golf. Il la pénétra, elle gémit et Joe oublia même le sinistre murmure des fils qui continuaient à distribuer le courrier urgent dans la rangée de blutoirs.

5

Quand Joe entra dans le salon, Becky était assise dans son fauteuil à bascule et elle feignait de lire le dernier numéro de *Au plus haut des Cieux*. Dix minutes à peine avant que Joe ne rentre, elle avait fini de raccorder l'appareil que Jésus lui avait dit de fabriquer et de placer à l'arrière du téléviseur Sony. Elle avait suivi Ses instructions à la lettre, parce que, lui avait-Il expliqué, il fallait faire attention quand on tripotait l'intérieur d'un téléviseur.

« Tu pourrais te faire griller, l'avait prévenue

Jésus. Il y a plus de jus là-bas derrière que dans un entrepôt de produits congelés Birds Eye, même quand c'est éteint. »

Ne voyant pas d'image sur l'écran, Joe s'irrita :

« Tu aurais pu tout préparer !

— J'imagine que tu sais comment allumer cette fichue télé », dit Becky, adressant la parole à son mari pour la dernière fois.

Joe leva les sourcils. Bon sang, c'était vraiment étrange, venant de Becky. Il eut envie de l'apostropher pour son insolence, mais décida de laisser pisser. Il se pourrait bien qu'une grosse vieille jument se retrouve seule à la maison avant longtemps.

« Je crois bien », dit Joe, adressant la parole *à sa femme* pour la dernière fois.

Il pressa le bouton pour allumer le Sony, et ce fut comme si deux mille volts le traversaient, l'alternatif survolté redressé en continu mortel puis à nouveau survolté. Les yeux de Joe s'écarquillèrent, sortirent de leurs orbites puis éclatèrent comme des grains de raisin dans un four à micro-ondes. Il avait fait le geste de poser sa bouteille de bière sur la télé, près de Jésus. Quand l'électricité le frappa, sa main se crispa si fort qu'elle cassa la bouteille. Des éclats de verre bruns entrèrent dans ses doigts et sa paume. La bière se répandit en moussant. Elle coula sur le dessus de la télé (dont le plastique crépitait déjà) et se transforma en une rigole qui sentait la levure.

« EEIIIOOOOOOARRRRHMMMMMMM ! » cria Joe Paulson. Son visage virait au noir. De la fumée bleue sortait de ses cheveux et de ses oreilles. Ses doigts étaient cloués au bouton ON du Sony.

Une image apparut sur l'écran. C'était Dwight Gooden lançant une balle qui lui permit d'atteindre la deuxième base, mais il en fut évincé, ce qui rendit Joe Paulson plus riche de quarante dollars. L'image sauta et fut remplacée par celle de Joe et Nancy Voss baisant sur le sol du bureau de poste tapissé de catalogues, de *Lettres du congrès* et de publicités de compagnies d'assurances informant les destinataires qu'ils peuvent obtenir la garantie qu'ils désirent même s'ils ont plus de soixante-cinq ans, qu'aucun vendeur ne viendra sonner à leur porte, qu'aucun examen médical n'est exigé et que ceux qu'ils aiment seront protégés pour quelques cents par jour.

« Non ! » s'écria Becky, et l'image changea de nouveau. Maintenant elle montrait Moss Harlingen derrière un tronc de pin couché, repérant son père dans le viseur de sa Winchester 30.30 et murmurant : *Pas toi, Em, pas ce soir*. L'image changea encore, et elle vit un homme et une femme qui creusaient dans les bois. La femme conduisait un engin qui ressemblait un peu à un camion-benne en jouet ou à une des inventions des dessins animés de Rube Goldberg ; l'homme passait une chaîne sous une souche. Plus loin, un grand objet en forme de soucoupe sortait de terre. Il était argenté, mais mat : le soleil qui le frappait par endroits ne le faisait pas briller.

Les vêtements de Joe Paulson s'enflammèrent.

Le séjour s'emplissait d'une odeur de bière cuite. L'image en trois dimensions de Jésus trembla avant d'exploser.

Becky se mit à crier, comprenant, que cela lui plaise ou non, que ç'avait toujours été elle, elle, elle, *et qu'elle était en train d'assassiner son mari*.

Elle courut vers lui, saisit sa main qui décrivait des cercles saccadés... et fut à son tour foudroyée.

Jésus, oh Jésus, sauve-le, sauve-moi, sauve-nous tous les deux ! se disait-elle alors que le courant s'emparait d'elle, la dressant sur ses orteils comme la plus grande danseuse du monde faisant les pointes. C'est alors qu'elle entendit s'élever dans son cerveau une voix furieuse et acerbe, la voix de son père : *Je t'ai bien eue, Becky, hein ? Je t'ai bien eue ! Ça t'apprendra à mentir ! Ça t'apprendra une fois pour toutes !*

Le panneau arrière du téléviseur, qu'elle avait revissé après les transformations, fut projeté contre le mur dans un immense éclair de lumière bleue. Becky roula au sol, entraînant Joe dans sa chute. Joe était déjà mort.

Quand le papier peint fumant derrière le téléviseur mit le feu aux rideaux de chintz, Becky Paulson était morte elle aussi.

FIN DU PREMIER VOLUME

POLAR

Cette collection présente tous les genres du roman criminel : le policier classique avec des auteurs tels que Ellery Queen, Boileau-Narcejac, le roman noir avec Raymond Chandler, Mickey Spillane et les œuvres de suspense modernes illustrées par Stephen King ou TRidley Pearson. Sans oublier les auteurs français ou les grandes adaptations du cinéma.

BAXT George	Du sang dans les années folles 2952/**4**
BOILEAU-NARCEJAC	Les victimes 1429/**2**
	Maldonne 1598/**2**
BLOCH R. & NORTON A.	L'héritage du Dr Jekyll 3329/**4** Inédit
BROWN Fredric	La nuit du Jabberwock 625/**3**
CHANDLER Raymond	Playback 2370/**3**
COGAN Mick	Black Rain 2661/**3** Inédit
CONSTANTINE K.C.	L'homme qui aimait se regarder 3073/**4**
	L'homme qui aimait les tomates tardives 3383/**4**
DePALMA Brian	Pulsions 1198/**3**
GALLAGHER Stephen	Du fond des eaux 3050/**6** Inédit
GARBO Norman	L'Apôtre 2921/**7**
GARDNER Erle Stanley	Perry Mason :
	- L'avocat du diable 2073/**3**
	- La danseuse à l'éventail 1688/**3**
	- La jeune fille boudeuse 1459/**3**
	- Le canari boiteux 1632/**3**
GARTON Ray	Piège pour femmes 3223/**5** Inédit
GRADY James	Steeltown 3164/**6** Inédit
HUTIN Patrick	Amants de guerre 3310/**9**
KENRICK Tony	Shanghai surprise 2106/**3**
	Les néons de Hong-kong 2706/**5** Inédit
KING Stephen	Running Man 2694/**3**
	Chantier 2974/**6**
	Marche ou crève 3203/**5**
	Rage 3439/**3** (Avril 93)
LASAYGUES Frédéric	Back to la zone 3241/**3** Inédit
LEPAGE Frédéric	La fin du 7ᵉ jour 2562/**5**
LUTZ John	JF partagerait appartement 3335/**4**
McBAIN Ed	Le chat botté 2891/**4** Inédit
Mac GERR Pat	Bonnes à tuer 527/**3**
MAXIM John R.	Les tueurs Bannerman 3273/**8**
NAHA Ed	Robocop 2310/**3** Inédit
	Robocop 2 2931/**3** Inédit
NICOLAS Philippe	Le printemps d'Alex Zadkine 3096/**5**
PARKER Jefferson	Pacific Tempo 3261/**6** Inédit
PEARSON Ridley	Le sang de l'albatros 2782/**5** Inédit
	Courants meurtriers 2939/**6** Inédit
PÉRISSET Maurice	Le banc des veuves 2666/**3**
QUEEN Ellery	La ville maudite 1445/**3**
	Et le huitième jour 1560/**3**
	La Décade prodigieuse 1646/**3**
	Face à face 2779/**3**

Polar

	Le cas de l'inspecteur Queen 3023/**3**
	La mort à cheval 3130/**3**
	Le mystère de la rapière 3184/**3**
	Le mystère du soulier blanc 3349/**4**
SADOUL Jacques	*L'Héritage Greenwood* 1529/**3**
	L'inconnue de Las Vegas 1753/**3**
	Trois morts au soleil 2323/**3**
	Le mort et l'astrologue 2797/**3**
	Doctor Jazz 3008/**3**
	Yerba Buena 3292/**4** Inédit
SCHALLINGHER Sophie	*L'amour venin* 3148/**5**
SPILLANE Mickey	*En quatrième vitesse* 1798/**3**
THOMAS Louis	*Crimes parfaits et imparfaits* 2438/**3**
THOMPSON Carlène	*Noir comme le souvenir* 3404/**5**
TORRES Edwin	*Contre-enquête* 2933/**3** Inédit
WILTSE David	*Le cinquième ange* 2876/**4**

Épouvante

Depuis Edgar Poe, il a toujours existé un genre littéraire qui cherche à susciter la peur, sinon la terreur, chez le lecteur. King et Koontz en sont aujourd'hui les plus épouvantables représentants. Nombre de ces livres ont connu un immense succès au cinéma.

ANDREWS Virginia C.	Ma douce Audrina 1578/**4**
BLATTY William P.	L'exorciste 630/**4**
CAMPBELL Ramsey	Le parasite 2058/**4**
	La lune affamée 2390/**5**
	Images anciennes 2919/**5** Inédit
CITRO Joseph A.	L'abomination du lac 3382/**4**
CLEGG Douglas	La danse du bouc 3093/**6** Inédit
	Gestation 3333/**5** Inédit
COLLINS Nancy A.	La volupté du sang 3025/**4** Inédit
	Appelle-moi Tempter 3183/**4** Inédit
COYNE John	Fury 3245/**5** Inédit
DEVON Gary	L'enfant du mal 3128/**5**
HERBERT James	Le Sombre 2056/**4** Inédit
HODGE Brian	La vie des ténèbres 3437/**7** Inédit (Avril 93)
JAMES Peter	Possession 2720/**5** Inédit
	Rêves mortels 3020/**6** Inédit

KING Stephen	
Carrie 835/**3**	ÇA 2892/**6**, 2893/**6** & 2894/**6** (Egalement en coffret 3 vol. FJ 6904)
Shining 1197/**5**	Chantier 2974/**6**
Danse macabre 1355/**4**	La tour sombre :
Cujo 1590/**4**	- Le pistolero 2950/**3**
Christine 1866/**4**	- Les trois cartes 3037/**7**
Peur bleue 1999/**3**	- Terres perdues 3243/**7**
Charlie 2089/**5**	Misery 3112/**6**
Simetierre 2266/**6**	Marche ou crève 3203/**5**
Différentes saisons 2434/**7**	Le Fléau (Édition intégrale) 3311/**6**
La peau sur les os 2435/**4**	3312/**6** & 3313/**6**
Brume - Paranoïa 2578/**4**	(Egalement en coffret 3 vol. FJ 6616)
Brume - La Faucheuse 2579/**4**	**Les Tommyknockers**
Running Man 2694/**3**	3384/**4**, 3385/**4** & 3386/**4**
	(Egalement en coffret 3 vol. FJ 6659)

KOONTZ Dean R.	Spectres 1963/**6** Inédit
(voir aussi à Nichols)	L'antre du tonnerre 1966/**3** Inédit
	Le rideau de ténèbres 2057/**4** Inédit
	Le visage de la peur 2166/**4** Inédit
	L'heure des chauves-souris 2263/**5**
	Chasse à mort 2877/**5**
	Les étrangers 3005/**8**
	Les yeux foudroyés 3072/**7**
	Le temps paralysé 3291/**6**
LANSDALE Joe. R.	Le drive-in 2951/**2** Inédit
	Les enfants du rasoir 3206/**4** Inédit

Épouvante

LEVIN Ira	**Un bébé pour Rosemary** 342/**3**
MICHAELS Philip	**Graal** 2977/**5** Inédit
McCAMMON Rober R.	**Mary Terreur** 3264/**7** Inédit
MONTELEONE Thomas	**Fantasma** 2937/**4** Inédit
	Lyrica 3147/**5** Inédit
MORRELL David	**Totem** 2737/**3**
NICHOLS Leigh	**L'antre du tonnerre** 1966/**3** Inédit
QUENOT Katherine E.	**Blanc comme la nuit** 3353/**4**
RHODES Daniel	**L'ombre de Lucifer** 2837/**4** Inédit
SAUL John	**La Noirceur** 3457/**6** Inédit (Mai 93)
SELTZER David	**La malédiction** 796/**2** Inédit
SIMMONS Dan	**Le chant de Kali** 2555/**4**
STABLEFORD Brian	**Les loups-garous de Londres** 3422/**7** Inédit (Mars 93)
STOKER Bram	**Dracula** 3402/**7**
TESSIER Thomas	**La nuit du sang** 2693/**3**
WHALEN Patrick	**Les cadavres ressuscités** 3476/**6** Inédit (Juin 93)
X	**Histoires de sexe et de sang** 3225/**4** Inédit

Achevé d'imprimer en Europe (France)
par Brodard et Taupin à La Flèche (Sarthe)
le 11 mars 1993. 1256H-5
Dépôt légal mars 1993. ISBN 2-277-23384-6
1er dépôt légal dans la collection : janv. 1993

Éditions J'ai lu
27, rue Cassette, 75006 Paris
Diffusion France et étranger : Flammarion